김남천 작품집
전환기와 작가(외)

김남천 지음 / 채호석 책임편집

알려두기

1. 김남천의 소설과 비평 가운데 문학사적 의의가 있다고 판단되는 작품을 모았다. 소설의 경우, 장편은 수록 대상으로 삼지 않았다.
2. 작품들은 발표 원전을 저본으로 삼아 원전 확정에 주력하였다. 원전에 잘못되었다고 판단한 부분은 바로잡았다. 그러나 독자들의 편의를 위하여 따로 밝히지는 않았다.
3. 원문을 가능하면 살리되, 현대 독자들이 읽기 쉽도록 현대 표기로 바꿀 수 있는 데까지는 바꾸었다. 하지만 소설의 경우, 사투리와 구어체는 최대한 그대로 살리려고 노력하였다. 비평문의 경우, 현대 표기로 바꾸고, 한자를 한글로 바꾸었다. 필요한 경우 괄호 안에 병기하였다.
4. 비평문에 등장하는 많은 인명의 경우, 가능한 한 주석을 달았다. 하지만 확인할 수 없는 인명의 경우 대체로 원 표기를 유지하였다.
5. 발표 연도와 게재지는 글 뒤에 밝혀 놓았다.
6. 연구 논문의 경우, 학위 논문은 박사학위 논문만을 실었다.

김남천 편 | 차례

발간사 · 3
일러두기 · 7

소설 —— 11

공장신문 · 13
남매 · 29
처를 때리고 · 50
경영 · 75
맥 · 122
등불 · 173

비평 —— 197

고발의 정신과 작가 · 199
창작기법의 신 국면 · 213
유다적인 것과 문학 · 225
자기 분열의 초극 · 238
일신상 진리와 모럴 · 257
소설의 운명 · 270
전환기와 작가 · 283
새로운 창작방법에 대하여 · 295

해설/근대 안에서 근대에 맞서기 —— 303

작가 연보 · 323
작품 연보 · 325
연구 논문 · 334

소설

공장신문
남매
처를 때리고
경영
맥
등불

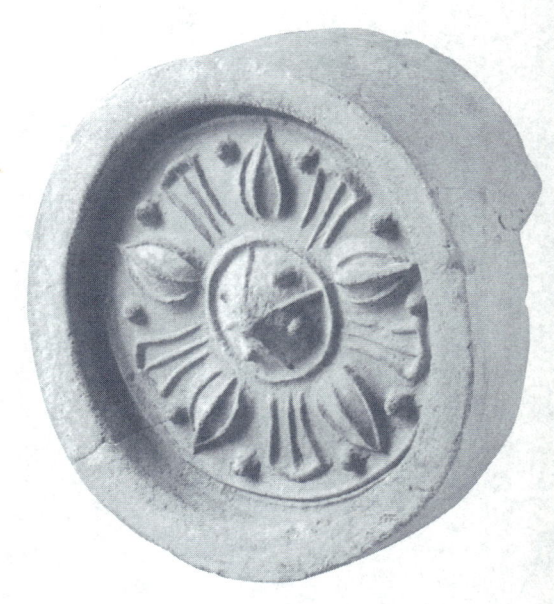

공장신문

1

 가을바람이 보통 벌 넓은 들 무르익은 벼이삭을 건드리며 논과 논 밭과 밭을 스쳐서 구불구불 넘어오다가 들 복판을 줄 긋고 남북으로 달아나는 철로에 부딪치어 언덕 위에 심은 백양목 가지 위에서 흩어졌다. 뒤를 이어 마치 해변의 물결과 같이 곡식 위에서 춤추며 다시금 또 다시금 가을바람은 불리어 왔다.
 하늘은 파란 물을 지른 듯이 구름 한 점 없고 잠자리같이 보이는 비행기 한 쌍이 기자림 위에를 빙글빙글 돌고 있었다.
 열두 시의 기적이 난 지도 이십 분이나 지났다. 신작로 옆에 '평화 고무공장' 하고 쓴 붉은 굴뚝을 바라보며 벤또 통을 누렇게 되어 가는 잔디판 위에 놓고 관수는 '마코'를 한 개 붙여서 입에다 물었다. 점심을 먹고 물도 안 마신 판이라 담배가 입에 달았다. 한번 힘껏 빨아서 후우 하고 내뿜으며 그대로 언덕을 등지고 네 활개를 폈다. 눈은 광막한 하늘을 바라보았다. 파랗게 점점 희미해져서 없어지는 담뱃내가 얼굴 위에 어울리다가 풀숲을 스쳐서 오는 바람을 따라 그대로 없어지곤 하였다. 그는 연거푸 그것을 계속하였다.

―염려 마라 우리에겐 조합이 있고 단결이란 무서운 무기가 있네. 신작로 위에를 뛰어가며 하는 직공의 노랫소리가 쟁쟁하게 들려왔다. 철롯길 옆이라 먼 곳에서 오는 듯한 기차의 소리가 땅에 울려 왔다. 그 밖에 이 넓은 보통 벌에는 가을바람에 불리는 벼이삭의 소리가 살랑살랑할 뿐이다.

때때로 관수의 마음은 몹시 가라앉았다. 혼자서 담배를 빨며 앉았으면 초초한 마음이 가라앉는 것을 느낄 수 있었다.

그는 최근에 이르러 자기가 완전히 초조하여 있다고 생각하였다.

이렇게도 해보고 저렇게도 해보고 자기 앞에 남겨 놓은 임무를 다하기 위하여 있는 데까지의 지혜와 경험을 털어서 모든 것을 해보았어도 일은 마음대로 되어 가지 않았다.

어떻게 하면 조그만 불평불만이라도 잡을 수가 있을까? 어떻게 공장 안에서 일어나는 불평불만을 대표하여 그의 선두에 설 수 있을까? 공장 노동자 속에 아직 뿌리를 박고 있는 타락한 조합간부의 힘을 어떻게 없이 할 수 있을까? 한번 손을 붙였다가 실패하면 그럴수록 자기가 우울해지고 초조해지는 것만 같았다. 같이 의논할 동무를 어떻게 획득할까?― 여기에 대해서는 관수는 너무 의심하는 점이 많아 보였다. 수준이 높고 일에 대해서 경험을 가진 사람만을 획득하려는 관수의 입때껏 태도는 잘못이었다. 처음에는 소질이 있는 자, 경향이 괜찮은 자 이런 것으로부터 훈련을 쌓아 줄 것을 생각치 못하였다. 여기에 대한 관심을 버리고 공연히 대중의 선두에 서겠다고 애써야 그것은 아무 소용도 없었다. 그렇게 수준이 높은 노동자는 지난 여름 파업 때에 다 없어지고 지금은 하나도 없었다.

관수도 무엇인지 똑똑하게는 몰라도 자기에게 결함이 있는 것을 알고 있었다. 그렇기 때문에 그는 그럴 때마다 누구의 가르침을 받고 싶었다.

지나간 여름 파업이 완전히 실패로 돌아가고 몹시 전열이 혼란해져서 입으로 옮길 수 없는 악선전이 공장과 공장을 떠돌 때에 돌연히 잠깐 참말로 번개같이 잠깐 동안 만났던 어떤 사나이한테서는 그 후 지금까지 두 달이 되어도 아무 소식이 없었다.

그 사나이가 지금 있으면 얼마나 좋을까 하고 그는 생각하였다. 침착한 태도로 말하던 그 사나이는 말하는 품으로 보아서 결코 이곳 사람은 아닌데 그때 파업의 사정과 또 파업 수습에 관해서 일후에 활동할 것을 어떻게 그렇게 똑똑히 아는지 몰랐다. 평양의 모든 일을 환하게 꿰어 두고 이곳서 사는 사람보다도 잘 알았다.

그를 만난 이후 관수는 혼자서 생각하였다. 물론 누구에게도 그것을 말할 수는 없었다. 자기에게 그 사나이와 만날 시간과 장소를 가르쳐 준 일환이는 그때 벌써 폭력행위 위반으로 끌려갔을 때였다. 좌우간 일환이와 어떤 관계가 있는 사람인 줄은 알 수 있었다. 그러나 일환이는 어떻게 이 사나이를 알았을까?

파업 때에 관수가 자기와 아무 면식도 없는 사람과 이렇게 만난 적은 여러 번 있었다. 그러나 이 방울 같은 눈을 가진 사나이는 그들과는 어느 곳인가 다른 곳이 있었다. 이 사나이를 다시 만난다는 것은 아무리 생각해도 공상 같았다.

"아마 일 개월 안으로 어쩌면 좀 늦게 다시 만나게 되든가 혹은 서로 소식을 듣게 될 것입니다."

"……"

그 사나이는 잠깐 머리를 숙이고 생각하다가 다시 머리를 들고 말을 계속하였다.

"일후에 누구를 만나서 인사를 할 때에 그 사람의 성명의 가운데 자가 타탸 줄이고 열한 글씨 즉 획수가 열한 개이면 그 사람을 믿어 주시오. 또 그러노라면 같이 일할 동무들이 생기겠지요!"

말을 끝맺고 힘 있게 악수를 하고는 다시 뒤도 돌아다보지 않고 가버렸다.
 일 개월이 지나고 이 개월이 지나도 아무 소식도 없었다.
 이렇게 언덕 위에 누워서 가만히 생각하면 그 사나이를 만나던 생각이 머리와 눈앞에 떠올랐다.
 "타탸 줄 열한 획수."
 "타탸 줄 열한 획수."

 *

 공장에서 기적이 울었다. 관수는 궁둥이에 묻은 마른 풀잎을 털면서 벤또 통을 들었다. 그리고 언덕길을 걸어서 공장을 향하여 걸어갔다.
 "관수! 관수!!"
 그는 그를 부르는 소리에 머리를 들었다. 그것은 공장 뒤였다. 두서너 직공이 손짓을 하며 빨리 오라고 하였다. 그러고 보니 신작로를 뛰어서 공장 문으로 모여드는 직공들이 많았다. 무슨 일이 생겼나?
 "뭐이가?"
 "뭐이가 얘……."
 신작로를 뛰어오는 직공들이 지저귀었다. 관수는 벤또 통을 덜거덕 소리 안 나게 바싹 쥐고 언덕길을 달음질쳐 갔다.

2

 벌써 작업실로 들어가는 낭하에는 남직공 여직공이 겹겹이 싸여 돌았다. 앞에 서 있는 자들은 얼굴이 노기가 올라서 붉으락푸르락하며 무엇을 소리 높여 고함치고 있으나 지금 달려온 맨 뒤에 선 직공들은 사건의 내용도 모르고 그대로 웅성웅성하기만 하였다. 어떤 젊은 직공은 앞에

선 직공의 뒤를 무르팍으로 떠밀고 후덕덕 하고 뒤를 돌아다보는 놀란 얼굴을 하! 하! 하고 웃었다.

관수는 사건의 내용을 알려고 귀를 기울였으나 잘 들을 수가 없었다. 발을 곧추고 앞을 넘겨다보았다. 일은 결코 낭하에서 일어난 것이 아니고 낭하에서 수도가 있는 물 먹는 방으로 가는 그 사이에서 생긴 것 같았다. 그는 어떻게 해서든지 그 속으로 들어갈 것을 생각하였다. 이번에는 일을 삼아 본다 하는 결심이 덤비는 가운데서도 생각되었다. 그는 몸을 틈에다 비어 꽂고 가운데로 뚫고 들어갔다.

"물을 먹어야 살지 않우!"

그는 그 속에 얼굴을 들었다.

"좌우간 덤비지 말고 조용들 해!"

대답하는 소리는 완전히 떨리는 목소리였다.

"그 구정물을 먹으라고 수도를 막다니! 직공은 개돼지란 말요?"

너무도 그 소리가 커서 웅성웅성하던 소리가 잦아들고 그 목소리에 군중이 통일되는 듯하였다.

"좌우간 넓은 데 나가 이야기하지!"

"자 — 넓은 데 나가서 합시다!"

최 전무의 말을 받아서 군중에게 외치는 것은 고무직공조합의 간부로 있는 김재창이의 목소리가 정녕하였다. 관수는 재창이 목소리를 듣자 벌써 간섭하기 시작한 그의 행동을 직감하였다.

"나가긴 뭘 나가! 여기서 하지!"

관수는 반동적으로 그와 대항하여 이런 말씨가 입에서 튀어나왔다.

"아 — 그럴 거 없이 넓은 데 나가 잘 토의해!"

재창이의 말에는 덤비지 않는 숙련된 곳이 있었다. 직공들은 관수의 말을 꺾고 재창이 말대로 돌아서서 마당으로 나갔다.

"밀지 말어! 넘어진다!"

"글쎄, 직공들은 개굴창 같은 우물에 가서 물을 먹으라니 합쳐 수도세가 몇 닢이나 하겠나! 너무 직공들을 짐승같이 여겨!"

밀려나오면서 관수와 앞뒤에 선 직공들이 침이 뛰도록 지저귀었다.

"파업 때에 들어준 대우개선이란 뭐이야?"

"그러게 말이다!"

웅성웅성하며 마당 안에 꽉 차도록 몰려나왔다. 여직공, 남직공, 늙은이, 젊은이, 시든 얼굴, 열 오른 눈 ― '투라' 실에서도 '노두쟁이' 고급노동자들이 배합사와 화부들과 같이 머리를 내밀고 '하리바' 직공들의 이 행동을 보고 있었다. 마당에 나오지 못하고 창문에 방울 달리듯이 매어달려서 마당을 향해 있는 직공들도 있었다.

"물을 안 먹이겠다고 수도를 막은 것이 아닐세. 그건 결코 그런 게 아니고……."

최 전무가 사무실에서 문을 열고 군중을 내려다보면서 지저귐을 억제하듯이 손을 내둘렀다.

"그럼 물 먹겠다고 수도를 틀려던 직공의 뺨을 갈긴 건 누구요?"

비로소 한 개의 굵은 목소리가 군중을 대표하였다.

"그건 그 직공의 태도가 건방져서 일시 감정에서 나온 것이지, 결코!"

"듣기 싫다! 물 먹겠다는 것이 건방져?"

앞에서 누군가 소리쳤다. 일동은 그 소리에 가슴이 뭉클하고 갑자기 피가 얼굴로 오르는 것 같았다. 지난여름 파업 이래 전무를 그렇게 욕해 보기는 이것이 처음이었다.

"여러분―."

군중의 한복판에서 관수가 쑥― 머리를 올려 밀었다.

"전무의 말을 듣거나 전무와 말다툼을 할 것이 아니라 우리끼리 처리하는 것이 어떻소?"

"그게 좋겠다!"

누군가 혼자서 손뼉을 자락자락 쳤다. 그러나 곧 한 사람이 두 사람이 되고 그것이 일동에게 퍼져서 장안이 박수 소리로 찼다. 마당을 들썩 하는 박수 소리 속에 알지 못할 소리로 고함을 치는 자도 있었다. 그 바람에 기운이 나서 전무가 열고 섰던 문을 이편에서 콱 닫아서 전무를 방 안으로 몰아넣는 자도 있었다. 그럴 때마다 다시 박수 소리가 났다.

  관수는 기회를 놓치지 않으려고 박수 소리도 마치기 전에 다시 말을 계속하였다.

  "여러분 방금 일어난 일은 이때껏 먹어 오던 수돗물을 막고 저 다릿목에 있는 우물에 가서 먹으라는 것입니다. 그 우물의 물은 감히 먹지 못할 만한 것인 것은 우리들이 잘 아는 바가 아니오?"

  "그렇죠!"

  창문에 매달린 여직공의 목소리였다. 그 소리를 키득키득 웃는 이도 있었다.

  "그런데 벤또를 먹고 물을 먹으려고 밀려간 직공들의 앞에 서서 그 수도를 열라고 한 직공을 건방지다고 귀쌈을 때렸다니 그런 몹쓸 짓이 어데 있겠소!"

  "그놈을 잡아 오자!"

하는 자도 있었다.

  "이건 완전히 우리 전직공의 힘이 약해진 것을 기회로 우리들의 조그만 이익도 빼앗으려는 악독한 술책입니다."

  "옳소!"

  "그렇소."

  "여러분! 파업 때에 들어준 그나마 몇 조건까지 지금에는 하나도 지키지 않는 고주雇主들의 행동을 보시오! 우리들은 종살이가 하기 좋아서 매일매일 냄새나는 고무를 만질까요?"

  "결코 아니오—."

가늘고 높은 여직공의 목소리가 날 때에는 조금씩 웃는 사람이 있었다. 관수는 군중을 쭉 한번 살폈다.
"우리는 굶어 죽지 않으려고, 살기 위해서 일하는 거요!"
못을 박듯이 힘을 주어서 뚝 말을 끊고 그는 다시 군중을 살폈다. 군중의 얼굴에는 붉은 기운이 띠었다. 저편 사무실 문 앞에 있는 재창이의 얼굴을 보고 침을 한번 삼키고 다시 말끝을 맺었다.
"우리가 지금 아무 대책도 생각지 않는다면 고주들은 하나씩 하나씩 우리들의 이익을 뺏어서 갈 것이외다!"
……(생략)……이다 하는 자도 있었다. 관수의 말은 여기서 좀 끊어질 것같이 보였다. 그때에 재창이는 곧 군중을 향하여 말하기를 시작하였다.
"여러분—."
재창이가 군중의 눈알을 자기 얼굴 위에 모았다.
"이제 관수 동무가 말한 바와 같이 우리는 반드시 무슨 대책이 있어야 될 것이외다!"
"옳소!"
"그러나 우리가 지금 이렇게 흥분한 채로 일을 저지르면 죽도 밥도 안 되고 맙니다. 그리고 또 이런 데서 이렇게 회합을 하면 곧 위험도 하고 그러니까, 우리에게는 조합이 있습니다. 조합에 보고하여서 그의 처결을 기다리는 것이 가장 상책이라고 나는 생각합니다. 노동자는 조합에 단결해야 됩니다. 조합이 있는 이상 우리가 우리끼리 어물거리다가는 크게 망치고 맙니다. 그러니까 새로이 위원을 선거할 것도 없이 조합 집행위원이 있으니까 곧 보고하기로 내게 다 일임해 주시오!"
관수는 대단한 분함을 가지고 그의 말에 반박하려고 하였다.
"여러분! 우리는 우리끼리 일을 처리합시다!"
그는 힘을 줘서 주먹을 내흔들었다.

"관수! 여보, 자네는 법률을 모르누만! 이 이상 더 여기서 떠들문 위험해! 옥외집회로! 애— 야 쓸데없소. 같은 값에는 희생자 없이 일을 잘할 게지! 자— 그러니까 여러분 내게 다— 맡기시오! 그리구 벌써 고주 측에서 알렸는지도 모르니까 곧 헤어지고 맙시다!"

3

관수는 저녁때가 되어도 저녁 먹을 기운이 나지 않았다. 또 한개 그 타락한 간부에게 불평불만을 뺏기고 말았구나……. 그런 생각을 하면 몹시 분한 생각이 나면서도 그 간부한테 속아 넘어가는 직공 일동이 미워지기도 하였다. 내일이 되면 마치 아무 일도 없었던 것같이 기적은 다시 울고 직공들은 다시 묵묵히 신을 붙이고 그리고 그 재창이놈은 조합에 보고했으니까 무슨 교섭이 있을 터이라는 간단한 한마디로 모든 것을 걷어치울 것이로구나.

관수는 오늘 그 좋은 기회에 조합간부인 재창이를 폭로하지도 못한 것이 몹시도 분했다. 원통하도록 후회가 났다.

재창이를 폭로하려면 조합도 글렀다고 해야만 된다. 그러나 지금 조합까지 글렀다고 선전하는 것은 옳은 일일까? 이런 생각이 마음에 걸려서 그는 항상 재창이를 폭로하기를 주저한 것이었다. 조합! …… 아무리 노동자의 이익을 대표한다 하여도 이제는 그것을 폭로하여야 될 것이라는 것을 그는 지금 생각하고 있었다.

어쨌든 오늘 일은 생각만 해도 우울해졌다.

담배가 떨어져서 삿귀를 들추고 꽁초를 찾았다. 짓눌려서 납작해진 조그만 꽁초를 주워서 곰방이에다 담아서 뻑뻑 빨았다.

"큰아야! 누구가 찾는데!"

부엌에서 그릇 부시던 모친의 소리에 문을 열어 보았다. 한 공장 안에 있는 길섭이라는 직공이 문 앞에 서 있었다.
"들어오지 않구!"
"들어갈 것까지 없어. 좀 나오게!"
관수는 대를 톡톡 털고 밖으로 나갔다.
"내가 좀 이르게 올걸. 시간이 촉박했는데 공회당 앞에 큰 뽀뿌라 나무 세 주가 있을 텐데 그 왼바른편 나무 아래에서 자네를 잠깐 만나 보자는 자가 있는데……."
길섭이는 굴뚝 뒤로 가서 관수에게 그렇게 전하였다.
"내게? 그런데 어떤 잔데?"
"좌우간 가보면 알지? 자네 알 사람일세……. 일곱 시 반인데 지금 곧 가야 될걸!"
관수는 머리를 끄덕끄덕하였다. 그가,
"그럼 가지!"
하고 대답했을 때 길섭이는,
"그럼 늦지 않게 이제 곧!"
하고 다시 한 번 되풀이하였다.
"저녁 안 먹고 어델 나가니?"
그가 고무신을 신을 때 그의 모친이 뜰에까지 쫓아 나왔다.
"괜찮아요. 곧 댕겨올 걸!"
그는 공회당을 향하여 집을 나섰다.
관수는 길을 걸으며 생각하였다. 마음에 직감되는 것은 파업이 끝날 때 만났던 사나이의 생각이다. 그 사나이인가? 만일 그 사나이라면 어떻게 길섭이가 전할까? 그것은 그러나 물론 가능치 못할 일은 아니었다. 그러면 그 방울 같은 사나이인가? 그렇지 않으면 내가 알 만한 누구일까? 타탸 줄 열한 획수의 어떤 사나이인가? 그는 여러 가지로 상상하며 저물어 가는 교외의 길을 걸었다. 그가 공회당 가까이 가서 어떤 상점의 시계를 들여다보았을 때 바로 정한 시간에서 일 분을 남겨 놓았었다.

그는 마지막 일 분간을 뛰어갔다. 공회당 뒤를 휘익 한번 휘돌아서 포플러나무 선 곳을 본즉 아무도 없었다. 그러나 곧 어떤 허름한 옷을 입은 사나이가 그 앞에 와 서서 담배를 붙였다. 관수는 가슴이 뛰었다. 그래서 언덕을 뛰어 내려가며 본즉 그것은 자기 옆에서 일하는 창선이라는 직공이었다.

"여!"

그는 담배를 후— 내뿜으며 그에게 손짓했다. 관수는 좀 견주었던 곳이 어그러진 듯한 낙망을 느꼈다. 창선이면 물론 잘 안다. 창선이는 파업 이후에 신직공 모집에 끼어서 들어와 자기네 공장에서 일하게 된 직공이다. 이 사나이는 물론 타탸 줄과는 아무 상관도 없었다. 이 사나이가 내게 무슨 말이 있단 말인가? 관수는 마음속에 좀 불편을 느끼면서 창선 가는 길을 묵묵히 걸어갔다.

"자네 지난여름 파업이 끝났을 때 경상골서 어떤 사나이 만나 본 적이 있어?"

창선이는 담배를 훅훅 내뿜으며 그에게 말했다. 물론 창선이 말과 같이 그 사나이를 만난 적은 있다. 그러나 그는,

"그런 일 없는데!"

하고 머리를 내흔들었다. 창선이 이름자는 타탸 줄도 아니고 열한 글씨도 아니었기 때문이다.

"없어?"

창선이는 잠깐 관수의 얼굴을 보았으나 곧 딴 것을 생각한 듯이 벌쭉 웃었다. 그는 고개를 끄덕끄덕하며,

"내 이름은 사실인즉 박태순일세!"

그리고 손뼉을 내밀고 그 위에 '泰' 자를 써 보였다. 타탸 줄 열한 획수! 관수는 다시금 창선의 얼굴을 들여다보았다. 그리고 그 순간 창선의

손목을 꽉 쥐었다.
"신용하겠니?"
"믿구말구!"
 길가에서 사람의 흔적은 적었으나 손목을 갑자기 쥐는 것이 이상했으므로 그들은 곧 손을 놓았다.
"자세한 말은 다음에 하구 지금 곧 여덟 시부터 같이 갈 데가 있네!"
 창선은 길 어구에 나선즉 선두에게서 왼편으로 굽어 돌았다.

*

 창선에게 끌려서 여덟 시 정각에 어떤 집을 찾아갔을 때 관수는 놀랐다.
 거기에는 벌써 길섭이, 동찬이, 선녀, 창호, 보무 에미 등등의 사오인의 얼굴이 등불을 둘러싸고 있었던 것이다. 그는 성큼 방 안에 들어서서 문을 닫았다.

4

 기역자로 지은 넓은 '하리바' 안에서 이백오십 명이나 되는 직공들이 고무신을 붙이고 있었다. 가을 햇발이 유리창을 가로 비추고 해뜩해뜩하게 떠도는 먼지를 나타낸다.
 오정이 가까워 오는데 이 공장 안은 어저께 아무 일도 없은 듯이 침묵하였다. 베어 놓은 고무를 틀에다 씌우고 풀칠을 하여 손으로 통통 치는 소리가 노둔하게 들려 올 뿐이다. 그리고 직공들의 발자국 소리만이 공기를 더욱 무겁게 하였다.
 관수와 창선이, 선녀, 길섭이 등은 몇 번인가 직공들과 섞여서 변소를 다녀왔다.

  그들은 이따금 슬쩍 보고는 의미 모를 웃음을 남몰래 하였다.

  드디어 열두 시 기적이 울었다. 그리하여 열두 시가 되도록 아무 일없이 그러나 기미 나쁜 공기 속에서 직공들은 일을 하였다.

  아무 소리도 없이 덜거덕덜거덕하며 직공들은 벤또를 가지러 갔다. 그리고 자기 각자의 벤또를 골라 가지고 두서넛씩 패를 지어서 공장문 밖으로 나갔다.

  관수는 다른 직공 세 사람의 틈에 끼어서 함께 벤또를 먹으러 갔다.

  이 공장에서는 겨울이나 비 오는 날은 방 안에서 그대로 먹지만 대개는 들이나 벌에 나가서 먹었다.

  "재창이는 조합에서 무슨 보고를 가지고 왔는지! 도무지 보이지 않누만!"

  잔디판 위에 앉으며 관수가 직공들에게 슬쩍 말을 붙였다.

  "아마 이제 무슨 보고가 있겠지!"

  또 한 직공이 그렇게 대답하며 "에헤헴!" 하고 무겁게 궁둥이를 놓았다.

  "엑키?! 이게 뭐이야?"

  벤또를 풀던 한 직공이 벤또를 놓으며 여러 사람 앞에 종이 한 장을 내밀었다.

  "에게? 내게두 있다!"

  또 한 직공이 같은 종이를 내놓았다. 관수는 자기 벤또를 들쳐 보는 척하였다.

  "내겐 없는데!"

  "내게두 없는데!"

  "건 내게두 없네! 좌우간 뭐이야?"

  그들은 두 패로 갈려 그 종이를 둘러쌌다. 얇은 미농지 한 장에 복사기로 또글또글하게 하나 가득 써 있었다. 처음에 좀 예쁘게 굵은 글자로,

평화   　　공장신문 일호
고무

하고 씌어 있었다.
"공장신문? 오―라! 우리 공장의 신문이란 말이로구나! 이건 또 누구 장난이야?"
직공 하나가 웃으며 그렇게 말했으나 그는 종이를 놓지 않고 좀 소리를 내 읽기 시작했다.
"얘! 이건 무슨 그림인가?"
한 자가 아래쪽에 있는 그림을 가리켰다.
"요건 재창이 것이구나!"
"에키! 요건 최 전무 같다!"
"이게 뭘 하는 게야?"
관수가 종이를 자기에게로 향해 돌렸다.
"하하, 이게 지금 주는 건 돈이로구나!"
그 옆에 있던 직공이 그림 위에 쓴 글귀를 읽었다.
"최 전무한테서 돈을 받는 몹쓸 놈 김재창이의 꼴을 봐라! 하하하!"
그는 종이를 놓곤 웃었다.
"얘 거 재미난다. 좌우간 글을 읽어보자!"
"지난여름에 우리들의 파업을 팔아먹은 놈은 누구냐? 그건 김재창이 같은 타락한 조합간부다! 우리들은 그런 놈에게 조금도 우리의 일을 맡기지 말자! 그는 우리들의 마음을 팔아서 자기 배를 채우는 놈이다. 어저께 일어난 일도 우리끼리 처리해야만 한다. 우리의 마음을 꺾고 고주에게 유익하게 하려고 재창이는 우리 편인 체하고 나서는 것이다. 어저께 아무 일도 없게 무사히 한 덕택으로 재창이는 전무네 집에서 술 먹고 요리 먹고 돈 먹는 것을 왜 모르느냐? 벤토를 빨리 먹고 마당에 모이자! 그리하여 재창이를 내쫓고 우리끼리 지도부를 선거하자! 우리 편인 체하고 나서는 몹쓸 간부를 내쫓아라!"
"애! 건 굉장하구나!"
"그 다음 또 읽어라!"
"크게 쓴 글자만 먼저 읽자! 뭐이가 이게? 오오라 공자로구나! 거 잘 썼는데 꾸불꾸불하게 썼네! 공장신문은 고무직공의 전부인 것이다! 공장신문을 믿어라! 공장신문을 지켜라! 또 그 아래 ……(생략)……들은 얼마나 이익을 보나? 전평화고무 직공형제들아! ……(생략)……의 준비를 하여라! 다른 공장 형제들도 늘 ……(생략)…… 준비를 하고 있다! 이제 곧 마당에 모여서 우리들끼리 지도부를 선거하자!"
거기까지 읽었을 때에 관수는 공장 문을 가리켰다.
"애 저것 봐라! 벌써부텀 이걸 보구 모여드는 게다!"
"정말! 저것 봐라!"
관수가 후더덕 일어섰다.
"벤또 싸 가지구 우리두 다 가자!"
"가자!"

5

박수 소리가 마당 안에 가득 찼다. 모임은 지금 한창 진행 중이었다.
"자 ― 그러면 우리끼리 준비위원을 선거합시다!"
또 박수 소리가 났다.
"몇 사람이나 할까요?"
한 사람이 번쩍 손을 들었다.
"아홉 사람이 좋겠수다. 그런데 나는 창선이를 천거합니다!"
일동은 그 소박한 말을 웃으면서도 박수를 하였다.
"아홉 사람 좋소!"

"창선이 좋소!"
"여보! 나는 박센네 합네다!"
"박센네 예쁜이 만세—."
남자들이 박수했다.
"여보! 나는 관수요!"
"관수 좋소!"
이렇게 하여 아홉 사람 준비위원이 선거되었다.
"누구 연설해라!"
하고 소리가 나매 뒤를 이어 박수 소리가 났다. 창선이가 쑥 머리를 내밀고 좀 높은 데 올라섰다.
"여러분 이제야 우리들은 우리끼리 선거한 지도부를 가졌습니다. 우리들 아홉 사람 ……(생략)…… 준비위원회는 죽을힘을 다하여 끝까지 여러분들의 의견을 대표하여 싸우겠습니다. 여러분 자— 일동이 ……(생략)…… 준비위원회 만세—."
"만세—."
"만세—."

—《조선일보》(1931. 7. 5~15).

남매

 쨍쨍 언 작은 고무신이 페달을 디디려고 애쓸 때에 궁둥이는 가죽 안장에서 미끄러져 떨어질 듯이 자전거의 한편에 매어 달린다. 왼쪽으로 바른쪽으로, 구멍 난 꺼먼 교복의 궁둥이가 움직이는 대로 낡은 자전거는 언 땅 위를 골목 어귀로 기어나간다. 못쓰게 된 **뼈**만 앙상한 경종警鍾은 바퀴가 언 땅에 부딪칠 때마다 저 혼자 지링지링 울고, 핸들을 쥔 푸르덩덩한 터진 손은 매 눈깔보다도 긴장해진다. 기름 마른 자전거는 이때에 이른 봄날 돌틈을 기어가는 율모기 같이 느리다. 그러나 길이 좀 언덕진 곳은 미처 발 디디개를 짚을 겨를도 없이 팽팽하게 바람 넣은 바퀴가 자갯돌과 구멍 진 곳을 분간할 나위 없이 지쳐 내려가기도 한다. 심장은 뛰고 가슴은 울렁거린다. 이때에,
 "남의 쟁골 또 타네?"
하는 고함이 등 뒤에서 나면 왈칵 가슴은 물러앉고 정신은 앞뒤를 분간할 겨를조차 없다. 앞바퀴를 돌각담에 박으면서 거의 엎드러지듯이 후덕덕 뛰어내려 돌아다보고 자전거의 주인인 면서기 대신에 계향桂香이를 발견하면, 두근거리는 가슴은 좀 가라앉으며 무엇보다 먼점 안심하는 빛이 그의 표정을 스쳐간다. 뛰어내릴 때 부딪친 사타구니가 갑자기 쓰려 오고, 그의 두 눈이 녹초가 져서 뎅그렁하니 넘어져 있는 자전거를 보았

을 때, 사슬은 끊어져서 흙받기 옆에 붙어 있고, 고무 페달만 싱겁게 핑핑 돌다가 멎는다. 녹슬어서 도금이 군데군데 벗겨진 핸들은 홱 비틀어져 있다. 고물상 먼지 구덩이에 박혀 있는 항용 보는 엿장수의 매상품賣上品이다. 봉근鳳根이는 화가 벌컥 치밀었다. 무엇을 짓부수고 싶은 마음이 가슴속에 꿈틀거리지만 그대로,

"왜 이래 남 쟁고 배우는데."

하고 저만큼 대문 앞에 서 있는 누이의 얼굴을 노려보면서 울듯이 눈살을 찌푸리고 말았다.

"너 누구 쟁곤데 물어나 보구 타네?"

봉근이는 아무 대답도 안 하고 사타구니의 아픈 곳을 부비며 너부러진 자전거를 세웠다. 돌담에 비스듬히 세우고 끊어진 사슬을 집어 차대에 얹고 다시 바퀴를 다리 틈에 끼운 뒤에 핸들을 바로잡았다.

"이전 경쳤다. 그게 누구 쟁곤데 닐르는 말은 안 듣구 만날 쟁고만 타더니."

"차 서방네 집에 온 멘서기 핸데 차 서방보구 허가 맡었다 뭘. 누는 괜히 민하게 굴어서 사슬 끊어딘 건 난 몰라, 씽."

자전거를 끌고 기운이 빠져서 어슬렁어슬렁 계향이 앞으로 올라간다.

"이 새끼 차 서방한테 허가 맡어서? 차 서방은 아바지하구 강에 나갔는데."

주먹을 쥐고 머리를 치려는 바람에 봉근이는 자전거를 계향이에게로 탁 밀어 버리고 저만큼 물러 뛴다.

"아이구 얘, 이 새끼."

겨우 넘어지려는 자전거를 붙들고 남치맛자락으로 입을 가리운다.

"새끼두 망하겐 군다."

계향이는 눈으로 봉근이를 노려보면서 어이가 없어서 웃어 버린다. 그리고는 목을 돌려 차 서방네 집을 향하여,

"김 서기 쟁고 건사하우. 결딴났수다."
하고 고함을 질렀다.

봉근이는 바자 틈에 돌아서서 손으로 언 가시나무 가지를 뜯다가 누이의 김 서기 부르는 소리에 속이 또다시 활랑거려 힐끗 누이의 얼굴을 쳐다본 채 그대로 꽁무니를 뺄까 한다.

"얘 봉근아!"
하고 즐겨서 자전거는 탔으나 뒷감당을 맡아서 치를 담력은 없는, 자기의 동생을 부드럽게 부르면서 계향이는 약간 쓸쓸함을 느끼었다.

"얘 봉근아, 쟁곤 내 말해 줄게 집에 들어가서 다랭이 가지구 아버지한테 쫓아가라. 꿩맹이 사냥 갔는데 앞강이 사람 탈 만하다더라. 오늘은 아마 큰 고기 잡는대. 주어 닙구 빨리. 어서 뛔가 봐. 또 멘세기 나오기 전에."

계향이의 낮은 목소리가 끝나기 전에 봉근이는 고슴도치 모양으로 대문 안을 향하여 굴러들어가 버렸는데 이윽고 차 서방네 집이서 코르덴 당꼬 바지를 입고 기성복 외투를 걸친 김 서기하고 차 서방의 딸 옥섬玉蟾이가 행길로 나온다.

"남의 하쿠라이* 쟁골 가지고 왜들 새박드리 야단이야 응."
하면서 김 서기는 물고 나오던 마코 꽁초를 불붙은 채로 길가에 던진다. 그리고 사슬 끊어진 자전거를 바라보고는 침을 한번 쭉 내어뱉고,

"허허 오늘 큰코다쳤다. 별수 있나, 계향이 하룻밤 화대는 마루키(丸木) 쟁고빵으로 털으야 됐디!"

"그거 이전 엿장세한데 팔든가 페양 갖다 박물관에 보관하디. 멘장 나으리 타시는 구루마 하구는 너무 초라해."
하고 옥섬이가 깔깔 웃으며 분 떨어진 핏기 없는 얼굴로 계향을 바라

---
*はく-らい(舶來): 외국에서 배로 도래渡來함. 또 그런 물건. 외래품.

소설 31

본다.

자전거를 받아서 사슬을 빼 짐틀에 놓더니 김 서기는 장갑 낀 손으로 안장을 툭툭 털며,

"이놈이 이래봬두 내 당나귀다. 말 갈 데 소 갈 데 없이 참 이놈 타구 세금두 많이 받았구 뽕나무 심으라구 야단두 엔간하게 쳤다."

"그리구 또 개새끼두 수없이 짖겠구."

"하하, 아닌 게 아니라."

하고 김 서기는 계향이의 말을 다시 받으면서,

"이 종이 아직 시퍼렇게 젊었을 때 촌동리 어구를 접어들면서 한번 째르릉 하구 울리기만 하문 개새끼는 짖구 닭의 새낀 풍기구 고양이 새낀 달아나구 아새낀 모여들구 촌체니는 바자 틈에서 침을 생켰는데, 이놈이 이전 다— 늙어서 이거 이놈 소리두 안 나네."

양쪽 쇠가 떨어져 없어져서 종은 손으로 누르면 찌륵찌륵 하기만 한다.

"오늘은 또 벨이 끊어졌으니 돈냥 탁실히 잡아먹게 됐군. 그저 이 동네 오믄 이랬거나 저랬거나 말썽이야."

"이왕이면 팔아서 소주나 사게, 날두 산산한데 한잔 먹구 니불 쓰구 낮잠이나 잠세."

제법 사내투로 반말로 받는 바람에 김 서기는 입이 써서 멍하고 서 있는 것을 계향이는 다시 한 번,

"여보시게 서기네 조카."

하고 간드러지게 웃었다.

"허 참 아침 흐더분히 잘 먹구 간다."

자전거를 끌고 골목을 나가려 할 때 계향이는 웃으면서,

"사랑하는 애인 만낼라문 쟁고 사슬 열 개 끊어두 아깝지 않네."

하고 그대로 웃으면서 옥섬이를 바라보았다.

"왜 이건 또 재수在洙가 안 와서 걱정인가?"

서너 발자국 가다 김 서기는 목을 돌리고 지껄이는데, 옥섬이는 코만 한번 찡긋 하고,
　"어떤 사람은 월급봉투두 터는데."
하였다.
　"아이구 아서, 새벽부터 오늘 재수 없다."
　"재수가 왜 없어. 오늘 공일이니 집에 있을걸."
　셋은 배를 추며 웃고 제가끔 갈라졌다.
　"엣춰!"
　"아이 차겁다!"
　긴 남치맛자락이 첫추위 바람에 팔락거리며 노랑저고리의 자주고름이 종종걸음을 치는 대로 대문 안으로 사라져 없어진다.

　어제까지 푸른 강물이 찬바람에 하물하물 떨고 있더니, 오늘 아침 추위에 조양천朝陽川은 백양가도白楊街道서부터 천주봉天柱峰 밑 저쪽까지 유리창 같은 매얼음이 쫙 건너 붙었다. 이번 겨울 들어 첫추위라 매운바람이 등골로 숨어드는 것이 유달리 차갑다. 얼음이 약할 듯싶어 아직 강을 타는 사람은 하나도 없었고, 졸망구니 아이들이 새벽에 가상으로 돌아다니며 아물아물 얼음 진 품을 발로 디뎌 보더니 지금은 그림자조차 간 데 없다.
　계향이와 봉근이의 의붓아비 땜장이 학섭鶴燮이는, 강가에 셋방을 얻어 살면서 매년같이 매얼음 진 첫날을 놓치지 않고 꿍맹이와 작살로 고기를 낚는 데 재미를 붙였다. 이즈음 날씨가 겨울로 접어들자 며칠을 두고 소주도 덜 마시며 강변에만 정신이 팔려 있더니, 간밤에 분 바람이 잠자리에 맵게 숨어드는 품이 미상불 강을 붙였으리라 짐작되매, 오늘은 이른 새벽 머리를 털며 자리를 나오자 눈을 부비면서 강가로 뛰쳐나갔다. 알린알린 기름칠한 거울같이 건너 붙은 것을 보고 강 한중복판을 발로 쿵

쿵 디뎌 보면서 언 품을 시험해 보더니, 아침밥도 이럭저럭 쏜살로 작살과 꿍맹이를 준비해 가지고 차 서방과 함께 조양천 윗목으로 올라갔다.

한 짝 고름이 떨어진 색 낡은 검은 두루마기를 노끈을 이어 칭칭 둘러 감고, 귀에다가는 양의 털로 만든 귀걸이를 끼우고서, 빈 다랭이를 든 채 강가로 줄달음질쳐 내려온 봉근이는 강 위를 확— 한번 두루 살폈다. 학섭이와 차 서방의 그림자를 강 위에서 찾아보는 것이다. 그러나 두서너 개 소나무 층층 박힌 외에는 바위와 잎 떨어진 가당나무뿐인 가난한 풍경—산 밑의 강은 은 이불을 깔아 놓은 듯이 아침 햇발에 빛나는데 눈에 보이는 것은 끝없이 줄기 뻗은 얼른거리는 비단 필, 개새끼 한 마리 찾아 볼 수가 없다. 통쾌하게 건너 붙은 강을 보고 흥분하였던 것도 삽시간 은근히 의심이 복받친다.

응당히 아버지와 차 서방은 내 눈에 보이는 이 앞강에서 허리를 꾸부러트리고 꿍맹꿍맹 얼음 위를 달리며 고기를 몰고 있을 터인데 사람도 간 데 없고 하늘을 울릴 꿍맹이 소리도 들리지 않는다.

누이가 또 세무서 인(邦)상하고 놀려고 날 속였나. 사실 오늘이 공일이므로 계향이하고 정분난 세무서 윤재수가 대낮에 집에 올 것은 정한 이치다. 무슨 일이 있는지 이즈음은 만나면 잘 웃지도 않고 눈만 멀거니 마주보며 한숨들만 쉬었다. 자세한 곡절은 모른다 쳐도 금년 열한 살밖에 안 먹은 봉근이의 상식으론 그들이 돈 때문에 그러는 것이라는 단정을 내릴 수는 있다. 월급도 몇 푼 못 받는 인상과 좋아 지내는 것을 아버지와 어머니가 싫어하여 가끔 누이와의 새에 충돌이 있는 것을 보아 온 터이다. 오늘쯤 나까지 강으로 내보내고 무엇을 의논하든가 그렇지 않다 해도 대낮에 문 걸고 히히거리고 놀기라도 하려고 일부러 꾸민 수단일 것 같기도 하다. 싸릿개비로 튼 고기비늘 붙은 초라한 종다랭이—이것을 뎅그렁하니 쥐고 섰는 자기가 싱겁기 한량없어,

"제—미 나까타나 볼당 못 볼라구—." ○○○?

하고 어른 같은 입버릇을 하며 침을 뱉었다. 그리고 휙 발굽을 돌리려고 하는데 그는 그때에 똑똑히 들었다! 얼음장을 울리고 천주봉을 무너트릴 듯한 꿍맹이 소리가 기관총의 소리같이 연거푸 공중에 진동하지 않는가!

"오! 차 서방의 꿍맹이!"

그는 생선 잉어같이 펄깍 기운을 떨쳐 강 가상으로 달음박질쳤다. 꿍맹이는 어디냐? 작살 든 아버지는 어디 있나? 목을 뽑고 굽어보니 과연 있다, 있다. 강이 휘돌아 굽어진 곳에 낡은 순사 외투를 입은 차 서방이 꿍맹이를 울리며 화살같이 달아 나가더니 한번 유달리 높게 꿍맹이 소리가 나고 잠시 소리가 멎는 때에, 뒤쫓아 오던 학섭이가 바른손을 번쩍 들었다가 긴 작살을 얼음 구멍으로 던진다. 이윽고 작살이 얼음에서 번뜩거리는 생선을 물고 있는 것을 보았다.

"어—이!"

천주봉이 봉근이의 고함 소리를 받아서,

"어—이!"

대답한다. 봉근이는 아버지가 목을 돌리고 자기를 먼 발로 바라볼 때에 다시 한번,

"어—이!"

소리를 치고 다랭이를 번쩍 들어 보인 뒤에 강을 따라 위로 위로 뛰어갔다.

얼어붙은 자갈과 모래를 밟으며 쏜살로 달려가서 천주봉 앞까지 이르도록 차 서방과 아버지는 한 번도 이쪽을 바라보지 않고 냄새 맡는 거먹곰 같이 얼음장을 굽어 살피며 고기를 찾기에만 바빴다. 그러므로 목구멍에서 쇳내가 나는 것을 참아 가며,

"아바지, 이제 잡은 거 머야?"

하고 헐레벌떡거릴 때 겨우 아버지는 목만을 이편으로 돌린 채 마치 봉근이가 떠드는 바람에 모여들던 느치 떼가 도망을 친다는 듯이 말 대신

에 험상궂은 상통을 지어 보였다.

  봉근이는 핀잔을 맞고 나서 숨만 쓸데없이 씨근거리며 그래도 먼 발로 본 팔뚝같이 번뜩이던 고기가 느친가 어행가 붕언가 알고 싶어 어정어정 강 가운데로 걸어 들어갔다. 얼음은 몰아치는 찬바람에 표면이 굳어져서 언 고무신을 댈 때마다 물기 하나 돌지 않고 매츠럽기만하다.

  거울 같은 매얼음 속으로 모가 죽은 둥근 자갈과 물이끼와 모래알이 손에 잡힐 듯이 가깝게 보이고, 깊은 곳으로 갈수록 물은 파란 기운을 더할 뿐 지척지간과 같이 들여다보였다. 아버지들 있는 쪽으로 갈수록 이따금 얼음 위에는 꿍맹이를 울린 자리와 먼 곳까지 태맞은 자리가 잦아지고 꿍맹이의 자국이 서너 개 함께 엉킨 가운데에 풍그렇게 구멍이 뚫렸는데 속에서는 물이 하물하물 올라 솟았다. 아까 잡아 놓은 느치는 바로 그 옆에 눈을 뜬 채로 등허리에 작살 자국과 붉은 피를 묻힌 채 아직 꼬리를 파르르 떨면서 가로누워 있었다. 봉근이는 만족한 듯이 한참 동안이나 그것을 내려다보다가 침을 꿀꺽 삼키고 들었던 다랭이에 손가락으로 입을 꿰어 옮겨 넣었다.

  둘러멜 만한 것도 못 되는 것을 억지로 무거운 것이나 지니는 듯이 다랭이를 어깨에 걸치고 나서 그는 약간 앞산을 바라보았다. 가당나무 숲 속에서 금방 산비둘기 한 마리가 푸드득 날더니 뒤이어 차 서방의 꿍맹이 소리가 다시 자지러지게 울려온다. 산비둘기는 산을 넘어 서쪽을 향하여 하늘을 휘어 돌아 없어진다.

  깍지 통 같이 주워 입은 차 서방이 신이 나서 꿍맹이를 울리며,

  "예 간다!"

  "예 간다!"

  소리를 지르고 얼음 위를 암탉 풍기듯이 뛰어 논다. 그 뒤론 무릎까지밖에 안 오는 달구지꾼의 더럽힌 회색 두루마기를 입은 키가 늘씬한 학섭이가, 키가 넘는 작살을 얼음 속 생선 대가리에 겨눈 채 꿍맹이를 따라

이리 뛰고 저리 뛰고 헤번덕거린다. 봉근이의 가슴은 갑자기 두방망이질을 하듯이 뛰었다. 그리고 무슨 큰 내기나 할 때같이 가슴이 죄어드는 것 같았다. 그래서 정신을 잃고 차 서방과 학섭이가 콩알 튀듯이 뛰어 도는 것을 바라보다가 알지 못하는 새에 자기도 그쪽으로 달려갔다.

  한 길이나 될까 말까 한 맑은 물속에는 어쩔 줄을 모르는 잉어 한 마리가 가끔 흰 배래기를 번득이며 숨을 곳을 못 찾아 어름거리고 있다. 그러나 잉어는 머리 위에서 연거푸 울리는 꿍맹이 소리에 어리둥절하여 마름 포기를 의지한 채 우뚝 서버리고 만다.

  "꿍."
하고 얼음을 뚫은 꿍맹이가 슬쩍 빗서기가 무섭게,
  "획."
소리를 내며 작살이 물속을 가르고, 그 다음 순간 잉어는 흰 배래기를 하늘로 곤춘 채 마름 포기에 박히고 만다. 쇠로 벼른 작살 끝이 잉어 대가리를 끌고 얼음 구멍으로 다시 나올 때 봉근이는 기쁨에 입이 터져서 자기 아버지의 얼굴을 우러러본다. 함석을 가위로 오려서는 납으로 붙여서 물통을 붙여 가며 김치 쪽이나 부친 두부를 손가락으로 집어넣고는 사이다 병에서 소주를 따라 마시는 느림뱅이의 땜장이 학섭이가 이렇게 재빠르게 날뛰는 적을 봉근이는 본 적이 없었다. 두 팔로 작살을 들고 꿍맹이 소리에 맞추어 고기를 찌르던 그 긴장한 재주, 그러나 기쁨을 참을 수 없어 봉근이가 발을 동동 구르며 손뼉을 칠 때 학섭이는 다시 가래 잎을 깨문 듯한 험상궂은 얼굴로 봉근이를 쳐다보았다.

  "출랑거리다 물에 빠질라."
그리고는 또 아무 말도 안 하고 얼음장 속을 들여다보았다.
  "한 놈은 어데루 갔을까?"
  차 서방은 꿍맹이를 집고 봉근이가 생선을 집어 건사하는 것을 보다가 콧물을 찡— 풀었다.

"일본 집에 가문 오십 전은 주겠군."

이렇게 혼잣말로 중얼거리더니 학섭이와 함께 도망간 고기를 찾으러 다시 허리를 구부렸다.

동지 가까운 겨울 해는 짧았다. 그러나 해가 모우봉暮雨峰 위에서 남실거릴 때 학섭이네 일행은 다랭이에 차고도 한 펨챙이가 될 만큼 많은 고기를 잡았다. 해질 무렵이 되매 강 위엔 엄청나게 큰 산 그림자가 덮이어 등골론 산산한 바람이 숨어들었으나 한 짐 잔뜩 지고 팔이 굽도록 무겁게 든 봉근이는 손끝밖에는 시리지 않았다. 몸에서는 더운 김이 훈훈히 나고 잔등과 겨드랑 밑에는 땀이 찐득하게 흘렀다.

그는 앞서서 언덕을 올라오다가 골목을 휘돌아 자기 집과 차 서방 집을 발견하곤 기쁨을 참지 못하여 소리를 지르며 달음박질을 쳤다.

"고기 한 다랭이두 더 잡았다. 어—이."

"옥섬아, 계향아—."

이렇게 소리소리 지르며 자기 집 대문 안으로 뛰어 들어갔다.

봉근이는 고기 다랭이를 토방 위에 놓고 세수 소랭이에는 펨챙이에 꿰었던 것을 옮겨 놓았을 때 계향이는 세 살 난 관수觀洙 동생을 안고 윗방에서 나왔고, 어머니는 부엌에서 손에 물을 묻힌 채 뛰어나왔다.

"아이구 이게 웬 고기라니 수탠 잡았다."

"그러게 내가 나가 보라구 안 하던."

어머니와 계향이는 입이 벌어져서 고기를 내려다본 채 한참 동안이나 움직일 줄을 모른다.

"더 잡을 겐데 꿍맹이 소리 듣구 남덜두 나와서 고만 조꼼 잡았다."

봉근이는 제가 잡기나 한 듯이 뽐을 내는 것을 계향이는 웃으면서,

"욕심두, 그럼 남두 잡아야지 너 혼자만 먹간?"

하였다.

"테—테 차 서방이랑 아버지두 우정 남몰래 잡을라구 웃꼭대기에서부

텀 잡아 내려오댔는데 모우봉 밑에 오네껜 모두 쓸어 나오는데 그래두 우리가 델 수태 잡아서."
 이러고들 있을 때에 뒤쫓아 차 서방과 학섭이가 팔짱을 끼고 들어온다.
 "왜 이건 보구들만 있니, 정 험한 건 물에 좀 씻구, 작은 건 추려서 한 오십 전 어치씩 께라. 저녁끼 때 넘기 전에 어서 팔으야 돈냥이나 산다."
 학섭이는 작살을 두루마기 섶으로 닦으면서 투덜거리며 서둘러 대는데 차 서방은 꿍맹이를 기둥 옆에 세우고 또 한 번 코를 찡— 풀었다.
 "큰 거나 팔구 작은 건 옥섬이네하구 논아서 찔게나 하디 머 걸 다— 팔겠소."
 봉근이는 어이가 없어서 옆에 멍하니 서 있는데 계향이는 아이를 안은 채 아버지를 핀잔주듯 하였다.
 "얘가 정신이 나갔구나. 이좀 벌이 없는데 이게 벌이다. 팔아서 쌀을 사든지 술을 사든지 하디 우리가 이런 생선을 먹으면 밸이 꼴려서 죽는다."
 차 서방도 팔자는 주장이었다.
 어머니는 아무 말도 안 하고 서서 이 사람 저 사람의 얼굴들만 쳐다보더니, 그대로 부엌으로 들어가서 바가지에 물을 떠가지고 나온다.
 "인 내우다 내 할게. 어서 불이나 때우."
 학섭이는 손을 걷고 고기를 골라서 대강대강 씻기 시작한다.
 "좀 냄겼다 한잔 하야디."
 둘이는 쭈그리고 앉아서 중얼거린다.
 "여부 있소. 팔다 남은 거 가지구두 술 한 된 치우겠는데."
 "아니 아마 이 좀 이게 귀한 물건이 돼서 다 팔리리다. 미리 좀 내노야디."
 "허리 끊어진 놈두 댓마리 되니 그걸 지지구두 너끈히 술 되는 없애겠는데 어서 다— 께서 팝세다. 한 오 원 벌문 메칠 두구 땟손에 시장치나 않게 안 디내리."

봉근이는 아무 말도 안 하고 고무신을 마루 밑에 벗고 방 안으로 들어갔다. 뒤따라서 계향이도 들어온다. 계향이는 아이를 아랫방에 놓고 혼자서 샛문을 열고 자기 방으로 올라가 버렸다. 관수가 달랑달랑 걸어와서 아랫목에 서서 멀거니 농짝을 바라보고 있는 봉근이의 다리를 붙든다.

"형이 고기 먹어? 고기 먹어?"

이렇게 관수는 봉근이를 쳐다보며 잘 돌아가지 않는 혀로 말을 건넨다.

봉근이는 관수의 말도 들리지 않는 것 같다. 아니 지금도 문 밖에서 중얼거리고 있는 아버지와 차 서방의 말도 들리는 것 같지 않다. 갑자기 사지가 노곤하여지며 귀와 발가락이 근질근질하고 머리가 횡하다.

지금까지 어깨에 메었던 것 그리고 팔이 휘도록 들었던 것— 느물느물한 피 뚝뚝 흐르는 생선들. 그 많은 잉어와 느치 그리고 어해와 붕어.

밖에서는 언 땅에 물 쏟는 소리가 나더니.

"그럼 차 서방은 아랫동네루 가우. 내 요릿집하구 여관으로 가볼게. 그리구 파는 대로 두붓집으로 오우다."

하면서 대문 밖으로 나가는 기척이 들린다. 아마 고기를 다 꿰고 씻어 가지고 팔러 나가는 모양이다.

이윽고 윗방에서 계향이가 담배를 붙여 물고 연기를 푸— 내뿜으며 봉근이 옆으로 내려왔다.

"에나 이거 가지구 호떡이나 사머."

봉근이는 계향이가 쥐어 주는 십 전짜리를 보고 비로소 정신이 펄깍 드는 것 같았다. 그는 설움과 분함이 금시에 북받치는 듯이 몸이 일시에 북— 떨리었다.

십 전짜리 백통전을 잠시 물끄러미 들여다보다가,

"이까짓 돈."

하고 방바닥이 뚫어지라고 메어 던진다. 그리고는 터져 올라오는 눈물을, 막을 길이 없는 듯이 펄싹 주저앉으며 엉엉 울기 시작한다. 백통전은 방바닥 위에 손톱자리만한 자국을 그리고 그대로 띠그르르 굴러서 방 걸레 옆에 가 멎는다. 관수가 돈을 따라 그쪽으로 걸어가다가 봉근이의 울음소리에 놀라 이쪽을 쳐다본다.

"이 새끼 무슨 버릇이야."

계향이는 낯이 해쓱해지도록 가슴이 뭉클하였다. 그래서 담배를 내던지고 달려가서 돈을 집어 다시 봉근이의 손에 쥐어 주었다. 그러나 봉근이는 누이의 얼굴을 쳐다보지도 않고 돈을 동댕이쳐 내던지며 다리까지 버둥거린다.

"그까짓 돈 없이두."

울음에 섞여서 중얼거리다가 말끝을 덜컥 목구멍으로 삼켜 버린다.

"머이 어드래?"

계향이는 말끝을 쫓아가며 따지려 든다.

"호떡 안 먹어두 산다."

봉근이의 말이 채 떨어지기 전에 무섭게 쳐다보던 계향이의 바른손은 봉근이의 눈물에 젖은 왼 볼을 후려갈겼다.

"이 자식 죽어 버려라."

계향이는 땅바닥에 넘어졌다가 다시 일어나 앉아서,

"왜 때려."

"왜 때려."

하며 대드는 봉근이를 남겨 두고 자기 방으로 조급하게 올라왔다. 그리고 이부자리 갠 데다 푹 얼굴을 묻고는 소리 안 나게 흑흑 느껴 울었.

부엌에서 밥을 짓던 어머니는 방 안에서 남매끼리 다투는 소리를 송두리째 들을 수는 없었으나 계향이가 봉근이를 두들기는 원인이 어디 있는지를 알고 있는 만큼, 계향이의 주먹이 봉근이를 후려치는 소리는 자기의 가슴을 쑤시는 거나 같이 아프고 뒤이어 엉이엉이 우는 봉근이의 울음소리에 피는 끓는 솥처럼 설레었다.

아침부터 종일 두고 하는 소리와 짓이 자기에 대한 공치사와 지청구뿐이었다. 그래도 아무 말 않고 내버려두었더니 에미 볼을 후려갈기지는 못해 강바람에 빨갛게 핏빛이 운 봉근이의 뺨따귀에 분풀이를 하고야 마는구나. 계향이와 봉근이의 아버지 김일구金日九가 죽은 뒤 얼마나 자기는 살아가려고 애를 태웠던고. 그때 자기는 겨우 스물여섯 살, 계향이는 아홉 살이고 봉근이는 세 살이 났다. 아이 둘을 옆에 하나씩 끼고 홀몸이 된 자기는 할 수 있는 일이면 뭐든지 하려고 하였다. 광산에 가서 굴속에 가서 혹은 기계간에 가서 장정과 같이 뼈가 가루가 되도록 일할 생각도 먹었다. 그래서 죽는 한이 있어도 계향이가 가는 보통학교 이학년은 계속해 다니게 하려고 하였다. 그러나 일자리를 안 준 건 광산회사가 세상인가 몰라도 자기는 며칠 안 되어 세상 여편네가 먹는 결심이란 만일 굳건한 용단력이 있다면 죽음밖에 다할 길이 없다는 걸 알게 되었을 뿐 계향이 —그때는 봉희鳳姬라 불렀건만— 그의 공부도 가갸거겨에서 끊어지고 쌀밥이 조밥 되고 밥이 다시 죽이 되는 한 해 동안 해보고 난 것 부대껴 보고 생각한 끝이 재가再嫁였다. 그때 김학섭이는 말뎅이 금광이 한참 경기가 좋을 때라 하루에 손에 집는 게 돈이었다. 매일같이 생기는 함석지붕 물 수채, 학섭이는 하루 해 있을 때까지만 어물거리면 돈 이 원은 헐하게 잡았다. 지금 계향이가 자기를 나무라는 것이 재가한 데 있다면 대체 그때의 자기로서 이 길 아닌 어떠한 방향이 남아 있었단 말이냐. 그때 김학섭이는 게으름뱅이도 아니었고 술은 안 하는 축은 아니었으나 가끔 먹으면 걸걸하게 웃고 애들과 놀다간 씩씩 자버리곤 했다. 한 푼 생기면 쌀보다 소주를 찾게 되고 술 한 잔 마시면 한 되 사오라고 집안사람과 지트럭거리고 낯도 안 닦고 검버섯이 돋은 채로 쭈그리고 공술잔을 거두러 다니게 된 것은 말뎅이 광산이 폐광이 된 뒤 평양을 거쳐 삼 년 전 이곳에 온 뒤부터다. 그래도 자기는 기생으로 넣기를 얼마나 반대했을까. 그때 앞집 차 서방 딸 옥섬이의 새 옷이 부러웠는지, 찾아다니며 노는 젊은 녀석들과 시시덕거리는 것이 부러웠는지는 모르나, 기생 권번에 들어간다고 서두른 것은 애비도 애비려니와 기실은 봉희 자신이 아니었던가. 기생 허가가 나와서 버젓하게 요릿집에 불리게 되는 동안 일 년 하고도 반 년이나 일 원 오십 전씩 월사금을 물고 소리 선생이 왔다고는 삼 원, 검무 선생이 왔다고는 오 원씩— 그것을 마련하느라고 쓰인 앤들 어찌 애비에게 없었다 할까. 지금 돈푼이나 들여다 쌀되나 사는 날이 며칠이나 되었길래 벌써부터 서방에다 제 좋고 나쁜 걸 가리려 들고 얼핏 하면 에미 노릇한 게 뭐냐고 지청구가 일쑤란 말이냐.

어머니는 손끝에 물이 젖은 채 샛문을 열어젖히었다.

"이 애가 누구한테 할 분풀일 못 해서 아일 때리구 야단이가. 그래 네 에밀 못 잡아먹어 아침부터 독이 올라서 법석이냐."

어머니가 성이 나서 덜렁거리는 바람에 땅바닥에서 돈을 만지작거리던 관수가 자겁에 놀라 샛문으로 달려가서 어머니에게 매어달리며 집었던 돈을 내어 준다. 어머니는 관수를 부둥켜안고 올라와 나지도 않는 젖을 옷섶을 비집고 물려주었다. 안팎을 융으로 만든 때 묻은 저고리 속으로 맥없이 늘어진 젖통을 쥐고 힘들여 빠는 소리가 쭐쭐거리며 들린다. 와락 한마디 화를 쏟으면 좀 속이 풀릴까 했더니 어머니의 속은 가라앉지 않고 오히려 하고 싶은 말이 더 목구멍을 치받치었다. 그는 목소리를 억지로 낮추어 차근차근 이르는 말같이 하려고 애쓰면서,

"인젠 네 나이두 셀 쇠면 열아홉이야. 그만했으면 세상 물게두 알구 집안 살림살이두 채잡아 할 나인데 부모가 이르는 말이라믄 역정이 나서 한사하구 말대답이디. 애비가 한마디 하믄 열이 올라서 사흘나흘 집안사람을 못살게 굴구."

이렇게 중얼거리면서 그는 웃간 딸의 기색을 살피느라고 말을 멈추었다.

계향이는 울기를 멈추고 이불에서 얼굴을 들고 멍하기 어머니의 말을 귓등으로 듣는 것 같았다. 그래서 어머니는 다시 일층 목소리를 낮추어

서 타이르듯이 이야기를 꺼내려고,

"오늘 일만 해두 아침에 내가 한 말이."

까지 하였는데 뜻밖에 계향이의 목소리는,

"듣기 싫여! 한 말 또 하구 한 말 또 하구."

하고 말문이 막히도록 쏘아 버린다. 어머니는 말을 뚝 끊었으나 오히려 냉정하게 가라앉았다. 오냐 그것이 딸이 에미에게 대하는 태도라면 에미도 또한 더 이상 더 붙잡지 않으리라— 그의 해쓱해지는 낯빛은 이렇게 말하는 듯이 잠깐 묵묵히 앉았다가 갑자기 관수가 물고 있는 젖꼭지를 쭉 빼고 벌떡 일어섰다. 관수가 놀라 불티가 튄 듯이 소리를 지르며 울기 시작한다. 어머니의 정신은 그러나 관수의 울음으로 헝클어지지 않고 일어서는 대로 와락 샛문을 잡아 젖히고 윗방으로 올라간다.

"이년!"

이렇게 한번 소리 지르기가 무섭게 어머니의 손은 계향이의 머리카락을 덥석 쥐었다.

"두말 말구 네 맘에 드는 서방 데리구 맘대루 치탁거리면서 살어라!"

그러나 눈시울이 약간 부어 오른 계향이도 비록 머리칼을 잡히기는 하였으나 매서운 눈초리로 어머니의 얼굴을 낯짝이 뚫어지라고 바라보는 품이 예상보다 녹록할 것 같지 않았다. 아랫방에서 관수와 봉근이가 달려와서 엉이엉이 울며 두 사람을 하나씩 부여안고 그 새에 끼어 선다.

"너는 그래 서방 몰르구 이태 살어왔니."

한참 바라보던 계향이의 빨갛게 핏빛이 운 입에서 이 말이 튀어나오자 어머니는 정신이 아찔해지는 것 같았다. 연하여 계향이의 독살 오른 목소리가 어머니의 찌그러진 표정을 향하여 조약돌을 던지듯이 튀어나온다.

"애비라구 가가 잘 변변히 가르쳐 줬단 말인가. 밥을 알뜰히 멕여서 남처럼 호사를 시켰단 말이냐. 기생질 해서 양식 대구 몸 팔아서 술 멕인 게 이붓자식 된 큰 죄가 돼서 술독에 넣어 치닥거릴 못 시켜 죽일 년이란 말이냐. 할 거 다 하구 틈틈이 내 좋은 서방하구 즐기는 게 원수가 돼서 술 먹었노라구 아우성이요 술 안 먹은 건 정신이 말짱하다구 에미 애비 된 자세루 사람을 졸라 대니 나가라믄 나가지 엄매 그늘 밑에서 흔하게 잡은 물고기 한 마리 먹어 본걸."

 홱 뿌리치는 바람에 어머니는 멍하니 잡고 섰던 머리카락을 놓치고 좀 앞으로 비틀거렸다. 계향이는 치맛자락을 쥐고 섰는 봉근이를 물리치는 대로 방문을 열고 밖으로 나갔다. 저녁 산산한 바람이 열 오른 얼굴을 차갑게 스치고 간다. 귀가 씽— 하고 다시 열리면서 방 안에서 아이들 우는 소리가 유난히 요란스럽다. 그는 한참 동안 정신을 잃고 선 채로 앞산을 바라보았다.

 곤하게 들었던 잠이 대문에서 두런거리는 말소리로 깨어 보니 창문이 훤하게 밝았다. 봉근이는 한번 잠이 들면 부둥켜 일으키기 전에는 누가 뭐라고 떠들어도 깨지 못하는 성미였는데 대문 어귀에서 웅얼거리는 술 취한 아버지의 말소리에, 기겁을 하여 소스라쳐 깨어난 것은 이상스런 일이었다. 전에는 제 옆에서 술을 먹으며 노래를 부르고 별짓을 다 해도 잠을 깨어 본 일이 없는데 집이 바뀌어 잠자리가 달라지고 아버지가 주정을 하러 올 것을 미리부터 근심하면서 자던 때문인가? 어쨌든 그의 신경이 그만큼 아버지의 목소리에 예민해져 있던 것만은 사실이었다.

 그것도 그럴 것이— 어제 저녁 물고기 사건으로 어머니와 누이의 싸움이 마루턱에까지 벌어진 채 누이는 생각을 돌리지 않고 그날 밤으로 대강한 것을 꾸려 가지고 봉근이와 함께 이 집—이 고을 본바닥 기생 명월 明月네 거래채 두 방을 빌려 가지고 이사해 버렸다. 방에다 불을 넣고 나서 계향이 누이는 위선 아랫방에 돗자리를 깔고 이러저러한 방치장만 해 놓고는 돈 변통을 나가는지 그 발로 어디엔가 돌아다니다가 요릿집으로 불려간 모양인데 봉근이는 혼자서 윗간 아랫목에 이불을 펴고 엎드려서

학교서 배운 것을 두어 장 복습하는 척하다가 누이는 오지 않고 이상한 것을 모르고 있던 학섭이 아버지가 달려와서 집을 부수고 지랄을 치지나 않을까 근심하며 잠이 들었던 것이다. 꿈에도 여러 번 주독에 코가 빨개진 검버섯이 돋은 학섭이의 얼굴을 보며 자던 터이라, 그리 높지 않은 말소리에 이같이 눈이 뜨인 모양이다.

밖에서 들린 목소리가 무슨 말인지는 몰라도 그것이 아버지의 것임에 틀림없다는 것을 알았을 때엔 그는 약간 몸서리가 쳐지고 가슴이 두근거리었다.

누이— 누이는 아랫방에 들어와서 자고 있는가. 만일 누이가 없다면 이 봉변을 혼자서 겪지나 않을까 하는 생각과, 누이가 없으면 욕이나 몇 마디 하고 가버릴 것이니 오히려 누이가 간밤에 집에 오지 않고 좋아하는 '인상' 하고 어디서 밤을 샜으며는, 하는 두 가지 생각이 서로 엉클리어서 머릿속에 뒤끓는다.

뒤쫓아 아버지가 대문 어귀를 돌아 뜰 안에 들어서는 발자국 소리가 난다.

"이 고약한 년 같으니 배은망덕 하는 년 같으니."

이렇게 혀 꼬부라진 소리로 중얼거리더니 족제비 잡으려고 파놓은 구멍에 다리가 빠졌는지 쿵 하고 넘어지는 소리와 "에익" 하며 다시 일어나는 기척이 들린다.

마루에 올라서는 쿵 하는 소리를 들을 때엔 봉근이는 그대로 있을 수가 없어서 이불을 푹 뒤집어썼다. 안으로 건 문을 덜강거리며 열라고 야단을 친다. 아랫방에서 끙— 하는데 입을 쩔갑쩔갑 씹는 자가 또 하나 있는 것을 보면 아랫방에서 자는 것은 계향이 누이뿐이 아닌 모양이니 만일 '인상'과 같이 품고 누웠다면 아버지와의 이 봉변을 어찌 감당할 것이냐. 항상 미워하고 말끝마다 욕 잘하던 '인상'이 계향이와 품고 누워 있는 것을 다른 날도 아닌 오늘 이때에 본다면은 검버섯이 돋은 학섭이의 얼굴은 호랑이같이 무서워질 것이요 그의 두 손은 독수리가 병아리를 채듯 이 두 사람을 덥석 쥐고 갈래갈래 찢어 버리고 말 것이다. 봉근이는 머리 위에서 폭탄이 터지는 것을 기다리는 마음이었다.

이윽고 안에서 문 여는 소리가 나고 문이 삐익 소리를 내며 열리더니 웬일일까 그 뒤에 올 화약 터지는 소리가 들리지 않는다. 한참 문이 열린 채로 있더니 뜻밖에 학섭이는 서투른 말씨로,

"도—모 시쓰레이,* 하하, 오소레오이데스."**

하고 굽실거리는 품이었다. 그리고는 문을 가만히 닫고 달음박질이나 치듯이 뜰을 건너 종종걸음으로 대문을 나가 버린다.

"하하하, 야코상 후루에데 이야가라!"***

아랫방에서 사나이의 목소리가 탁하게 들려온다.

봉근이는 처음에는 자기의 귀를 의심하였다. 그러나 이불 밖에 얼굴을 내놓고 아무리 전후를 생각하여도 그것은 틀림없는 사실이었다.

'인상' 하고 품고 있다가 학섭이한테 찢겨 죽는 한이 있다 쳐도 봉근이는 아랫방에서 계향이가 몸을 맡기고 있는 사나이가 '인상'이기를 얼마나 원하였을까. 그러나 그는 그 때문에 여태껏 아버지 어머니와 충돌하였고 또 이사까지 하게 된 학섭이가 매일같이 같이 자라고 원하던 식료품가게의 젊은 주인이었다.

물론 계향이가 몸을 맡긴 사나이는 봉근이가 아는 것만 해도 반타는 넉넉하다. 그러나 돈 없고 구차한 세무서 '인상' 윤재수하고 좋아 지내게 된 다음부터는 결코 다른 사나이와 잠자리를 같이하지 않았다. 아버지 어머니가 큰돈이 떨어진다고 아무리 졸라도 들으려고 하지 않았고 구박이 심하면 심할수록 그는 더욱더욱 완강하게 그들과 싸웠다.

---

* 실례했습니다.
** 송구스럽습니다.
*** 녀석, 벌벌 떠는 꼴이란.

봉근이는 아버지한테 맞고 어머니한테 갚히우면서도 구차한 윤재수와 좋아하며 종시 다른 남자에게 몸을 허하지 않는 계향이를 볼 때에, 무슨 숭고하고 신성한 것을 발견하는 것같이 누이가 우러러 뵈었다. 평양 가서 여학교에 다니다가 방학 때마다 돌아오는 누구누구의 평판 높은 처녀들도 이렇게 신성하고 마음이 깨끗할 것 같지 않았다. 그는 학교 동무들이,

"깅호— 꽁(金鳳根) 매부 한 다스? 두 다스?"
할 때에도 천연히 속으론 '네 누이들보다 깨끗하다'고 생각하면서 그는 부끄러움을 느끼지 않았다. 이 세상에 사랑도 쥐뿔도 없으면서 돈 때문에 명예 때문에 얼마나 많은 처녀들이 나이 많고 개기름 흐르는 사나이의 첩으로 시집을 가는지를 봉근이는 잘 알고 있었기 때문이다.

그렇던 계향이가 이것이 웬일일까? 물론 집을 뛰쳐나왔으나 간조* 찾을 날은 멀었고 돈 한 푼 없이 살림을 해갈 채비가 막연해서 홧김에 먹어 놓은 술기운에 이 일을 저질러 놓은 것을 봉근이도 상상할 수 있다. 그러나 그러한 속에서 여태껏 부모와 주위와 싸워 왔길래 누이는 훌륭하였거늘 결국 돈 때문에 몸을 단 한 번이나마 맡기고 말았다면 어느 모를 취할 길이 있을 터이냐. 어머니와 다투고 집을 뛰쳐나오는데 봉근이가 쫓아 나온 것도 그것을 믿고 따랐던 때문이 아니었던가!

봉근이는 모든 것이 더러워 보였다. 아버지, 어머니, 누이— 모두가 더럽고 구려 보였다. 세상에는 숭고하고 신성한 것을 도무지 찾을 수 없는 것 같았다.

벌써 해가 치밀어 앞으로 한 시간이면 학교가 시작될 것이다. 봉근이는 무거운 머리를 들고 맥없이 자리에서 일어났다. 아랫방에선 다시 잠이 들었는지 조용하다. 봉근이는 낯도 씻지 않고 아침도 찾아 먹을 생각

---

* 봉급.

없이 책보를 들고 방을 나섰다.

"얘 조반 안 먹구 발세 학교 가니?"

대문을 나서려고 할 제 이러한 누이의 소리가 들렸으나 그는 들은 척도 안 하였고 또 듣는 것까지도 더러운 것 같았다.

골목을 돌아서서 발샛길을 걸으며 봉근이는 더러운 하수구 속에서 비어져 나온 것같이 마음이 깨끗하고 일신이 가벼웠다.

아랫동리에서 오는 길과 합하는 곳에서 오학년 선생의 아들을 만났다. 그는 봉근이보다 한 학년 위인데 몸은 그와 비등하다.

코 흘린 자국이 발갛게 난 얼굴을 싱글싱글하며 서너 발자국 앞으로 뛰어가면서 홀쩍 얼굴을 돌리더니,

"깅호— 꽁. 매부 몇이든지? 한 다스? 두 다스?"

하곤 닝금닝금 뛰어간다. 봉근이는 항상 듣는 이 말이 지금같이 모욕적으로 자기를 충격한 것을 경험한 적이 없었다. 어저께로부터 오늘 아침까지 보아 오고 겪어 온, 아니 나서 이만큼 자라기까지 경험한 가지가지의 더럽고 추한 것들이 함께 뭉쳐서 덩지가 되어 그의 얼굴 위에 떨어지는 것 같았다.

"깅호— 꽁. 매부 한 다스? 두 다스?"

다시 이렇게 곡조를 붙여서 외면서 선생의 아들은 저만큼 뛰어가고 있다. 봉근이는 더 참을 수가 없었다. 와락 두 주먹을 쥐고 모자도 책보도 길 위에 집어던지고 뒤를 쫓아갔다. 선생의 아들은 여느 때와는 다른 봉근이를 보고 겁이 나서 달음박질을 치는데 봉근이는 길이고 밭이고 얼음이고 분간 없이 지금 따르고 있는 것이 누구인지도 잊어버리고 두 주먹을 쥔 채 죽기를 한하고 자꾸만 쫓아간다.

—《소년행》(학예사, 1939).

처를 때리고

1

남수南洙의 입에서는 '이년' 소리가 나왔다.
자정 가까운 밤에 부부는 싸움을 하고 있다.

그날 밤 열한 시가 넘어 준호俊鎬와 헤어져서 이상한 흥분에 몸이 뜬 채 집에 와보니 이튿날에나 여행에서 돌아올 줄 알았던 남편이 열 시 반 차로 와 있었다.

그는 트렁크를 방 가운데 놓고 양복을 입은 채 아랫목에 앉았다가 정숙貞淑이가 문을 열고 들어오는 것을 힐끗 쳐다보곤 아무 말도 안했다. 한참 뒤에 "어데 갔다 오느냐"고 묻는 것을 바른 대로 "준호와 같이 저녁을 먹고 산보한 뒤에 들어오는 길이라"면 좋았을 것을 얼김에 "친정 쪽 언니 집에 갔다 온다"고 속인 것이 잘못이었다.

그 말을 듣고 남수는 불만은 하나 어쩔 수 없는 듯이 "세간은 없어도 집을 그리 비우면 되겠소" 하고 나직이 말한 뒤에 그대로 윗방으로 올라가 자리에 누웠다.

정숙은 준호와 저녁을 먹고 산보한 것이 감출 만한 것도 안 되는 것을 어째서 자기가 난생 처음 거짓말을 하였는가 하고 곧 후회되었으나 준호와 산보하던 때의 기분으로 보아 준호도 그것을 남수에게 말하지 않을 것이라 생각하고 다시 두말없이 그대로 아랫방에 자리를 깔았다.

그것이 오늘 남수가 저녁을 먹고 나가서 준호와 만났을 때에 탄로가 난 것이다. 하리라고는 생각도 않았던 준호가 무슨 생각으론지 남수에게 그 말을 해버렸다. 참으로 모를 일이다. 물론 준호 역시 말해서 안 될 만한 불순한 행동을 하지는 않았다. 그 역시 그만 일을 숨기느니보다 탁 털어놓고 농담으로 돌리는 것이 마음에 시원했을 것이다. 그는 늘 남수를 우당愚堂 선생이라 부른다.

"우당 선생 부재중에 부인과 산보 좀 했으니 그리 아우"쯤 말하고 껄껄 웃었는지 모른다. 아니 준호의 일이니 "내가 핸드백이 된 셈이죠. 어쨌거나 우당 선생 주의하슈. 그만 연세가 꼭 스왈로*를 기르고 싶을 시깁니다." 정도의 말은 했을 것이다.

이런 농담을 들을 때 남수는 얼굴에 노기를 그릴 수는 없었으나 마음만은 몹시 불쾌하였을 것이다. 가래 물을 먹은 듯한 찡그린 얼굴로 애써 웃어 보려는 남수의 표정이 생각된다.

원체 자기네들이 남수에게 그날 밤 일을 어떻게 말할까. 다시 말하면 속일까 바른 대로 말할까. 또 말한다면 어느 정도로 고백할 것인가를 협의해 두지 않은 것이 실수였다. 그러나 그런 협의를 해둘 만큼 그들은 남수에게 죄를 짓고 있다고는 생각지 않았다. 그런 죄를 의식하고 그런 협의를 할 필요가 있다고 생각했다면 그들은 적어도 양심의 가책 때문에 산보까지도 중지했을 것이다.

그날 밤의 산보— 그것은 정숙이 혼자만의 생각인지는 몰라도 물론 단순하게 길을 걷고 불이 아름답다느니 얼마 안에 꽃이 피겠느니 하는 것

---

* swallow. 제비.

으로 시종된 것은 아니었다. 입으로 나온 말은 그 정도인지 몰라도 정숙이가 가졌던 흥분만은 이상하게 높았던 까닭이다.

어쨌든 그 말이 준호의 입에서 탄로가 나서 그 자리에선 웃고 만 모양이나 밤에 돌아오는 대로 남수는 정숙에게 치근스럽게 트집 비슷한 말을 걸었다. 그것이 벌어져서 드디어 싸움이 되었다.

지금 정숙은 팔을 걷어붙이고 남편에게 대든다.

왜 그랬으면 어떠우, 속였으면 어떠우. 밥 먹고 산보한 건 좋으나 속인 게 불쾌하다구. 밥 먹구 산보만 한 줄 안다면 속였다고 불쾌할 게 뭐유. 그 이상 딴 짓을 했으리라는 더러운 생각이 없다면 불쾌할 게 뭐유. 내가 그날 밤 속인 건 털어놓구 말하믄 오도카니 양복을 입은 채 맹초 같이 앉아 있는 게 불쌍해서 속인 거유. 그래 어린애가 돼서 옷을 벗기구 자리를 깔아 주어야 되우. 언제 온다는 통지도 없는 걸 허구헌 날 당신만 기다리구 있어야 옳소.

사흘 밤이나 기대렸수. 이날일까 저날일까 기다리다 지쳐서 저녁 전에 거리나 한 바퀴 돌려구 나갔댔수. 돌아오다 길에서 만나서 준호 씨와 저녁 먹은 게 그리 큰 잘못이구려.

왜, 그렇게 채려 놓구 있다 맞아들이는 게 좋거들랑 기다리는 사람 생각두 좀 해보죠. 전보 치고 온다는 걸 내가 일부러 나가고 집을 비워 두었던가.

뭐이 어때요. 그게 속인 변명이 되느냐구. 안 되믄 말어요. 애써 변명허는 건 아니니. 만일 내가 일이 있어서 언니 집에 갔다 온다구 안했다면 그날 당장에 오늘 같은 싸움판이 벌어졌을걸. 그래 그때 준호 씨와 밥 먹구 산보하다 온다구만 말했으면 거, 참, 잘했군 하고 칭찬할 뻔했수. 뭣이. 씨는 무슨 씨냐구 당신의 친구를 대접해서 부르는 거요. 준호 씨 준호 씨 자꾸 씨 자를 넣어 부를걸. 그 입에 발린 소리 좀 작작해요. 그날 밤으루 당신이 엉뚱한 시기를 했을 게유. 질투에 불이 붙어 밤잠두 못 잘 게 불쌍해서 속인 겐 줄두 모르구.
 왜. 어때. 흥. 너 같은 것에게 질투는 무슨 질투냐구. 그래 지금 하구 있는 당신의 생트집은 질투가 아니구 질투 사춘이유. 당신은 몇 살이구 내 나이두 반칠십에 당신은 내일 모레믄 사십이 아니오. 어제 오늘 길거리나 술집에서 만난 사람들인가.

 옳아. 옳아. 내가 아무리 주릿댈 안길 년이믄 그런 어린애들과 치정관계를 맺을라구. 푸. 그만두. 그만두. 그럼 그게 그 소리지 뭔가. 그래 옳아 옳아.
 뭣이 어째. 남이 말두 허기 전에 발이 재린 거라구. 저지른 죄가 있어 미리부터 넘겨짚어 본다구. 그래 내가 행실을 망쳤단 말이지. 이 쓸개 빠진 소리 좀 그만두어요. 사나이가 오죽 못났으면 제 여편네가 바람이 날라구. 저두 저 부족한 줄은 아는 게다. 어째서 준호보구는 못 해봤노. 눈 앞에 자기 원수를 놓구 왜 아무 말 못 허구 웃기만 했나. 그리구는 지금 와서 나보구 이 야단인가.
 흥. 죄는 준호에게 있는 게 아니라구. 속인 것이 죄라구. 그래두 자기 여편네가 남에게 농락되었다는 생각은 갖고 싶지 않은 게지.

 뭣이 어째. 이년이라구 이년. 말 잘했다. 반말하는 년 이년이라구 그러믄 어떠냐구. 잘했다. 뭣이 더러운 년.
 더러운 걸 볼라믄 거울을 보구 말해. 누가 더러운 놈인가. 제 여편네를 농락했노라구 비웃는 놈을 앞에 놓고 뺨 한 개 못 갈기고 씁쓸히 돌아와서 여편네보구 속인 게 잘못이라구. 왜 준호헌테 내가 반했수. 그랬으면 어떡헐래요. 준호허구 산보할 때 난 행복을 느꼈수. 당신에게 준호에게 있는 게 있수.

더러운 놈허구 누가 살라는가구. 응. 안 살어두 좋다. 차남수 아니면 서방 헐 사람 이 세상에 없는 줄 아는가. 차남수가 하늘 같애서 내가 이 생활을 하고 있는 줄 아는가 차남수. 나를 호강을 시켜서 내가 그를 떠나면 거지질을 할 줄 아는가. 차남수가 위대한 인물이 돼서 내가 그를 떠나면 금시에 하늘을 잃은 듯이 미친년이 될 줄 아는가.

응. 안다 알어. 내가 어차피 그 말 헐 줄을 벌써부터 알았다. 네가 시굴 있는 년을 이혼허지 않는 것두 그 심보가 어데 있는지 난 벌써부터 알었다. 십 년 전엔 그런 게 문제두 안 됐었다. 그건 너나 내가 가정 안의 적은 사람이 아니었기 때문이다. 지금은 그걸 가지구 나를 내어 쫓으려는구나.

난 도마에 오른 고기다. 내 밑에 계집애 하나라도 있다믄 이 학대는 안 받었을 게다. 애는 운동에 방해가 된다구 수술을 해서 너는 나를 불구자를 만들었지. 너는 시굴에 큰아들도 있고 딸 새끼도 있으니까. 응. 그리구는 나는 병신을 맨들고 첩으로 떨어트리고 애새끼 하나 안 붙여 주고 지금 와서는 나가 달라구.

어디 말 좀 해봐. 무슨 큰 운동을 지금 하고 있나. 어째 나와 속이고는 아이 만내러 시굴을 다녔나. 내가 비럭질해 온 돈으로 나 몰래 학비는 왜 보냈는가. 너이 집은 아직 천 석은 한다드라. 그 머리털이 빠질 영감쟁이는 아들도 모로나. 내가 너이 돈 한 닢이나 쓴 줄 아니.

이놈 네 피를 뽑아 풀어 봐라. 그 피가 무엇으로 뛰고 있는가. 누구 때문에 아직도 피가 네 몸에 돌고 있는가.
누가 너를 옥중에서 구해 냈노. 네가 감옥에 있는 동안 육 년이란 허구한 날 너는 그래도 전보질을 해서 나를 부르더구나. 차입두 날보구 시키더구나.

네 집에선 그때 돈 한 푼 보탠 줄 아냐. 영감두 할미두 네 본계집두 그때만은 아는 척도 안 하드구나.
  친정에서 친구들한테서 별별 굴욕을 겪어 가며 너에게 옷을 대고 밥을 대고 책을 대는 동안 네 영감은 아들이 옥에 간 건 그 몹쓸 년 탓이라구 물을 떠 놓구 빌더라더라. 어서 그년이 죽어야 아들이 화를 면한다구. 그래두 그런 소리두 내겐 내게 우스웠다. 난 너를 구해 내려구 뼈가 가루가 되도록 미친년같이 헤매었다. 그래 지금 와서 그 보수로 나는 너한테 헌신짝같이 버림을 받어야 하느냐.
  너한테 십 년 동안 뼈가 가루 되도록 해 바친 게 죄가 돼서 이년 소리를 듣구 더러운 욕을 먹어야 되니. 입이 밑구멍에 가 붙어두 그런 말은 못 하는 법이다. 입이 열 개래두 그런 수작은 못 하는 법이다.

  감옥에서 나왔어두 벌써 삼 년이 되건만 네가 쌀 한 말을 사왔나, 네 계집 속옷 하라구 융 한 자를 사왔나.
  응 허창훈許昌薰이. 그렇다. 허 변호사 그놈이 미친놈이다. 너를 여태껏 먹여 오는 그놈이 미친 놈이다.
  아니 너는 세상에서 뭐라구 하는지나 알구 있니. 허 변호사는 영리한 놈이라 차남수가 옛날엔 ○○계 거두니까 돈이나 주어 병정으로 쓰구 제 사회적 지위나 높이려구 한다는 소문이나 너는 알구 있니. 또 차남수는 자기가 이용되는 줄 알면서 그것을 거꾸로 이용하여 생활비를 짜낸다는 소문을 너는 알구나 있니. 그래 그게 청렴한 사람의 소위 청이불문聽而不聞이냐.
  응 그놈 허창훈이 놈. 내 오늘에야 이 말을 한다. 너가 그 집에 가서 구구한 말 한마디 하기두 싫어서 돈 관계엔 늘 나를 내세운 걸 알고 있지. 잊히지도 안하는 작년 가을 김장 때이다.

아 나는 이 말만은 안 하려고 했다. 그대로 잊어버리려고 했다. 그러나. 아아 가을비가 마른 오동나무 잎을 울리던 것이 아직도 나의 귀에 새롭다. 나는 열린 창 밖으로 불빛이 쏟아져서 그 빛 가운데 빗발이 실발 같이 반득거리는 것을 보면서 허 변호사가 나오는 걸 기대리구 있었다. 너두 잘 알고 있을 허창훈이의 응접실이다.

나는 이십 분은 기대렸다. 그대로 와버릴까 하고도 생각해 봤다. 더러운 놈들 돈 몇 푼 가지고 사람을 골릴 작정인가 하구 분한 마음도 생겼으나 돈은 급허구 또 어제 오늘 사귄 사람두 아니구 제 편에서 와달라고 사람을 보낸 터이라 나는 분을 누르고 기대렸다. 응접실 문을 벌꺽 열드니 닝글닝글 웃드라. 얼굴이 벌건 게 술을 처먹었더라. 쓱 들어서서 문을 닫고 다시 창문 있는 쪽으로 갈 때에 그의 몸에서 술 썩은 냄새가 쿡 코를 찌르더라. 문을 닫고 창장窓帳을 내려덮은 뒤에 그놈이 하는 말이 비 오시는 데 무슨 용무가 계십니까. 그러면서 테이블 맞은편에는 의자도 있고 저편에는 소파도 있건만 그놈은 으슬으슬 내 옆으로 다가들드라. 내가 비둘기 같은 처녀라면 모르거니와 나두 천군만마의 속을 겪어 온 년이 그놈의 눈알이 붉어진 것과 씨근거리는 숨결과 그 말하는 투로 그 지더구하는 몸가짐으로 그놈의 속이 무엇을 탐내고 있는지야 모를 겐가. 이리같이 덤벼들면 나는 사자와 같이 대항하여 그놈을 가리가리 찢어 버릴 만한 기운은 있었다. 그러나 나는 모른 척했다. 애써 그놈의 변한 태도를 모른 척해서 효과를 내일까 했다. 그는 다시 말하더라. 무슨 의논허실 용무가 계시느냐구. 그의 목소리가 떨리고 나의 볼때기에 술 썩은 뜨거운 입김이 휙 스쳐가면서 나는 갈구리 같은 손이 나의 젖통을 부여뜯는 것을 느꼈다. 나의 손은 번개같이 그놈의 뺨을 갈겼다. 그 잘칵 하는 소리. 그것은 그놈에게두 의외였고 나의 귀에도 뜻밖인 듯했다. 나는 의자를 옮겨 길을 막으며 문 있는 쪽으로 종종걸음을 쳤다. 그러나 한참 동안 그놈은 벙벙하여 어쩔 줄을 모르고 그 자리에 서 있더라. 그 짧은 순간 변호사 허창훈이도 그가 한 행동에 대하여 반성했을 게구 현관으로 뛰어나오며 나도 내가 당하고 또 행동한 것에 대하여 생각했었다. 나는 슬펐다. 눈물이 연거푸 볼 편으로 쏟아져 흘렀다.
 나는 때렸건만 맞은 때보다도 분하였다. 나는 신을 어떻게 신었는지 모른다.
 나는 비를 맞으며 오동나무와 노가지 나무와 전나무 사이를 지나 대문 있는 쪽으로 걸어갔다. 정숙 씨 정숙 씨 하고 부르는 소리가 등 뒤에서 나더라. 물론 허창훈이가 뒤쫓아 오는 것이다. 그는 나뭇잎이고 나뭇가지고 풀숲이고 분간 없이 비 내리기 시작하는 뜰 안을 뛰어오더라. 그리고 나를 붙들더니 펄썩 그 앞에 엎드려 죽을죄로 용서해 달라고 빌드라. 나는 발길로 찰까 했다. 그러나 잠깐 그것을 내려다보다가 그대로 그를 비껴서 대문을 향하여 걸었다. 그는 다시 쫓아와서 봉투를 내밀더라. 내가 뿌리치매 그는 나에게 꽂듯이 내던지고 총총히 뛰어가 버리더라. 나는 울면서 한참 그 자리에 서 있었다. 비는 더 세게 내렸다. 그래 그 봉투를 어떻게 했는지는 네가 잘 알 게다. 배추를 사고 무를 사고 고추를 사고 소금을 샀다. 아니 마늘도 사고 미나리도 사고 굴도 샀다. 젓국도 샀다. 오늘 저녁 짠김치는 너도 먹었고 나도 먹었다.

 아 아. 이것이 너의 친구다. 십 년 아니 이십 년이나 너를 돌보아주는 애비보다 에미보다 낫다는 너의 친구다.

 말 좀 해봐. 왜 아무 소리도 없나. 너는 지금 나를 보고 부르짖어야 한다. 이것을 여태 동안 감추고 네 앞에 티끌만치도 그런 빛을 보이지 않은 것두 내가 허창훈이와 치정관계가 있어서이냐.
 말해 봐라. 이것은 산보한 걸 속인 것보다두 결코 적지 않은 일일 게다. 또 네가 사나이라면 그 즉시로 칼을 들고 허창훈이를 쫓아가라. 그에게 돈을 던지고 그의 가슴에 칼을 꽂아라.

그놈이 돈을 낸다구 출판사를 하겠다구. 출판사를 하여 문화사업을 한다구. 너두 양심이 있는 놈이면 잡지책이나 내구 신문 소설이나 시 나부랭이를 출판하면서 그것이 다른 장사보다 양심적이라는 말은 안 나올 게다. 직업이 필요했지. 그 따위 장사를 하려면 왜 여태껏 눈이 말똥말똥해 앉았었나. 작년에 하지. 아니 재작년에 하지. 문화사업. 이름은 좋다. 우정이 두터운 봉사심이 많은 허창훈이를 파트론으로 해 가지구 문화 사업에 착수한다.

흥 사회주의 이름은 좋다. 그 철없던 것들이 웅게중게 모여들어 선생, 선생 하니 그게 그리 신이 나던가. 우쭐해서 갈팡질팡. 드럽다 드러워. 제 여편네 젖통 만지는 건 모르고 눈앞에 내놓는 지폐장만 보이나.

징역이나 치른 게 장한 줄 아는가. 거지에게 돈 한 푼 준 게 십 년 뒤에 두 적선인 줄 아는가.

왜 때려. 왜 때려. 이놈이 내게 손을 걸어. 이놈. 이 도적놈. 이놈아. 이놈아 이놈아. 날 죽여라. 이 도적놈. 날 죽여라.

네가 뭘 잘했기에 나에게 손을 거니. 이놈아. 날 죽여라. 죽여라. 자. 이걸로 날 찔러라. 응 이놈아.

야 사회주의자 참 훌륭허구나. 이십 년간 사회주의나 했기에 그 모양인 줄 안다.

질투심. 시기심. 파벌 심리. 허영심. 굴욕. 허세. 비겁. 인치키.* 브로커. 네 몸을 흐르는 혈관 속에 민중을 위하는 피가 한 방울이래도 남아서 흘

---

* 속임수.

러 있다면 내 목을 바치리라.

  정치담이나 하구 다니면 사회주의가. 시국담이나 지껄이고 다니면 사회주의가. 백 년이 하루같이 밥 한술 못 벌고 십여 년 동안 몸을 바친 제 여편네나 때려야 사상간가. 세월이 좋아서 부는 바람에 우쭐대며 헌 수작이나 지껄이다가 감옥에 다녀온 게 하늘같아서 백 년 가두 그걸루 행셋거릴 삼아야 사회주의자든가.

  그런 사회주의 나두 했다. 난 남의 은혜를 주먹으로 갚지만 못했다. 애 낳는 것까지 두려워 수술을 해가면서두 오늘 이 꼴 당하게 될 생각만 못 가졌다. 미련한 이년은 십 년이 하루 모양으로 남편을 하늘같이 알고 비방과 핍박 속에서 더울세라 추울세라 남편만을 섬겼건만 그날 뒷날 첩으로 되어 쫓겨나게 될 줄만 몰랐다. 두를 걸 못 두르고 먹을 걸 못 먹으면서도 남편에게 의식 걱정시켜서는 안 된다는 미련한 마음만을 먹을 줄 알았다. 남편에게 불만이 있고 가정 안에 울화가 있어도 그걸 누르고 참을 줄만 알았지 어디 대고 한번 떳떳하게 분풀이할 줄은 몰랐다. 그게 죄가 돼서 오늘 너에게 매를 맞고 주먹다짐을 당해야 하는구나.

  왜. 왜 나가니. 왜 윗방으루 도망허니. 헐말두 많을 게구 갈길 힘두 많을 게구나. 좀더 때리고 가지 응 응.

  흐윽 흐윽 흐윽—.

2

  힘없이 그는 쓰러진다. 아직도 귀 밖에서 처의 울음소리가 들리건만 그의 머리는 연기로 가득 찼다. 연기는 무거운 쇳덩어리로 변하고 다시 물 축인 해면같이 엉켜 돌다간 구름같이 피어서 와사* 모양으로 꽉 찬다.

* 가스gas.

아래로 몰렸던 피가 얼굴로 올라온다. 얼굴빛이 점점 붉어지고 머리칼 속에서 비듬이 따끔따끔 간지럽다. 관자놀이를 망치가 두드린다.

푸 한숨도 제대로 안 나온다. 남수는 담배도 안 피우며 그대로 장판 위에 번듯이 자빠졌다. 십 촉 전등이 물끄러미 그를 내려다보고 있다. 눈을 감아도 천장에 얼굴이 나타난다. 안경 끼고 콧수염 난 점잖은 신사의 얼굴. 남수는 우선 생각한다.

허창훈 군. 네가 내 아내를 어떻게 했나. 내 아내의 젖통을 도적하고 그 다음 너는 내 아내를 어떻게 할 작정이었나. 그 전 순간도 아니요 그 다음 순간도 아니요 바로 그 순간만 너는 내 아내를 약탈할 생각이었나.

네가 내 아내의 젖통을 약탈하고 내 아내의 볼때기에 술 썩은 더운 김을 끼얹고 떨리는 목소리로 무슨 의논할 말이 있느냐고 물으면서 너는 내 아내와 진심으로 무엇을 의논하고 싶었는가.

정숙이는 내 아내다. 내 애인이다. 내 동지다. 창훈이. 누구보다 네가 그건 잘 알 게다. 너는 내 애인과 무엇을 의논하고 싶었는가.

나는 정숙이가 고백하는 이상의 일이 그날이나 또는 내가 이 세상에 없고 내 아내가 혼자 있던 날이나 아니 그 뒤에도 어느 때에도 너와 정숙이 사이에 있었다고는 믿지 않는다. 나는 안 믿으련다. 그 이상의 일이 있은 것을 가령 세상 사람이 모두 알고 세상 사람이 수군거리고 비웃더라도 나는 그것만은 믿지 않으련다. 믿지 않아야 나는 구할 수 있다. 그것을 믿게 되는 날 나는 무엇이 되느냐. 이 더러운 연놈들 하고 나는 칼을 들어 마치 치정극에 나오는 불쌍한 주인공 모양으로 너희들을 질투와 의분에 불타는 칼로 찔러 버려야 할 것이다. 너희들은 나에게 그런 연극을 시킬 작정이냐. 창훈이. 너는 네가 여태껏 나에게 베푼 수많은 은혜의 보수로 내 칼을 받아야 할 것이냐.

옳다. 나는 너도 또한 사람이던 것을 잊었다. 계집에게서 매력을 느낄 때에 그것이 자기에게 어떤 관계에서는 계집인 줄을 잊고 성적 충동과 흥분을 느끼게 되는 동물적인, 아니 진실로 인간적인 한 개의 사람이란 것을 잊어버리고 있었다. 혹은 자기와 피를 같이 나눈 누이, 피를 같이 나눈 형이나 동생의 아내 혹은 삼촌댁 혹은 조카며느리 아니 제 애비의 젊은 첩 다시 말하면 자기의 서모다. 엷게 입은 옷 속으로 여태껏 생각도 안 했던 불룩한 젖가슴을 처음 볼 때 보루루한 솜털 속으로 흰 살이 등골로 흐른 것을 멀거니 볼 때 물기 품은 잼 같은 입술이 쭝긋쭝긋 웃고 있는 것을 눈앞에 직면하여 볼 때 자고 깨나서 기지개를 하는 순간 흘러내린 치마허리로 흰 살이 슬쩍 눈에 뜨일 때 커다란 못 같은 두 눈이 이글이글 타고 있는 것을 숨결로 느낄 때 아 이때에 그 누구더냐, 누가 감히 그 순간 그것이 자기 자신을 동물로 환원해 버리는 것을 느끼지 않을쏘냐.

하물며 제 동지도 아니요 이러저러한 친구의 마누라가 합체 뭐냐. 친구의 마누라쯤이 대체 뭐냐.

그런 일은 나도 있었다. 너도 있었다. 아니 세상의 모든 사나이에게 모두 있었다.

내 아내에게서 그것을 느낀 놈이 비단 허창훈이 하나뿐이랴. 준호도 그걸 느꼈으리라. 아니 준호에게 내 아내가 느꼈는지도 모르나 이건 마찬가지다. 아니 그전 옛날 청년회관에 출입하던 모든 남자, 그 중에서도 정숙이를 먹으려고 하던 몇 사람의 남자. 그들은 밤마다 생각하고 틈 있을 때마다 그것을 느꼈으리라.

내가 없는 동안 남자들이 정숙이에게 어떻게 굴었고 또 정숙이가 사나이들에게서 무엇을 느꼈으며 이것을 누르기에 얼마나 힘을 썼는지는 이 자리의 누가 감히 보증할 수 있을 것이냐.

그러나 옥중에 있는 동안 참말로 말할 수 있다만 나는 그것을 생각해 보고 안타까워하며 몸이 달아한 적은 한 번도 없었다. 그런데 이것이 웬 일이냐. 나는 오히려 세상에 나와서 아내를 내 옆에 놓고 가끔 그것을 느끼니 이것이 대체 어찌 된 일이냐. 오히려 내가 없었을 때 일까지를 상상하고 나는 때때로 몸이 달아한다. 아내는 그전과 조금도 다름없이 굴건만 아니 그전보다도 더 얌전하게 집 안에만 들어 있건만 나는 그전과는 판이하게 그것을 느낀다.

나는 의처병에 걸렸을까.

물론 이런 것은 나도 안다. 아내가 나에게 불만을 가지고 있다는 것 이건 벌써부터 내가 잘 알고 있다. 그것은 오늘 밤 방금 정숙이가 한 말로 증명할 수 있지 않느냐. 사실 나는 그에게 불만이 있다는 것을 느낀 적은 퍽 오래 전부터이다. 그러나 나에 대한 그의 불만이 이렇게 그의 전몸뚱이에 혈관같이 퍼져 있는 줄은 몰랐었다. 그가 말하는 모든 불만, 그가 내게 대들며 삿대질을 하듯이 들씌우는 모든 불평이란 것들이 하나도 거짓은 없고 그것 전부가 사실이라 할지라도 그리고 나 역시 그것을 희미하게나마 생각하고 있었다 할지라도 나는 그것이 정숙이의 몸에 그렇게 뿌리 깊게 적어도 그러한 형태로 퍼져 있는 줄은 상상하지 못하고 있었다. 어디서 옛날의 정숙의 면모를 찾을 수 있느냐. 그의 생각 그의 관찰 그의 비판— 모든 관점이 다른 염집 부인네보다 못하면 못하지 조금도 나을 것이 없다.

나는 울고 싶었다. 나는 때리고 싶었다. 그래서 나는 생전 처음 그를 갈겼다. 내 주먹은 몇 번 주저하고 또 몇 번은 스스로 억제할 수도 있었으나 드디어 나는 그를 갈겼다. 나는 아무 말도 못 하면서 그를 갈겼다. 아 그것은 나 자신을 때리는 것이었다.

창훈아. 너는 지금 말하여라. 너는 지금도 내 아내를 낚고자 나를 시켜 출판사를 만드느냐. 너는 내가 없을 때마다 정숙이를 찾아와서 돈을 가지고 내 아내를 압박하려느냐. 또 젖통을 부르뜯고 그의 얼굴에 더운 김을 내뿜을 터이냐. 그리고 뻔히 뭣 하러 온 줄을 알면서 닝글닝글 웃으며 무슨 용무가 계십니까 하고 내 아내의 옆으로 다가들 터이냐. 이것을 알면서도 나는 너와 함께 주식회사를 조직하여야 하느냐.

오냐 그런 것을 알면서도 나는 할 것이다. 네가 나에게 정책적으로 논다면 나는 너에게 지지는 않을 게다. 어떻게 했든 나는 눈을 감고 이번에 오만 원은 출재出財시키고 말겠다. 네가 눈 가리고 아웅하면 나도 한다. 네가 내 아내에게 그런 행동을 한 이튿날 나는 너와 만났다. 그때 너는 천연스럽더구나. 너는 고민도 안 하였니. 네가 정숙이에게서 느낀 것은 애정이 아니고 성욕이냐. 성욕도 애정도 마찬가진 줄은 안다. 그러나 그 어느 것이냐.

아 이런 건 다 쓸데없는 질문이다. 최정숙이는 나의 아내다. 그러기에 나는 그를 때렸다. 그도 울면서 나에게 대들었다. 지금 그는 아무 말도 안 하고 윗방에 엎드러져 있다. 그는 제가 방금 무슨 말을 하였는지를 비로소 생각할 수 있을 게다. 그는 자기가 한 말에 스스로 놀랄 것이다. 내가 때린 주먹 자리를 지금 만져 보는지 모른다. 멍울이 졌겠지. 그러나 그도 자기 볼때기를 때리고 머리를 문지른 것이 자기 자신인 것을 깨달을 것이다. 그 증거로 그는 지금 윗방에서 자지도 않으나 울지도 않고 그대로 조용하다. 부석부석 부은 눈은 지금 말똥말똥 무엇을 뚫어지게 바라보고 있을 것이다.

김준호. 나는 너에게도 말할 것이 있다. 너는 좋은 청년이다.
처음 나는 너를 내 처에게 총명한 청년이라고 말했더니 처는 나를 비웃으며 김준호는 경박한 청년이라고 완강히 나에게 반대했다. 글쎄 그만 둬요 무슨 김준혼지 뭔지 당신은 어찌 그리 감격하길 잘 허우. 사람이란 첫인상만 보구 어찌 그리 내막을 알 수 있수 하고 나를 톡 쏘아붙였다.

그러나 너도 알다시피 지금은 너를 싫어하지 않는다. 너와 저녁을 먹고 너와 산보할 때에 내 처는 행복을 느낀다고 말하였다. 내 처는 너에게 반했다고 말했다. 이렇게 말하는 나의 아내가 진심으로 너에게 애정을 느끼고 참말로 반했는지 그것은 좀 더 생각해 볼 여지가 있을 것이다. 감정이 격한 나머지 일종의 반발로 약을 올릴 양으로 그럴 수도 있으니까. 그러나 너와 산보할 때 행복을 느낀다는 말이 전혀 근거가 없는 말이라고는 나도 생각할 수 없다. 나의 처는 드디어 이렇게까지 질문하지 않았느냐. 준호에게 있는 것이 당신에게 있수.

그렇다. 나는 지금 나에게는 없고 준호 너에게만 있는 것을 생각해본다. 너는 과연 나에게 없는 어떠한 것을 갖고 있느냐. 천박하다고 경멸하고 냉소하면서도 너를 만나면 기쁘고 너와 같이 걸을 때 행복과 흥분을 갖게 되는 어떠한 것이 너에게는 있느냐. 경박 그 자체가 너의 매력이냐. 그렇지 않으면 여자를 압도하고 그들을 뇌쇄해 버릴만한 두 살 난 표범 같은 억센 정열이냐.

나는 지금 내가 너를 처음 만나고 또 출판 주식회사의 계획을 함께 하는 동안 너에게서 느낀 솔직한 감상을 분석해 볼 흥미를 가지고 싶지 않다. 그것보다도 나는 지금 뚜렷하게 너와 나의 아내인 정숙이와의 관계를 추궁해 보고 싶다.

처는 아까와 같이 남편에게 불만을 가지고 있었다. 세속적인 불만 외에 여러 가지 불만이 함께 엉클어져 있었다. 그것을 그는 명확하게는 인식하지 못하였고 또 그렇게 되는 것을 두려워하고 있었다. 그러나 그의 몸에는 이 불만이 흠뻑 젖어서 구석구석까지 침윤되어 있었던 것을 지금 깨달을 수 있다.

너는 그런 때에 우리들 앞에 나타났다. 찬란하나 포착할 수 없고 경쾌하나 걷잡을 수 없고 편협한 듯하면서 자기 행동에는 지극히 관대하고

무겁지 않으나 어디로 흐르는지 알 수 없는 굴신자재屈伸自在한 성격—이
것이 정숙이의 눈에 강렬한 자극을 준 것이 사실이다. 그러므로 당장에
그는 반발하였다. 그까짓 경솔하고 천박한 자식. 신문기자란 부랑자가
아닌가. 이렇게 그는 입으로 공언하고 자기 내심에도 타일렀다. 그러므
로 그는 너의 말에 내가 찬성하여 허창훈이와 기타 호남지방에 있는 돈
있는 이들을 움직이어 출판사와 인쇄소의 주식회사를 만들려는 것을 속
으론 비웃었을 것이다. 그런 놈하고 무슨 사업이냐.

 그러나 그는 경멸하고 기피하고 증오하면서도 아니 그렇기 때문에 더
욱더욱 너에게서 오는 자극을 일층 강력하게 받았다.

 나는 지금 나 자신에 대하여 끝까지 잔인하면서 이것을 추궁해 본다.
이렇게 하는 것은 나 자신에 대한 모욕이다. 나는 그것을 느낀다. 제 여
편네가 나이 어린 젊은 녀석에게서 제 서방에게 없는 매력을 느껴 그것
에 끌리어 들어가는 것을 냉혹하게 관찰해 나가는 과정은 준호야. 네게
는 아무것도 아닐지 모르나 나에게는 큰 고통이다. 준호야 너는 아마 다
른 계집을 대하는 듯이 내 아내에게도 대하였을 것이다. 사실 네가 내 아
내의 어느 곳에 매력을 느꼈을는지는 도저히 상상할 수 없기 때문이다.
그러나 나는 네가 여자에게 대하여 취하는 태도를 알고 있다. 그것은 의
식하건 안 하건 여자에 대한 너의 비결이다. 너는 그것을 아무 여자에게
도 사용한다. 여급 기생 처녀 남의 부인— 더구나 권태기에 빠져 있는 중
년 부인에게는 상당히 강렬한 자극이 된다.

 언뜻 보면 여자에게 흥미를 가지고 호의를 느끼는 듯이 보이면서 또
그렇지 않게 보이는 것, 다른 사람들은 낯을 붉히고 부자연한 태도를 가
지고야 말할 수 있는 것을 대번에 싱글싱글 웃어 가며 참말같이 또는 농
말도 같이 말해 버리는 것— 이런 것이 여자에게 흥미를 던져 준다. 어떤
때에는 사랑하는 남자같이 행동하나 또 어떤 때는 전혀 딴사람같이 대해
준다. 누가 자기의 애정을 고백하면 너는 여지없이 그를 환멸의 심연으

로 떨어뜨린다. 그러나 그가 완전히 단념해 버리도록 거절도 안 하고 어디에곤 야릇하게 한 줄기의 실오리를 붙여둔다. 너는 거침없이 표범과 같이 날쌔게 그들의 눈앞에서 정력을 휘두른다.

네가 그 이상 숨어서 이러한 여성들에게 어떤 행동을 취하는지는 나는 알 수 없다. 네가 네 앞에 나타나는 성적 대상에 대하여 생불生佛과 같이 대하지 않는다고 하여도 적어도 비루한 트릭을 써가지고 그들을 농락하지 않는 것만은 사실일 것 같다.

나와의 십여 년 동안의 생활에서 자극을 잃고 권태에 빠져 있는 나의 아내 최정숙이가 나에게서 찾을 수 없던 포착할 수 없는 매력을 너에게서 느끼기 시작한 것은 결코 이상한 일은 아니다. 나는 퍽 전에 이것을 느꼈다. 무엇보다도 정숙이의 지나치게 심한 너에 대한 과소평가에서 나는 언뜻 그것을 느꼈다.

하루는 정숙이가 저녁녘에 종로를 다녀오더니 이렇게 나보고 말하더라. 백화점에서 나오다가 바로 문 옆에서 준호 씨를 만났는데 웬 양장한 여자와 웃고 지껄이더니 내가 물끄러미 서서 보는 것을 눈치채곤 그대로 인사하고 갈라지지 않겠수. 그래 여자와 갈라지더니 시침을 떼고 내게로 오길래 풍경이 아름답구려 했더니 흥흥 하고 코웃음을 치며 둘이 한번 그런 풍경 만들어 볼까요 하겠지. 그래 내가 어린 것이 그게 무슨 버릇없는 소리냐고 했더니 그럼 죄지었으니 차라도 어디서 먹읍시다. 그리곤 어딘지 낮에는 차 팔고 밤에는 술 판다는 무슨 바엔가를 앞서서 갑디다. 가면서 하는 말이 이제 그게 영화배운데 젖통 크기로 유명하우 하면서 싱긋싱긋 나를 보는구려. 그 하는 수작이 너무 천하고 품위가 없어서 욕이라도 해줄까 했으나 원체 버들가지 모양으로 바람이 몰아치면 부러질 사람이유. 그런데 또 찻집에 들어가서 하는 짓이 장관이죠. 당번 여급을 보아하니 활량인데 이걸 턱 옆에다 앉히더니 자 내가 하나 물으니 대답하면 내가 한턱 내구 지면은 너의 제일 귀한 걸 내게 바쳐야 한다. 또 나도 제일 귀한 걸 바치라면 그걸 걸어도 좋지. 이러고는 그 앞에 있는 네모난 흰 종이를 쓱 들이더니 자 이게 무슨 그림인가. 여급이 아무리 봐야 백지밖에. 쳐들고 보아도 안 보이고 스쳐보아도 안 보이니 그 여자의 대답도 걸작이지. 하는 말이 바람을 그렸다. 바람은 눈에 안 보이니까. 준호는 고개를 쫑긋쫑긋하며 그 말도 비슷하나 가작이지 걸작일 수는 없다. 내 해석은 이렇다. 이 그림은 토끼가 거북이를 따라가는 그림이다. 거북은 앞서서 이미 이 종이 밖으로 달아가고 토끼는 늦어서 아직 종이까지 오지 못했다. 계집애도 좋아라고 손뼉을 치니 준호 하는 말이 너도 낙제는 아니니 키스쯤으로 용서한다고 막 야단이겠지. 그래 레이디를 앞에 앉히고 그게 무슨 쌍스러운 장난이오. 당신 동무 참 훌륭합디다. 그게 망나니지 뭡니까. 배라먹을 놈.

이 말을 싱글싱글 웃으며 듣고 있던 나는 마지막 말이 나올 때 언뜻 느꼈다. 정숙이 자신이 준호에게 의식적으로 반발하고 있다는 것을 그때에 눈치 챈 때문이다. 의식적으로 애써 그를 밀쳐 버리려는 노력— 그것은 하면 할수록 더욱더욱 그 속으로 밀려들어가기만 한다.

그리고는 매일에 한두 번은 반드시 내 처가 네 욕을 한다. 까분다. 부랑자다. 행실머리 없다. 이럴 때마다 나는 속으로 지금 제가 저 자신과 싸우고 있구나 하고 생각했다.

오늘 밤 싸움만 해도 물론 이렇게 될 일이 아니었다. 정숙이가 속인 것에서 시기심을 느꼈다든가 너희들이 산보할 때 무엇을 했을까하는 것을 쓸데없이 상상하고 질투를 느끼고 트집을 건 것은 아니다. 내가 농말 비슷하게 이야기를 했더니 갑자기 낯이 해쓱해지며 쓸데없이 바빠한다. 나는 그때만은 가슴이 찌르르했다. 이것은 분석해 보면 질투인지 모른다. 몇 마디 오고 가고 하는 동안 쓸데없는 싸움인 줄 알면서도 걷잡을 수 없게 되었다.

자 준호 군 어찌 되었든 나는 군을 믿고 일을 계속하세. 군이 내 아내를 어떻게 하겠는가. 내 마누라는 감춘 것을 군은 스스로 고발하지 않았는가. 또 그 이상의 일이 있다 해도 나는 그것에 대해선 생각지 않으려네. 세상 사람의 웃음거리가 되어도.

어쨌든 최정숙은 내 아내다. 오늘 밤 한 말은 아내로서 할 만한 말은 아니었으나 그가 불만을 과장해서 지적하고 나에게 대든 것은 나에게는 좋은 약이 되겠지. 지금은 처가 저렇게 흥분하고 있으나 곧 본정신으로 돌아갈 것이다.

여하튼 출판사는 해야만 한다. 결심한 이상 꼭 해놓고야 말 것이다. 사업이 아니라면 장사라고 불러도 좋다.
주식회사가 되기까지는 허창훈이도 필요하고 김준호도 절대로 필요하다. 허창훈— 너는 돈을 가졌고 김준호—나는 너의 기술이 필요하다. 자본가를 끌기 위하여는 김준호— 네가 꼭 있어야 한다.

아. 나는 마누라와 밤을 새워 치정싸움을 일삼게 되었구나.

그러나 창훈아 준호야. 아니 누구보다도 정숙아. 나는 너희들과 함께 출판사를 하련다 아니 장사를 하련다.

3

 일곱 시가 되어 햇발이 영창에 퍼졌을 때에 아랫방에서 자던 정숙이는 일어나서 거울을 보았다. 눈알이 충혈이 되어 핏줄이 둥글고 퍼런 눈알이 실꾸리 같이 엉키었다. 두어 번 눈을 서먹서먹 해보고 얼굴을 바싹 유리에다 들이대니 갑자기 안계가 캄캄해지고 머리가 아찔하다. 그는 손으로 머리를 짚고 탁 엎드렸다. 코가 근질근질하여 손가락을 콧구멍 속에 넣어 보니 피다. 종이를 비비어 꽂고 그는 부엌으로 내려갔다.
 새벽녘에 피로에 지쳐서 간신히 들었던 잠을 윗방에 누웠던 남수도 문소리 때문에 깨버렸다. 머리가 아프다.
 그러나 눈이 떠지자 그는 벌떡 일어났다. 그는 어젯밤 일을 생각지 않으려 한다. 아니 자기가 혼자서 생각하던 끝에 얻은 결론만을 회상하려고 한다.
 아내가 부엌으로 가서 덜걱거리는 것을 보니 그도 그가 한 말과 남수에게서 맞은 것에 대하여는 생각지 않고 그가 울다 남은 끝에 도달한 건강한 결론만을 지금 마음에 갖고자 하는 것이 분명하다고 남수는 생각한다.
 이 방이 있는 집채와 안대문 하나로 사이를 둔 회사원네 집에서는 아이들이 벌써 참새와 같이 재깔댄다. 아버지와 함께 라디오에 맞추어 체조를 하려고 모두 일어나서 자리를 개는 모양이다.
 남수도 그들과 같이 체조를 할까 하였다. 그러나 명랑한 결론만을 생각하고 라디오 체조를 할 만큼 단순할 수는 없었다. 무엇보다도 그의 명랑해지려는 노력은 밤을 지으려고 부엌에 간 줄 알았던 아내가 금시에 아랫방으로 돌아와서 펄썩 앉으며 땅이 꺼지라고 깊게 짚은 긴 한숨에 부딪쳐서 깨지고 말았다.
 역시 아내는 어제 일을 깨끗이 잊어버릴 수 없는 모양이다. 그는 자기의 입으로 쏟아진 말에 대하여 생각하고 있는가 그렇지 않으면 남편에게서 맞은 것을 분하게 회상하고 있는가.

한숨— 그것은 분할 때보다도 후회할 때 흔히 나오는 물건이라고 남수는 생각해 본다. 그렇다면 그는 자기가 쏟아 논 말에 새삼스런 두려움을 일으키고 땅에 흩어진 물을 다시 주워 담을 수 없는 자의 경지를 헤매고 있는 것이나 아닐까.

남수는 측은한 마음이 생겼다. 아내의 괴로움이 남수 자신의 뼈에 사무치는 것 같아서 아내가 불쌍해졌다.

뭘. 자기는 그만 것을 이해하고 용서해 줄 만한 포용성과 관대한 마음은 가지고 있건만— 이렇게 생각하고 그는 아랫방으로 내려가서 아내의 등을 뚜덕뚜덕 두드려 주며 그를 위로해 주고 싶은 충동을 느낀다.

그러나 샛문을 열어젖힐 용기는 나지 않는다.

그때에 조간신문이 왔다. 마루 위에 대문 틈으로 들이치는 소리가 싸르르 하더니 턱 한다. 그는 미닫이 여는 소리를 내고 마루로 나가 신문을 집었다. 신문을 왈가닥 소리를 일부러 내며 이리 뒤치고 저리 뒤치고 한다.

아내는 지금 남편이 일어나서 어느 날과 다름없이 기지개를 하고 신문을 뒤적거리는 것을 알았을 것이다. 어젯밤 전에 없던 싸움이 벌어졌건만 남편은 아무렇게도 생각지 않는다. 이런 것을 남수는 정숙이에게 보여 주고 싶었다.

남수는 신문을 들이뜨리고 뜰로 내려갔다. 태양을 향하여 낑 하고 기지개를 한 뒤에 칫솔질을 하고 냉수에 세수를 하였다.

정숙이도 다시 부엌으로 나온다. 세수를 하노라고 구부리고 서서 다리짬으로 남수는 정숙이의 모양을 슬쩍 본다. 뾰로통한 듯도 하나 얼굴은 무표정에 가깝다. 늘 하는 버릇으로 낯을 씻기 전에 얼굴을 크림으로 닦는 모양이다.

이제는 되었다. 이해는 성립되고 화해가 되었다. 남수는 방 안에 쭈그리고 앉아서 다시 신문을 본다. 정숙이는 부엌에서 왔다 갔다 한다.
"우당 선생 기침하셨습니까."
준호의 목소리다. 대문 밖에서 이 소리가 날 때에 일순간 가슴이 덜컥 내려앉고 바빠서 들었던 것을 떨어뜨릴 뻔한 것은 남수뿐만이 아니었다. 부엌에서 솥을 가시던 정숙이도 혈액순환이 정지된 사람 모양으로 한참이나 어찌 된 셈인지를 몰랐다.
준호— 모든 것의 원인을 지은 장본인이 지금 찾아온 것이다.
목소리는 다시금 안대문 밖에서 들려 온다.
"우당 선생 아직 주무시우."
뜰로 뛰어나간 것은 남수나 정숙이나 동시였다. 그러나 남수는 마루 위에서,
"네 나갑니다."
하고 대답만 하고 문은 정숙이가 열었다. 허리를 구부리고 대문을 들어서더니,
"단잠을 깨워서 미안합니다."
하고 두 사람을 번갈아 본다.
"지금이 몇 신데 여적 잘라구."
남수는 손을 내민다. 그에게 악수를 청하는 것이다. 이것으로 모든 문제는 해결되는 듯이 내심에도 기뻤다. 그들은 손을 쥐고 흔들었다. 손을 놓고 나서 얼굴을 돌리고 옆에서 뻔하게 보고 서있는 정숙을 보더니,
"며칠 동안에 상하신 것 같습니다. 머 몸이 편찮습니까."
한다. 정숙은 불시에 얼굴을 만져 보고,
"뭘 상하긴 그렇거니 하니까 그렇죠. 또 나는 봄을 타서."
하고 간신히 웃어 보였다.
"네 봄을 타서요. 좋으십니다. 봄을 타는 건 대단히 좋은 일입니다."
준호는 싱겁게 껄껄 웃는다.

"망측해, 봄을 타는 게 좋긴 머이."

"그런데 광대뼈 옆에 퍼런 건 무업니까."

준호가 쳐다보는 바람에 정숙이는 얼굴이 발개지는 것을 느끼며 손으로 멍울진 곳을 만져 보았다. 아직도 좀 아프다. 그러나 그는 아픈 것을 참아 가며 몇 번 그것을 손으로 꾹꾹 누르고,

"어느 거 이거 여기 뭐 있어. 아무렇지두 않은걸요. 아마 버짐인게죠." 하며 얼굴을 좀 돌렸다.

"자 어서 올러 오슈 이렇게 뜰 안에서 이럴 게 아니라."

윗방에 둘이 마주앉아서 담배를 붙여 물었다. 뭘 하러 이렇게 어젯저녁에도 만난 사람이 오늘 새벽에 또 찾아왔는가 하고 궁금도 했으나 어쨌건 그가 찾아 준 것은 아내와의 화해를 위하여 좋은 기회가 되었다고 남수는 기뻐하였다.

한참 담배를 태우면서도 준호는 용건 될 만한 말은 꺼내지 않고 잡담만 한다. 그래서 남수는 말이 좀 끊어졌을 때에,

"그런데 오늘은 머 누가 돈을 새로 내겠다는 사람이나 생겼수. 미상불 좋은 소식을 가진 것 같은데."

하고 준호의 눈치를 보았다.

"머 용건 없이 놀러는 못 올 집이오."

하고 준호는 싱긋이 웃더니 천천히 담뱃불을 끄고 얼굴을 정색한다.

"다른 게 아니라."

이러면서 준호가 이야기한 것은 다음과 같다.

준호는 남수들에게 비밀히 어느 신문사에 취직운동을 하고 있었는데 오늘 아침에 그것이 결정이 나게 되었다는 것이다. 그러므로 출판회사 조직에는 금후에도 조력은 아끼지 않겠으나 직접 관계는 끊어야 할 것이며 이삼 일 후부터는 출근을 하게 될 판이므로 자기가 나서서 모아 놓은 것을 인계해 주겠다는 말이다.

"어차피 봉급생활을 할 바엔 신문기자를 몇 해 좀 더 해보려고 합니다. 그리구 이번엔 사회부로 가서 총독부 출입을 하라고 하므로 조건도 좀 좋고 또 여러 가지로 배울 것도 있을 것 같아서—."

원수와 마주 대하여 앉아서도 불쾌한 낯을 나타내지 않을 만한 사교적 세련은 치러 왔건만 이때만은 남수도 웃는 낯으로 장래를 축복한다고 기쁨을 표시할 수는 없었다. 소한테 물렸다는 말이 속담에 있거니와 남수는 이 어린것한테 한 밥 잘 먹히고 만 것이 되고 말았다.

남수는 말이 잘 나오지 않았다. 속이 찌르르 하고 물 끓듯이 가슴이 부글부글 끓어오른다.

내 마누라를 농락한 놈이 이놈이다, 하는 생각이 새삼스럽게 생겨나며 이놈이 나를 농락하고 말았구나, 하는 분격한 마음이 끓어오른다.

제가 먼저 제안하고 제가 선두에 서서 일을 꾸며 놓고는 그 뒤에 숨어서 그는 취직운동을 하였다. 그리고 일이 막 되어 가려고 할 즈음에 돌연히 뱀장어 모양으로 빠져나가는 것이 무슨 행동이냐.

"또 종이 값이 좀 내릴 것 같더니 오늘 시세도 그만인걸요. 앞으로 내릴 가망은 없는 모양이구려."

준호는 출판사 경영 앞에 암초까지를 암시하고 마치 남의 일을 비방하듯 한다. 남수는 주먹을 부르쥐고 그의 볼때기를 후려갈길까 했다.

그러나 냉정히 주먹을 굳게 쥐고 생각해 보면 제가 미련한 놈이었다. 그는 아무것도 모르고 부엌에서 밥을 짓고 있는 처를 갈기고 싶었다.

"이년 이런 놈하고 산보할 때 너는 행복을 느끼느냐."

이렇게 처를 두드리고 싶었다. 그러나 그 때리고 싶은 마음은 결국 제 자신에게로 돌아오는 불쌍한 심리였다.

준호는 호주머니에서 문서를 꺼내어 우물거리고 있다. 남수는 아무것도 눈 붙여 보지 않으며 창문 있는 쪽을 멍하니 바라보고 있다.

라디오 체조 호령 소리가 갑자기 그의 귀에 어지럽다.
—《소년행》(학예사, 1939).

경영

1

아홉 시에서 아홉 시 반까지, 현저동 사식 차입집 앞까지, 차 한 대만 꼭 보내게 해달라고, 며칠 전부터 신신부탁이지만, 바쁜 틈에 혹시 잊어버리지나 않을까 근심되어서, 최무경崔武卿이는 사무실을 나오려고 할 때에 다시 한 번 자동차 영업소로 전화를 걸었다. 그러나 마침 말하는 중이었다. 다른 또 하나의 전화번호를 불러도 통화중이었다. 수화기를 걸고 의자를 탄 채 바람벽에 걸린 시계를 쳐다보고, 캘린더를 무심히 스쳐보고, 그리고는 다시 수화기를 쥐었으나, 그때에 전화는 밖으로부터 걸려와서, 책상 밑에 달린 종이 요란스럽게 울었다.

"야마도 아파트 사무실이올시다."
하고 언제나 하는 버릇대로 먼저 지껄여 보았으나 이내,

"네, 저올시다. 제가 최무경이에요. 안녕하신가요? 네, 지금 막 나가려던 참이었어요. 네? 내일루요."

그리고는 다시 대답을 이어 나아가지 못하고, 그저 들려오는 목소리에만 귀를 기울이고 있었다. 한참만에야 그는 탁상전화를 틀어쥐듯이 하고 입을 바싹 들여댄 뒤,

"내일루 연기라지만, 그러다가 아주 틀어지는 거나 아닌가요?"
하고 따지듯이 물어 본다. 그러나 한참 만에,
"글쎄요, 그렇다면 몰라두요. 무슨 본인의 잘못 같은 걸루 일이 시끄럽데 되는 건 아니겠지요? 네, 그럼 안심하겠습니다. 내일은 틀림없겠죠? 그럼 그렇게 알구 있겠습니다. 안녕히 계세요."
맥없이 전화를 끊고 멍청하니 의자에 기대어 본다.
클라이맥스를 향하여 한 장면 한 장면 겹쳐 올라가던 판에 필름이 뚝 끊어진 때처럼 허파의 공기가 쑥 빠져 버리는 것 같다.
내일 이맘때까지 스물네 시간, 눈이 뒤집힐 듯이 바쁘던 며칠이 있은 끝에, 갑자기 찾아온 텅 빈 공간 같은, 예측하지 않았던 시간이다.
회전의자서 분김에 발부리로 책상 다리를 차면, 몸은 핑그르르 돌아서 저절로 강 영감을 보게 된다.
강 영감은 꾸부리고 앉아서 손주딸이 날라 온 벤또에 차를 부어서, 훌훌 소리가 나게 젓가락질을 하고 있었으나, 전화 받는 품으로 대강 한 사연을 짐작은 하겠다는 듯이, 힐끗 젊은 여사무원의 얼굴을 쳐다보곤,
"그저 재판소 일이란 게 그렇다니께. 제에길."
그러더니 먹은 그릇을 덜그덕거리며 치우고 나선,
"그래, 또 무슨 까닭인구?"
하고 빼끔히 주름살이 구긴 얼굴로 무경이를 바라본다.
"전들 무슨 심판인지 알 수 있에요. 변호사의 말은 예심판사가 아직 검사의 승낙을 못 받았답니다. 언제는 검사의 승낙을 얻기에 힘이 들구 애가 씌었다더니. 나와야 나오는 게지, 변호사의 말이라구, 제멋대로 주어 섬기는 걸 믿을 수가 있어야죠. 그렇다구 하나하나 따져 볼 수도 없는 일이구……."
"아무렴, 그런 일이란 건 으레 그런 법인걸, 이편은 바쁘지만 저희들야 무어 바쁠 것 있어 제 볼일 다 보구 생각나믄 뒤적거려 보는걸. 그러나

머, 낙심허실 것 없이, 여태 기대렸으니께 그깟 것 하루쯤야, 또 그래야 만나 뵈시는 데 재미두 더허구, 흐흐흐……."

이가 군데군데 빠져서 입김이 샌다. 선량한 늙은이의 얼굴을 보고 있으면 쓸쓸하고도 정다운 생각이 들어서, 무경이는 빙그레 웃음을 입술 위에 가지게 되는 것이다. 그러나 그런 웃음은 강 영감과의 오랜 생활에서 거의 습관처럼 되어진 것이기 때문에, 속으론 딴 것을 희미하게 생각하고 있었다.

어떻게 할까? 집으로 가서 어젯밤의 되풀이를 또 한 번 치를 것인가. 저녁은 외식을 하고, 나오는 분을 맞이다가 아파트에 안내한 뒤, 일러도 열한 시나 자정이 되어야 집으로 돌아오게 될 것이라고, 아침에 나올 때에 일러두었는데…… 역시 간단히 무어든 간 사먹고 가리라 생각하는 것이다.

무경이는 택시 영업소로 전화를 걸고 사무실을 나와서 구내식당으로 들어갔다. 사무실에 강 영감이 있듯이 식당에는 산쨩이라는 어린 소년이 있어서, 그는 이 안에 들어설 때마다 반가운 표정을 짓게 된다. 새로 빨아서 깨끗이 다린 흰 옷을 입은 어린 소년은,

"어유, 최 선생님이 어쩐 일이유. 저녁 진지를 식당에서 다 잡수시구."

그의 뒤를 달랑달랑 쫓아오면서 생글거리기 시작한다.

무경이는 구석진 테이블에 앉아서, 눈이 마주친 손님들께 가벼운 인사를 나누는데, 상머리에 서서 나막신 끝으로 시멘트 바닥을 울리면서 말끄러미 무경이의 눈동자를 지키고 섰던 산쨩은,

"사진 구경 가실려구. 어딘지 맞히리까?"

하고 똥그란 눈을 삼빡거린다.

"사진 구경은 누가 산쨩인 줄 아는 게군."

유쾌로운 얼굴로 백을 식탁에다 놓고 웃어 보이니까,

"오오라, 참, 부민관, 내 참 음악횐 걸 깜빡 잊었네."

쉴새없이 핑글핑글 돌아가는 전기 시계를 펀뜻 쳐다보더니,
"늦었수. 어서 가세야지. 무어 잡수실려? 라이스모논 카레하구 하야시만 남았는데. 빨리 될 걸룬 가케 우동."
무경이는 소년의 지껄이는 것이 재미나서,
"그럼 가케 우동 하지."
마치 음악회나 가려는 것처럼 대답해 보내는 것이다.
음악회 — 참말 음악회의 표를 미리 사서 간직해 두었던 것을 지금서야 생각난다. 까빡 잊었다. 첫날 치였으니까, 벌써 시효도 넘었다.
백에서 속 갈피를 뒤적이니까 한편 구석에서 티켓이 나왔다. 일 년에 잘 해야 한 차례씩이나 얻어들을 수 있는 교향악단의 밤이었다. 지금쯤은 차이코프스키의 파테티크가 연주되기 시작하였을 것을. 그는 요즘 며칠 동안 제정신이 어디로 팔려 버렸던 것을 새삼스럽게 생각해 본다. 그러나 기뻤다. 어떤 숭고한 일에 정성을 썼다는 만족이 그의 마음을 느긋하게 어루만져 준다. 음악회 티켓 같은 것, 열 장 스무 장이 무효로 되어 버려도 그는 도무지 아깝지 않다고 생각해 보는 것이다. 음악회라면 하찮은 학생들의 연주회에도 빠지지 않고 쫓아다니던 것을……
우동이 왔다. 두어 젓가락으로 빨간 국물만 남는 깜찍한 우동 그릇이 오늘처럼 그의 마음에 합당한 때는 없었다. 그는 따끈한 국물을 마시고 식당을 나왔다. 그 길로 삼층을 향하여 올라가는 것이다. 복도를 돌아서 그는 하나의 도어 앞에서 발을 멈춘다.
방 앞에 서면 언제나 감격이 새로워서 가슴이 울렁거린다.
이 년이 되어 온다. 그런데 아직 예심 종결도 나지 않았다. 예심이 종결되기 전에 보석 운동을 하기란 여간 힘든 게 아니었다. 처음은 면회도 할 줄 몰랐다. 변호사를 대고 차츰 이력이 나서, 졸라보고, 떼를 쓰고, 계교도 꾸며 보고, 갖은 애를 써서 면회도 비교적 잦아졌고, 그리고 두 달 전부터는 보석 운동에 손을 댈 욕심까지 가져 본 것이다. 그러한 정성이 지

금 여기에까지 이른 것이다.

　핸드백에서 열쇠를 꺼내 잠갔던 문을 여니까, 쌍끗한 꽃의 향기가 몸에 안기는 것 같아서, 그는 그것을 함뿍이 들이마시면서 눈을 감고 한참 동안 문지방에 선 채 움직이지 못했다. 서편 창으로부터 맞은 언덕을 넘어가는 낙조가 푸른 문장에 비쳐서 은은한 광선이 꽃병이 놓인 나지막한 서가를 비스듬히 비치고 있다. 서가에 두 칸대는 텅 비었으나, 가운데 칸대에는 신간과 새 달의 종합 잡지들이 가지런히 꽂혀 있다. 그 가운데 경제 연보가 두 책. 하얀 바람벽에는 흰 테두리 속에 들은 수채화가 한 폭. 흰 요를 깔아 놓은 침대는 북쪽 바람벽에 붙어서 누워 있고, 침대 머리맡에 전기스탠드, 그 밑에 철필과 잉크를 놓은 작은 탁자. 양복장과 취사장이 지금 무경이가 서 있는 옆으로 나란히 설비되어 있으나, 물론 그 안에는 아무것도 들어 있지 않았다. 훤하게 유리알이 발린 남쪽 창문을 옆으로 하고 간단한 응접세트와 사무 탁자. 응접 테이블 위에는 화분이 하나.

　무경이는 구두를 벗고 신장을 열어서, 거기에 들어가 있는 새 슬리퍼를 꺼내어 신고 방 안으로 들어선다. 이 커다란 건물 안에서 그중 좋은 방이거나, 제일 큰 방은 아니지만, 조촐하게 독신자가 들 수 있을 남향으로 된 아파트 한 칸이다. 침대 위에 놓인 옷 보통이를 한 옆으로 밀어 놓고 그 옆에 털썩 걸쳐 앉아서, 그는 벌써 한 주일째나 하루 두세 번씩은 해보곤 하는 마음과 눈의 작은 절차를 오늘도 세 번이나 되풀이해 본다.

　무어 부족한 거나 없는가? — 방 안을 쭉 돌려 살피는 것이다. 옷 보통이에는 새 잠옷이 있고, 침대는 이만했으면 쇠약한 몸을 편하게 가로눕힐 만큼은 편안하고, 방 안의 장치도 설비도 만족할 정도는 아니지만 간소한 대로 정성을 다한 것, 오랫동안 새로운 지식에 굶주렸으니 그 동안의 사회 정세의 변동이나 추세나 짐작할 정도의 신간, 경제를 전문하던 터이니 경제 연보의 새것을 두 권, 그리고 복잡한 세계의 분위기나 두루 살피라고 종합 잡지를 사다 꽂았다. 꽃을 한 묶음 화병에 꽂고, 집에서 정성들여 기르던 꽃 화분을 하나 탁자에 준비하고…… 이만 했으면 우선 그를 맞아들이기에 시급한 준비는 된 것이라고 그는 거듭 생각하는 것이다. 그는 한참 동안 입술 가에 만족한 웃음을 그리면서 앉아 있다가, 갑자기 생각난 듯이 핸드백을 들고 그 안에서 사나이의 회중시계를 하나 꺼내었다. 커다란 크롬 껍질의 월섬*이 제깍 소리를 울리며 기다란 쇠줄을 끌면서 나타났다. 손에 쥐어 보면 묵직한 것이 믿음성이 있다.

오시형吳時亨이가 학생시대부터 차고 다니던 것이다. 사건의 취조가 끝나고 검사국으로 송치가 된 뒤, 검사 구류기간 열흘이 지나서 드디어 예심으로 회부가 되어 시형이가 영영 영어囹圄의 몸이 되어 버렸을 때, 입고 들어갔던 옷가지와 함께 취하取下해 가져온 물건 중의 하나였다. 그때로부터 이 년 가까이, 이 묵직한 회중시계는 주인의 품을 떠나서, 언제나 무경이의 핸드백 속에서 시간의 흐름을 가리키고 있었다. 이 장침과 단침은 대체 몇 천 번이나 빤뜩빤뜩한 흰 판을 달리고 돌았는가? 초침이 한 초 한초씩 시간을 먹어 들어가는 소리를 물끄러미 듣고 앉았다가 그는 시계를 가만히 제 얼굴에다 비비어 보았다. 차갑다. 그러나 가슴속에선 누르고 참았던 감정이 포근히 끓어올라서, 이내 그의 볼 편의 체온은 크롬 껍질을 따끈하게 데우고야 만다. 가슴을 복받치는 울렁거리는 혈조를 가라앉히기 위해서 그는 한참이나 낯을 침대에 묻고 가만히 엎디어 보았다.

어머니에게 저희의 관계를 승인시키기에 얼마나 애가 쓰였는가. 집과 인연을 끊듯이 한 시형이의 차입을 대고, 보석운동을 하느라고 얼마나 발이 닳도록 뛰어다니고, 뼈가 시그러지도록 일을 하였는가. 그 때문에 직업에도 나서 보았다. 재판소, 변호사, 형무소를 통하는 길을 미친년처럼 쫓아도 다녔다.

---

* Waltham. 회중시계 상표의 하나.

그는 가슴속으로 맑고도 숭고한 쾌감을 포근히 느껴 보면서 침대에서 낯을 들고 시계를 백에 챙겨 넣은 뒤 방을 나왔다. 내일, 내일 저녁이면, 그러한 정성이 하나의 보답을 받는다…….

  밖은 벌써 땅거미가 꺼멓게 기어들고 있었다. 아직도 채 식지 않은 공기가 바람에 불리어서 훈훈하게 움직인다. 그러나 땀발이 잡히려던 피부엔 넓은 언덕에서 흔들리는 저녁 바람은 선뜩하였다. 북아현정 쪽의 푸른 주택지를 잠시 바라보고 섰었으나, 오랫동안의 습관으로 거리 위에 나서면 그는 늘 바쁜 사람처럼 종종걸음으로 서두른다. 감영 앞, 종로, 안국동 이렇게 세 군데서나 차를 바꾸어 타는 것도, 어쩐지 분주한 듯이 서둘러 대고 싶은 마음에 합당한 것 같아서, 오늘 저녁의 그에게는 다시 없는 가벼운 흥분으로 즐겁게 느껴지는 것이다. 화동 골목까지 치마폭에서 휘파람 소리가 날 지경으로 활개를 치며 걸어 올라간다.

  어머니보고도 같이 가시자고 말해 보리라. 처음엔 믿음직 못 하다고 한사코 나무랐으나, 그런 것 때문에 이 년 만에 돌아오는 그를 대견하게 맞아 주지 못할 것이 무엇인가. 인제 누가 뭐래도 장래의 사위가 아닌가. 예식만 갖추면 아들 맞잡이, 단 하나의 어머니의 사위가 아닌가. 어머니도 요즘엔 은근히 기다리고 계셨다. 같이 가시자면 기뻐하실 것이다. 나오는 당자의 기쁨은 말할 것도 없을 게고…….

  저의 집 대문을 들어설 땐 콧노래까지 흥얼거리고 있었다.

  "엄마 있수?"

하고 응석을 담아서 불러 본다. 꽃 화분이 쭈루니 얹히어진 높직이 층계가 진 선반 옆에 선 채 무경이는 어머니 방을 향하여 불러 보는 것이다. 그러나 대답이 없다. 식모 방에서, 이 집에 들어온 지 겨우 한 달밖에 안 되는 식모가 툇마루로 뛰쳐나오며,

  "아이구, 아가씨가 오셨네."

하고 얼굴에 크림이라도 바르고 있었는지, 당황히 옷 고춤을 매만지고

섰다.
"마님은 손님이 오셔서 같이 나가셨는데, 인제 늦지 않게 곧 다녀 오신다구서…… 그런데 아가씬 웬일이세요?"
"내일 저녁으로 연기야."
하고 대답해 주곤 무경이는 곧바로 제 방문을 열었다.
"대야에 물 좀 떠 놔! 그러구 밥 있어?"
식모는 댓돌에서 해진 고무신을 발부리에 꿰면서 뜰로 내려선다.
"네. 그래두 찬이 시원찮으신데……. 아가씬 왜, 저녁, 밖에서 잡수신다구 하시군……."
수도에서 물을 받아서 놋대야를 대청으로 나르고 비눗곽과 수건을 갖다 놓고는 부엌으로 들어간다.
무경이는 낯을 씻었다. 다시 제 방으로 들어가서 볼 편에 크림을 바르고 있는데,
"진짓상 이리루 드릴까요?"
하며 식모가 문지방 밖에서 엿보듯 한다. 안방 어머니 방에서 함께 모여서 먹는 것을 알고 있는 식모, 밥은 역시 그곳에서 먹는 것을 정칙으로 생각하고라도 있는 것 같다.
"그래. 내 인제 건너갈게. 어머니 방으루 들여다 놔."
"찬은 머, 굴비허구 장아찌밖엔 없는데 어떡허실까……."
하고 걱정하는 것을,
"그게면 되지, 찬물에 풀어서 한술 들면 될걸 뭐."
분첩으로 볼 편을 두어 번 뚜들기고 무경이는 어머니 방으로 건너가서 상 앞에 주저앉았다. 밥술을 막 들려고 하는데, 길마리 머릿장 밑에 보지 않던 부채가 한 자루 있었다. 무경이는 그것을 잠시 물끄러미 바라다보았다.
"아이, 손님이 부채를 노시구 가셨네."

무경이의 눈길을 따라가 본 식모는, 대청마루에 엎드리듯이 턱을 받치고 주인 아가씨의 진지 드는 모양을 바라보려다가, 눈에 띈 부채에 대해서 그러한 설명을 들려주었다. 그러나 벌떡 상반신을 일으키더니 부채를 들어서 책상 위에 올려놓고 다시 뜰로 나가 버렸다.
　무경이는 술을 든 채 밥그릇으로 손을 옮기진 못하였다. 그는 술을 놓고 일어서서, 지금 식모가 챙겨 놓고 나간 부채를 가져다 펼쳐 보았다. 틀림없이 사나이의 소유물이었다. 곱게 색채를 써서 그린 산수화가 있고, 위 하곡대인청상爲河谷大仁淸賞이라고 쓴 밑에 청산靑山이란 화가의 낙관이 찍혀 있다. 이것으로 보아, 청산이란 화가가 그림을 그려서 하곡이란 분에게 선물로 보낸 부채라는 것을 알 수 있었다. 이 부채의 임자는 하곡이란 아호를 가진 분이다. 그리고 어머니는 이 하곡이란 분과 함께 외출하신 것이다. ― 그런 것을 알 수 있었으나, 무경이는 첫째 하곡이란 분을 알지 못하였다.
　'하곡? 하곡.'
하고 입 안으로 두어 번 뇌어 보았으나 그러한 아호와 함께 나타나는 환상은 아무것도 없었다.
　'낯도 잘 알고, 이름도 잘 아는 분이면서도, 내가 그이의 호를 모르고 있는지도 모르지.'
　그렇게 생각하면서 부채를 다시 책상 위에 놓은 뒤에 밥상 앞으로 돌아왔고,
　"많지두 않은 찬에 어란*을 잊었었네."
하고 변명하듯 하면서 가지고 들어온 식모의 손에서 접시도 그대로 묵묵히 받아 놓았으나, 어쩐지 마음은 말끔히 가시지 않았다.
　어머니와 같이 나간 손님이 어떻게 생긴 분인가를 식모에게 물어보려

* 소금을 쳐서 절이거나 말린 물고기의 알.

다 그것도 그만두었다. 그는 잠시 더 멍청하니 상 앞에 앉아 있었으나, 식모에게 눈치 채일까 저어하며, 이내 밥통을 열고 물 대접에 밥을 말았다. 그리고는,

"나 혼자 먹을게 나가 있어."

하고 식모도 밖으로 쫓아 버렸다.

마른 반찬에 얼려서 두어 술 떠놓고 그는 다시 방 안을 살펴보지 않을 순 없었다. 장롱과 의걸이, 문갑, 책상, 책상 위의 성경책들, 모두 다 놓았던 자리에 놓여 있다. 그러나 책상 밑에 들여다보았을 때 무경이는 다소 마음이 뜨끔했다. 치렛거리로 놓아두던 놋재떨이에 피우다 버린 담배 꽁초가 하나 비비어 꽂혀 있기 때문이다. 손님은 담배를 피우는 분이었다는 것을 그것으로 알 수 있었다. 그리고 그것은 결코 대수롭지 않은 발견은 아니었던 것이다. 어머니의 아는 분으로서 담배를 피우는 이는 무경이의 기억 속에는 들어가 앉아 있지 않았다. 이십여 년 동안 예수교 풍속에 젖어 온 분이고, 그 속에서 청상과부를 지켜 온 어머니로서 끽연의 습관을 가진 사내 손님을 가지고 있었을 리 만무하다.

"다 먹었으니까 상 치어."

하고 외치듯 하고는 무경은 제 방으로 돌아와 버렸다.

부채, 하곡, 담배 — 이런 것이 함께 엉켜 돌면서 종시 그의 머리를 놓아 주지 않는다. 그리고 이러한 그의 의심은 다시금 얼마 전에 경험한 한 가지 사건을 그의 머릿속에 불러내는 것이었다.

달포 전의 일이었다. 화창한 초여름의 공일날, 벌써 몇 해째의 습관에 따라 무경이는 오랜만에 만나는 휴일을 집에서 책을 읽었고, 어머니만 예배당에 가신다고 집을 나갔었다. 오정이 좀 넘으면 으레 예배당에서 돌아오셨으므로, 그는 돌아오시는 어머니와 함께 점심을 먹고, 잠시 본정이라도 다녀오려고 그 시간이 되기를 기다리고 있었다. 그러나 어머니는 어쩐 셈이신지 한 시가 되어도 돌아오지 않았다. 강설이 길어져

서 예배시간이 오래 되는 것이라고 얼마를 더 기다렸으나 두 시가 되어도 종내 돌아오지 않았다. 그래서 무경이는 혼자서 점심을 먹고 집을 나왔다. 안국동 네거리를 거진 나왔는데, 예배당 전도 부인을 길에서 만났다.

"오래간만이올시다."
하고 이 근년에 신통치 않아진 '타락한 교인'은, 목사나 전도 부인을 만나면 다소 면구스러워져서 그다지 기다란 인사를 늘어놓지 않는 습관이 있었다. 그러면 도회인답게 경우가 빠른 목사나 전도 부인도 이내 무경이의 태도를 눈치 채고, 그 이상의 긴 수작을 늘어놓으려고 하지 않았으나, 오늘만큼은 간단히 인사를 마치고 돌아서는데,
"어머님이 예배당엘 안 오셨게 무슨, 몸이래두 편치 않으신가 해서, 난 있다 저녁녘에 잠시 들러 보려던 참인데……."
하고 무경이를 붙들어 세우려 들었다.
"아뇨, 별일 없으신데, 그리구 어머닌 예배당에 가신다구 오전에 나가셔서 여태 안 들어오셨는데요."
그러나 그 이상 이야기를 연장시키고 싶지 않아서,
"아마 도중에서 누굴 만나셔서 예배당에두 못 들르시구 어디 급한 일이 있어 그리루 가신 게구먼요."
하고 간단히 처치해 버렸다. 그러니까 전도 부인도,
"글쎄 그러신 게구먼."
하고 가버렸다.

초여름의 태양이 쨍쨍하고 유쾌해서 전차도 안 타고 본정까지 걸어가면서도 무경이는 그것에 관해서 별로 깊은 생각은 품어 보려 하지 않았다. 그래서 볼일을 보고 그는 두어 시간 만에 다시 집으로 돌아왔다. 어머니는 그때에도 돌아와 있지 않았다. 참말 무슨 일이라도 생겼는가 해서 궁금했으나, 어머니는 해가 질 녘에야 낯이 좀 발그레하니 끄슨 것처

럼 되어서 총총한 걸음으로 돌아왔다.

"가정 심방에 같이 따라나섰다가 진력이 났다."

하고 묻기도 전에 어머니는 변명한다. 무경이는 깜짝 놀라 어머니의 낯을 건너다보지 않을 순 없었다. 가정 심방? 예배당에도 안 가셨던 분이 전도 부인과 목사와 함께 가정 심방이라니 어떻게 하시는 말씀일까? 어머니는 그때 옷을 벗어서 옷장 안에 들여 걸고 있었으므로 다행히 딸의 변해진 눈초리와 놀란 표정을 눈치 채진 못하였으나, 무경이는 한참 동안 마루 위에서 움직이지 못하고 굳어진 조각처럼 서 있었다. 다시 어머니가 마루로 나오면서,

"난 김 장로 댁에서 저녁을 먹었는데 너희들이나 어서 먹어라. 그리구 애, 나 물 좀 다우."

하고 서둘러 댈 때엔 무경이는 낯을 돌리고 딴 쪽을 향하여 일부러 어머니의 얼굴을 피하였다. 어머니의 하는 말이 지어낸 공연한 거짓인 거 아는 바엔, 당황하고 부끄러운 마음을 감추려고 벙뗑하니 서둘러 대는 어머니의 표정을 정면으로 추궁하기가 겸연쩍은 것이다.

어머니는 어디를 갔었기에 이렇게 나를 속이시는 것일까. ― 따져보면 아무렇지도 않은 일일 것 같으면서도, 홀어머니의 자식으로서 믿고, 의지하고, 응석을 부려 오던 어머니인 만큼, 자기를 속였다는 그것 한 가지 사실만으로 그는 한없이 쓸쓸하고 슬퍼지는 것을 느끼게 되는 것이었다. 물론 그 뒤엔 그것을 깊이 기억하고 있지도 않았었지만, 그때로부터 달포나 지내었을까 한 지금, 추측할 수 없는 사내 손님과 어머니와 같이 외출을 하였다는 사실에 부딪치면, 민첩한 처녀의 예감은 벌써 어떤 길하지 못한 사태에 대하여 생각의 촉수를 뻗어보게 되는 것이다.

무경이는 제 방에 와서도 일손이 잡히질 않아서 멍청하니 책상머리에 쭈그리고 앉아 있었다. 어젯밤처럼, 세상에 나올 오시형이를 생각하면서 즐거운 환상을 향락하고 있을 마음의 여유도 생겨나지 않는다. 상상력이

뻗을 수 있는 턱까지 공상을 거듭하면서 사정의 이면으로 파고들려 애써 보나, 엉클어진 생각이 붙드는 결론은 언제나 그의 마음을 쓸쓸할 구렁텅이로 떨어뜨리고 만다. 그럴 때마다 그는 다투기나 하듯이 머리를 흔들었다. 설마 어머니가…… 그럴 리는 없다. 나 하나를 믿고 청춘을 짓밟아 버린 어머니가 아닌가. 모든 잡념을 떨어버리고 유혹의 손을 물리쳐 버리기 위해서, 젊은 감정과 정서를 송두리째 뜯어서 파묻어 버리기 위해서 살림에 군색하지는 않은 처지면서 스스로 원하여 병자를 다루는 직업 가운데 자기의 위치를 선택하였던 어머니가 아니었던가. 스물다섯의, 서른의, 서른다섯의, 어려운 고비를 성스럽게 넘기고 사십의 고개를 이미 넘어 버린 어머니가 설마 그럴 리야 있는가.

제 생각을 채찍질하고 제 마음에 모욕을 주면서 어머니가 돌아오는 것을 기다렸으나, 열한 시가 가까워서 어머니의 발자국 소리가 대문 밖에 들릴 때엔, 그는 기계적으로 전기스탠드의 줄을 낚아서 불을 끄고 캄캄한 방 속에 숨어서 어머니의 얼굴과 마주 대하기를 스스로 피하여 버렸다. 식모가 어머니에게, 그가 일찍이 돌아오게 된 사연을 아뢰는 것을 귓결에 들으면서도, 그는 귀를 틀어막듯이 하고 방바닥에 엎드려서 숨을 죽이고 어깻죽지를 가느다랗게 떨고 있었다.

2

어디까지나 어디까지나 끝이 없이 뻗어 나간 것 같은 붉은 벽돌의 높직한 담장에 위압을 느끼듯 하면서, 불광이 흐릿한 굳이 닫힌 출입구 앞에서, 최무경이는 벌써 한 시간 동안이나 왔다 갔다 하고 있었다. 너무 일찍이 찾아왔었다. 그러나 다른 데서, 언제라고 꼭 작정이 없을 시간이 오기를 멍청하니 보내고 있을 수는 없어서, 그는 해가 거물거물할 때 아파트의 구내식당에서 간단한 저녁을 먹고는 곧 영천행의 전차를 잡아타고 예까지 쫓아와서, 이렇게 혼자서 문이 열리기를 기다리고 있는 것이다. 사람의 내왕도 드문 언덕이었으나, 그가 와서 기다리고 있는 한 시간 남짓한 동안엔, 오늘 검사국에서 간단한 취조를 마치고 새로이 이곳에 입소하는 피의자의 패거리와, 공판정이나 예심정豫審庭에 취조를 받으러 나갔던 피고들을 태운 자동차가, 두세 차례나 이 커다란 문을 드나들었고, 낮일을 여태까지 보고 늦게야 집으로 돌아가는 간수들도 작은 문을 열고는 안으로부터 꾸부정하니 허리를 꾸부리고 불쑥 양복 입은 몸뚱어리를 나타내곤 하였다. 이럴 때마다 문 열고 닫는 소리는 깜짝깜짝 무경이의 신경을 때리고 가슴을 울렁거리게 하는 것이었다. 이 년 가까이 차입을 하느라고 드나든 관계로 그 중에는 안면이나 어렴풋이 있는 간수도 있었으나, 문 밖에서 만나면 그들은 언제나 처음 보는 사람들처럼 무표정한 얼굴로 그를 지나치곤 하였다.

밖으로부터 들어갈 사람이 다 끝났으니까, 인제 안으로부터 석방되는 사람이 나올 시간도 되었을 게다, 혹시 오시형이를 석방하라는 검사와 예심판사의 영장을 아까 재판소에서 돌아오던 간수 부장의 커다란 가방이 가지고 들어간 것이나 아닌가, 지금쯤은 오랫동안 친숙해진 미결감未決監의 한 방에서 영장을 받아 들고 밖으로 나올 준비에 바쁘고 있는 것이나 아닌가 — 이런 공상에 취하였다가, 덜카당 하고 문에서 쇠 여는 소리가 나면 그는 깜짝 놀라서 그편으로 쫓아가 보곤 하였으나 그때마다 문으로 나타나는 것은, 간수이거나 사식집 사환아이거나, 그런 사람들이어서 그는 번번이 속아 떨어지지 않으면 안 되는 것이었다.

아홉 시가 넘어서 한참이 되니까 부탁하였던 자동차도 왔다. 자동차세가 나는 요즘 같은 때에 오랜 시간을 기다리게 하는 것이 미안해서 그는 자동차에서 내려서,

"아직 시간이 멀었습니까?"

하는 운전사에게로 가까이 가며,

"인제 얼추 시간이 되었을 거야요. 미터를 돌려서 시간을 계산해 주세요. 바쁘신데 자꾸 무리를 여쭈어서 죄송합니다. 그러나 머 딱히 정한 시간이 아니니까 따로 도리가 있어야죠. 대개 아홉 시 가량이면 나올 수 있다니까 인제 얼마 기다리지 않을 거예요."

자꾸만 시계를 불에다 비추어 보면서 운전사에게 미안의 변명을 늘어놓아 보는 것이었다. 아파트에서 특약하고 쓰는 곳이어서 안면이 있는 운전사는 아무 대꾸도 하지 않고 다시 운전대에 올라가선 카드를 들고 연필로 무엇을 끄적거려 보고 앉았다. 미터의 시계가 짤각거리다가 딸각하고 십 전 넘어서는 소리가 조용한 가운데서 무경이의 초조한 신경을 자극하고 있었다. 그러나 십 분이 넘고 이십 분이 되어도 아무러한 소식이 없었다. 이러다가 오늘도 또 헛물을 켜는 것이나 아닌가 — 그렇게 생각하면 꼭 그럴 것만 같이 생각되어 그는 더욱더 초조하게 바지바지 타는 심정을 누를 길이 없었으나, 누구에게 물어 볼 수도 없고, 저만큼 전찻길 있는 데까지 뛰어 내려가서 변호사한테 다시 전화를 걸어 보고 싶은 조바심까지 생겨나는 것을 인내성 있게 안타까이 참아 보고 있는 것이다.

그러고 있는데 아래쪽에서 어떤 양복 입은 신사가 하나 휘우청휘우청 올라오고 있었다. 맥고자를 벗어 들고 조끼 입지 않은 가슴을 부채질하면서 자동차의 옆을 지나다가 가벼운 양장으로 몸을 꾸민 무경이를 발견한즉, 그곳으로 가까이 오면서,

"당신 누구요?"

하고 퉁명스럽게 물었다. 미처 대답할 말이 없어서 멍청하니 서 있으려니,

"당신 이름이 무언가 말요?"

하고 신사는 다시 제 물음을 설명하였다.

"최무경이에요."

"최무경? 누구 나오는 걸 기다리구 있소?"

"네, 오시형이란 사람이 보석으로 나온다구 마중 왔습니다."

신사는 수첩을 꺼내 들고 불빛 밑으로 무경이를 오라고 하였다.

"나는 서대문 경찰서 고등계에 있는 사람인데 성함이 누구라고 했지요?"

그리고는 무경이가 말하는 대로를 수첩에다 옮겨서 썼다.

"주소는 화동정…… ×십오 번지."

그렇게 나직이 흥얼거리다가,

"오시형이가 당신의 무엇이 됩니까?"

하고 말한다. 무경이는 돌연한 물음에 잠시 말문이 막힐 듯이 되었으나 이내,

"약혼한 사람입니다."

하고 대답한다. 그러니까 형사는 한참 묵묵히 붓방아를 찧고 있다가,

"나이엔노쓰마(내연의 처)와는 그럼 다른 셈이죠?"

하고 묻더니, 대답도 별로 기다리지 않고 무어라고 수첩에 기록하고 있었으나,

"연령은요?"

하고 또다시 질문을 던졌다.

"스물넷입니다."

"그럼 오시형이가 나오면 이 주소에 있게 되는가요?"

빠끔히 무경이의 낯을 건너다본다.

"아니올시다. 죽첨정에 있는 야마도 아파트 삼층 삼백이십삼 호실에 있게 되겠습니다. 바루 경찰서에서 마주 바라다 뵈는……."

그러나 형사는 연필을 든 채 머리를 끼우뚱하고 있다가 다시 무경이를 쳐다본다. 어째서 거처할 곳이 그리로 되었는가를 채 이해하기 곤란하다는 표정이었다. 그래서 무경이는,

"아직 예식을 올리지 않았다구 조선 풍속에 따라 그때까지 아파트에 드는 겁니다."
하고 설명을 첨부하였다.

"그럼, 이 아파트에는 아무도 같이 있지 않는 거지요?"

"네."

"그럼 좀 곤란한데요. 이렇게 되면 당신이 책임 있는 신원의 책임자가 되기가 힘들게 됩니다. 물론 자기가 저지른 사건에 대해서 개전改悛의 빛이 확실히 나타났으니까 재판소에서도 보석 같은 걸 허가한다고 생각합니다만, 일단 형무소 밖으로 나오면 책임은 그 시각부터 경찰에게로 옮겨지는 거니까요. 만약에 행방이라도 자세하지 않아지는 경우가 생기면 큰일이 아니어요? 똑똑한 인수자가 없으면 경찰서에서 당분간 신원을 보호해 줘야 합니다. 주소가 다른 당신을 믿고 미가라(身柄)를 석방하기는 힘들지 않습니까. 형식상으로라두……."

"제가 낮에는 거기서 사무를 보고 있습니다."
하고 무경이는 다시금 생기는 난관을 넘어서려고 열심한 태도로 말해 본다.

"그런 게야 무슨 조건이 될 수 있습니까?"
하고 미소를 띠우더니 잠시, 어떻게 하나? 하는 자세로 머리를 끼우뚱하고 생각한다.

"모처럼 재판소에서 허락해서 세상에 나오는 분이고, 또 몸도 몸이려니와 그만큼 판사나 검사도 인격을 신용하고 석방하는 것이니까, 나오는 날로 불쾌스럽게 다시 유치장 잠을 재운다든가 해서야 피차에 유쾌하지 못한 일이 아닙니까? 그러니까 이건 법칙상 위법이지만 내일 안으로 아파트의 책임자라든가, 누구, 한 주소에 사는 분을 보증인으로 정해서 알려 주시오. 그렇게 한다면 오늘 밤으로 최 선생을 신용하고 그대로 데려 내다가 맡겨 버릴 터이니까요. 내일 아침에 보고서를 작성해서 주임께

바쳐야 하니까 그 전에 알려 주십쇼."

"아이, 고맙습니다. 내일 아침에 말씀하시는 대로 하겠습니다."

하고 마치 이 형사가 오시형이를 석방해 주는 권리를 가진 거나처럼 무경이는 그에게 대하여 감사의 마음을 표하여 보였다.

"그럼, 잠깐 동안 기다리십쇼. 대개 준비하고 있을 테니까 인제 들어가서 곧 데리고 나오죠."

하고 수첩을 접어 넣고 문 있는 데로 걸어가는 뒤에서, 무경이는 다시 공손히 머리를 수그리었다.

형사는 문지기 간수에게 안내를 구하고, 문이 열려서 이내 안으로 사라졌다.

"인제 곧 나온답니다. 경찰서에서 오질 않아서 이렇게 늦었던가 봐요. 너무 기다리게 해서 미안합니다."

무경이는 다시 운전수에게로 와서 사례의 말을 건네었다.

이러구러 한 십여 분이 지난 뒤에 형사와 함께 양손에 짐을 들고서 휘뚤거리며 시형이가 문 밖에 나타났다. 짐이 많아서 문 안에 섰던 간수가 몇 차례씩 내보내 주는 것을 시형이는 허리를 꾸부리고 받아서 옮겨 놓고 있다. 무경이와 운전사는 그편으로 쫓아갔다. 운전사는 무거운 책꾸러미를 양손에 들고 그것을 자동차로 날랐으나, 무경이는 손으로 짐을 거들 생각도 미처 못 하고 그곳에 서 있는 오시형이를 잠시 멍청하니 바라보고 있다. 시형이도 흐릿한 불광 밑으로 잠시 무경이를 건너다보았으나, 이내 형사를 향하여,

"그럼, 그렇게 하죠."

하고 말하였다. 그러니까 형사는,

"최 선생, 틀림없도록 해주시오. 난 그럼 여기서 갑니다."

하고 무경이 쪽만 바라보며 맥고자를 잠깐 들었다 놓고 그곳으로부터 언덕 밑을 향하여 사라져 없어졌다.

짐을 차에다 옮겨 싣고 두 사람은 나란히 자리에 앉았다. 시형이는 흥분을 고즈넉이 숨기고 가만히,
"아, 저 불 봐라!"
하고만 말하였다. 차가 움직이었다. 무경이도 무슨 말을 건네야 할지 몰라서 덤덤한 채 앉았다가,
"불이 그렇게 신기해요?"
하고 웃는 표정으로 시형을 쳐다본다. 사내는 눈을 떨어뜨려 옆에 앉은 애인의 눈길을 받아서 비로소 오래간만에 그의 얼굴을 자세히 바라보았으나,
"그럼."
하고 대답하곤, 이내 낯을 돌리고, 이어서 궁둥이께를 움칠거리면서 자리를 도사리고 창 밖을 지나치는 거리의 풍경을 물끄러미 내다보고 있다.

무경이는 나직이 숨을 짚으며 앞을 바라본다. 왼편 옆구리에는 안에서 보던 책들이 어깨에 닿도록 쌓여 있다. 창고에서 풍기는 냄새가 옷 보통이와 책과, 그리고 시형이의 몸에서까지 흘러나오는 것 같았다. 흥분이 가슴속으로 가라앉고 안심과 만족이 포근히 떠오르는 것을 그는 향락하듯이 느끼고 있다. 이윽고 차는 커다란 아파트의 앞에 와서 멎었다.

강 영감이 자지 않고 기다리고 있다가 차 소리를 듣고 나와서 짐을 옮겨 주었다. 그러나 승강기도 없는 수면시간에, 짐을 삼층까지 끌어 올리는 것은 여간만 거추장스러운 일이 아니어서 그들은 강 영감의 생각대로 짐을 일단 사무실로 들여놓았다가 내일 아침에 끌어올리기로 하였다.

자동차가 돌아간 뒤에 무경이는 오시형이를 강 영감에게 소개하고, 그를 삼층 아파트의 한 칸으로 안내하였다. 오래간만에 걷는 걸음이라고, 생각처럼은 쇠약한 것 같지 않았으나, 후뚤거리는 다리가 못 미더워 무경이는 시형이에게 높직한 층층계를 올라가는 동안 자기의 어깨와 팔을 빌려 주었다. 삼층의 마지막 계단을 돌아 올라가면서,

"제칠천국* 같으네."

하고 무경이가 웃는 것을, 시형이는 벌씬하니 감회가 깊은 미소로 대하였고, 복도를 돌아서 어떤 방 앞에 마주섰을 때, 잠시 동안 쭈루루니 나란히 하여 있는 문들로 하여 지금 다녀 나온 구치감을 연상하는 듯하다가,

"가만, 내 문을 열게."

사내의 어깨 밑에서 빠져나와서 쇠를 열고 잠갔던 문을 젖혔을 땐,

"이런 좋은 방을 다 준비했어."

하고 판장문의 핸들께를 한 손으로 붙들고 의지하듯이 서 있었다.

"인제 불을 켤게요."

무경이는 가볍게 뛰어 들어가서 바람벽에 설치된 스위치를 켰다. 천장에서 드리운 불과 침대 옆 작은 탁자 위에 높인 스탠드의 불이 일시에 켜져서 크지 않은 방 안은 구석구석까지 대번에 시형이의 두 눈 속에 들어왔다.

시형이는 잠시 동안 방 안과 방 안에 장식된 도구를 물끄러미 바라다보다가, 제 발을 굽어보며,

"이 년 전에 벗어 놓은 구두를 맨발에 신었더니 발에 곰팡이가 묻었는걸."

하고 쪼그라진 구두 속에서 발을 뽑았다.

"가만 계세요. 내 걸레 갖다 드릴게."

먼저 방 안에 들어가서 문을 활짝 열어 놓고 시형이가 들어오는 것을 기다리고 있던 무경이는 취사장께로 가서 낡은 타월에 물을 축여 들고 와서 발을 닦아 주었다.

그리고는 신장에서 슬리퍼를 내놓고,

---

* 第七天國 : 일제 강점기에, '전당포'를 이르던 말.

"이걸 신구······."

모시 적삼에 베 고의를 입은 사내를 이끌듯이 해서 침대에다 앉히면서,

"어때요? 비둘기장처럼 또 좁은 방으로 모시는 건 안됐지만 무경이가 한 주일이나 걸려서 준비한 거래누."

하고 응석을 섞어서 제 두 손을 사내의 무릎 위에 얹는 것이다. 오시형이는 무릎 위에 놓인 손을 잡아서 만지면서,

"무경 씨껜 너무 수골 시키구 욕을 봬서 어떡허나."

하고 나직이 감격을 넣어서 말하였다.

"별소릴 다아."

그렇게 말하면서, 그때에 사내가 힘 있게 쥐어 주는 손을 저도 꼭 쥐어 보고는, 두 손을 쏙 뽑아서 호들갑스럽게 두어 발자국 물러나선,

"내가 뭐, 그런 소릴 듣겠다누."

하고 일부러 샐쭉해 보인다. 그러나 그의 얼굴에 떠오른 칭찬에 대한 만족한 자긍은, 무엇을 쫓아가다가 놓쳐 버린 때처럼 손 둘 곳을 모르고 멍청하니 쳐다보고 있는 젊은 사내의 눈에는 적잖이 교태를 띤 것으로 느껴졌다. 시형이는 아무 말도 입 밖에 내지 못하고 가슴 속으론 우심한 갈증을 의식하면서 무경이의 눈만 쳐다보고 있었다. 눈을 바라보던 시형이의 눈이 입술로, 그리고 턱밑으로 떨어져서 가슴패기로 이동할 때, 무경이는 영리하게 사내의 마음을 낚아채듯이 발딱 몸을 옮겨서 방 가운데 놓은 탁자 뒤로 돌아가며,

"이게 무슨 꽃인지 아시죠? 제가 봄부터 여름 내내 손수 기른 거예요."

코를 꽃 속으로 묻고 발름발름 향기를 맡듯 하다가, 시형이가 나직이 한숨을 짚은 뒤,

"수국이지, 내가 그걸 모를라구."

하고 대답하였을 때, 다시 낯을 들면서,

"아이, 수국을 다 아시네. 상당하신데."

사내가 픽 하고 웃으면서,

"그럼, 그것두 모를라구. 빨간 잉크를 부으면 빨개지구 푸른 물감을 쏟으면 파래지구 한다는 걸……."

하고 침상에 앉은 채로 말을 받을 때엔,

"아아주, 그런 식물학도 경제학에 있는감!"

무경이는 기쁨이 온몸을 붙든 때처럼 다시 책상 옆으로 가면서,

"이 테이블에선 편지 쓰구 공부하구, 저기선 세수하구 양치하구, 또 저기에단 책을 쭈루루니 꽂아 놓구……."

양복장 있는 데로 가서는 잠옷 한 벌을 꺼내서 침상 위에 놓는다.

"웬 돈이 있어 이렇게 호사를 하구 치레를 했어."

시형이는 무경이의 애정에 대하여 감격하는 기쁜 마음을 그러한 핀잔으로 표현하고 싶었다. 그것이 더 무경이의 마음에 드는지,

"피."

하고 그는 침대에 앉으면서,

"아아주 주인인 체하시네. 허긴 인제 주인이지 머. 어머니도 금년부턴 진심으로 허락하셨으니까……. 인제 또 평양 댁의 허락이 있어야지만……."

또다시 시무룩해지다가 시형이의 왼팔이 제 어깨에 감기니까.

"평양 댁에서두 잘 말하면 허락하실 테지. 그렇죠?"

하고 낯을 들어 사내의 얼굴을 쳐다보았다.

"글쎄, 그 안에 있는 동안 아직 아버지 친필룬 한번두 편지가 온 일이 없었구, 또 무언가 그전 그러던 약혼 이야기도 그러허고 있는 모양이니깐……. 그러나 그런 게 무슨 소용이 있수. 나를 그 속에 있는 동안 물질적으로나 정신적으로나 먹여 살린 게 무경 씨구, 또 그 속에서 이렇게 나를 내온 게 우리 무경인데……."

시형이는 감격조로 말하였다. 그리고 안았던 팔을 그대로 꽉 지리 싸

면서 뜨거운 입김을 무경이의 얼굴에 퍼부었다. 오랫동안 기다렸던 감격 속에 휩쓸리듯이 취하여 버리면서도, 무경이는 사내에게 입술만을 주고는 꽉 붙드는 두 팔뚝의 억센 포옹에서 빠져 나왔다.

감정과 정서에 주리었던 사내는 미칠 듯한 어조로,

"왜? 왜 도망해? 내가 미덥지가 못해서 그리우?"

하고 침상에서 쫓아 일어났다. 무경이는 시형이의 감정과 신경의 상태에 깜짝 놀라면서, 그러나 열심스러운 낯으로,

"일어나지 마세요. 일어나면 전 가겠어요. 다시 거기 앉으세요."

하고 명령하듯 외친다. 이러한 기세에 질리어서 사내는 주춤하니 선 채 잠시 동안 자신의 마음을 돌아보는 태도였다. 시형이는 다시 침상에 걸터앉는다. 흥분된 제 가슴의 불길을 끄려는지 낯을 슬며시 외면한다.

무경이는 시형의 낯에 수치심의 색조가 떠오르는 것까지 보고는 그 이상 더 사내의 태도를 지키고 앉았을 수가 없어서 창문께로 몸을 피하였다. 그의 가슴도 달락거리는 소리가 들리리만큼 한없이 뛰고 있었다. 맞은편 캄캄한 언덕의 주택지에는 불빛이 빤짝거린다. 하늘에도 까만 호라 이전 위에 뿌려 놓은 듯한 별들. 마포로 가는 작은 전차가 레일을 째면서 언덕을 기어 올라가는 것이 굽어보인다. 산뜻한 밤공기에 낯을 쏘이면서 천천히 가슴의 동계(動悸)를 세어 본다.

역시 그렇게 하는 것이 온당하다. 건강도 건강이려니와, 결혼식까지는 무슨 일이 있어도 우리는 이 이상 감정의 닻줄을 늦춰서는 아니 된다.

어느 새에 땀이 났었는지, 블라우스의 속 갈피를 스치는 바람에 등이 차갑다. 어떤 가볍지 않은 의무를 단행한 때처럼 그는 달콤한 자위 속에 안겨서 언제까지나 언제까지나 이렇게 높은 삼층의 들창으로부터 하늘과 길과 언덕을 바라보고 싶은 심리였다. 그런데 등 뒤에서,

"몇 시나 되었을까. 이 년 동안이나 시간을 모르구 지냈는데 밖에 나오니까 어느새 시간이 알구 싶어지는군그래."

하는 느직느직한 오시형의 소리. 깜짝 놀라듯이 제정신을 차리며 무경이는 몸을 돌렸다. 시형이의 다정스런 미소.

 무경이는 금시에 두 눈을 반짝거리며 핸드백이 놓인 테이블로 쫓아간다. 백을 들고 와선 시형이의 앞에 마주서며,

 "내, 무어 드릴려는지 아세요?"

하고 입술과 눈이 함께 생글생글 웃으려는 걸 꼭 참고 있다.

 "거, 알 수 있나."

하고 능청맞게 대답하니까,

 "피, 것두 몰라."

그리고는 백을 열고 크롬 껍질의 묵직한 회중시계를 꺼내서 기다란 쇠사슬의 한끝을 쥐고 대롱대롱 쳐들어 보이고,

 "이거! 이걸 제가 이 년 동안이나 갖구 다녔에요."

침판을 들여다보고는,

 "아유, 열한 시 반, 이렇게 늦었어!"

그러나 시형이는, 학생시대부터 졸업한 뒤 여기, 증권회사 조사부에 취직한 후에까지 언제나 몸에 붙이고 다녀서, 그것을 꺼내 볼 적마다,

 "아유, 무겁지도 않은감!"

하고 무경이가 놀려먹던 것을 생각하고, 지금 소리를 내어 유쾌하게 웃고 있었다. 이윽고 무경이가 두 발을 모두고,

 "그 동안 덕택에 지각도 안 하고 착한 사람이 되었습니다. 인제 관리인으로부터 소유자에게."

 시계를 두 손으로 치켜들고 꾸뻑 인사를 한다. 시형이가 건네주는 물건을 기쁜 웃음과 함께 받으니까,

 "보관료는 톡톡히 내셔야 해요."

하고 또다시 웃음조로 다짐을 받고, 핸드백을 챙긴 뒤에 갈 차비를 차렸다.

"내일 아침 이르게 들를게요. 허긴 시계가 없어져서 지각할런지두 모르지만……. 이내 불 끄구 푸욱 쉬이세요."

그러나 시형이는 시계를 놓고 뒤따라 일어섰다. 잊어버린 것을 채근하려는 듯한 성급한 표정이다. 구두를 신고 서있는 무경이의 곁으로 쫓아올 때, 무경이는 그러나 그러한 것에는 일부러 신경이 미치지 못하는 척, 이내 도어를 열고 복도로 빠져나오면서 손가락을 제 입술에 대어 키스를 건넬 뿐, 이미 가라앉은 두 사람의 가슴에 다시금 불을 지르려 하진 않았다.

조용해진 아파트를 나와서 안전지대 위에 섰다. 전차를 기다리며, 삼층, 오시형이가 들어 있는 방을 쳐다보니 불이 꺼졌었다. 무경이는 안심한 마음을 품고 돌아갈 수가 있을 것 같았다.

아침 일찍이 짐을 올려다가 방을 정돈해 주고, 의사를 불러다가 건강진단을 시키고, 어머니와도 정식으로 대면시키는 기회를 만들고, 옳지, 신원 보증인으로 아파트의 주인을 교섭해서 경찰서로 알릴 일이 무엇보다도 바쁘고…….

안국동에서 전차를 버리고 그는 그러한 생각에 잠겨서 집을 향하여 걸었다. 길에는 사람의 내왕조차 드물다. 그는 집이 가까운 것을 느낀 뒤에야 비로소 젊은 여자가 거리를 걷는 시간으로선 지나치게 늦은 시각인 걸 생각하고 걸음을 재게 놀리며 골목 어귀를 휙 돌았다. 그때에 어떤 신사와 마주칠 뻔하고, 그는 깜짝 놀라 비켜섰다. 노타이셔츠에 회색 양복을 입고 파나마를 쓴 뚱뚱한 신사 — 그는 잠시 손을 모자 차양에다 대고 실례의 인사를 표하고는 무경이의 옆을 돌아 큰 거리로 걸어 나갔다. 그러나 무경이는 움직이지 못하고 한참 동안 그 자리에 서서, 신사가 섰던 곳에 신사의 환영을 붙들어 세워 놓고, 가슴이 받은 충격을 가라앉히기에 애를 쓰는 것이다.

골목 안에는 물론 저희 집만이 있는 것은 아니었다. 스무나문 집이나 남아 쭈루루니 문패가 달려 있다. 지금 골목을 나간 신사가 어느 집 대문으로부터 나온 사람인지, 혹시 집을 찾으러 골목 안에 들어왔다가 헛물을 켜고 돌아가는 사람인지, 그것은 모두 무경이에게는 알 수 없는 일인지 모른다. 그러나 무경이는 첫눈에 그 신사가 자기 집 대문에서 나오지 않았는가 하는 착각을 받았고, 그리고 지금 그 신사는 하곡이라는 아호를 가진 부채의 주인공이 아니었을까, 하는 엉뚱한 생각에 붙들려 있는 것이다.

무경이의 가슴은 다시 무거운 압력 속에서 불쾌스런 동계를 시작하였다. 대문이 저만큼 보인다. 문은 닫혀 있고, 문 등은 띠꾼하게 요강덩이처럼 달려 있고……. 언제나 즐거움을 가지고 드나들던 이 대문이 어쩐지 께름칙하게 느껴져서 견딜 수가 없다. 그러나 그는 그쪽을 향하여 걷지 않을 순 없었다.

대문을 미니까 달랑달랑 하는 종소리를 내면서 제대로 열리었다. 식모가 나왔다. 자던 눈이다.

"아가씨, 지금 오세요?"

무경이는 대답지 않고 대청으로 올라서서 어머니 방을 건너다보았다. 자리에 누웠다가 일어난다. 아무 구석을 맡아 보아도 사람이 다녀나간 기척이 없어서 그는 비로소 의심에 붙들렸던 가슴을 가라앉힌다. 그러나 제가 쓸데없는 억측에 붙들렸던 만큼 제 마음에 대하여 염증과 혐오감이 따르는 것은 어떻게 할 수도 없었다.

"지금 오니?"

하고 어머니는 푸른 등을 끄고 촉수가 강한 전등으로 실내를 밝힌다.

"네."

나직이 무경이는 대답할 뿐. 그러나 대청 한복판에 유쾌하지 못한 심화를 품고 서 있은 채 그는 움직이지 못한다.

"그래, 오늘은 나왔니?"

"네."

"응, 참 잘됐다. 그래 얼굴이 과히 못 되진 않았든?"

어머니는 자리에서 몸을 일으킨다. 잠옷도 입지 않고 얄따란 속옷만 입었다. 무경이는 머리가 헝클어진 어머니의 살을 처음으로 보기나 한 듯이, 안방으로부터 눈을 돌리고 캄캄한 제 방으로 뛰어 들어갔다. 어머니가 또다시 무엇이라고 묻는 소리가 들려 왔으나, 캄캄한 암흑 속에 떠오르는 것은, 여자로서의 살의 냄새를 잃지 않은 군살(췌육贅肉)이 목과, 배와, 허벅다리에 알맞게 오르기 시작하는, 어머니의 육체뿐, 만복한 식욕이 지방이 많은 음식물을 대했을 때처럼, 늑지한 군침이 입안에 돌고 비위가 불쑥 목구멍을 치밀어 오르는 것을 무경이는 참을 수가 없었다.

3

이르게 나온다고 약속은 하였지만, 이러구러 집을 나온 것은 여느 때나 다름없는 오전 아홉 시였다. 세탁해 두었던 시형이의 여름 양복과 내의를 싸서 구두약과 함께 옆구리에 끼고 아파트에 이른 것은 반시간이 넘어서였다. 잠시 사무실에 들렀다가 시형이의 방으로 올라가보니, 그는 잠옷 바람으로 강 영감이 급사와 함께 날라다 준 것이라고 책을 풀어서 서가에 꽂고 있었다.

"제가 차입하지 않은 것두 많은가 보오."

하고 무경이는 그의 뒤에 가서 본다.

"어머니가 가끔 부쳐 준 걸루 그 안에서 구입해 보았으니까……."

그리고는, 마침 농이를 풀다가 맨 위에 놓여 있는 작은 암파문고를 툭툭 먼지를 털어서 보이며,

"그 안에서 읽은 것 중 내가 가장 감격한 책이 이게요."

하고 허리를 폈다. 무경이는 아무 말도 아니하고 책을 받아 들었으나,

"아침을 잡수셔야지. 그리구 내의하구 양복을 가져왔으니까 이걸로 바꾸어 입으시구, 인제 의사를 청해다 진찰을 받으시구, 그러면 어머니도 보러 나오실 거니까……."
 "아침은 강 영감이 안내해서 식당에 내려가 먹었구, 어머닌 내가 찾아가 뵈어야지."
 "으응, 인제 나오신댔는데……."
 보꾸러미를 탁자 위에 놓은 뒤에야 의자에 손을 짚고 서서 무경이는 시형이가 준 책을 보았다. 플라톤의 《소크라테스의 변명辨明》《크리톤》이란 책이었다. 무경이는 플라톤과 소크라테스의 이름을 들었을 뿐으로, 책의 내용은 알지 못하므로, 그대로 표지와 서문 같은 것을 들춰 보고 있는데 오시형이는 잠옷채로 침상에 앉아서 혼잣말처럼 이야기를 시작하였다.
 "소크라테스의 사정이 나의 그때 환경과 비슷한 탓이라구도 말할 수 있겠지만, 오히려 글의 내용에서 오는 감명은 그런 것과는 달리, 나의 환경을 완전히 잊어버리게 하는 데 있는 것 같기도 해. 읽고 나서 나의 정신이 나의 환경으로 다시 돌아오면, 오히려 소크라테스의 그 훌륭한 태도는 나의 경우에는 직선적으로 통하지 않는 것 같애 불쾌한 느낌까지 주었으니까……."
 물론 무경이에게는 이해되지 않는 독백이었다. 무어라고 대꾸할까를 몰라 멍청하게 서 있으려니 그는 자리에서 일어서서 옷 보통이를 끌렀다.
 "허 허! 오래간만에 만나는 그리운 양복이로구나."
하고 그는 감개무량하게 나프탈렌 냄새가 풍기는 양복을 펼쳐 안았다. 그것을 잠시 보고 있다가 무경이는 경찰서에 신원 보증인을 통지한다고 아래층으로 내려갔다. 아파트의 주인은 이 집에 살지 않으므로, 대개 언제나 이 아파트에서 잠자리를 갖는 강 영감에게 부탁하여 보증인이 되어 달랐다. 그것을 경찰서에 알린 뒤에 다시 그는 오시형이의 방으로 올라왔다.

시형이는 셔츠 밑에 양복바지를 입고 다시 서가 앞에 서성거리고 있었다. 무경이는 신원 보증인에 대해서 결정한 대로를 알리고 구두약을 가져다가 꼬드라진 꺼먼 구두를 닦기 시작하였다.

"그래, 그 안에서 그 책을 다 읽었수?"

하고 솔질을 하면서 무경이가 묻는다.

"어쩨! 절반이나. 대부분이 불허가니까……."

"불허가?"

하고 깜짝 놀라기나 한 듯이 무경이는 구두 닦던 손을 멈칫하니 붙이고 시형이 편을 본다.

"경제 방면 서적은 전부가 불허가지."

그렇게 대답하면서 시형이는 다시 일어나서 침대에 걸터앉았다.

"그러나 생각해 보면 다행이야. 경제학에 관한 서적을 읽었다면 생각을 돌려 볼 길이 없었을는지 모르니까. 그런 의미에서 경제학은 나에게 있어서는 변통성 없는 완고한 학문인지도 모르지. 이렇게 무경 씨 얼굴을 명랑한 여름날 아침에 다시 볼 수 있는 건 철학의 덕분인 것이 사실이니까."

시형이의 말하는 투는 보통 대화조가 아니고 어딘가 연설 같은 느낌을 주는 어조였다.

"경제학과 철학과의 차이가 있을라구요. 학문이야 같을 텐데……."

하고 무경이는 제 의견을 나직이 말해 보았으나 시형이는 그러한 것에 개의치는 않고 다시 제 생각을 펼쳐 보았다.

"내 자신이 서 있던 세계사관世界史觀뿐 아니라, 통틀어 구라파적인 세계사가들이 발판으로 했던 사관은 세계 일원론世界一元論이라구도 말할 수 있는 것인데, 이러한 경우에 동양세계는 서양세계와 이념을 달리하는 것이 아니라, 동양세계는 대체로 세계사의 전사前史와 같은 취급을 받아

온 것이 사실이었죠. 종교사관이나 정신사관뿐 아니라 유물사관의 입장도 이러한 전제로부터 출발했단 말입니다. 그러니까 동양이란 하등의 역사적 세계도 아니었고 그저 편의적으로 부르는 하나의 지리적 개념에 불과했단 말입니다. 그러나 만약 이러한 세계 일원론적인 입장을 떠나서, 역사적 세계의 다원성多元性 입장에 입각해 본다면, 세계는 각각 고유한 세계사를 가지고 있다는 것을 알 수도 있고 증명할 수도 있지 않은가. 현대의 세계사의 성립을 이러한 각도에서 이해하려고 한다면 우리가 가졌던 세계사관에 대해서 중대한 반성을 가질 수도 있으니까……."

물론 남이 말하는데 구두를 닦고 있을 수도 없어서, 그대로 귀를 기울이고는 있으나 무경이로선 시형이의 하는 말을 어떻다고 생각할 준비가 없었다. 그래서 그저 뻐끔히 그의 얼굴을 바라보고 있을 뿐이었다. 그러나 시형이는 혼자서 제 자신에게 타이르기나 하듯이 창문을 바라보며 이야기에 열을 올려서 제 이론을 전개해 보고 있었다.

"가령 동양이라든가 서양이라든가 하는 개념도 로마의 세계에서 성립된 것이고, 또 고대니, 근세니 하는 특수한 시대구분도 근세의 구라파 사학에서 성립된 구분이니까, 이런 것에서 떠나서 동양과 동양세계를 다원사관의 입장에서 새로이 반성하고 성립시킬 필요가 있지 않은가. 이것은 동양인의 학문적인 사명입니다. 동양인 학도가 하지 않으면 아니 될 의무입니다."

그는 말을 뚝 끊었다. 그리고는 자리에서 일어났다. 창문께로 가서 오래간만에 맛보는 흥분을 고요히 식히고 있다. 무경이는 구두를 신장 안에 넣고 약과 솔을 치운 뒤에 수도에 손을 씻었다.

"의사를 부르지요. 너무 흥분하셔도 몸에 좋지 않을 텐데……."
하고 말하니까 시형이는 몸을 돌리고 소리 나는 편을 향하였다. 그러나 무경이의 물음에 대답하려 하지 않고 그는 창백해진 낯으로 이렇게 말하였다.

"독일이 파란,* 노르웨이, 덴마크를 무찌르고 화란, 백이의*를 정복하고 불란서를 항복시켰다는 건 결코 작은 사실이 아니니까. 이러한 세계사의 변동에 제휴해서 동양인도 동양인다운 자각이 있어야 할 거야."

그리고는 침대로 가서 몸을 눕히었다.

무경이는 무어라고 말할까를 몰랐다. 본시부터 오시형이가 어떠한 사상을 가지든 그것에 간섭할 생각이나 준비는 저에게는 없다고 생각하여 왔다. 그에게는 오직 안에 있는 사람을 건강한 채로 하루라도 이르게 구하여 내는 것만이 임무라고 생각되어졌었다. 그러니까 지금 오시형이의 열의 있는 독백을 들어도 그것에 관하여 이렇다 할 의견을 건네려 하진 않았다.

그러고 있는데 도어에 노크 소리가 들리고 어머니가 들어왔다.

시형이는 자리에서 일어나서 양복 윗저고리를 두르고 무릎을 꺾어 절을 하였다.

"그만두시게. 고단한데 안 하면 어떤가. 그래, 그 안에서 얼마나 고생을 했었나. 어디 몸이 과히 말쨍 데나 없나?"

"네, 건강은 아무렇지두 않은 모양입니다. 밖에 계신 분들께 너무 폐를 끼치구 근심을 시켜서 되려……."

"온 별말을 다 하시지. 이러니저러니 해도 안에서 고생하는 사람에게다 대겠나."

무경이는 바득바득 웃으면서 어머니와 시형이의 옆에 서 있다가,

"어머니, 그게 뭐유?"

하고 손에 든 것을 물어 본다.

"이거 말이냐? 지금 한약국에 들러서 약을 한 제 지어 갖구 오는 길이다. 건강이 아무렇지 않다구 해도 그대로 두어서야 쓰겠니. 몸을 보하구

---

* 波瀾 : '폴란드'의 음역어.
** 白耳義 : '벨기에'의 음역어.

그래야지. 그러구 아침은 일러서 헐 수 없다 쳐도 저녁일랑은 집에 와서 먹게 하구, 약두 여기 가스불이 있다군 하지만 그걸로 어데 대릴 수 있겠니. 다리가 처음은 고단하겠지만 내일부터래두 집에 와서 약을 자시구 끼니두 별건 없지만 집에서 자시게 해야지……. 남의 눈도 있구 해서 한 집에 있진 못하지만 운동삼아서……. 그렇지 않니, 무경아?"

시형이가 황송한 낯으로 사양의 말을 건네려 하는데 무경이는 이내 어머니의 말을 받아서,

"참, 그렇게 하시지. 아침두 전 일러서 시간에 대어 먹지만 오 선생님은 어머님이랑 같이 좀 늦게 잡숫게 하시지. 그리구 거기서 책이라도 보시면서 노시다가 점심 잡숫구, 약 잡숫구, 저녁 잡숫구 밤에만 여기 와서 주무시지……. 그렇게 합시다. 며칠은 다리가 아파서 걸어 다니기 힘들 테니까 오늘은 그저 요 근방에나 조끔씩 걸어 보시구……."

저희들끼리 사귄 사이라고 불만해했고, 그 다음은 '믿지 않는 사람'이라고 꺼려했고, 그가 법망에 걸려 들어간 때에는 더욱더 완고하게 무경이의 생각을 탓하였다. 그러나 다른 일로는 어머니의 성미에 거역한 적이 없는 무경이도 이것만은 귀를 기울이려 하지 않았다. 차입을 대기 위하여 처음으로 직업 전선에 나서는 것을 보고 어머니는 깜짝 놀랐다. 얼마간 모녀 새에는 의까지 상하였었다. 그러나 무경이는 들으려고 하지 않는 것이다. 밥과 옷은 여전히 집에서 얻어먹고 입고, 제가 버는 봉급으론 오시형이를 위하여 책과 밥을 차입하는 것이다. 이렇게 하기를 이 년 ― 드디어 어머니는 딸의 열성에 탄복한 것이다.

어쨌든 어머니의 오늘 태도를 무경이는 감동된 낯으로 바라보았다. 이러한 날이 꼭 찾아올 것을 믿기는 하였지마는 그 동안 제가 겪은 곤욕이 큰 만큼, 지금 눈앞에 그러한 장면을 친히 경험하고 있으면, 그의 가슴속엔 짜릿한 전류가 흐르도록 기쁨은 감각을 자아내는 것이다.

"오정에 너 나올 수 있건 어디서 같이들 점심이라두 먹자. 요 근방엔

어디 식당 같은 게 없니?"

어머니는 시형이의 방을 나가면서 딸에게 말하였다. 무경이도 문지방에 선 채,

"이 부근에야 무어 벤벤한 게 있나요. 종로나 본정으로 나가야지. 그럼 내 자동차로든가 전차로든가 모시구 나갈게, 어디서 시간 약속하고 기다리시구료."

그래서 결국 본정 입구에 있는 양식당으로 시간을 정하고 그들은 방을 나갔다. 방을 나갈 때 시형이는 종잇조각에 적은 것을 주면서,

"전보 한 장 급사 시켜서 쳐주시오. 집에, 나왔다는 소식이나 알려야죠."

하고 무경이에게 말하였다. 무경이는 어머니를 따라 아래층으로 내려왔다.

"틈나는 대루 박 의사를 좀 와 달랠까요? 그렇잖으면 데리구 나가서 뵈든지."

딸이 어머니에게 의사의 진찰을 상의하니까,

"사정을 아니까 와 달래도 오실 거다."

하고 어머니는 대답하였다.

*

일이 밀려서 다섯 시를 칠 때까지 잡념에 머리를 쓰지 않은 것은 오히려 다행한 일이었다. 무경이는 점심을 먹고 돌아와서는 오시형이를 삼층으로 데려다 주고 줄곧 사무에 골똘하였다. 그러나 한 가지 일이 끝나고 다른 일로 손을 옮길 때마다, 자꾸만 어머니의 약속이 머리를 스치곤 하는 것은 어떻게 뿌리쳐 버릴 수도 없었다. 일이 바빠서 이내 머리를 털어버리고 장부 정리와 숫자 계산에 정신을 묻었지마는 다섯 시를 치는 소

리에 장부를 접고 고개를 들면 다시 어머니의 말이 머리에 떠올랐다.
 유쾌하고도 가벼운 흥분 속에 점심을 먹고 나오는데, 시형이를 앞세워 놓은 뒤에서 어머니는 무경이에게 나직이 귀띔하듯이 말하였던 것이다.
 "너, 오늘 몇 시에 나올 수 있니?"
 "네 시면 나오지만 일이 좀 밀려서 다섯 시나 넘어야 퇴근할 거예요."
 "그럼, 다섯 시 반까지 경성호텔로 좀 나오너라. 이야기할 것도 있구……."
 "혼자서?"
 "응, 너 혼자만 나오너라."
 이야기는 그것뿐이었다. 그리고 지금 다섯 시 치는 소리를 듣고 장부를 접어 꽂은 뒤에도, 어머니의 이야기란 것을 도무지 상상할 수가 없는 것이다. 무엇 때문에 호텔로 나오라는 것일까. 저녁이나 같이 먹으면서 이야기하자는 뜻인 건 추측할 수 있지마는, 점심에 외식을 하였는데 다시 또 저녁을 사준다는 것도 이상하고, 단둘이 언제나 집에서 만나 조용히 이야기할 수 있으면서 새삼스럽게 장소를 밖으로 잡은 것도 알 수 없는 일이다. 오시형이와의 결혼에 대해서 무슨 색다른 이야기라든가 의논이 있는 것일까. 도무지 어인 영문인 걸 상상할 수가 없었다.
 "밖에 일이 있어서 나가는데 저녁은 오늘까지만 이 식당에서 잡수세요. 양식보다도 저녁 정식은 화식을 잘하니까 화식 정식으로 잡수세요. 내 일곱 시나 여덟 시경에 들리께……."
 시형이에겐 그렇게 말해 놓고 무경이는 아파트를 나와 전차를 탔다. 호텔에 이르니까 로비에 어머니 혼자 앉아 있었다. 무경이는 그의 앞에 가서 아무 말도 건네지 않고, 힐끗 어머니의 표정을 엿보면서 의자에 앉았다.
 "오신 지 오래유?"
하고 물으면서 다시 어머니의 낯빛을 살피니까, 시계를 쳐다보고는,

"응, 조금 지냈다."

그리고는 이야기를 시작하거나, 식당으로 들어가잔 말도 없이 그대로 낯을 좀 외면하고 멍청하니 유리창을 바라보고 앉아있는 것이다. 어려운 말을 시작하기 전에 사람들이 항용 가지는, 자리 잡히지 않은 태도였다. 얼굴엔 무표정을 의장하지만 속에는 여러 가지 궁리가 오락가락하고 초조한 조바심까지 문풍지처럼 바람에 떨고 있는 것이다.

무경이는 질식할 듯한 시간을 오래 끌고 나가기가 안타까웠다. 무슨 어렵고 놀라운 이야기라도 쏟아져 나오기를 기다리는 긴장된 자세가 오랫동안 계속해 나아가면 신경은 피곤에 시달려서 관자놀이께가 쑤시는 것 같은 착각까지 느껴진다. 그는 드디어 결심한 듯이 낯을 들고,

"무슨 말인지 어서 하시구려."

하고 어머니를 쳐다본다.

"응?"

하고 낯을 돌렸으나, 다시,

"응, 인제 좀 있다가……."

그러고는 무경이의 뚫어지게 바라보는 눈초리를 피하여 낯을 외면한다. 그러나 무엇을 생각하였는지 어머니는 결심의 표정으로 낯빛이 해쓱해진 얼굴을 다시금 무경이에게로 돌리면서,

"이야기랄 건 별로 없구, 어차피 네게 알려야 할 일도 있구……. 그래서 오늘 누굴 네게 소개하련다."

하고 더듬더듬 말하였다. 이야기를 끝마치고 난 어머니의 얼굴에 흥분 탓인지 혹은 부끄러움 때문인지 붉은 혈조가 볼 편과 눈 가상에 엷게 떠오른 것같이 보여졌다. 이야기한 것을 따지자면 내용은 분명치 않았으나, 그런 것을 천착해 볼 겨를도 없이, 어머니의 태도와 표정에서 무경이는 대번에 사건의 핵심을 이해하는 것이었다. 그러나 그것이 무엇인지를 딱히 제 머릿속에 깊이 의식하지도 못했을 때에, 유리 밖으로 층계를 올

라오고 있는 한 사람의 신사를 발견한 어머니의 두 눈은 벌써 당황의 빛이 농후해진 표정 속에서 적이 침착성을 잃고 있는 것처럼 무경이에겐 느껴졌다.

아래층 클락에 모자와 단장을 맡겼는지, 맨머리 바람에 바른손으로 단장 들던 버릇으로 부채를 약간 치켜서 들고 흰 양복 입은 신사는 그들이 앉아 있는 곳으로 가까이 왔다. 기품 있게 갈라 재운 머리는 짧게 다듬은 수염과 함께 희끗희끗 흰 것이 섞여 있었다. 무경이는 얼른 그의 부채를 보았다.

어머니가 자리에서 일어났을 때 오십을 넘어 얼마가 되었을 점잖은 사내는,

"오래 기다리셨지요."

하고 미소를 띠어 어머니께 인사한 뒤에 다시,

"아, 이분이 무경 양이시군. 이야기론 늘 들었었지만 여태 뵈온 적이 없었군요. 난 정일수鄭—洙라구 합네다. 바쁜데 나오시라구들 해서……."

하고 무경이를 바라보았다. 무경이는 지금 자기가 경험하고 있는 사태와 입장을 엉겁결에 의식하면서 굳어진 몸자세대로 고개만 약간 수그려 보인다. 그러니까 정일수 씨는 옆에 와 서 있는 보이에게,

"준비가 되었지요?"

하고 물은 뒤,

"자, 그럼, 저리루들 들어가시지."

무경이와 어머니에게 뜰 안을 가리키었다.

따로 떨어진 방 안에서 그들은 광동 요리를 먹었다. 일이 고되지나 않은가, 아파트란 것도 새로 생긴 경영형태지만 요즘 주택난과 하숙난이 심하니까 상당히 중요성을 띠겠다든가, 야마도 아파트엔 방이 얼마나 되는데 그것이 전부 꼭 찼는가, 하는 등속의 이야기로부터, 건축난, 주택난에 대해서 말이 옮아가고, 그러는 동안에 저녁이 끝났다. 그러한 정일수

씨의 말에는 어머니가 가끔 대꾸를 하였을 뿐, 무경이는 묻는 말이나 마지못해 나직이 대답하는 정도로 침묵을 지키지 않을 수 없었다. 먹는 것이 끝나니까 정일수 씨는 시간 약속이 있다고 먼저 나가고 모녀간만이 잠시 더 방 안에 남아 있었다. 무경이는 음식도 많이 먹지 않았으나, 단둘이 되었어도 혼자서 무엇을 생각하고 있는지 별로 이야기를 건네려 하진 않았다. — 물론 어젯밤 집 앞에서 부딪칠 뻔하였던 그 신사는 아니었다. 그러나 정일수 씨가 하곡이라는 아호를 가진, 산수 그린 부채의 주인인 것은 틀림없는 사실이었다. 점잖고 단정하고 기품이 있는 신사의 얼굴을 께름칙하게 생각하여 보기는 이것이 처음이라고 그는 막연히 제 심리를 뒤적여 보고 앉아 있다. 어머니는 혼잣말하듯이 뜨즉뜨즉이 이야기를 시작하였다.

"네겐 너무 돌연스레 된 일이 돼서 서먹서먹하구 어인 셈판인 걸 모를 게다. 그러나 벌써 오래전부터 있어 왔던 이야기다. 내가 세브란스에 있을 때니까 십 년이나 되지 않니. 그때부텀 여태껏 사람을 다릴 놓아서 말을 붙이구, 또 스스로 대면해서 말하는 걸 나는 십 년을 여일하게 거절해 왔었다. 사람이나 그 집 내력이야 무어 하나 탓할 데 없는 분이지만 내가 널 두구 새삼스레 무슨 결혼을 하겠니······. 그랬더니 어쩐 셈판인 걸 나도 모르겠다. 너희들 사일 허락하구 나니 마음이 갑재기 탁 풀려 버리는구나······. 자식들이 있다지만 다 장성들 해서 시집보낼 덴 시집 보내구 아들은 세간까지 내서 딴살림을 배포해 주었단다······. 나이두 인저 사십을 넘으니까 어찌 된 일인지 늙은 몸을 의탁하구야 살아갈 것만 같구나. 어줍잖게 생각지 말구 에미 하는 짓을 웃구 쓰러쳐 버려라. 너희들 예식이나 올려 주군 천천히 어떻게 채비를 대일까 한다만······."

어머니는 죄지은 사람처럼 딸의 눈치를 살펴 가며 간단히 그렇게 말하였다. 무경이는 여태껏 제가 품고 있던 생각이 다른 감정으로 뒤바뀌는 것을 경험하고 묵묵히 앉아 있다. 눈시울이 따가워서 손수건으로 그것을 묻혀 내었다. 마흔둘! 아직도 어머니는 젊다.

 나는 왜 좀 더 이르게 어머니의 행복에 대해서 생각해 보지 못하였을까. 딸 하나만으로 젊은 어머니가 행복될 수 있으려고 얼마나 많은 무리가 그곳에 감행되었을까. 그렇던 나마저 어머니의 옆을 떠나면서 어째서 나는 어머니의 행복에 대해선 터럭만큼도 생각함이 없었을까. 스물에 홀몸이 되셔서 나 하나만을 위하여 청춘을 불사르고 화려한 꿈을 짓밟아 버린 어머니가 아니냐. 이제 무슨 염치로 나는 어머니에 대해서 심술이나 투정을 부리려고 하는 것일까. 어머니도 나머지 여생을 행복하게 보내셔야 한다.

 무경이는 눈물을 숨기지 않고 낯을 들어 어머니를 건너다보았다. 젊은 시절의 사진처럼 어머니의 얼굴엔 아름다운 살결이 아지랑이에 싸여 있는 것같이 눈물어린 눈에는 비치어졌다.

"엄마!"

하고 소리를 내어서 무경이는 어머니의 무릎에 낯을 묻었다.

 어제 좀 지나치게 걸었더니 발바닥이 솔고 다리가 아프다고 시형이는 식당에서 아침을 먹고는 이내 침대에 누워서 잡지와 신간 서적을 뒤적거리고 있었다. 내일부터나 화동 집으로 약과 밥을 먹으러 가겠다고 그는 말하고 있다.

 무경이는 사무실에서 임금 전표를 정리하면서, 어떤 기회에 어머니와 정일수 씨와의 결혼 이야기를 시형이에게 전달할 것인가 하고 가끔 생각에 잠겨 보곤 한다. 펜을 전표 위에 세운 채 가만히 생각해 본다. 이치로 따져 보거나, 여태껏의 어머니의 생애를 생각해 보거나, 무경이로 앉아 응당히 기뻐하고 찬성해 드릴 일임에 틀림없었으나, 하루를 지내 놓고 어머니가 없는 곳에서 문뜩 생각이 그곳에 미치면, 가슴이 쿵 하고는 지긋이 심장을 압박하는 가슴의 동계動悸가 마음을 한없이 설레게 하는 것이다. 그리고는 누를 수 없는 심술이 두 눈에 심지를 꽂아 놓는 것이다.

'내가 왜 이럴까. 어머니와 나와의 평화하고 행복된 생활을 먼저 파괴하고 나선 것은 내가 아닌가. 어머니의 고백에 의하면 어머니는 십 년 동안 나와의 행복을 지키기 위해서 정일수 씨에게 고집을 세웠다고 한다. 나는 어머니를 위해서 무엇을 했나. 기독교의 신앙과 풍속 가운데서 안온한 생활을 이어 나가려는 어머니의 마음을 슬프게 교란시킨 것은 내가 아닌가. 기독교율에 의탁해서 젊은 정열을 희생하고 속세적인 행복에서 자기를 격리시킨 뒤, 그 가운데서 성실한 생활을 설계해 보려던 어머니에게 있어, 딸이, 단 하나의 딸이 예수교의 교율을 거역했다는 것은 얼마나 타격적이고도 슬픈 일이었을까. 어머니의 결혼이 만약 유쾌치 못한 성사라면, 그것의 원인을 이룬 것은 다른 사람이 아닌 내가 아닌가?'

이렇게 수없이 자기 자신을 탓하면서, 이러한 생각을 고스란히 그대로 그에게 들려주면, 처음에는 놀라고 수상쩍게 생각할는지 모를 시형이도, 마지막에는 모든 것을 깊이 이해하게 될 것이라고 생각하는 것이다. 그렇게 생각하고 나면 그는 일시 유쾌한 상상을 머리에 그려 보게 되기도 한다.

'우리 결혼식이 있은 뒤엔 또 한 쌍의 신랑 신부의 혼례식이 있을 텐데, 그게 누구일지 아세요? 그게 바로 우리 엄마라나, 하고 말하면 아마 오 시형이는 깜짝 놀라 경동을 할 것이다. 생각하면 우습기도 해서 그는 혼자 발씬하니 웃고 다시 장부를 들친다.

"허허어, 생각하면 생각할수록 기쁜 일이렷다."

하고 멋도 모르는 강 영감은 시형이가 출감한 것에다 둘러붙여서 무경이의 웃음을 놀리려 들었다. 그때에 시계가 열한 시를 쳤다. 그것이 다치는 동안을 기다려서 무경이는 등을 돌리고,

"제가 무엇 때문에 웃는 줄이나 아시구 그러세요."

하고 말하였으나, 그때에 사무실 밖에 한 사람의 신사가 자동차를 내려

서 들어온 때문에, 강 영감도 무경이도 함께 이야기를 중단하고 그 편으로 시선을 돌렸다.

　신사는 아파트의 현관을 들어서서 그대로 위층으로 뻗어 올라간 층계를 잠시 바라보듯 하였으나, 이내 사무실 쪽으로 낯을 돌리고 가까이 오면서,

　"이 아파트에 오시형이라는 사람 있습니까?"

하고 밭게 앉은 강 영감에게 물었다.

　"네, 삼층 삼백이십삼 호실에 계십니다. 삼층에 올라가셔서 그저 이십삼 호실만 찾으시면 되겠습니다."

하고 무경이가 의자에서 일어서면서 사무적으로 대답하였다. 신사는 흘낏 무경이의 낯을 건너다보았으나, 이내 의식적으로 시선을 피하듯 하고, 막연히 사무실의 구멍을 향하여 사의를 표하듯 모자 끝에 손을 댄 뒤, 흰 단장 끝으로 복도의 바닥을 짚어서 위의를 갖춘 뒤에 알맞추 비대한 몸을 층계 위로 옮겨 놓았다. 무경이는 첫눈에 오십을 넘었을까말까 한 이 신사의 풍채에서 평양서 부회의원과, 상업회의소에 공직을 가지고 있다는 오시형의 아버지를 간파하였다. 그럴수록 신사의 태도에는 자기에 대한 어떤 모멸감이 들어 있는 것 같은 느낌을 털어 버릴 수는 없었다. 무경이는 그의 찾아옴이 너무 돌연스럽고, 그의 태도에서 오는 위압과 모멸감이 너무 몸에 부치는 것 같아서 의자에 앉을 염도 못 하고 멍청하니 그곳에 서 있었다.

　"오 선생의 춘부장春府丈 되는 양반이신가?"

하고 묻는 강 영감에게 무어라고 대답해 주어야 할 것인가 당황했으나,

　"그런가 봐요."

하고 새파랗게 질린 채 나직이 대답해 줄밖에 딴 도리가 없었다. 자기네들의 사정을 알고 있기는 하지만 상세한 집안 내용까지는 모르고 있는 강 영감이었다. 무경이와 시형이와의 관계를 평양 있는 그의 아버지는

인정치 않으려고 하던 것, 그는 그대로 도지사를 지냈다는 지명 있는 명사의 딸과 약혼설을 진척시키고 있는 것— 이러한 미묘한 사정은 아무것도 모르고 있는 강 영감이다. 그러니까 시형이의 아버지의 방문과 그의 태도에서 받는 충격에 대해서 그는 아무것도 이해할 길이 없을 것이다.

무경이는 가만히 자리에 앉아서 다시 펜을 들었으나 머리를 사무에 묻을 수는 없었다.

이 년 동안 친필로는 편지도 안 하였다던 아버지가 전보를 받고 아들을 찾아왔다. 물론 부자간의 정의로 당연한 일임에 틀림은 없으나, 사상과 여러 가지 가정문제로 의견을 달리하던 부자가 오늘 이 년 만에 만나서 다시 아름답지 못한 충돌이나 거듭하지 않을 것인가. 그 동안 아버지는 아버지대로, 아들은 아들대로 제가 가졌던 생각과 태도와 고집에 대해서 반성하는 곳도 양보하는 곳도 생겼을 것이다.

아버지는 과연 아들의 결혼문제를 순순히 허락할 만한 준비를 가지고 올라온 것일까. 불안과 궁금증과 초조와 공포심과 의혹이 뒤섞이고 합치고 엇갈려서 무경이는 고개를 푹 수그린 채 정신없는 사무를 보고 앉아 있다.

한 삼십 분 만에 시형이의 아버지는 층계를 내려왔다. 그러나 단장도 모자도 두고 잠시 다니러 나오는 모양이었다. 얼른 눈을 유리창 밖으로 돌렸으나 그의 태도와 무표정한 얼굴로부터는 아무러한 암시도 받을 수가 없었다. 두 사람 사이에 이야기는 순조롭게 진척이 된 모양같이 느껴지기도 하였다. 그러나 그는 맨머리 바람으로 어디를 나가는 것일까. 그는 나갔다가 한 십 분 만에 다시 돌아와서 역시 사무실 쪽은 보고 못 본 척, 무표정한 얼굴에 위엄기만을 나타내고 층계를 올라가 버렸다. 무경이는 어디다가 발을 붙이고 공상의 줄을 뻗어 볼 수가 없었다. 그런데 또다시 한 이십 분 만에 자전거 탄 양복장이가 샘플을 보꾸러미에 싸가지고 아파트를 들어와서 꾸뻑 인사를 하고 위층으로 올라가려 하였다.

"어디로 가십니까?"
하고 강 영감이 소리를 치니까, 양복점원은 멈칫하고 층계에 한 발을 올려놓은 채 이편을 바라보며,
"삼층 이십삼 호실입니다."
하고 말하였다. 이편에서 별로 말이 없으니 점원은 그대로 위층을 향하여 올라가 버렸다. 열두 시의 사이렌이 울었다. 양복장이는 주문을 받았는지 인사성 있게 웃어 보이면서 사무실을 지나 밖으로 나갔다. 그러나 그와 엇바뀌듯이 하여 이번에는 구둣방에서 찾아왔다. 자전거 뒤에다 커다란 트렁크를 두 개나 싣고 온 양화점원은 모자를 벗고 공손히 사무실 앞에서 안내를 구하였다. 강 영감은 신이 나서 대답하였다. 양화점원이 올라가는 것을 물끄러미 바라보고는 무경이 쪽을 돌아보면서,
"아버지가 오시드니 양복 짓구 구두 사구 한 벌 미끈히 채려 내세우실 모양이군."
하고 반갑게 웃었다. 무경이는 펜대를 든 채,
"그런가 봅니다."
하고만 대답한다. 그는 지금 속으로 적잖이 불안스런 사태를 한 갈피 한 갈피 분석해 보듯이 뒤적여 보고 앉아 있는 것이다.

아까 시형이의 아버지가 맨머리 바람으로 밖에 나갔던 것은 양복점과 양화점을 부르러 갔던 것임에 틀림없다. 여기서는 멀리 떨어져 있는 두 상점을 부르기 위하여 그는 전화를 걸었을 것이다. 전화를 걸러 밖으로 나갔던 것이다. 그는 어째서 일부러 전화를 걸러 밖으로 나갔던 것일까? 사무실 전화를 쓰지 않고 일부러 밖으로 나간 것은 무슨 때문일까?

여기까지 생각해 보고 무경이는 잠시 멈칫하더니 물러선다.

나를 피하기 위하여, 나의 낯을 대하기가 싫어서 나 있는 사무실의 전화를 쓰지 않기 위해서, 그는 밖으로 딴 전화를 찾아 나갔던 것임에 틀림없다!

이렇게 단정하기엔 여러 가지 주저가 따라왔다. 무경이로 앉아 차마 그렇게 생각해 버릴 수가 없는 것이다.

그것은 무엇을 의미하는가. 오시형이의 아버지는 무경을 모욕하는 것으로 된다. 무경이와 시형이와의 관계를 인정하지 않겠다는 증거로 된다.

그래서 무경이는 생각을 딴 데로 돌려 보려고 애쓰는 것이었다. 그러나 시형이의 아버지가 밖으로 나갔던 것을 무엇으로 설명할 수 있을 것이며, 그의 무경이에 대한 태도를 어떻게 생각해 볼 수 있을 것인가.

정식으로 대면이 있기 전에 며느리 될 사람을 이런 처소에서 만나는 것을 꺼리는지도 모르지. 직업이 나쁜 것은 아니나 역시 그들의 습관으로 보아 이러한 처소에서 며느리 될 여자와 낯을 대한다는 것은 아름답지 못한 일일는지도 모르지. 그래서 그는 일부러 사무실 쪽을 못 본 척, 무경이의 존재를 무시하려고 애쓰는 것인지도 모르지.

한참 만에 구둣방 점원도 나가고, 또 얼마 뒤엔 오시형이의 아버지도, 이번엔 모자와 단장을 쓰고 들고 시형이의 방으로부터 내려와서 밖으로 나갔다. 시형이는 그의 아버지가 나간 뒤 십 분 지나서야 아래층으로 내려와서 사무실에 얼굴을 나타내었다.

"아버지가 오셨어!"

그렇게 말하고는,

"이거 구두두 한 켤레 얻어 신었는걸! 이게 온 오십오 원이라니!"

번쩍 다리를 들어서 보이었다.

"어제 전보를 보시구 오신 게로군요."

하고 천연스럽게 무경이도 대꾸하면서 자리에서 일어났다.

"아침 차에 내리셨답니다."

"그럼 어디 여관에 들으셨게?"

"저, 무언가 비전옥에!"

무경이는 앞서서 사무실을 나와서 식당으로 갔다. 점심을 주문해 놓고 두 사람은 뻐끔히 마주 쳐다보았다. 묻고 싶은 사연이 한두 가지가 아니었으나 무경이는 그것을 토설하기가 어쩐지 무서운 생각이 났다.

"아버지가 종내 꺾이었지. 아무 말씀 없이, 몸이 과히 상한 데나 없니 하구 물으시던데……."

하고 벌쭉벌쭉 웃어서, 무경이도 따라 웃었다. 그러나 무경이는 제 질문을 꾹 눌러서 억제하며 다시 시형이의 말을 기다리려는 자세를 취한다.

"부자간의 정이란 우스운 건가 봐."

하고 시형이는 혼잣말처럼 지껄이었다.

"이 년 동안이나 편지 한 장 없으시던 분이 나왔다니까 그날로 쫓아오신 걸 보면."

무경이는 그러한 말에도 별로 대꾸하지 않았다. 주문한 점심이 와서 두 사람은 덤덤한 식사를 마치었다. 다 먹고 나서 차를 마시며 시형이는 다시,

"아버지가 시굴로 내려가자는군그래."

하고 무경이의 낯을 건너다보았다. 무경이는 그때에 가슴이 풍 하고 물러앉는 것 같은 충격을 경험하였으나 애써 낯색을 헝클지 않으려고 노력하면서 입에 가져가던 찻종만 그대로 들고 있다.

"몸두 쇠약했는데 서울 있어 가지구야 치료가 되겠니, 집에 가서 몸이나 좀 추세거던 어데 온천이라도 가서 정양을 해야지, 그리군 또 재판소에서도 이런 데서 주소도 일정치 않구 옛날 친구라도 내왕이 있구 그러면 앞으로 예심 종결이나 공판에도 지장이 생기지 않겠느냐구……."

아버지의 말을 옮기듯 하고는 찻종으로 눈을 가리며 훌쩍 차를 마셨다.

무경이는 마음이 좀 진정되는 것을 느꼈으나 시형이의 말에 대해서 무어라고 대꾸할 만한 기력은 생기지 않았다. 그들은 식당을 나왔다. 테이블을 돌아 나오려고 할 때에 무경이는 가벼운 현기증을 느끼고 잠시 탁자 언저리를 붙든 채 서 있다가 간신히 시신경視神經에 힘을 주면서 시형

이의 뒤를 따라 복도로 나왔다.
 복도에 나와서는 곧바로 층층계를 향하여 걸었다. '제칠천국' 같다고 하던 계단을 하나하나 올라가면서 무경이는 덤덤히 생각에 잠긴다. 아파트에 들어와서 침대에 걸터앉는 시형이의 낯을 보고야 무경이는 의자에 앉으면서,
 "도흰 공기도 나쁘구 그런데, 갈 데만 있으믄야 조용한 데루 가셔야죠. 그리구 재판소에서도 역시 서울서 빈둥거리는 것보다는 가정이 있는 곳으로 가 계시는 걸 좋아할 거예요."
하고 비로소 명랑한 어조로 말하였다. 시형이는 힐끗 무경이의 웃는 낯을 건너다보았으나, 그의 심정을 모를 만큼 둔감도 아니란 듯이 침대에 눕더니,
 "옛날과는 모든 것이 다른 것 같애. 인제 사상범이 드무니까 옛날 영웅심리를 향락하면서 징역을 살던 기분도 없어진 것 같다구 그 안에서 어느 친구가 말하더니……. 달이 철창에 새파랗게 걸려 있는 밤, 바람 소리나, 풀벌레 소리나 들으면서 잠을 이루지 못할 때엔 고독과 적막이 뼈에 사무치는 것처럼 쓰리구……."
 그렇게 가느다랗게 독백처럼 말하고 있었다. 무경이는 돌아서서 창밖을 바라보는 척하면서 수건으로 가만히 눈을 닦았다.

 *

 그렇게 하고 사흘째 되는 날이다. 한 달을 두고 가물던 날씨가 물크고 무덥고 그러더니 드디어 장마가 시작되었다. 비가 내리다간 그치고 그쳤다간 또 맥없이 내리고 하는 오후에, 오시형이는 저희 아버지를 따라 평양으로 떠났다. 종내 그들은 무경이를 정식으로 알려고도 소개하려고도 하지 않았으나, 무경이는 그런 것에 개의하지 않고 정거장까지 나가서

시형이의 떠나는 것을 보았다.

정거장을 나와서, 아주 영영 돌아오지 않을 사람을 떠나보낸 것 같은 슬픈 심회를 가슴에 지니고 비 내리는 전차에 올라탔다. 후줄근히 젖어서 물이 흐르는 우장 외투를 그대로 입은 채 그는 사무실에도 들르지 않고 곧바로 시형이가 들었던 방으로 들어가는 것이다.

새 양복과 바꾸어 입은 뒤 아무렇게나 벗어 던지고 간 세탁한 낡은 시형이의 양복이 침대 위에 뒹굴고 있었다. 신장을 여니까 무경이가 손수 닦았던 꼬드러진 낡은 구두도 초라하게 들어 있었다. 테이블 위에는 수국의 화분— 며칠째 물을 못 먹고 그것은 희끄무레하게 말라들고 있었다. 다시 물감을 부어도 빨개질 것 같지도 파래질 것 같지도 않게 시들어 버리고 있었다.

시형이를 위하여 얻었던 방이었다. 시형이를 맞기 위해서 저금통장을 빈텅이를 만들면서 장식해 보았던 방이었다. 그는 인제 가버리고 여기엔 없다.

시형이를 위하여 나섰던 직업전선이었다. 시형이의 차입을 대기 위해서 선택하였던 직업이었다. 시형이도 나오고 인제 직업도 목적을 잃어버렸다.

무경이는 가만히 앉아서 빗발이 유리창 위에 미끄러지는 것을 물끄러미 바라보고 있다. 회색빛의 멍한 하늘이 얼룩하게 얼룩이 져서 보인다.

어머니에겐 정일수 씨가 생기고, 인제 나는 어머니에게도 필요하지 않은 딸이 되었다.

울고 싶은 생각도 나지 않는다. 그저 제 몸에서 빈 껍질만 남겨 두고 모든 오장과 육부가 몽땅 빠져나가는 경우가 있었으면 하고 막연히 그런 경지를 생각해 보고 있었다.

그런데 똑똑 노크 소리가 나고 급사가 문을 열었다.

"주인님이 나오셔서 장부 좀 보시잡니다."

급사의 말에 그는 정신을 차려 몸을 일으켰다. 그는 문에 쇠를 잠그고 층계를 내려갔다. 내려가면서 점점 제 다리에 기운이 생기는 것을 느꼈다.
 '방도, 직업도, 이제 나 자신을 위하여 가져야겠다!'
 그런 생각이 사무실을 들어설 때에 그의 마음속에 이루어지고 있었다.

—《맥》(을유문화사, 1947).

맥

1

 삼층 이십이 호실에 들어 있던 젊은 회사원이 오늘 방을 내어놓았다. 얼마 전에 결혼을 하였는데 그 동안 마땅한 집이 없어서 아내는 친정에, 그리고 남편인 자기는 그전에 들어 있던 이 아파트에 그대로 갈라져서 신혼생활답지 않게 지내 오다가 이번에 돈암정 어디다 집을 사고 신접살림을 차려 놓기로 되었다 한다. 오후 여섯 시가 가까운 시각, 아마도 회사의 퇴근시간을 이용하여 양주兩主가 어디서 만난 것인지 해가 그글그글해서야 회사원은 색시 티가 나는 아내와 함께 짐을 가지러 트럭과 인부를 데리고 왔다. 인부가 한 사람 있다고는 하지만 삼층에서 밑바닥까지 세간을 나르고 그것을 다시 트럭에 싣고 하기에는 이럭저럭 한 시간이 걸렸다. 최무경崔武卿이는 아파트의 사무원일 뿐 아니라 회사원이 있던 방이 바로 제가 들어 있는 옆방이어서 여자의 몸으로 별로 손을 걷고 거들어 줄 것은 없다고 하여도 짐이 다 실리는 동안 아래층 사무실에 남아 있어서 그들의 이사하는 모양을 바라보고 있었다. 사무실에서 일을 보는 강 영감이 제법 위아래로 오르내리며 짐을 챙겨도 주고 양복장이며 책장이며 탁자며 하는 육중한 것을 한 귀를 맞들어서 인부와 회사원과 함께 운반에 힘을 돕기도 하였다.

짐을 대충 실어 놓고 회사원은 아내와 함께 사무실로 들어왔다.

"부금敷金 일백오 원 중에서 이번 달 치가 오늘까지 이십팔 원, 그것을 제하고 칠십칠 원이올시다."

미리 준비해 두었던 지폐를 손금고에서 꺼내어 최무경이는 그것을 회사원에게로 건네었다. 회사원은 한 손으로 받아서 약간 치켜들듯 하여 사의를 표하고 그것을 그대로 주머니에 넣으려고 한다.

"세어 보세요."

그러한 말에 회사원은, 무어 세어 보나마나 하는 표정을 지어 보았으나 다시 어떻게 생각하였는지 넣으려던 지폐를 꺼내서 불빛에다 대고 손가락에 침도 묻히지 않으면서 한 장 두 장 세어 보고 있다.

"꼭 맞습니다."

하고 낯을 들었을 때 무경이는 펜과 영수증을 놓으면서,

"영수증이올시다. 사인하고 도장 쳐주십시오. 수입인지는 아파트 쪽에서 한턱내었습니다."

하고는 회사원의 아내를 바라보며 웃었다. 젊은 아내는 무경이의 웃음에 따라서 흰 이를 내놓고 웃었다.

"고맙습니다."

영수증을 받아서 서류와 함께 금고에 챙긴 뒤에 무경이는 두 신혼부부의 낯을 새삼스레 쳐다보았다. 행복에 넘친 듯한 얼굴들이다. 진부한 형용사지만 역시 행복에 넘쳐 있는 표정이라는 말이 제일 적절할 것처럼 무경이는 생각하는 것이다.

"저어 돈암정 바로 삼선평이올시다. 거기서 바른쪽으로 향해서 들어가면 새로 분할한 주택지가 있습니다. 큰 골목으로 접어들어서 다시 셋째 번 골목 둘째 집이 저희들 집이올시다. 사백오십 번지의 십칠 호. 한번 교외에 산보 나오시는 일이 계시건 찾아 주시기 바랍니다."

아무리 총명한 사람일지라도 이러한 지도의 설명을 잊지 않을 사람이 없을 것이건만 사람들은 노상에서 만난 친구들께 곧잘 이러한 방식으로 저의 집의 주소를 가르쳐 준다. 그러나 듣는 사람도 또 지금 말하는 설명을 모두 머릿속에 챙겨 넣기나 한 듯이,

"네 네, 한번 나가면 꼭 들르겠습니다."
하고 대답하는 것이었다. 무경이가 들르겠다는 말을 진심으로 믿는 것인지 아마 그들 자신도 딱히 그러한 모든 것을 의식하면서 건네는 인사는 아닐 것이나 두 부부는,

"고맙습니다."
하고 가지런히 인사를 하였고 다시 회사원은 문 밖으로 아내가 나가 버린 뒤에도 문턱 안에 남아서,

"덕택에 참 내 집이나 진배없는 생활을 할 수 있었습니다."
하고 사례를 말하였다. 두 사람은 어둠의 장막이 내려 드리우려는 길 위로 가벼운 발걸음을 옮겨 놓으며 무어라 나직이 소곤거리고 있었다. 그것을 최무경이는 한참 동안 바라보고 서 있었다.

강 영감은 빈방의 뒷설거지를 마치고 비와 쓰레기통과 바께쓰*를 들고 위층에서 내려왔다. 물을 담았던 바께쓰에는 버리고 간 찻그릇 곱뿌** 등 속 낡은 모자 같은 것이 그득히 들어 있었다. 신접살림이라 무어든 간 새로 준비했을 것이니 홀아비살림 때에 쓰던 것으로 소용이 없을 것은 공연히 짐이나 된다고 이렇게 내버려두고 가는 것이리라, 강 영감은 그것을 모아다가 넝마장수에게 팔기도 하고 저의 집에 가져다 쓰기도 하는 것이었다. 장부를 정리하고 저녁이 늦어서 손수 지을 수도 없으므로 무경이는 식당으로 갔다. 돔부리(덮밥)를 거의 다 먹었는데 전화가 왔다고 강 영감이 부른다.

---
* 'bucket'의 일본어식 발음.
** 'cup'의 일본어식 발음.

"방이 있냐구 물어서 한 방 비었다구 했는데…….."
하고 식탁에까지 와서 강 영감은 여사무원에게 말한다.
"어떤 사람입니까?"
차를 마시면서 무경이는 묻는다.
"글쎄, 그건 물어 보지 못했는데 하여간 나가서 전화 받아 보시지. 여자 목소리던데."
"여자요? 또 여급이나 그런 사람이 아닌가요? 그런 사람들이건 애초에 방이 없다구 거절허실 걸 갖다."
무경이는 앞서서 식당을 나왔다. 사무실로 와서 책상 위에 내려놓은 수화기를 들면서,
"여보세요, 오래 기다리게 하여서 미안합니다. 네 야마도 아파트입니다. 거기 어디신지요? 네? 명치정 청의 양장점이오? 네에 네, 그럼 방을 쓰실 분은 바로 양장점에 계신 선생님이신가요?"
잠시 저편의 설명에 귀를 기울인다.
"대학의 강사 선생님이시라구요? 네 그럼 친히 오셔서 방을 보시지요. 방세는 삼십오 원, 정지가격이올시다. 부금을 석 달 치 전불하기로 되었습니다. 그럼 들러 주십시오. 네에 네, 고맙습니다."
대학 강사로 논문 쓸 것이 있어서 임시로 몇 달 동안 방을 구한다고 한다. 전화를 건 분은 대학 강사의 무엇이 되는 여자인가. 그러나 그런 것을 오래 생각하지는 않고,
"지금 찾아오마 했는데 방 구경 시키구 마음에 든다면 저에게 알려 주세요. 전 그럼 방에 올라가 있겠습니다."
하고 사무실을 나왔다. 강 영감은 지금서야 벤또를 먹고 있었다.
무경이는 제가 쓰고 있는 삼층 이십삼 호실로 올라왔다. 대학 선생이 책이나 읽고 글이나 쓰고 있으면 뒤숭숭하지 않아서 좋을 것이라고 생각해 보면서 그는 회사원이 조금 전에 나가 버린 옆방의 앞을 지났다. 잠갔

던 문을 열고 스위치를 넣어서 제 방에 불을 켰다.

　방 안에 들어와서는 언제나 하는 버릇으로 손을 씻었다. 슈트의 웃저고리를 벗고 얄따란 스웨터로 바꾸고는 가볍게 화장을 고친다. 오래지 않아 삼월이라지만 밤은 역시 추웠다. 스팀의 마개를 조절해서 방 안에 온도를 맞추고는 잠시 침대에 걸터앉아 본다. 아까 아파트를 나간 회사원의 두 부부가 생각되었다. 그들은 행복에 취하여 있는 듯이 보이었다. 남의 눈에 그렇게 보였을 뿐 아니라 당자들도 그렇게 생각하고 있을 것이다. 트럭을 먼저 앞세워 놓고 나란히 서서 문 밖으로 나가던 두 사람의 뒷그림자……. 그러나 그는 문득 생각해 보는 것이다.

　'그들은 끝끝내 행복할 수 있을 것인가. 젊은 회사원은 그의 아름다운 아내를 끝끝내 사랑할 수 있을 것인가. 그들의 사랑과 신뢰는 언제나 무슨 일을 당하여서나 변함이 없이 굳건한 것으로 지니어 나가고 지탱해 나갈 수가 있을 것인가?

　쓸데없는 군걱정이었으나 최무경이는 역시 그것을 믿을 수가 없는 것이라고 생각해 보는 것이었다.

　누가 그것을 증명할 수 있으랴! 저 회사원이 앳되고 어린 꽃 같은 색시를 언제나 변함없이 사랑하리라고 누가 감히 증명할 수 있을 것이랴!

　이렇게 해서 최무경이는 조금 아까 행복된 낯으로 아파트를 하직하고 돈암정의 새 집으로 총총히 마음을 달리던 젊은 부부의 앞날에 불길한 예언을 던져 보고 앉았는 것이다.

　'안온한 일생을 평정하게 보내는 부부가 이 세상에는 얼마든지 있는 것을 나는 안다. 그러나 누가 아내의 마음을 보증할 수 있으랴! 누가 남편의 사랑을 보증할 수 있으랴! 아니 누가 감히 저 자신의 마음을 보증할 수 있으랴!'

　그는 떠오르는 흥분을 고즈넉이 맛보면서 머리를 털고 침대에서 일어났다.

'나는 혼자서 산다. 혼자서 살아갈 수 있다.'

바람벽에 걸린 어머니의 사진을 쳐다본다. 무경이와 함께, 어머니가 시집가던 작년 가을에 박은 사진이었다. 둘이 다 뭉틀 하고 서서 어딘가 쓸쓸해 보인다. 어머니는 흰 옷으로 몸을 단장하였다. 무경이도 금박이 자주고름에 치렁치렁하는 남치마를 입고 나들이옷으로 몸을 가꾸었다. 스물에서 마흔두 살까지의 이십여 년을 혼자서 딸 하나만을 데리고 살아 오던 어머니도 정일수鄭一洙 씨에게 시집을 갔다. 생각해 보면 혼자서 살 겠다는 자기의 마음도 또한 보증할 수는 없으리라고 되새겨진다. 그러나 인제 다시 누구를 사랑하고 누구와 함께 그는 새로운 생활을 설계해 볼 수 있을 것인가. 상처가 너무도 컸다. 아직도 완전히 끝이 났다고는 보아 지지 않는 만큼 보증할 수 없는 저의 마음을 채찍질하면서라도 그는 지금 '혼자서 사는' 것을 다시금 또 다시금 결심하지 않으면 안 되는 것이 었다.

지난여름의 일이다. 2년 가까이 입감해 있던 오시형吳時亨이를 그는 백방으로 서둘러서 보석을 시켰다. 오시형이와 무경이의 관계는 양쪽 편집이 모두 반대하였었다. 어머니는 오래인 장로교인으로서 오시형이가 '믿지 않는 사람'이라고 꺼려하다가 그가 사건에 걸려서 입감한 뒤에는 더욱더 완강히 그와의 결혼에 반대하였다. 한편 오시형이네 집에서는 그의 아버지가 극력으로 반대하였다. 물론 평양서 부회의원을 지내면서 상업회의소에도 얕지 않은 지위를 가지고 있는 그의 부친이 반대하는 것은 아들이 선택한 최 무엇이라는 여자뿐만이 아니었다. 대학을 졸업하고 서울서 증권회사 조사부 같은 데 취직해 있는 아들의 태도에 반대였고 사상이나 생활태도 전체에 대해서 그는 아들의 생각과 뜻이 맞지 않았다. 그는 우선 아들이 평양으로 내려와서 자기 앞에서 친히 일을 보기를 희망하였고 자기가 생각하고 있는 도지사를 지냈다는 저명인사의 총명한 규수와 약혼을 할 것을 바라고 있었다. 그는 그의 생각하는 길이 아들을 출세시키는 최단거리라고 믿는 것이었다. 그래서 부자가 서로 옥신각신 하던 통에 뜻밖에 아들이 그만 온당하지 못한 사건에 걸려서 입감을 하게 되었다. 이것은 아들의 장래를 자기의 연장으로서 설계해 오던 아버지에게 있어 놀라운 일이었을 뿐 아니라 그의 명예와 지위를 위해서는 치명적인 사건이 아닐 수 없었다. 아버지는 세상을 향해서 당황하였다. 그는 노하였다. 그는 드디어 아들과의 관계를 통히 끊어 버리듯 하였다. 나이라도 많으면 늙은 마음이 자식을 생각하는 정의에 이겨 나가질 못할 것이나 그는 오십 전후의 정정한 장년이어서 아들의 고생 같은 것은 보고 못 본 척할 수 있었다.

이렇게 해서 이 년이 흘렀는데 이 이 년 동안 무경이는 오시형이를 위하여 직업에 나섰고 어머니의 마음을 움직여서 오시형이와의 관계를 인정하게 하였을 뿐 아니라 보석 운동이 주효해서 그에게 다시금 태양의 빛을 쐬게 만들었다. 지금 무경이가 쓰고 있는 야마도 아파트의 삼층 이십삼 호실은 보석으로 출감하는 오시형이를 위하여 무경이가 준비해 두었던 방이었다.

그러나 오시형이가 출감하면서 동시에 연달아서 뜻하지 않았던 사건이 튀어나왔다. 우선 오시형이는 그전에 포회했던 사상으로부터 전향을 하였다. 그의 전향의 이론을 그 자신의 설명으로 들어 보면 경제학으로부터 철학에의 전향이요, 일원사관一元史觀으로부터 다원사관多元史觀에의 그것이라 한다. 이러한 결과로 하여 학문상으로 도달한 것이 동양학東洋學의 건설이었고 사상적으로도 세계사의 전환에 처하여 시시각각으로 변하는 국제 정국에 대처해서 하나의 동양인으로서의 자각이 있어야 한다는 것이다. 그러나 사상이나 학문태도가 변하였다든가 전향하였다고 하여서 그들의 사이에 어떠한 틈이 생길 리는 없는 것이었다. 본시 최무경이는 오시형이가 어떠한 사상을 품게 되든 그런 것에는 깊이 개의하지 않는 것이라고 믿어 왔고 또 그러한 것에 대해서 깊이 천착穿鑿하고 추궁할 만한 준비나 여유가 없다고 생각해 왔었다. 그러므로 오시형이의 이러한 전향이란 것이 어떠한 정신적인 내용을 가지고 있는 것인지 또 그러한 내면적인 정신상의 문제가 자기와의 관계나 혹은 생활태도 같은 것에 어떠한 영향을 줄 것 인지에 대해서는 아무러한 생각도 가지지도 못하였다. 그는 변함없는 애정이면 그만이었고 자기가 그 동안 실천한 불요불굴한 행동에서 오는 자긍과 도취로 해서 통히 그런 것에 생각이 미치지도 못하였다. 그러나 오시형이의 내면생활은 무경이가 생각하는 것보다는 좀 더 복잡한 과정을 경험하고 있었다. 이 년 동안 독방 안에서 경험하는 내면생활에 대해서 밖의 사람은 단순한 해석밖에는 가지지 못한다. 아버지, 여태껏 무슨 큰 원수나 되듯이 생각하여 오던 오시형이의 아버지가 아들의 출감을 듣고 상경하여 아파트를 찾아왔을 때에 시형이의 내부생활의 복잡한 면모는 하나의 표현을 보였다. 그는 당장에 아버지와 타협한 것이다. 인정과 격리되어서 애정에 주린 생활을 영위하던 사람이 죽일 놈 살릴 놈 하던 아버지의 돌변한 태도에 부딪쳐서 감격과 흥분을 맞이한 때문만은 아니었다. 아들과 아버지의 사이란 하나의 혈통이니까 커다란 불화가 있었다 해도 칼로 물을 벤 것과 진배없어서 그들은 언제나 다시 화합해야 할 핏줄을 가졌다고만 해석하는 데도 다소간의 불충분은 없지 않을 것이다. 그런 것과 관련을 가지면서도 결정적인 원인을 지은 것은 오시형이의 가슴에 아버지까지를 포함시켜 그가 여태껏 상대해 오던 일체의 '대립물對立物'을 받아들일 만한 준비가 되어 있었다는 점일 것이다. 여하튼 그는 아버지를 따라서 평양으로 내려갔다. 그러나 그것뿐만은 아니었다. 오시형이의 출감과 전후해서 무경이는 또 하나의 돌발사건을 맞이하게 되었다. 그것은 어머니의 결혼이었다. 어머니가 어떤 남자와 교제를 가지고 있다는 것을 눈치 챘을 때 무경이는 커다란 실망과 함께 여자다운 질투와 어머니의 육체적인 체취에 대해서 늑찌한 구역을 느꼈다. 그리고 어머니를 잃어버리는 데 대해서 누를 수 없는 서러움을 경험하였다.

  단 하나의 어머니도 잃어버리고 단 하나의 애인도 잃어버렸다. 직업에는 오시형이의 차입을 위하여 나섰던 것이요, 아파트의 방은 보석으로 나오는 그를 맞이하기 위하여 얻었던 것이었다. 의지하였던 것도 믿었던 것도 사랑하던 것도 희망하는 것도 일시에 없어져 버린 것이다. 산다는 것의 의미와 생존의 목표를 어디서 찾아볼 수 있을까 하여 그는 잠시 동안 멍청하니 공허해진 저의 가슴을 처치해 볼 길이 없었다.

  그러나 그는 희망을 잃지 않고 살아 나아가겠다는 하나의 높은 생활력 같은 것을 천품으로서 가지고 있었다. 그러한 생활력은 제 앞에 부딪쳐 오는 어떤 어려운 문제라도 꿰뚫고 나아가야 한다는 강력한 의지력으로 나타날 때가 있었다. 사람은 제 앞에 부딪쳐 오는 어려운 문제를 회피하지 않고 그것을 맞받아서 해결하고 꿰뚫고 전진하는 가운데서 힘을 얻고 굳세지고 위대해진다고 생각해 본다. 어떻게도 할 수 없는 난관에 부딪히고 함정에 빠져서 그가 생각해 본 것은 모든 운명의 쓴 술잔을 피하지 않고 마셔 버리자 하는 일종의 '능동적인 체관諦觀'이었다. 그는 우선 어머니와 오시형이를 공연히 비난하고 시기하고 질투하지 않으리라 명심해 본다. 자기 자신을 그들의 입장 위에 세워 보리라 생각했다.

  오시형이는 이 년 동안 옥중에서 충분한 사색과 반성을 가질 수 있었을 것이다. 그의 생각은 섬세해지기도 하였고 치밀해지기도 하였고 풍부해지기도 하였을 것이다. 그는 자기의 정신상 갱생을 사상과 학문상의 전향에서 찾으려 하였고 그의 육체와 생명은 다시금 빛 없는 생활에 얽매이지 않기를 본능적으로 갈망하고 있을 것이다. 아버지와의 관계에 있어서도 좀더 원만하고 원숙해지리라 명심하고 있을 것이다. 사실 그는 가정이 있는 평양으로 내려가는 것이 건강에나 또는 당국 관계에 있어서도 편리할 것이라고 믿지 않을 수가 없었을 것이다. 오시형이가 아버지를 따라 평양으로 가는 것 그것은 그의 금후 생활을 영위하기 위해서 반드시 필요한 일이라고도 생각되어진다. 그렇다면 이까짓 방 같은 것이 합체 무엇이며 무경이의 마음이 다소 섭섭해지는 것 같은 것이 하상 무엇이냐고도 생각되어진다.

어머니의 입장도 이와 마찬가지였다. 어머니는 이십 전에 홀몸이 되어서 자기 하나만을 믿고 살아왔다. 자기가 어떤 사내와 결혼하면 어머니는 누가 모시며 어머니가 마음을 의지할 사람은 장차 누구일 것이냐? 어머니의 신뢰와 애정을 거역하고 나선 것은 딸이었다. 딸의 문제를 허락하였을 때 어머니가 그를 믿고 팽팽하게 당길 수 있었던 닻줄을 팽개쳐 버리면서 갑자기 독신생활에 대해서 신념을 잃어버렸다는 것도 넉넉히 이해할 수 있지 아니한가. 그렇다면 딸의 마음이 서운해질 것을 염려치 않고 어머니가 장래의 생애에서 행복된 설계를 가지려 하였다고 그것을 탓할 수는 없는 노릇이었다. 오시형이는 그의 앞날을 위하여 영위함이 있어 마땅한 일이며 어머니는 어머니의 남은 생애를 위하여 설계함이 있어서 마땅한 일이 아니냐. 그러면 뒤에 남아 있는 최무경이 자기 자신은? 그는 생각해 본다.

'나는 나 자신을 위하여 생활을 가져 보자!' — 이것이 그를 구렁텅이에서 구하여 낸 결론이었다.

시형이를 위하여 얻었던 방에는 제가 들기로 하였다. 어머니가 결혼하여 정일수 씨와 동거하게 되었을 때 어머니와 무경이가 살던 집은 팔아 버렸다. 마침 가옥 시세가 가장 대금이던 때라 그리 새 집은 아닌 것인데 한 칸에 칠백 원씩 받아서 일만 오천 원의 거액이 무경이의 저금통장에 기입되었다. 살림도 간단히 추려서 대부분은 어머니한테 맡겨 두고 신변에 필요한 몇 가지와 취사도구의 간단한 것만 아파트로 옮겨 왔다. 아직도 아버지의 명의대로 남아 있는 칠십 석 남짓한 땅은 으레 무경이에게 상속이 되었으나 정일수 씨한테 관리시키고 일 년에 이천 원씩을 받아다가 저금통장에 기입시키기로 작정하였다. 한집안에 살기를 권하다가 그들의 뜻을 이루지 못한 정일수 씨와 어머니는 될수록 무경이에게 편의를 도와 주려 힘썼고 딸에 대한 그들의 애정을 극진히 표시하려고 애썼다. 무경이는 전과 다름없는 여사무원의 직업을 그대로 가지고 있었다.

 그러나 이러한 조처를 대어 놓고도 오시형이와의 애정에 대한 신뢰만은 덜지 않으려고 생각하였다. 하기는 시형이가 아버지와 타협하고 평양으로 내려간다는 고백을 들었을 때에 이 사건을 통해서 맨 먼저 느낀 것은 여자다운 직관력만이 날카롭게 간파할 수 있는 애정의 동요이었다. 평양에는 진척시켜 오던 약혼설이 있다. 도지사를 지낸 저명인사의 영양이 있다. 무경이는 고백 뒤에 어물거리는 그림자로서 그것을 눈앞에 그려 보았던 것이다. 그러면서도 그들은 한 가지로 그 문제에 대하여는 아무러한 이야기도 나누려 하지 않았다. 무슨 일이 있어도 오시형이의 마음만은 변하지 않으리라고 믿었던 것일까. 또는 아무리 따져 놓고 약속을 굳게 하여 두어도 흐르는 수세는 당해 낼 재주가 없는 것이라고 단념해 버렸던 것일까. 어떤 날 어머니는 딸에게 이런 말을 물었다.

 "시형이 아버지가 그 무슨 도지사의 딸이라든가 허구 약혼하라던 건 그 뒤 무슨 이야기가 없다든?"

 이 날카로운 질문을 받고 무경이는 잠시 당황했으나,

 "무슨 별이야기 없던데요."

하고 대답하였다. 그러나 어머니는 마음을 놓을 수가 없다는 듯이 또 다시 무어라고 입을 나불거리다가 여러 번 주저하던 끝에,

 "글쎄, 그렇다면 좋거니와. 손수 올라와서 데리구 가는 바엔 그런 이야기두 있었을 법헌데. 그럼 무어 너허구 결혼에 대해서두 아직 이렇다 할 의사표시는 없는 셈이로구나."

하고 나직이 말하였다. 무경이의 가슴속에서는 꿍 하고 물러앉는 것이 있었다. 당황해지는 저의 마음을 부둥켜 세우며,

 "마음대루 허라지요. 도지사 딸한테 장갈 들려건 들구 귀족의 딸한테

장갈 들려건 들구……."
　어머니는 이러한 딸의 언행에서 적지 않은 경악을 맛보았으나 그 이상 이야기를 이어나가지는 못하였던 것이다.
　서울을 떠난 오시형이한테서는 내려간 지 일주일이 지나서 한 장의 편지가 왔다. 윤택이 있는 다정스런 문구는 하나도 없고 적지않이 고민이 섞인 생경한 문구로 적히어 있었다.

　지금 내가 생각하고 있는 것은 나의 장래에 대한 것이오. 내가 어떻게 하면 정신적으로 재생하여 자기를 강하게 하고 자기를 신장시킬 수 있을까 하는 문제입니다. 일찍이 나는 비판의 정신을 배웠습니다. 그러나 이러한 자기 자신에 대한 비판만 되풀이하고 있으면 그것은 곧 자학이 되기 쉽겠습니다. 나는 자학에 빠져 버리고 싶지는 않습니다. 뿐만 아니라 외부세계에 대한 준열한 비판만 있으면 모든 것이 그대로 이루어지리라는 요즘의 지식인들의 통폐에 대해서는 나는 벌써부터 좌단左袒을 표명할 수가 없었습니다. 비판해 버리기만 하는 가운데서는 창조는 생겨나지 않을 것이기 때문입니다. 그러므로 설령 그러한 결과 도달하는 것이 하나의 자애自愛에 그치고 외부환경에 대한 순응에 떨어지는 한이 있다고 하여도 나는 지금 나의 가슴속에 자라나고 있는 새로운 맹아에 대해서 극진한 사랑을 갖지 않을 수는 없겠습니다. 새로운 정세 속에 나의 미래를 세워 놓기 위해서 지금까지 도달하였던 일체의 과거와 그것에 부수되었던 모든 사물이 희생을 당하고 유린을 당하여도 그것은 또한 어떻게도 할 수 없는 일일까 합니다.

　물론 결혼에 대한 문구는 아무 데서도 찾아볼 수 없었다. 무경이는 애정에 대한 것만은 변치 않았고 또 앞으로도 변치 않으리라고 생각하여 보았다. 그러나 무경이는 어떤 급처를 마치 보자기로 송곳을 싸들고 있는 것 같은 위태로운 심리로 가만히 덮어 놓고 있는 것도 희미하게 느끼지 않을 수는 없었다. 보자기를 조금만 힘을 주어서 잡아당기면 날카로운 송곳이 보자기를 뚫고 벌처럼 폐부를 찌르기를 사양치 않을 것이다. 그것을 잘 알고 있기 때문에 보자기를 어름어름 가만히 덮어 놓아 보는 것이다. 그러나 이러한 상태는 오래 지속될 수 없었고 또 무경이의 성격이 그러한 상태에 어물어물 배겨 있도록 철부지도 아니었다. 드디어 오시형이의 편지 내용이 결코 추상적인 문구만이 아니고 실상은 생생한 구체적 사실의 진행을 그러한 추상적인 문구로 표현하여 놓은 데 불과하다는 것이 명백히 밝혀질 시기가 왔다.

그 뒤 무경이의 몇 장의 편지에 대해서 오시형이에게선 도무지 회답이 없었다. 그러다가 어느 날 짤막한 편지가 한 장 왔는데 그것은 정양하러 어느 온천으로 간다, 통신관계가 빈번한 것은 여러 가지로 재미롭지 않아서 아무에게나 여행한 곳은 알리지 않기로 되었으니 양해하라는 내용의 글이었다.

오시형이가 자기의 사상을 정비하고 정신을 통일시키는 데 방해가 되고 장애가 될 만한 이야기는 될수록 삼가서 편지를 쓰던 무경이었다. 그의 문제를 그 자신이 처리하고 있는 데에 다른 사람의 수작이 하상 무슨 관계냐고 무경이도 생각해 보았던 것이다. 그로 하여금 그의 문제를 처리케 하라! 새로운 사상의 체계를 세워서 생명의 구원을 받게 하라! 그것이 무경이의 진심이었다. 그러나 이 편지가 내용하는 것은 무엇인가. 그런 것과는 관계없이 최무경이라는 석 자의 이름과 그 이름으로부터 오는 기억 속에서 해방되겠다고 하는 하나의 전혀 별개의 사실이 아닌가.

무경이는 보자기를 뚫고 올라온 송곳 끝이 제 심장을 쓰라리게 찌르고 있는 것을 느끼며 얼마를 보내었다. 가을이 왔다. 겨울이 왔다. 새해가 왔다. 봄이 닥쳐왔다. 물론 오시형이의 소식은 그대로 끊어진 채로. 그러나 이러한 가운데서 그가 가진 것은 '혼자서 산다'는 억지에 가까운 결심과 자기도 누구에게나 지지 않을 정신적인 발전을 가져 보겠다는 양심이었다. 나도 나의 생활을 갖자! 나의 생각을 나의 입으로 표현할 만한 자립성을 가져 보자! 오시형이의 영향으로 경제학을 배우던 무경이는 또 그의 가는 방향을 따라 '철학을 배우리라.' 방침을 정하는 것이다. '너를 따르고 너를 넘는다!' — 이러한 표어 속에 질투와 울분과 실망과 슬픔과 쓸쓸함과 미움의 일체의 복잡한 감정을 묻어 버리려 애쓰는 것이었다.

무경이는 어머니의 사진 앞에서 머리를 털어 버리고 이내 테이블로 왔다. 그는 몇 달 전부터 이와나미(岩波)의 《철학강좌》를 읽어내려 오고 있었다. 알 듯한 곳도 모르는 대목도 많은 것을 이를 악물고 시험공부하듯이 대들었으나 날이 거듭될수록 어쩐지 제가 점점 어른처럼 되어 가는 것 같은 느낌을 금할 수 없었다. 그것이 무한히 반가웠다. 책을 접고 침대에 누우면서 또는 아침에 침대에서 일어나서 책을 들면서 그는 언제나 '나는 어른이 되어 간다'는 생각을 되풀이하면서 빙그레 웃고 하였다.

아홉 시를 친 지 한참을 지나서 강 영감의 발자취 소리와 하이힐이 복도를 울리는 소리가 들리더니 옆의 방문을 열고 무어라고 중얼거리는 말소리가 희미하게 들려 왔다. 방을 보러 온 것이라고 생각하면서도 무경이는 그대로 책상 앞에 걸터앉아 있었다.

논문을 쓰는 동안이라면 무슨 논문인지는 모르나 길대야 삼사 개월의 기간이 아닐까. 삼사 개월밖에 들어 있지 않을 사람에게 순순히 방이 비었다고 말한 것은 저의 입으로 한 말이었으나 되새겨 보면 이상한 일이 아닐 수 없었다. 주택난이 우심한 요즘에 일이 년의 장기간 동안 떠나지 않고 눌러 있을 손님을 골라서 두기도 그다지 어려운 일은 아닐 터인데…… 하고 역시 제가 한 대답이 경솔하였던 것을 느끼지 않을 수 없는 것이다. 지금 거절하여도 결코 늦지는 않는다고 생각해보면서도 사람을 오래 놓고서 어떻게 점잖은 사이에 무책임하게 신의 없는 소리를 뱉어 놓을 수 있을까고 망설여 보는 무경이었다. 실인즉 그는 철학공부를 시작하면서 은근히 대학이라는 존재에 대해서 마음이 움직이었고 읽은 책

가운데 모를 대문이 많으면 많을수록 학자라는 존재에 대해서 어떤 흠모의 마음이 은근히 동하게 되어 있었던 것이다. 이랬거나 저랬거나 주판알처럼 사무에 밝은 그가 특별한 천착도 없이 방을 허락한 데는 이러한 요즘의 그의 심경이 은연히 움직인 데 까닭이 있다고 보지 않을 수 없을 것이다.

무경이의 방문에서 노크 소리가 난다. 뜨즉뜨즉이 두 번씩 두들기는 건 강 영감의 노크다. 그는 책상 앞에서 떠나서 문께로 갔다.

"방 보시구 마음에 든다는데……."

하고 나직이 귀띔하듯이 말하였다. 무경이가 신을 신고 복도로 나가니까 양장한 여자는 앞서서 층계를 내려가고 있었다. 그의 뒤를 따라 강 영감과 무경이도 아래층으로 내려왔다.

"이리로 들어오시지요."

하고 무경이는 복도로부터 사무실 안으로 안내하였다. 삼십이 넘었을 짚은 화장을 한 아름다운 중년 부인이었다. 양장점을 경영하는 여자이니만큼 옷도 기품이 있게 몸에 붙도록 지어 입었다. 화장이 좀 지나치게 야단스러워서 무경이와 같은 여자의 눈에는 마치 여배우나 여급과 같은 직업의 여자와 얼른 분간을 세우기 힘든 인상을 주었다.

"아파트에서 일보는 사람입니다. 최무경이라고 여쭙니다."

하고 인사를 드리니까,

"문란주文蘭珠올시다. 밤늦게 소란스레 굴어서 미안합니다."

그러나 역시 전이니까 그다지 늦은 밤도 아니란 듯이 맞은 바람벽에 걸린 시계를 힐끗 쳐다보고는,

"방이 마음에 듭니다. 오늘 밤으루 이사해두 괜찮겠지요?"

한다.

"그러시지요. 원체는 한두 달 계실 손님에겐 방을 거절하라는 것이 아파트의 정칙인데……."

하고 열적은 소리기는 하지만 한마디 끼어 보지 않고는 태평할 수가 없었다.

"논문 쓰는 동안이라군 하지만 또 오랫동안 빌려 놓구 이용하실는지도 모르지 않어요. 동경 같은 데선 소설 쓰는 사람들이 자기 주택 외에 모두 아파트 한 칸씩을 빌려 갖구 있다든데요."

그리고는 익숙한 매무시로 호호호 하고 웃어 넘긴다. 웃음을 알맞게 끊고는,

"그럼 곧 이사하겠습니다. 시키킨* 같은 건 내일 아침에 치르기루 헐까요?"

"그렇게 하시지요. 아침은 될수록 이른 편이 좋겠어요. 그럼."
하고 강 영감을 향하여선,

"영감님 좀 늦으셔두 이사하시는 것 보아 드리구 방문 잠그십시오. 그리구……"

다시 문란주 편을 향하여 낯을 돌리고는,

"특별히 규칙이랄 건 없지만 여러 사람이 단체 생활을 한다구 무어 이런 걸 만들어 둔 게 있습니다. 참고삼아 틈 있거든 보아 주십시오. 또 그리군 오시는 선생님의 성함자도……"
하고 인쇄물과 카드 조각을 내어놓았다. 문란주는 연필을 들어 종이에 이관형李觀亨의 석 자를 써주고 인쇄물을 받아서 들고는 사무실을 나갔다.

"그럼 또 뵈옵겠습니다."

"안녕히 가세요."

한 여자는 밖으로 나가고 또 한 여자는 위층으로 올라갔다. 그때에 연회에서 늦게야 돌아오는 회사원의 한 패가 밖으로부터 몰려 들어오며 강

---
* 가옥의 임차 보증금.

영감에게,

"곰방와."*

"아아 늦어서 미안합니다."

하고 중얼거리는 소리가 들려 왔으나 이내 또 아파트 안은 조용해졌다. 무경이는 다시 제 방에 들어와서 문을 잠그고 책상 앞으로 갔다.

2

테이블과 양복장 같은 것은 방에 붙은 것이 있으니까 새로이 끌어들일 턱이 없다면 그럴 수도 있는 노릇이지만 참고서적도 많을 것이요 침구라든가 신변도구 같은 것의 운반으로 하여 적지않이 시간을 잡아먹을 이사일 줄 예상하였고 어련히들 주의야 하겠지만 동숙인들이 잠든 시간에 혹시 안면방해가 되는 일이나 없을까고도 생각해 보았던 만큼 자정도 되기 전에 발자국 소리 외엔 별반 요란스러운 음향도 없이 아주 쉽사리 간단하니 반이나 끝난 듯싶어졌을 때엔 무경이는 일변 안도하면서도 다소 실망을 느꼈다.

하기는 집이 서울 안에 있으니까 간단한 가방깨나 날라 오고 뒷날 차차 소용되는 대로 짐을 날라 들일는지도 모를 것이므로 무경이는 그런 것을 오래 생각지는 않았다. 이관형이와 문란주의 관계가 어떻게 되는 것인가를 상상할 수가 없어서 다소 궁금하다면 궁금하였으나 이사 오는 사람이나 동숙인의 가정 관계를 소상히 알고 싶다는 필요하지 않은 악취미에서 벗어난 지도 이미 오래인 그이므로 이사가 끝나고 한참 있다가 하이힐이 복도를 지나 층계를 내려가 버리는 것을 듣고는 그런 것에도 별반 오래 머리를 쓰지는 않았다.

---

* 안녕하세요.

하룻밤이 지나고 아침이 되어도 물론 새로운 일이 생겨날 리 만무하였고 여느 때보다 출근하는 사람이 많은 이 집안은 아침이 가장 뒤숭숭한 시간이라 문소리 발자국 소리 말소리 같은 것이 어느 방 어느 사람의 것인지를 분간할 수도 없는 것이었다. 무경이는 어느 날이나 진배없이 일찌감치 일어나서 물을 끓여 세수를 하고 간단히 아침을 지어 먹었다. 아홉 시가 출근시간이므로 그때가 되기까지는 방 안에서 책을 읽었다. 아홉 시 치는 것을 듣고야 사무실로 나갔다. 무경이가 나가는 것과 교대해서 사무실을 치워 놓고 스팀에 석탄을 지피는 일을 끝막은 강 영감이 일단 집으로 돌아간다. 열 시가 되어 점심 벤또를 끼고 강 영감이 나타나고 조금 있다가 주인이 나타났다. 무경이에게 이 년 동안이나 일을 맡겨 준 주인은 오전 중에 아무 때나 잠시 얼굴을 내놓고 장부나 검사해 보고는 다시 나가 버리는 것이었다. 그래도 무경이는 그가 들어올 때를 기다려서 장부를 정비해 두었다가 하루 동안의 일을 소상히 보고하였다.

"어제 삼층 이십이 호에 있던 회사원이 나가고 밤 안으로 이관형이라고 하는 대학 강사가 새로 들어왔습니다. 나간 사람의 보증금 중에서 이번 달 치를 제하고 지출한 것이 이게고……."
하면서 그는 전표를 가리킨다.

"새로 들어온 사람의 회계는 아직 보지 않았으나 오전 중에 계약이 끝날 것입니다. 오늘 들어온 걸루 헐라구요. 그리구 이건 각각 이번 달 치 방세들하고 또 이 지출은 전등료."

주인은 가느다란 도장을 들고 하나하나 장부와 전표 위에 인장을 눌러 치우고는 아무 말 없이 입금 중에서 얼마를 남겨 놓고 사무실을 나갔다. 식당을 한번 돌고 복도를 삥 시찰하듯 하고는,

"그럼 난 나가우."
하고 뚱뚱한 몸을 길 위로 옮겨 놓았다. 주인이 나간 뒤 얼마가 지나서 보일러를 돌아보고 온 강 영감이,

"어젯밤 새루 들어온 양반 회계 끝났었나?"
하고 물었다.
"글쎄 여태 아무 소식두 없구먼요."
강 영감은 숙직실 앞으로 가다가 멈칫 하고 서면서,
"그 양반의 직업이 무엇이라구 허셨지?"
하고 돌아본다.
"대학 강사랍디다. 왜요?"
"대학 강사."
그렇게 다시 나직이 뇌기만 하고는 그 이상 이야기를 잇지 않았으나,
"그 한번 채근해 보시지."
하고 무경이 앞으로 걸어왔다.
"글쎄, 오늘 일찍이 회계를 보기루 일러두었는데 세상 물정에 어두운 학자님이시라 그런 건 통히 잊어버린 게로구먼요. 그럼 영감님 수고스럽더래두 한번 올라가 보시구려."

강 영감은 잠시 눈을 꿈뻑꿈뻑 하고 서 있었다. 오래지 않아 봄이라는데 그는 여태 털 떨어진 방한모를 귀밑에까지 푹 눌러쓰고 보일러 칸으로 드나든다. 바지 위에 작업복이 낡아서 푸르등등한 놈을 껴입고 웃저고리 위에도 털 떨어진 체부 옷을 단추가 두 개나 떨어진 대로 껴입고 있었다. 신발만은 아파트의 손님이 신다가 내버린 틀어진 깃도 단화였다.
"그럼 내 올라가 보지."
모자를 벗어서 놓고 맹숭맹숭하게 갓 깎은 머리를 갈구리 같은 손으로 한번 써억 젖혔다. 그리고는 슬근슬근 복도를 걸어나갔다.
무경이는 강 영감의 태도에서 마땅치 않아 하는 눈치를 느낄 수 있었으나 제 비위에 맞지 않을 때엔 가끔 있는 일이므로 공연한 오해일 것이라고 생각해 본다. 연세가 연세인지라 자기가 못마땅히 생각하여도 남의 앞에서 그런 것을 경솔히 지껄이지는 않는 성미였다. 그저 꿈뻑꿈뻑 눈

을 감았다 떴다 하는 것이 그러할 때의 표정이었다. 어젯밤 찾아왔던 양장한 여자를 물끄러미 쳐다보면서도 강 영감은 그런 표정을 지어 보였었다. 역시 그런 것이 원인이 되어서 일종의 오해까지도 품어 보게 된 것일 게라고 생각은 해보는 것이나 아침 일찍이 회계를 보자고 언약해 놓고서 일언반구의 이렇다 할 말이 없는 것도 심상치 않은 일이거니와 열한 시가 되어 오는데 식당에도 내려오는 기척이 없으니 어느새 취사도구를 정비해 놓고 아침을 손수 지어 먹은 것인가 도무지 어인 일인지 감감 동정을 알 수가 없었다. 양장한 여자가 그런 사연을 통히 전달하지 않았다고 생각할 수도 없고 그랬었다면 그 양장한 여자라도 이르게 얼굴을 보이어야 하는 게 아니냐고도 노상히 생각되어지지 않는 바는 아니었다.

그러고 있는데 한참 만에 강 영감이 적이 뚜우 한 낯짝을 하고 어슬렁어슬렁 위층으로부터 내려왔다. 하회가 궁금한데도 이내 입을 열지 않았다. 대단 불유쾌한 표정이었다. 잠시 책상 언저리를 빙빙 돌다가 혼잣말로,

"고오연 친구여 젊은 사람이!"

하고 한마디 툭 뱉었다. 무경이는 종시 말썽이 생기나 보다고 내심 걱정이 되면서도,

"왜요?"

하고 입술 위엔 웃음을 그려 본다.

"흥, 그 사람이 대학교 선생이라구? 온 참!"

또 한 번 그렇게 뇌더니 무경이의 앞으로 와서 이야기를 털어놓기 시작하였다.

"당최 어떻게 된 사람인 걸 알 도리가 있어야지. 자아 이거 보겠나. 늘 하는 본새로 떵떵떵떵 그 노크라는 걸 허지 않었나. 대여섯 번 겹쳐 해두 도무지 하회가 없겠다. 그래서 또 한번 커다랗게 두드렸더니 그제야 누구인지 들어오시오, 점잖다면 점잖고 또 거만하다면 거만하달 대답이 들

리길래 문을 비틀어 보았더니 참말 문을 잠그지는 않았어. 그래서 낯을 문틈으로 들여보내려구 허는데 방 안에 자옥한 연기 그대루 곰을 잡을 작정인지 그냥 담배연기가 눈을 뜰 수 없게시리 가득히 찼더란 말이여. 그러나 나야 또 무어 글이래두 쓰면서 딴정신이 없어서 담뱃내 찬 것두 모르는 줄 알았지. 침대에 벗듯이 자빠 누웠는 줄이야 알았을 도리가 있나. 그 입은 것 허며 그 머리라 낯짝이라……."

차마 입에다 옮길 수 없다는 듯이 주름살진 표정을 잠시 쭈그러뜨려 보이고 말을 끊었다가,

"내 벌써 어젯밤부터 꼬락서니를 보고서 콧집이 찌그러진 줄 알았었지만, 자아 어젯밤 최선생 올라간 뒤에 그 양반들 이사 오던 꼬락서니 좀 보았나. 그저 가방 하나만을 들고 차에서 내려서 껑충껑충 들어오는데 그 야단스런 부인네는 조꼬만 보꾸레미를 하나 들고서 앞서서 뛰어들어 가고 이 대학 선생이란 양반은 모자를 썼겠다. 무어 벤벤한 양복깨미나 허긴 낡아빠진 외투는 꺼칠허게 뒤집어썼으면서두…… 어쨌든 벌써 콧집이 틀려먹은걸…… 그런데 이 사람이 오늘은 번뜻이 침대에 누워설랑은 그저 담배만 죽여 대인 모양이지. 그래서…… 저 여기 규칙대루다 보증금 석 달 치허구 한 달 치 선금일랑을 치르셔야 허겠는뎁쇼 하고 말했을 것 아니여. 그랬더니 그저 암말 않고 나가 있어 한마디뿐이라. ……아니올세다, 규칙대루 헌다면 보증금과 선금 치른 뒤에야 이사하는 건뎁쇼. 선생님껜 특별히 규칙 위반으루다 대접해 드린 것이올세다. 이렇게 또 한 번 공순히 설명해 드렸는데두 그러게 잔말 말구 내려가 있으라는군그래. 부애가 나서 견뎌 배길 도리가 있나. 아니올세다. 규칙대루 이행 허시기 싫은 분은 부득불 방을 내기루 되어 있는뎁쇼. 허구서 한번 을러놓았드니 허 허어 거 참! 영감은 소용없으니 주인을 보내래눈! 돈은 사무실에 내려오셔서 치르게 되었는뎁쇼. 허구서 또 한 번 빈정거렸더니 벌떡 일어나면서 잔말 말고 나가서 주인을 보내! 허구 호령이겠지. 난 당최

그 입은 것 허며 낯바대기가 무서워 수작을 걸기두 싫어서 엥이 문을 찌끈 닫고 내려와 버렸지. 거 참! 그 무슨 오라질 대학교 선생이람! 대체 어저께 왔던 그 여편네가 잡년이야, 그게 바루 여급 아냐, 술집에서 술 따르는 그러잖으면 활동사진 박히는 광대년이든지……."

"양장점 경영하는 부인네랍니다."

별로 변호해 준다는 의식은 없었으나 좀 과장하는 버릇이 있는 강 영감인지라 무경이는 나직이 그렇게 설명해 주었다.

"양장점?"

"네 부인네들 양복 짓는."

그랬더니 강 영감은 기가 좀 사그라지는지,

"양장점을 허는지 무얼 허는지 모르지만……."

하고 숙직하는 방으로 갔다.

"수고하셨습니다. 내 그럼 올라가 만나 보지요. 허긴 나도 주인은 아닌데."

무경이는 농담을 지껄여서 가볍게 취급해 버리며 사무실을 나왔으나 물론 강 영감의 보고는 그를 적지 않게 불쾌하게 만들었다. 이십이 호실 앞에 서니까 제법 마음이 긴장되었다. 노크를 하니까 강 영감의 이야기처럼 참말 '누구신지 들어오시오' 하는 느린 목소리가 들려 왔다. 남자가 혼자 들어 있는 방이라 주저도 되었지만 가만히 핸들을 비틀고 얼굴보다 스커트 자락과 구두를 먼저 안으로 들여보냈다. 찾아온 사람이 여자라는 것을 알고 그에 합당한 예의를 갖추라는 예고로서 하는 것이다. 잠시 동안을 두고 밖에서 기다리는데 연기에 찬 방 안의 공기가 문틈으로 새어 나왔다. 이윽고 그는 얼굴을 나타내고 열어 젖힌 문으로 몸을 완전히 방 안에 들여세웠다. 그러나 침대 위에 누워 있는 사내는 그대로 번뜻이 천장을 바라보며 담배만 피우고 있을 뿐 이편 쪽으로 눈길도 보내지 않았고 그러니 무경이가 구두나 스커트를 먼저 들여놓았다든가 하는 세밀

한 기교도 알아줄 턱이 만무하여 통히 들어온 사람이 젊은 여자라는 것에도 생각이 미치지 않는 모양이었다. 알따란 차렵이불을 배퉁이께로부터 발치 위에 덮었고 상반신은 여자의 것이기 확실한 화려하고 화사한 가운을 두르고 있었다.

"아이 연기."

나직이 그렇게 말하면서 사내의 귀에 들리도록 인기척을 만들었다. 사내는 빼꼼히 머리를 들어 보았다. 여태껏 여자인 줄은 몰랐었던지 이윽고 벌떡 자리에서 상반신을 일으킨다. 머리가 뒤설켜서 구숭숭한데 면도를 넣은 지 오래되는 얼굴 전체에는 지저분한 반찬 가시 같은 수염이 쭉 깔렸다. 얼굴은 해사했으나 몹시 창백한 것 같았다. 옆구리에 놓았던 것인지 빵조각이 침대에서 굴러 떨어진다.

사내는 자기의 모양 하며 옷주제 하며가 여자의 앞이라 다소 부끄러웠었던지 잠시 당황하는 듯한 표정을 지어 보았으나,

"아파트의 주인은 안 계시고 제가 그 대리를 맡아보는 사람입니다."

하는 침착한 젊은 여자의 목소리를 듣고는 다시 무뚝뚝한 낯색으로 표정을 고치고,

"당신네 집에선 어째 손님에 대한 예의가 그렇습니까."

하고 외면을 한 채 항의 비슷한 트집을 쏟아 놓기 시작하였다.

"글쎄올시다, 여러 분을 대하게 되는 관계상 소홀하게 되는 수도 많으리라고 믿습니다마는 지금 올라왔던 영감님께서 어떤 실수를 하셨던가요?"

무경이도 지지 않고 따질 것을 따져 놓자는 뱃심이었다. 사내는 잠시 말을 끊었으나,

"집세고 보증금이고 치르면 될 거 아닙니까. 손님에게 무례한 짓을 하지 않고도 받을 돈은 받을 수 있지 않아요?"

"그야 그렇겠습지요. 그러나 말씀하셨던 언약이 잘 지켜지지 않고 또

어젯밤에 하신 말씀과는 잘 부합되지 않는 곳도 있으니까 아마 영감님의 욱된 생각에 그만 실수가 된 것 같습니다."

"언약이 잘 지켜지지 않았다든가 어젯밤에 하던 말과 부합되지 않는 곳도 있다니 대체 내가 당신네들과 무슨 굳은 맹서를 하였단 말이오?"

무경이는 잠시 말을 끊었다. 사내는 침대에 다리를 뻗고 앉은 채 자기는 문지방에 선 채 이런 다툼을 서로 건네고 있는 것이 우습기도 하였지만 아파트를 대표해서 이야기하는 이상 따질 대로는 따져 본다고 다시 생각한다.

"선생님과는 지금이 초면이니까 그런 약속이 있었을 리 만무하지만 어저께 오셨던 부인네의 말씀을 신용하고 방을 빌려 준 것이지 본시부터 선생님을 친히 뵈옵고 언약이 된 것은 아니었습니다."

사내의 자부심을 다소 건드려 주는 말투였다. 사내는 침대에서 내려섰다. 양복 위에 여자의 가운을 입은 품이 어쩐지 우스웠다.

"대체 어떤 내용의 언약입니까. 손님에게 아무런 무례한 짓을 하여도 움찍달싹 않겠다는 약속이라도 했었던가요?"

사내는 면바로 무경이를 쳐다보았다.

"어제 부인네의 말씀에는 손님의 직업은 제국대학의 강사요, 방을 빌리는 목적은 논문을 쓰시는 데 있다 하였고 방세와 보증금은 오늘 새벽에 치르기로 되어 있었습니다."

사내는 갑자기 말문이 막혀 버렸다. 말문이 막혀 버렸을 뿐 아니라 몸자세에서도 기운이 쑥 빠져 버리는 것이 옆의 사람의 눈에도 현저하게 보이었다.

그는 가만히 외면하고 침대 옆으로 가 섰다.

"대학 강사."

하고 나직하니 외우듯 하는 것이 들려 왔다. 그러나 그는 이내 다시 몸을 돌리어 이편 쪽을 보면서,

"내 직업이 대학 강사라든가 내가 이 방 안에서 논문을 쓴다고 말했다면 그건 거짓이었으니까 내 입으로 취소하겠습니다. 그러나 중요한 건 결국 보증금과 방세 문제 아냐요. 남에게 방해되는 일이 아닌 이상 논문을 쓰든 글을 읽든 그런 것에 관계할 필요는 없을 테구 또 직업 같은 것두 대학 강사라야 된다는 규정이 있을 턱은 없을 거구……."

"글쎄, 그렇게두 말씀하실 수 있겠지요."

"그럼."

하고 사내는 양복 주머니에다 손을 넣었다.

"돈은 오늘 안으루 해드릴 터이니 또 그때까지 믿으시기 힘들다면 나를 인질루 잡아 두는 겸 내가 몸에 지니구 있는 소지품이라군 이 금시계가 하나 있을 뿐이니까 이걸 그럼 그때까지 맡아 두십시오."

"온 별말씀을! 여기가 무어 전당폰 줄 아십니까?"

"그럼 어떡하라는 겁니까? 몇 시간의 여유도 헐 수 없으니 당장에 나가라는 말입니까?"

이렇게 적이 난처한 장면이 벌어지려 할 때에 마침 층계에서 발자국 소리가 나고 어저께 왔던 양장한 여자가 커다란 물건 꾸러미를 들고 또 한 사람 운전사에게 이불 보퉁이 같은 짐을 들려 갖고 올라오고 있는 것이 무경이의 곁눈에 띄었다.

"아이 안녕하십니까. 늦어서 죄송합니다."

하고 문란주는 문지방에 서 있는 최무경이에게 인사하였으나 그들의 소닭 보듯 하고 서 있는 엉거주춤한 몰골을 보고는,

"어째 이러십니까. 무어 말썽이 생겼습니까?"

무경이를 향해서 유쾌한 웃음을 보내면서 일변 운전사의 손에서 보꾸러미를,

"영치기."

소리를 내여 옮겨 놓고 눈살을 찌푸리고 뚜우 해서 서 있는 사내에겐,

"왜 이렇게 장승처럼 서 있수."
그러나 곧 무경이 쪽을 보면서,
"내 인제 곧 내려갈게요."
하고 말하였다.
 무경이는 어떻게 또다시 이야기를 이어나갈 멋도 없고 부인네에게 지금 지낸 사연을 옮겨 들려주고 따져 볼 맛도 없어서 그대로 멍청하니 서 있었고 또 이관형이라고 하는 방 안의 사내도 어떡하라는 것이냐고 따지는 것도 한낱 실없는 일이었다는 생각이 든 것처럼 시무룩해서 침대에 가서 벌떡 누워 버린다. 어이가 없어서 무경이는 그대로 문을 닫아 주고 아래층으로 내려왔다. 사무실에 돌아오니까 강 영감은 보이지 않았다. 그는 마음이 불쾌하고 노엽다느니보다도 우스꽝스런 생각이 들어서 견딜 수가 없었다. 대체 어떻게 된 판국인지 저도 한 몫 끼긴 하였으나 정신을 차릴 수가 없는 것 같다.
 이관형이라는 사내는 어떠한 부류의 사람일까, 모양이나 차림차림은 그 지경이지만 물론 강 영감이 보는 바와 같은 인상만을 주는 사람은 아니었다. 그렇다고 대학 강사가 아닌 것도 확실하고, 그러면 문란주는 어째서 거짓 직업을 주워 부르면서 하필 대학 강사를 골라 대게 되었던 것일까. 회사원이래도 그만이요, 광산가래도 그만이요, 그 밖에 어떠한 직업으로 손쉽게 불러 댈 것이 많은 중에서 하필 대학 강사이었던지 알 수 없는 일이었다.
 문란주가 내려왔다. 그는 사무실로 들어오면서 대강한 사연은 들었는지,
"늦게 와서 미안합니다."
하고만 말하고는 상냥스럽게 웃어 보였다. 오늘도 역시 화장은 짙게 이쁘장스럽게 하였다. 눈과 입술과 턱밑으로 자세히 보면 퍽 솜씨 있고 능숙한 화장이었다. 그는 그 이상 아무 말도 않고 핸드백을 열어서 지갑을

꺼냈다. 가느다란 흰 손가락 끝이 빨간 에나멜이어서 이상스레 연약하고 화사스런 인상을 주었다.

"보증금이 석 달 치니까 일백오 원이시죠! 그리군 일 개월분 방세가 삼십오 원, 일백사십 원이면 되겠지요?"

무경이는 별로 대꾸도 하지 않고 펜을 들어 서류를 꾸미고 돈을 세어서 금고에 넣었다. 그러고는 숙박기를 꺼내서 정식으로 이관형이의 이름을 기록하였다.

"직업은요?"

하고 새삼스럽게 물어 놓고는 직업란 위에 펜대를 세운 채 가만히 기다려 본다.

"글쎄, 직업이 생각해 보니 우습게 되었군요."

하고 머리 위에서 문란주가 말하였다. 시방 위층에서 그것 때문에 말썽이 있었던 것인지,

"실상인즉요, 얼마 전꺼정 대학에 강사루 있었는데 그만 그 방면에서 실패를 하셨답니다. 그래서 어저께는 그냥 대학 강사라구 했었는데 그러니 지금이야 따져 말하자면 무직이지요. 당자두 무직이 좋다니까 그대루 무직이라구 적어 두세요. 연령은 스물일곱 아니 작년에 스물일곱이었으니까 지금은 이십팔……."

3

독신용의 방이 서른여섯에 가족용의 두 칸씩 맞붙은 방이 스물다섯이나 되어서 백 명이 훨씬 넘는 식솔이 살고 있는 집이고 보니 들고 나는 사람의 얼굴을 하나하나 따져서 기억해 둘 수도 없고 또 그 이상 그 사람들의 성품이나 생활습속 같은 것에 대해서 눈여겨볼 겨를이나 흥미도 없었으므로 일단 사람을 들여놓은 뒤에는 특별한 일이나 없으면 그다지 밀

접한 교섭은 이루어지지 않았다. 하기야 무경이가 한 집안에서 자고 먹고 하였고 또 출입구가 있는 옆에 사무실이 있어서 손님들 측으로 보면 눈에 익은 존재였으나 무경이 편으로 보자면 한 달에 한 번씩 방세나 받고 난방비나 전등료나 급수료 같은 것이나 받아 치우면 규칙을 문란하게 하지 않는 이상 아무러한 교섭이나 간섭 같은 것을 가지게 될 리 만무하였다. 사무실 밖에서 상서롭지 못한 일로 무경이가 그들과 직접 대면하는 일은 거의 없어 그런 때마다 강 영감이나 주인 자신이 나서서 처리해 왔으므로 무경이는 복도에서 만나도 오래된 사람이 아니고는 그대로 인사조차 나누지 않고 지나는 사람이 많았다. 이관형이도 응당히 그러한 사람 중의 한 사람이 되었을 것임에 틀림이 없다.

그러나 며칠 동안 한집 옆방에 같이 지내면서 그의 낯을 다시 대해 본 적도 없었으나 어쩐지 그의 생각만은 이내 머리에서 떠나지 않았다. 들어오는 날부터 교섭이 이상해졌고 또 사람 된 품이 보통 평범한 사람이 아니라는 것도 이유가 되겠지만 하루 한두 번씩 그를 찾아오는 문란주를 주목해 보는 때마다 역시 이관형의 존재는 언제나 머리에 떠올랐다. 그래서 자기 방으로 돌아갈 때엔 대체 이 사람은 나의 옆방에서 하루 종일 무엇으로 소일을 하는고 하는 생각을 가지게 되곤 하였다.

대학 강사에서 실패한 사람. 그대로 대학 강사래도 모르겠는데 그것에서 실패하고 그리고 수염을 지저분하게 기르고 여자의 가운을 걸치고 번듯이 침대에 누워서 담배만 피우고 빵조각이나 씹다가는 머리맡에 팽개쳐 두고…… 이런 것이 가끔 이상하고도 우스꽝스러워서 무료할 때마다 때때로 머리에 떠오르곤 하는 것이다. 그런데 또 강 영감은 강 영감대로 문란주가 나타나는 것만 보면 으레,

"양복점 주인아씨가 또 오셨군, 대학교 선생 심방하러."
하고 말하곤 하여서 무경이는 책상에 머리를 묻고 사무에 열중하다가도 그들의 관계로 생각이 미치게 되었다.

"영감님은 그 여자완 기쓰구 해봅니다그려."
하고 웃는 말로 하면,
"흥."
하고 콧방귀를 뀐 뒤에,
"무어 그럴 일도 없지만 난 그 부인네와 사내의 관계가 이상스러워서 그러지 않나. 친척이라든가 그런 관계는 아니여, 내 눈은 속이지 못하지. 대학교 선생이라구 뻐기면서두 내 눈이야 어디 속였나."
 무경이의 대답이 없어도 입 안으로,
"심상하잖어! 내 눈이야 속이나."
 그렇게 중얼거리면서 보일러칸으로 내려가는 것이다. 그래서는 무경이도 영감이 이끄는 대로 문란주와 이관형이의 관계로 생각을 달리게 되는 수가 있었는데 남들의 남녀관계에 젊은 여자가 무슨 참견이냐고 낯을 붉히면서도 가끔 그러한 것을 천착해 보고 앉았는 저 자신을 발견해 보게 되는 것이었다.
 이관형이가 이 집으로 이사를 온 지 엿새째 되는 날이었다. 여느 날처럼 출근시간에 사무실로 내려가니까 그와 교대해서 저희 집으로 가는 강영감이,
"거 이상허지. 하루에 한두 번씩은 꼭 오군 허는 그 양복점 아씨께서 어제는 결근을 허셨어. 밤에나 올련가 했더니 거 웬셈일까."
하고 혼자말처럼 중얼거렸다. 무경이는 그저,
"그래요."
하고만 대답하고 그러한 이야기에 깊이 생각을 묻지는 않았다. 그런데 오정이 넘고 한 시가 되었을 때였다. 사무실 안에서 별로 할 것도 없고 하여 잡지를 들고 앉았는데 이 집에 이사 온 지 처음으로 이관형이라는 그 사내가 휘우청휘우청 층계를 내려오고 있었다. 머리와 낯바닥은 그대로였으나 옷은 양복뿐으로 물론 여자의 가운 같은 것은 둘렀을 리 만무

하였다. 무경이는 잡지를 든 채 그의 거동을 눈여겨보았다. 그는 층계를 내려오더니 우선 복도를 한번 쭉 살펴본다. 아래층은 절반 이상이 식당과 당구장과 목욕탕이 되어 있으므로 그런 것을 패쪽을 따라서 하나하나 살펴보는 것이었다. 그리고는 흥미가 있는지 느린 다리를 이끌며 패쪽 밑으로 가서 기웃기웃 방 안의 설비 같은 것을 엿보듯 하더니 다시 제 방으로 올라갔다. 한참 만에 그는 편지 봉투를 하나 들고 내려와서 이번에는 곧바로 사무실로 들어왔다.

그는 문 안에서 껀뜩 머리를 수그리었다. 무경이도 자리에서 일어나서 인사를 받았다.

"전화 좀 빌려 주십시오."

무경이는 아무 말 않고 전화통을 옮겨 주었다. 그는 다시 전화번호 책을 찾아서 뒤적거리더니,

"여기서 가까이 대 두구 쓰는 용달사가 없습니까?"

하고 묻는다.

"있습니다."

그리고는 번호를 가르쳐 준 대로 번호를 부르고 메신저 하나만 보내 달라고 말하였다. 전화를 끊고는 메신저가 오는 동안 제 방에 올라가 있을 것인가 여기서 기다릴 것인가를 망설이는 듯이 잠깐 주춤하고 서 있다.

"여기 앉으시오, 곧 올 겁니다. 그리구 전화는 삼층에두 하나 설비해 놓았으니까 스위치를 돌리시구 인제부터 거기서 이용하시지요."

"아, 네에, 그렇습니까. 미처 몰랐습니다."

이관형이는 의자에 앉았다. 무경이는 사내와 낯을 마주 대하고 앉았기가 면구스러워서 잡지에 눈을 묻었으나,

"거 어째 이발소가 없습니까?"

하고 사내가 물어서 그는 얼굴을 들었다. 그리고는 사내의 시선과 부딪

쳐서 이상스럽게 웃음이 나오려고 하는 것을 참았다. 인제 이발할 생각이 나는 게로군 하고 생각해 보니 웃음이 나왔던 것이다.

"이발소는 처음에 시작했으나 요 바루 맞은편에 오래된 이발소가 있어서 도무지 영업이 되질 않았답니다. 이 집 사람들만 가지구야 영업이 성립되겠어요. 일백이삼십 명 된다구 허지만 그 중엔 부인네두 많구 한 사람이 두 번씩 깎는다 쳐두 한 달에 오륙십 원 수입밖에 더 되겠어요. 이발사 한 사람을 채용해두 수지가 맞들 않습니다. 그래 가까운 데 이발소 두 있고 해서 폐지를 했답니다."

"하하아 그렇겠군요."

이관형이는 감탄하는 듯이 목을 주억거렸다.

"그 이발소 자리는 오락장이 되었지요, 바로 목욕탕 옆방."

"예에."

그리고 있는데 메신저가 들어와서 이관형이는 편지를 그에게 맡겼다.

"이 윤 선생이 안 계시다면 아무한테두 보이지 말구 그대루 갖구 돌아와."

하고 타일렀다.

"돌아오건 좀 제 방으로 보내 주십시오."

부탁하고 이관형이는 위층으로 올라갔다. 한 사십 분 걸려서 메신저가 돌아왔다. 윤 아무개한테 편지를 전한 모양이었다. 그리고 또다시 한 삼십 분 지난 뒤에 둥실둥실하게 생긴 멀끔하고 정력적인 젊은 신사가 아파트를 찾아와서 이관형이를 물었다. 무경이는 그에게 방을 가르쳐 주면서 이 사람이 아까 용달을 보냈던 윤 아무개가 아닌가 하고 생각하였다.

인제 오래인 잠을 깨어나서 차차 움직이기 시작하는구나 하고 생각해 보면 어쩐지 이관형이의 거동이 탈피작용 脫皮作用을 하고 있는 동물처럼 생각되어 웃음이 났다. 그러나저러나 대학 강사가 되었다가 실패하곤 저런 판국을 경험하게 되는 것인가고 생각하면 어떤 엄숙한 인생의 문제에 부딪히는 것 같아서 마음이 적지않이 침울해졌다. 그럴 때마다 그는 오시형이를 생각해 보게 되었다. 사내들이란 어떤 커다란 문제 앞에 서면 저렇게 평상되지 않은 행동을 가지게 되는지도 모른다. 그러다가 아주 그러한 구렁텅이에 굴러 떨어져 버리면 타락자가 되고 낙오자가 되어 버리고 마는 것일까. 이관형이의 오늘 행동이 그러한 구렁텅이로부터 정상된 생활 상태로 복귀하려는 사람의 몸부림 같아서 그는 지금 아까와 같이 웃음이 떠오르지도 않는 것이다.

얼마 해서 윤 아무개는 나갔다. 한참 뒤에 이관형이가 다시금 층계 위에 나타난 것은 그때에 마침 강 영감이 사무실에 있어서,

"어유 저 사람이 어떻게 된 셈인가, 목욕할 생각을 다 내구."

참말 밖을 내다보니까 이관형이는 수건을 들고 복도에 내려서고 있었다. 잠시 목욕간을 넘겨다보고는 이편 쪽으로 낯을 돌리고 사무실로 들어온다.

"이거 자주 들러서 사무 보시는 데 죄송합니다. 미안하지만 은행 시간이 넘었구 해서 말씀 여쭙는데 소절수 한 장 바꾸어 주실 수 없을까요?"

시계는 세 시 반이 넘었었다.

"글쎄, 얼마나 쓰시려는지요. 돈이 많지는 못한데."

"천 원짜리지만 우선 있는 대루 돌려 주시지요. 적어두 좋습니다."

"한 이백 원."

"네, 그게믄 충분합니다."

그는 양복 안주머니에서 소절수 한 장을 꺼내서 무경이에게 넘겼다. 윤갑수라는 사람의 소절수였다. 무경이가 금고를 여는 동안 이관형이는 무료히 서 있다가, 문득 강 영감을 발견하고,

"일전 일루 영감께선 여태 노하셨습니까?"

하고 처음으로 소리를 내어 껄껄 웃었다. 강 영감은 관형이가 웃는 바람에 적지않이 겸연쩍어져서,

소설 153

"온 천만에 말씀을, 고만 일에 노헐 나입니까."
하고 제법 여태까지의 일은 잊어버린 듯이 대답하였으나 그래도 그다지 마땅하지는 못한 것인지 슬며시 문을 열고 복도로 빠져나갔다.
그걸 보고 무경이도 함께 미소를 입술 가에 그려 보았다.
"이백 원이올시다. 세어 보십시오. 그럼 이 소절수는 맡아 두었다가 내일 찾아다 드리지요. 식산은행이시죠?"
관형이는 돈을 받아서 넣으며,
"고맙습니다."
그리곤 휙 낯을 돌리다가 시계 밑에 붙여 놓은 길쯤한 거울 속에 비친 제 얼굴에 놀란 듯이 여자가 옆에 있는 것도 불구하고 잠시 그것을 들여다보고 있었다. 그가 손으로 터거리를 한번 쓱 쓸어 본다. 그리고는 무경이를 곁눈질하고 씨익하니 웃었다.
"면도를 빌려 드릴까요?"
그러니까 사내는 머리를 긁적긁적 긁으며,
"에이 뭐 면도는요."
하고 데석을 썰레썰레 털었다. 그러나 잠시 더 멍청하니 서서 거울을 바라보다가,
"제 면도가 아마 여기 있을 거예요."
그러니까 힐끗 무경이를 본다. 남의 남자에게 면도를 빌려 준다는 것도 생각해 보면 수상쩍은 일이어서 나직이 변명하듯이 서랍에서 면도를 찾으며 중얼거린다.
"이사 올 때 잊었다가 핸드백에 넣었더니 배가 불러서 꺼내 두었었는데…… 여기 있습니다. 잘 들는지 모르지만 써보시지요. 전 통히 쓰지 않습니다."
그래서 이관형이는 면도를 얻어 들고 비눗곽을 타월로 잘라 맨 것을 디룽궁디룽궁 휘저으며, 욕탕 있는 데로 갔다. 그 뒷모양이 우스워서

무경이는 욕탕 안으로 사라질 때까지 그것을 창문 너머로 바라보고 있었다.

네 시가 가까워서 사무실은 강 영감에게 맡겨 놓고 무경이는 다녀온 지도 얼마 되고 하여 어머니한테로 갔다. 어머니와 정일수 씨는 장충단 이편 앵구장이라는 주택지에 살고 있었다. 가면 언제나 반가워하고 쓰다듬어 줄듯이 고맙게 친절히 해주었으나 한 시간쯤 앉았노라면 으레 인제 아파트의 사무원은 그만두는 게 어떠냐는 권면勸勉이 퉁겨나오곤 하였다. 먹을 것이 없니 입을 것이 없니 방 한 칸을 빌려 갖고 사는 건 살림이 간편해서 네 말마따나 좋을는지 모른다 쳐도 무엇 때문에 남에게 구속받는 생활을 하면서 뭇사람의 시중을 드느냐 하는 것이 언제나 판에 박은 듯이 나오는 어머니의 말이었다. 어머니나 정일수 씨가 그렇게 생각하는 것도 무리는 아니었고 무경이 자신조차도 그러한 생각을 먹어 볼 때가 있으므로 그런 말이 나올 때마다 그는 그저 좋은 말로 어루만져 두는 것이었으나 오늘은 기어이 속시원히 동경 같은 데루 학교나 가보는 것이 어떠냐는 말까지 나오고야 말았다.

무경이는 저녁도 얻어먹지 않고 붙잡는 어머니를 바쁜 일이 있다는 핑계를 대서 뿌리쳐 버리고 앵구장을 나섰다. 교외에 나가 보면 봄이 한 걸음 한 걸음 닥쳐오는 것이 눈에 띄었다. 그는 해질 무렵의 거리를 걸으면서 생각에 잠긴다.

어머니와 아버지는 오시형이와 자기와의 관계가 이미 파탄이 나버린 지 오래다고 생각하고 있는 것이 분명하였다. 입 밖에 내지는 않았으나 속시원히 공부나 더 해보라는 권면 뒤에는 벌써 그러한 눈치가 숨겨져 있는 것을 알 수 있었다. 사실 오시형이와 나와의 관계는 남들이 생각하듯이 완전히 끝이 나버린 것일까, 시형이가 들었던 방과 시형이를 위하여 얻었던 직업을 이렇게 놓아 주지 않고 있는 것은 남들이 보듯이 쓸데없는 고집에 불과한 것은 아닌 것일까.

맥이 풀려서 그는 지나가는 자동차를 잡아타고 아파트로 돌아왔다. 돌아와서 빈방 안에 앉아 보아도 마음은 그대로 침울하였다.

시형이의 애정을 인제는 믿지 않는다고 제 마음에 타일러 온 것은 벌써부터의 일이었다. 그러나 그렇게 스스로 타이르고 돼보고 하는 것을 지금 새삼스럽게 인정하려 들면 역시 마음은 어느 귀퉁이에선가 도리질을 계속하는 것이다.

사람의 일이 설마 그럴 수야 있을까. 설마 그럴 수야 — 이 설마에 매달려서 그것을 생활의 유일한 기둥으로 나는 생각하고 있는 것이나 아닐까.

그는 머리를 털고 일어나서 전등을 켰다. 열심히 방을 정돈하였다. 문을 열어 젖히고 활짝 먼지를 털고 걸레를 치고…… 그러면 가슴이 좀 후련해졌다. 그는 식당으로 가서 오래간만에 정식을 먹었다. 거의 다 먹었는데 이관형이가 아주 딴판인 모습으로 식당엘 들어오고 있는 것이 보였다. 손님이 더러 있어서 그는 이내 무경이를 발견하지는 못하였으나 식당 안에 들어와 본 것이 처음인지 방 안을 한번 휘둘러 살피다가 무경이가 밥을 먹고 앉았는 것을 발견하였다. 옷은 별 것이 아니었으나 면도를 하고 안 하는데 사내의 얼굴이란 저렇게 달라지는 것인지 불빛 밑이라 낯빛은 의연히 창백했으나 그럴수록 부드럽게 감아서 말린 머리카락 밑에 백석白晳이란 형용이 들어맞을 온후하면서도 날카로운 얼굴 모습이 뚜렷하게 드러나 보이는 것이었다. 면도를 빌려 주기 잘했다고 생각하면서 밥 먹던 손을 놓고 그가 가까이 오는 것을 맞아 주듯 하였다.

"진지 잡수러 오십니까?"

"네, 처음으로 식당을 좀 이용해 보려고요. 참 면도는 선생님이 안 계셔서 제 방에 가져다 두었는데 선생님께선 오늘 늦게까지 사무 보십니까?"

이관형이는 옆의 테이블에 앉으며 말을 건네었다.

"저두 이 집에서 기거합니다. 바로 선생님 옆방인걸요."
그걸 여태 몰랐다는 듯이 사내는 '네에' 하고 놀라면서,
"그런 걸 모르구 일주일 가까이 지냈으니……."
따라온 보이에겐,
"나도 저 선생님이 잡숫는 걸루 갖다 주게."
하고 일러 놓곤 무경이의 시선과 마주쳐서 허허어 하고 웃었다.
"그러시면 이십삼 호든가 사 호든가!"
"네, 이십삼 호요."
"그래서 면도가 다 있으셨군그래."
그리고는 또 웃어 보였다. 식사 끝이 화려한 것 같아서 무경이는 유쾌하였다.
"전 그럼 먼저 실례하겠습니다."
하고 관형이의 시킨 것이 오기 전에 그는 자리를 떴다. 방으로 돌아와서 찻잔을 부시고 가스에 물을 끓였다. 불을 밝히고 마음을 가라앉히어 책이나 읽으리라 생각하는 것이다. 한참 만에 주전자의 물이 끓어서 그는 잔을 내어 놓고 홍차를 만들었다. 그러고 있는데 노크 소리가 났다. 문을 여니까 이관형이었다.
"면도 가져왔습니다. 난 또 남의 방에 잘못 들어오진 않나 하구서……."
"그대루 두시구 쓰실 걸 그랬지요. 그러나저러나 좀 들어오세요. 지금 막 홍차를 만들던 중입니다. 들어오셔서 한잔 잡수세요. 립톤이 좀 남은 게 있어서, 자아 방은 누추하고 좁지만."
관형이는 문지방에서 잠시 머뭇머뭇하였으나,
"방을 아주 깨끗이 정돈하셨군요. 이렇게 청결해야만 되는 건데 우리 같은 사람은 도회 이런 아파트 생활에 부적당합니다."
침대가 있는 데와 취사장이 있는 데는 모두 두터운 커튼을 쳐서 여자

의 방 같은 화사한 색채는 그다지 눈에 띄지 않았다.
"그럼 한잔 얻어먹을까. 오래간만에…… 이거 너무 실례가 많습니다."
그리고는 문을 닫고 방 안으로 들어섰다. 응접 의자로 안내하고는 조그만 앞치마를 스웨터 위에다 두르고 무경이는 홍차를 만들었다.
"선생님 공부하십니다그려."
하고 놀란 듯이 뒤에 놓은 서가와 그 옆에 쌓아 놓은 많은 서적을 굽어본다. 무경이의 것 외에 오시형이가 미결감에서 보던 것이 대부분 그대로 있어서 서적은 의외로 많았었다.
"그저 허는 시늉이나 합니다."
"아니 거 대부분이 철학이 아닙니까."
그는 참말로 놀라는 표정을 지어 보였다. 차를 가져다 앞에 놓아도 무경이의 얼굴만 감탄하는 낯으로 뻐언히 쳐다보고 있었다.
"너무 그러시지 마세요. 부끄럽습니다."
그러나 열심히 공부한다는 칭찬을 받는 것은 그다지 불쾌한 일은 아니었다.
"어서 식기 전에 차 드세요."
관형이는 깊이 감동된 듯한 얼굴로 가만히 앉았었으나 이윽고 차를 들어서 맛보듯이 입술로 가져갔다. 무경이도 마주앉아서 차를 들었다.
"선생님은 대학에서 무엇을 가르치셨에요?"
"나요?"
그러고는 찻종을 놓았다.
"일정에 대학 강사라구 사칭했던 건 취소하지 않았습니까."
그러나 입술은 빙그레 웃고 있었다.
"그렇게 놀리시지 마십시오. 그때엔 사정이 그렇게 되어서 실례를 했었지만."
무경이도 그때의 일을 회상하면서 그렇게 말했다.

"가르쳤달 것까진 없지만 영어를 좀 강의했습니다."

"그럼 영문학이 전공이세요?"

"네, 선생님의 철학으루 보면 아주 옅은 학문이올시다."

"온 천만에, 제가 또 철학이니 무어 벤벤히 공부헌 줄 아시구 그러세요. 저 책두 대부분 제 것이 아니랍니다. 어찌어찌 그렇게 될 사정이 있어서 요즘 좀 뒤적거려 보지만."

관형이는 다시 서가 있는 쪽을 돌아다본다.

"니체, 키에르케고르, 베르그송, 뒤르케임, 딜타이, 하이데거, 세렐, 페기, 올테가, 짐멜, 슈미트, 로젠베르크, 트레루치, 듀이……."

그렇게 책 이름의 밑을 따라가며 입 속으로 중얼중얼하다가,

"어유우 이거 머 굉장한 거물들이 아주 뭇별처럼 찬연히 빛나고 있습니다그려. 모두 세계정신을 저저끔 떠받들고 구라파를 구해 보겠다는……."

그러고는 낯을 돌려 찻잔을 다시 들면서,

"나도 인제 저 사람들을 좀 공부해야지……."

저의 여태껏의 생활이 엉망이었던 것을 부끄러워하는 낯으로 가만히 그렇게 뇌었다. 그러나 무경이는 어쩐지 낯이 간지러웠다. 책은 쪼르르니 꽂아 놓았지만 저는 아직 그 뭇별처럼 빛나는 구라파의 사상가들이 무엇을 하는 사람인 것도 알고 있달 자신이 없었다. 자기를 무슨 큰 공부꾼이나 되듯이 착각하고 있는 젊은 학자를 눈앞에 앉혀 놓고 그는 난데없는 부끄러움을 맛보고 있다. 그럴수록 오시형이의 생각이 난다. 그이에게 구원을 준 사람은 그의 말에 의하면 저 철학자와 사상가들이라 한다. 하긴 저 사람들은 오시형이의 애정까지도 무경이에게서 **빼앗아** 갔지만.

그런 것을 마음속으로 생각해 보다가 무경이는 낯을 들었다.

"선생님, 제가 하나 여쭈어 볼 말씀이 있습니다."

"무어 말입니까? 저는 그런 방면은 아무것도 모릅니다."

무경이는 그러한 사내의 겸사의 말엔 귀도 기울이지 않고 열심스러운 태도로 물어 본다.

"동양학이라는 학문이 성립될 수 있을까요?"

동양학은 어떻게 해서 오시형이를 저토록 고민 속에 파묻히게 만드는 것일까, 동양학으로 가는 길이 무엇이건대 그것은 오시형이와 최무경이의 관계를 이토록 유린하고 무시해 버릴 수 있는 것일까. 그의 질문에는 학문과 애정의 문제가 함께 얽혀져서 마치 그의 생활의 전체를 통솔하고 지배하는 열쇠 같은 것이 간축되어 있는 것이다. 사내들 세계는 알 수 없는 수수께끼라 한다. 사실 그는 오시형이가 평양으로 내려간 뒤부터 그를 이해하고 있달 자신이 없어졌다. 지금 그의 앞에 앉아 있는 이관형이라는 사내 역시 정체를 붙들 수 없는 사람이 아닌가. 이렇게 마주앉아 있는 것을 보면 교양 있고 얌전한 지식인 같다. 그러나 한편으론 문란주와 같은 나이 먹은 여자와 강 영감의 말은 아니지만 심상하지 않은 관계를 맺어 놓고 질서 없는 비위생적인 생활도 버젓하게 벌여 놓을 수 있는 사람.

무경이의 묻는 말에 처음은 농담조로 받아넘기려다가 그의 태도가 지나치게 진지한 데 눌리어서 이관형이도 잠시 제 머리를 정리해 보듯 한다.

"전문 부분이 아니어서 상식적인 것밖에는 대답할 수 없겠습니다. 그리구 그런 정도로도 잘못된 해석이나 또 엉터리 없는 추상이 많을 줄 압니다마는…… 내 생각 같애선 서양 사람이 자기네들의 학문적 방법을 가지고 동양을 연구하는 것과 동양인이 구라파의 학문세계에서 동양을 분리할 생각으로 동양을 새롭게 구성해 보려는 노력과 이렇게 두 가지루다 나누어서 생각해 볼 수가 있는데 어느 것이나 독자적인 학문을 이룬다든가 하는 것은 어려운 일인 줄 생각합니다. 서양학자가 구라파 학문의 방법을 가지고 동양을 연구한다고 그것을 동양학이라고 말한다면 그것은 지역적인 의미밖에 되는 게 없으니까 별로 신통한 의미가 붙는 것이 아니고 그저 편의적인 명칭에 불과할 것이요, 또 동양인이 우리들이 동양을 서양 학문의 세계에서 분리해서 세운다는 일에도 정작 깊은 생각을 가져 보면 여러 가지 곤란이 있을 줄 압니다. 가령 동양학을 건설한다지만 우리들의 대부분은 구라파의 근대를 수입한 이래 학문방법이 구라파적으로 되어 있지 않겠습니까. 대학에서 공부한 사람의 거의가 구라파적 학문의 방법을 배운 사람들이니 그 방법을 버리고 동양을 연구할 수는 없지 않습니까. 그렇지 않다면 동양이 가지고 있는 고유의 학문방법으로 동양을 연구하여야 할 터인데 내가 영국 문학을 한 사람이라 그런지 사회과학이나 자연과학이나 철학이나 심리학이나 구라파적 학문방법을 떠나서는 지금 한 발자국도 옴짝달싹 못 할 것입니다. 그러니까 니시다[*] 같은 철학자도 서양 철학의 방법을 가지고 일본 고유의 철학사상을 창조한다고 애쓴다지 않습니까. 한동안 조선학이라는 것을 말하는 분들도 우리네 중에 있었지만 그 심리는 이해할 만하지만 별로 깊은 내용이 없는 명칭에 그칠 것입니다. 요즘에 율곡 같은 분의 유교사상을 서양 철학의 방법을 가지고 연구해 보려는 분들이 생기고 있는 모양이지만 이런 의미에서 본다면 동양학의 성립이란 애매하고 또 내용 없는 일거리가 되기 쉽겠습니다."

"그러나 서양 학자들이 동양을 연구하는 데는 좀더 다른 의미도 들어 있지 않을까요? 말하자면 서양의 몰락과 동양의 발견이라든가 하는."

"네 잘 알겠습니다. 요즘 그렇게들 말하는 분이 많습니다. 그리고 물론 그것은 결코 거짓이 아니겠지요. 구라파 정신의 몰락이라든가 구라파 문

---

[*] 니시다 키타로. 일본의 철학자(1870~1945). 근대 일본을 대표하는 철학자로, 〈교토학파〉의 기초를 마련하였다. 선불교와 서양의 철학을 융합하여 새로운 철학 체계인 '무의 논리'를 제창하였다. 그러나 다른 한편으로는 일본 군국주의 이데올로기를 이론적으로 합리화하는 데 바탕이 되기도 하였다. 《선禪의 연구》를 비롯한 많은 저서를 남겼다.

화의 위기라든가 하는 소리는 이 쭈루루니 책장에 꽂혀 있는 뭇별 같은 사상가들이 오래전부터 떠들어오는 말이고, 구라파 정신의 재생이나 갱생책을 생각해 보는 과정에서 동양을 발견하는 일이 많다고도 말할 수 있겠는데 그러나 그들은 결코 구라파 정신을 건질 물건이 동양의 정신이라고는 믿지 않고 있습니다. 뿐만 아니라 그들은 한가지로 세계를 건질 정신은 역시 구라파 정신이라고 깊이 확신하고 있습니다. 이것은 서양 사람으로서는 물론 당연한 일이고 우리 동양 사람은 감정적으로래도 항거하구야 견뎌 배길 일이지만 그러나 구라파 학자의 동양 발견이라는 것은 그 이상의 것은 아닙니다. 서양 학자가 동양에 오면 도시의 근대 건축이나 그런 것에는 조금도 감탄하지 않고 고적이나 유물 앞에서는 아주 무릎을 친답니다. 그를 안내한 동양 학자는 이것을 설명해서 서양 사람들은 위안慰安으로밖엔 감탄하지 않는다고 말합니다. 유물이나 고적에서 서양을 건져 낸다던가 세계정신을 갱생시킬 요소를 발견하고 감탄하는 것은 아니란 것입니다. 이런 점은 우리 동양 사람이 깊이 명심할 일입니다."

무경이는 가만히 듣고 앉아 있다. 그러나 마지막으로 오시형이의 이론을 그대로 옮겨서 또 한 번 질문을 던져 본다.

"앞으로의 현대의 세계사를 구상해 보는 데 있어서 서양사학에서 떠나 다원사관에 입각하여 여러 개의 세계사를 꾸며 놓는 것은 어떨까요?"

학문적인 술어가 마음대로 입에 오르지 않아서 그는 더듬더듬 자기의 의사를 표현해 놓는다.

"동양에는 동양으로서 완결되는 세계사가 있다, 인도는 인도의, 지나는 지나의, 일본은 일본의, 그러니까 구라파학에서 생각해 낸 고대니 중세니 근세니 하는 범주를 버리고 동양을 동양대로 바라보자는 역사관 말이지요. 또 문화의 개념두 마찬가지 구라파적인 것에서 떠나서 우리들 고유의 것을 가지자는 것. 한번 동양인으로 앉아 생각해 볼 만한 일이긴

하지요마는 꼭 한 가지 동양이라는 개념은 서양이나 구라파라는 말이 가지는 통일성을 아직껏은 가져 보지 못했다는 건 명심해 둘 필요가 있겠지요. 허기는 구라파 정신의 위기니 몰락이니 하는 것은 이 통일된 개념이 무너지는 데서 생긴 일이긴 하지만. 다시 말하면 그들은 중세를 가지고 있지 않습니까. 그 중세가 가졌던 통일된 구라파 정신이 아주 깨어져 버리는 데 구라파의 몰락이 있다고 하지 않습니까. 그러나 그들이 그들의 정신의 갱생을 믿는 것은 통일을 가졌던 정신의 전통을 신뢰하기 때문이겠습니다. 불교나 유교는 이러한 정신적 가치로 보면 훨씬 손색이 있겠지요. 조선에도 유교도 성했고 불교도 성했지만 그것이 인도나 지나를 거쳐 조선에 들어와서 하나의 고유의 사상이나 문화의 전통을 이룰 만한 정신적인 힘은 가지고 있지 못하지 않았습니까. 허기는 그런 불교나 유교의 탓이라기보다는 우리 조상들의 불찰이기도 하지만."

어느 한 귀퉁이를 비비고 들어가 볼 틈새기도 없을 것 같았다. 이관형이의 이러한 생각을 듣고 있으면 그가 비위생적인 생활태도를 가지는 데도 어딘가 이해가 가는 듯이 느껴졌다. 동양인으로서 동양을 저토록 폄하(貶下)하지 않을 수 없는 것도 하나의 비극이라고 생각되어 지기도 하였다. 그는 잠시 오시형이의 편지를 생각해 보았다. 비판만 하면 자연히 생겨나리라고 생각하는 것이 요즘의 지식인들의 하나의 통폐라고 말하면서 비판보다도 창조가 바쁘다고 한 것은 이러한 것을 두고 말하였던 것일까.

잠시 말을 끊고 앉아 있던 이관형이는 주머니를 뒤져서 담배를 꺼냈다.

"미안하지만 담배 한 가치만 피웁시다."

그러고는 성냥을 그어서 담배를 붙였다. 한 모금 깊숙이 빨고는,

"요즘 내가 가장 사랑하는 말이 하나 있습니다. 반 고흐라는 화가의 말인데."

다시 한 모금을 빨아 마신 뒤에,

"인간의 역사란 저 보리와 같은 물건이다. 꽃을 피우기 위해서 흙 속에 묻히지 못하였던들 무슨 상관이 있으랴, 갈려서 빵으로 되지 않는가. 갈리지 못한 놈이야말로 불쌍하기 그지없다 할 것이다. 어떻습니까?"

그러고는 또 한 번 뜨즉뜨즉이 그것을 외우고 있었다. 무경이도 그의 하는 말을 외어 가지고 다소곳하니 생각해 본다. 그러나 한참 만에,

"그게 어떻단 말씀이에요. 흙 속에 묻히는 것보다 갈려서 빵이 되는 게 낫다는 말씀입니까. 그렇잖으면 흙 속에 묻혀서 많은 보리를 만들어도 그 보리 역시 빵이 되지 않는가 하는 말씀입니까?"

하고 물어 보았다. 이관형이는 싱글싱글 웃으면서,

"여러 가지루 해석할 수 있을수록 더욱더 명구가 되는 겁니다, 해석은 자유니까요."

"그럼 전 이렇게 해석할 테에요. 마찬가지 갈려서 빵가루가 되는 바엔 일찍이 갈려서 가루가 되기보담 흙에 묻히어 꽃을 피워 보자."

이관형이는 여전히 싱글싱글 웃었다.

"구라파 정신이 막다른 골목에 처했을 적에 그들이 니힐리스틱하게 던져 본 말입니다. 이렇게 구라파가 몰락해 버리는 데 정신을 신장해 보는 사업에 종사해 본들 무엇 하랴, 이건 하이데거 같은 철학자의 해석이랍니다. 선생님의 해석은 건강하고 낙천적이고 미래가 있어서 좋습니다."

"선생께선 그런 사상을 가졌으니께 대학에서두 실패를 보신 거예요."

"대학에서 실패를 보구 그런 사상을 가졌다는 편이 진상에 가깝겠지요."

"영국 문학을 하셨구 그런데 바로 그 정신의 고향인 자유주의와 개인주의의 영국이 지금 망하게 되었으니께 선생님이 그런 생각을 가지게 되시죠."

관형이는 담배를 껐다.

"그런 것만도 아닙니다. 대학에서 실패한 건 되려 자유주의적이 못되

기 때문이었구, 또 내 정신의 고향이 결코 영국인 것도 아닙니다. 우린 동양 사람이 아니어요. 대학에서 몇 년 배웠다구 그대루 영국 정신이 터득된다면 큰일이게요. 오히려 병집은 그 반대인 데 있습니다. 구라파 문화를 겉껍질루만 배운 데. 그럼 내 자신의 이야기를 하지요. 그러나저러나 내 자신의 이야기를 털어놓는다고 하면서도 여태서루 통성두 없었군요. 저는 이관형이라고 부릅니다."

그래서 무경이도 제 이름을 가르쳐 주고 인사를 하였다. 그러고는 마주보며 웃었다.

"그러면 내 정신의 비밀을 들어 보십시오. 아까 동양을 여행하는 외국 사람들이 우리 서양식 건축과 문명을 구경하고는 감탄은 샘스러 그저 누추한 모방품을 본 듯이 유쾌하지 못한 낯짝을 한다는 의미의 말씀을 드렸지요. 바로 그 서양식 건축 같은 가정이 우리집이라구 해두 과언이 아닙니다. 내 아버지는 서울서두 손꼽이에 들 수 있는 무역상입니다. 말하자면 부르주아올시다. 아버지의 세 자식은 모두 근대적인 교육을 받았습니다. 나는 보시는 바 영문학을 하였고 내 누이동생은 음악학교를 나왔고 내 끝동생은 금년 봄에 삼고三高 독문과를 나옵니다. 모두 문화의 가장 찬연한 정수를 전공했습니다. 우리 가정은 그것 자체로 하나의 현란하고 난숙한 부르주아의 가정이올시다. 그런 의미에선 티피컬한 가정이라구 해두 과언은 아니겠습니다. 그런데……."

그는 잠시 숨을 돌리듯 하며 말을 끊었으나 다소 침울한 빛이 눈 가상에 떠올랐다.

"그런데 우리 조선이 근대를 받아들인 상태를 이것과 대조해 보면 우리집 가정의 타입이 더 뚜렷해지리라고 생각합니다. 개화가 있은 지 가령 칠십 년이라고 합시다. 이때부터 구라파의 근대를 수입해 왔다고 쳐도 실상은 구라파의 정신은 그때에 벌써 노쇠해서 위기를 부르짖고 있던 때입니다. 우리들은 새롭고 청신하다고 받아들여 온 것이 본토에서는 이미 낡아서 자기네들의 정신에 의심을 품고 진보라는 개념 자체에 회의를 품어 오던 시대입니다. 그러니까 우리는 남의 고장의 노후하고 낡아빠진 문명과 문화를 새롭고 청신하게 맞아들인 것입니다. 구라파가 결딴이 났다고 우리들의 눈을 부실 때엔 벌써 이미 시일이 늦었습니다. 받아들인 문명과 문화는 소화도 하지 못하고 있는데 벌써 구라파 정신은 갈 턱까지 가서 두 차례나 커다란 전쟁을 경험하고 있습니다. 나 같은 사람이 영국 문학을 하였으나 조금씩 조금씩 깊은 이해를 가져 보려고 노력하면 노력할수록 나는 어떻게도 할 수 없는 그들의 답답한 정신세계에 자꾸만 부딪치게 됩니다. 우리 아버지란 그러한 아들을 가지고 있는 상인입니다. 무역상이라고 하니까 앞으로 자유주의 경제가 완전히 통제를 당하고 보면 당연히 결딴이 나겠지요. 지금은 상업적 수단이 있어서 되려 시국을 이용하고 있는지도 모르지만. 우리들은 이층에서는 양식을 잡숫고 아래층에 와서는 깍두기를 집어 먹는 그런 사람들이요, 또 그 정도로 아주 될 대로 되어 버려서 모두 권태와 피로를 경험하고 있습니다. 노인네들 말대로 하면 우리집도 장차 쇠운이 빠지고 말 것이 분명합니다. 누이동생은 음악이 전공이지만 그것에 몰두할 수 없은 지 오래고, 고등학교 다니는 학생은 벌써 학문이나 학업에 권태를 느껴 온 지 오랩니다. 내 매부는 비행가였었는데 이 용기 있고 참신한 청년은 얼마 전에 향토 비행을 하다가 울산 부근에서 안개를 만나 불시 착륙하였으나 바위와 충돌해서 비행기와 함께 세상을 떠났습니다."

"얼마 전에 신문에 났던?"

"네 아마 그것이겠지요. 그러한 가운데 나는 살고 있습니다. 그런데 또 한 가지 이상한 건 작년부터 약 일 년 가까이 내 주위에는 참말 아무짝에도 쓸모가 없는 사람들이 욱적거리고 있었습니다. 가령 문란주 같은 여자가 그 중의 한 사람입니다. 이 사람은 약 일 년 전에 우연히 알게 된 사람인데 처음부터 나는 이 여자를 데카당스의 상징처럼 느껴 왔습니다.

그 사람이 들으면 노할는지 모르고 또 그 자신 그렇지 않은 사람인지도 모르나 나는 그를 볼 때마다 퇴폐적이고 불건강한 것의 대표자처럼 자꾸 느껴진 것입니다. 그러니까 나는 자꾸 그를 피하고 물리쳐 왔지요. 또 오늘 나를 찾아와서 소절수를 주고 간 양반, 이분은 내 아저씨뻘 되는 분인데 몸도 건장하고 정력도 좋고 돈도 먹을 만치는 있고 한 청년 신삽니다. 그는 하나의 정복욕을 가지고 있습니다. 그러나 그 정복욕은 여자를 정복하는 데만 쓰였습니다. 그는 그 방면에 레코드 홀더가 된다고 스스로 말하고 있습니다. 또 백인영이라는 은행가가 있었는데 이 양반은 잔재주를 너무 부리다가 그것 때문에 은행에서 실패했습니다. 그의 첩은 바로 저 문란주의 지기지우입니다……. 이런 분위기 속에서 나는 일 년 동안 싸워 왔습니다. 그러나 그렇던 내가 교내의 파벌과 학벌 다툼에 희생이 되어서 아주 실패를 보게끔 되었습니다. 요 얼마 전입니다. 나는 그날 술에 취하였습니다. 술에서 깨어 보니까 문란주네 이층에 가 누웠습니다. 이야기를 들으니까 명치정에서 문란주가 오뎅 해서 한잔 먹고 나오는데 내가 비틀거리고 오더라나요. 나는 사오 일 동안 이층에서 번듯이 누웠었습니다. 아주 기력이 없고 수족을 놀리기도 싫어진 겁니다. 무슨 정신에 집에는 여행 가노라는 엽서는 띄워 놓았지요. 나는 집에 들어가기도 싫어졌습니다. 또 문란주 씨네 집에 그대로 묵고 있는 데도 싫증이 났습니다. 그래서 옮아 온 것이 이 아파트올시다. 이사하자 막 늙은 영감과 또 최 선생과 말다툼을 하였고…….”

"잘 알겠습니다.”

하고 무거운 머리를 들어 관형이에게 인사를 하듯 하고 무경이는 일어서서 다시 가스 불을 열어 놓았다.

"그러나 나 같은 사람은 비위생적인 데도 철저히 빠져 있을 수 없는 사람인 모양입니다. 빵가루가 되기보담 어느 흙 속에 묻혀 있기를 본능적으로 희망하는 인물인지도 모르지요. 그것이 더 비극이지만.”

물이 사르르 하고 더워 오는 소리가 들려온다.
"실상은 저도 그것과는 다르지만 그 비슷한 정신적 비밀을 가지고 있습니다."
남의 신변의 비밀을 듣고 나니 어쩐지 제 비밀도 털어놓아야 할 것처럼 생각되어졌다.
그러나 이관형이는,
"그러시겠지요. 요즘 청년치고 그런 것 가지고 있지 않은 분이 쉬웁겠습니까."
할 뿐 그 이상 이야기를 듣고 싶은 표정은 없었다. 무경이는 일어나서 홍차를 한 잔씩 더 만들었다. 차를 쭉 마시고는,
"이거 이야기가 너무 길어졌습니다. 공연히 방해되셨지요?"
관형이는 의자에서 일어났다.
"그럼 안녕히 주무십시오."
하고 인사하였을 때 방을 나가려는 사내는 작은 약병을 꺼내 잘랑잘랑 흔들면서,
"잠이 안 오면 이걸 먹고 잡니다."
그러고는 시니컬하게 웃어 보였다. 이관형이를 보내고 난 뒤 책을 펴 놓았으나 물론 읽혀지진 않았다. 침대에 들어가 누워도 잠도 이내 오지 않았다.

늦게야 잠이 들었으나 아침은 또 이르게 눈이 뜨였다. 침대에 누워서 일어나기가 싫다. 어젯밤에 들은 이관형이의 이야기를 생각한다. 인간의 역사란 보리와 같다고! 비밀을 털어놓고 샅샅이 들어 보면 그러한 생각에 찬성을 하건 안 하건 이해는 가질 수가 있다. 오시형이도 지금 그런 것을 생각하고 있는 것일까. 그러한 정신세계를 헤매고 있는 것일까. 이관형이보다 복잡하면 복잡하였지 단순할 것 같진 않아 보인다. 그럴수록

그를 만나고 싶다. 만나서 모든 것을 들어 보고 싶다. 그는 지금 어디 있는 것일까.

그러나 오시형이를 만나고 싶다는 그의 욕망은 곧 이루어질 수 있게 되었다. 오시형이는 지금 무경이가 사는 이 서울에 올라와 있다고 한다.

아침도 먹기 전이었다. 어디서 전화가 왔다고 하여서 그는 전화통 있는 데로 갔다. 오시형이를 보석시켜 준 변호사한테서 온 것이었다. 오시형이가 공판에 올라왔을 텐데 어디서 유하는지 모르느냐는 전화 내용이다. 무경이는 당황하였다. 차마 모른다고 말하기는 창피하였으나 역시 그렇게 대답할밖에 도리가 없었다.

오늘이 공판인데 좀 상의할 일이 있다고 하면서 변호사는 전화를 끊는다. 오늘이 공판? 그러면서 어째서 오시형이는 나에게 그런 것조차도 알려 주지 않는 것일까. 서울에 올라왔으면서 어째 여관도 알리지 않고 한 번 찾아도 오지 않는 것일까.

아침을 먹을 수 없었다. 사무실에는 잠시 나갔다가 머리가 아프다고 들어와 버렸다. 아무리 생각하여도 공판정으로 찾아가 볼밖에 도리가 없었다. 시간은 퍽 지났을 것이지만 그는 이내 아파트를 나와서 재판소로 달려갔다. 정정廷丁에게 물어서 공판정에 들어가니까 재판은 퍽 진행이 되어 있었다. 방청객이 더러 있었으나 그런 것엔 눈이 가지도 않았다. 공범 여섯이 앉아 있는 앞에 머리를 청결하게 깎은 국민복 입은 청년이 서 있었다. 그것이 오시형이었다. 심리는 얼추 끝이 날 모양이었다.

"피고가 학문상으로 도달하였다는 새로운 관념에 대해서 간명히 대답해 보라."

재판장은 온후한 얼굴에 미소를 그리고 질문을 던진다. 서류 위에 법복 입은 두 손을 올려놓고 그는 오시형이를 내려다보고 있다.

"구라파 사람들은 역사에 대한 하나의 신념을 가지고 있다고 생각합니다. 그들은 역사란 마치 흐르는 물이나 혹은 계단이 진 사다리와 같은 물건이라고 믿고 있습니다. 맨 앞에서 전진하고 있는 것은 구라파의 민족들이요, 그 중턱에서 구라파 민족들이 지나간 과정을 뒤쫓아 따라가고 있는 것은 아시아의 모든 민족들이요, 맨 뒤에서 쫓아오고 있는 것은 미개인의 민족들이라는 사상이 그것입니다. 고대에서 중세로 그대로 현대로 한 줄기의 물처럼 역사는 흐르고 있다 합니다. 그러니까 설령 그들이 가졌던 구라파 정신이 통일성을 잃고 붕괴하여도 새로운 현대의 세계사를 구상할 수 있고 또 구상하는 민족들은 자기들이라고 생각하고 있습니다. 이것이 역사에 있어서의 말하자면 일원사관일까 합니다. 그러나 이러한 생각에서 떠나서 우리의 손으로 다원 사관의 세계사가 이루어지는 날 역사에 대한 이 같은 미망은 깨어지리라고 봅니다. 역사적 현실은 이러한 것을 눈앞에 보여 주고 있습니다.

"그러면 피고의 그러한 생각으로 현재 진행되고 있는 전쟁과 세계사적 동향은 어떻게 포착할 수 있다고 생각하는가?"

피고는 말을 끊고 숨을 돌리듯 하고는 다시 이야기의 머리를 잠깐 돌려 보듯 하였다.

"저의 사상적인 경로를 보면 딜타이의 인간주의에서 하이데거로 옮아 갔다는 느낌이 듭니다. 하이데거가 일종의 인간의 검토로부터 히틀러리즘의 예찬에 이른 것은 퍽 깊은 감명을 주었습니다. 철학이 놓여진 현재의 주위의 상황으로부터 새로운 문제를 집어 올린다는 것은 최근의 우리 철학계의 하나의 동향이라고 봅니다. 와츠지(和辻) 박사의 풍토사관적 관찰이나 다나베* 박사의 저술이 역시 국가, 민족, 국민의 문제를 토구하여 이에 많은 시사를 보이고 있습니다. 제가 과거의 사상을 청산하고 새로운 질서 건설에 의기를 느낀 것은 대충 이상과 같은 학문상 경로로써 이루어졌습니다."

---

* 田邊 : 다나베 하지메(田邊元). 일본의 철학자(1885~1962). 교토학파의 한 사람으로 군국주의를 옹호했다.

재판장은 만족한 미소를 입가에 띠었다. 무경이도 숨을 포 내쉬었다. 그러나 바로 그때였다. 피고석 뒤에 놓인 방청석으로부터 젊은 여자가 약간 허리를 드는 것이 그의 눈에 띄었다. 이윽고 재판장은 오후에 심리를 계속하고 일단 휴식에 들어간다는 선언을 하였다. 젊은 여자는 완전히 일어섰다. 흰 두루마기를 입은 키가 날씬한 여자였다. 무경이는 가슴이 쿵 하고 물러앉는 것을 느꼈다. 그 여자의 옆자리엔 오시형의 아버지, 그리고 그 옆자리엔 어떤 늙은 신사, 피고석으로부터 돌아온 오시형이는 긴장한 얼굴을 흩뜨려 놓으며 그 여자가 서 있는 곳으로 가는 것이 보였다. 무경이는 뒤숭숭해진 공판정의 소음에 앞서 복도로 나왔다. '그 여자이다! 도지사의 딸!' — 그리고 이것으로 모든 문제는 끝이 나는 것이 아닌가. 복도 가운데 서보았으나 몸을 유지할 수가 없어서 그는 허턱대고 걸어 본다. 뜰로 나왔다. 날이 쨍쨍하다. 몹시 현기증이 난다.
　어떻게 그래도 용하게 아파트는 찾아왔다. 문 밖에서 지금 막 아파트를 나오는 문란주와 만났다. 그는 겨우 인사를 하였다.
　"사무실에서 들으니까 몸이 편하지 않으시다드니……."
하고 말하는 문란주의 얼굴도 핏기가 없어 보인다.
　"네, 그래서 병원에 다녀옵니다."
　문란주는 잠깐 동안 가만히 서 있었으나,
　"그럼 잘 조리하세요."
하고 걸어 나갔다. 데카당스의 상징 같다고 하는 문란주와 그는 차라도 마시고 싶은 충동을 느껴 보았으나 그대로 제 방으로 올라왔다.
　'인제 나는 어떻게 할 것인가?'
　침대에 누우니까 처음으로 눈물이 나서 그는 실컷 울었다. 그런데 얼마가 지나서 노크 소리가 났다. 두들기는 품으로 보아 어젯밤에 찾아왔던 이관형이의 것이 분명하다.
　"네에."

하고 대답해 놓고는 낯을 고치고야 문을 열었다.
"어젯밤은 실례했습니다. 어데 편하지 않으시다고요."
"아뇨, 괜찮습니다."
"글쎄, 그러시면 다행이지만……."
잠시 말을 끊었다가,
"지난 생활을 청산해 보려고 어데 훨훨 여행이나 떠나 보렵니다. 방은 그대루 두고 다녀와서 정리하기루 하겠어요. 우리 집엔 실상은 아저씨한테 돈 취해 갖고 지금 경주 방면에 여행하는 중이라고 알려 두었는데 헛소리를 참말로 만들어 볼까 합니다."
"그럼 경주로 가십니까?"
"뭐 작정은 없습니다. 휘 한 바퀴 돌아보면 마음이 좀 거뜬해질까 해서 보리알을 또 한번 땅 속에 묻어 볼까 허구서."
그는 껄껄거리며 웃었다. 아까 다녀 나가던 문란주의 얼굴이 눈앞에 떠올랐으나,
"잘 생각하셨습니다. 그럼 어저께 소절수를 마저 찾아 드리지요."
"죄송합니다."
소절수를 찾으러 강 영감을 은행으로 보내고 무경이는 사무실 의자에 혼자 앉아 있었다.
'나두 어데 여행이나 갈까?'
'아예 어머니 말마따나 동경으루 공부나 갈까?'
그런 것을 생각해 보았으나 원기도 곧 솟아나지 않았다.

— 《맥》(을유문화사, 1947).

등불

인문사 주간 족하

　소설을 다시 쓰게 되어, 전화로 선생과 너무 경솔히 승낙했던 주제와 제재에 관해서, 정작 붓을 들고 이야기를 꾸며 보려고 하니, 여간 곤란이 가로 막혀 있는 것이 아니었습니다. 작금 양 년 간에 걸쳐 소설가였던 내가 살아가는 방식이 다소 특이해 졌다하여, 그 새로운 생활신념과 체험에서 오는 바를 소설로 작품화시켜보라는 것이 본시부터의 선생의 희망이었고, 또 그런 점에서 나는 나대로 오랫동안 붓을 들 염을 하지 못하고 있었는데, 일이 이렇게 되어, 칠팔 년 동안 자나깨나 맡아 오던 원고지 냄새를 일 년 만에 다시 맡게 된 즐거움은 누를 수 없는 바이오나, 흰 종이와 만년필만 들고서 두 주일 동안을 그대로 보내지 않을 수 없으리만큼 소설 쓰는 일이 힘든 것이 되어버린 것도 사실인가 싶습니다. 그래서 일시는 선생과의 약속을 어길까고도 생각했으나 집필 복구에 이르기까지의 선생의 여러 가지 노력과 우정에 새로이 용기와 책임을 느껴, 지금 다음과 같은 구김살 있는 이상한 기록을 꾸며 놓아 보았습니다. 소설인지 아닌지는 나도 딱히 단언키 힘드오나, 본래 소설은 시나 수필이나 논문이나 희곡 아닌 모든 것 위에 붙이는 허물없는 이름 같아서, 문단의 습

속에 숨어 이것도 소설 축에 넣어 보리라 생각했습니다. 꾸미는 것의 곤란은 결국 나의 부족한 재주 탓이겠길래 길게 이야기하려 하지 않사오나, 한마디 미리 양해를 빌고 싶은 것은, 여기에 쓰인 기록은 적어도 절반은 사실이오, 그 나머지는 인물이며 사건이며가 전혀 허구요, 일인칭으로 된 주인공, 장유성도 작자와 비슷한 인물이라는 것이 타당하리만치, 그렇지 않은 부분이 더 많이 섞이었다는, 그것입니다. 소설인바에 그럴 것은 당연한 일 같으나, 나의 생활환경에 관해서 대충의 이해를 가지실 선생께 대해서는 이러한, 구태여 쓰이는 군소리가 용서될 수 있으리라 믿었습니다. 원고 마감 날짜를 너무 넘긴 것은 거듭거듭 죄송 만만.

김 군에게 보내는 회신

김 군의 편지를 받고 회답을 쓴다면서 벌서 일순이 넘었구려. 김 군이 생각한 것처럼 역시 시간의 부족입니다. 아침 아홉 시 출근에 오후 다섯 점 퇴근입니다. 요즘의 아홉 시는 그닥 이른 시간은 아니오나 겨울의 아홉 시는 그리 늦은 시각은 아닙니다. 이제 곧 여덟 시 출근이 되겠지요. 다섯 시에 일을 마치고 정리하고 회사를 나서는 시간이 다섯 시 반, 집에 오면 여섯 시, 낯 씻고 발 닦고 저녁 먹고 석간신문의 제목만 주르르 훑어보아도 일곱 시가 넘습니다. 아침 일곱 시 전에 일어나려면 수면을 충분히 취하는 나로서는 열 시 반부터는 자리를 펴야 합니다. 가족들과, 특히 어린것들과 같이 노는 시간을 없이해 버리고 이내 내방으로 건너온대도 내가 자유롭게 쓸 수 있는 시간은 세 시간밖에는 남지 않습니다. 세 시간이라는 시간이 어떤 시간이라는 것을 나는 처음으로야 알 수 있었습니다. 잡지에 난 소설 한 편을 읽는 데 세 시간이 걸리더군요. 좀 긴 놈은 꺾어서 그 이튿날로 넘겨야 할 만큼 세 시간이란 길지 않은 시간이었습니다. 어데서 사람을 기다릴 때 십 분 이십 분이 그토록 지루하던 것을 생각해 보고 사람의 심리와 신경이 변덕스럽고 부질없다는 것을 새삼스럽게 느끼는 듯하였습니다. 그러나 이렇게 나에게 주어진 세 시간이라는 시각이 나의 자유에 맡겨져 있다 하여도 거기에는 여러 가지 조건이 끼이지 않을 수 없습니다. 가령 내가 여기서 내 시간이라고 하는 것은 독서하는 시간을 주로 말하고 있는 것인데 이러한 세 시간이나마 전부가 독서에 쓰이게 되느냐 하면 그런 것은 아니기 때문입니다.

회사의 일에 서툰 나는 회사에서 오늘 한 일을 반성해 보는 시각과 내일 하여야 할 일에 대하여 준비해 두는 시간이 꼭 필요합니다. 이러 이러한 일을 오늘은 꼭 하여보리라고 머릿속에 일정표를 꾸미고 나갔던 일이 절반도 시행되지 않은 일이 많습니다. 실무적 능률과 실행력이 부족한 나를 매일처럼 발견합니다. 탁상일기나 메모에는 그 전날 기록되었던 것이 그대로 그 이튿날로 옮겨 쓰이고, 그 다음날로 밀리어 일주일이 가도록 끝을 못내는 일이 수두룩합니다.

사람을 대하는 일, 없는 물건을 구하는 일, 갖추어야 할 물품을 조사하는 일, 가격을 정하는 일, 사들인 물품의 금액을 계산하여 기입하는 일, 문서의 수송 정리와 전화를 받는 데 이르기까지의 가지각색의 일반 서무적인 잡무 등 — 그러나 일에 생소하고 서툰 나에게는 이렇게 쭈루루니 세어 내려가던 별로 신통치도 않아 보이는 사무들이, 익숙한 분에게는 실로 지극히 간단하고 단순한 일들이, 하나라고 복잡하고 혼란스럽지 않은 일이 없습니다. 가령 사람을 대하는 일, 하나를 두고 말하여 보아도, 사람은 영업종목에 따라 다르고, 층에조차 구별되고, 성질마다 같지 아니하여, 실로 천차만별, 이에 따라 나의 대하는 태도와 마음씨도 각각 다르지 않으면 상담商談은 제대로 성립되기가 힘듭니다. 수만 원 거래 있는 큰 원로 상점의 출장원과 방한모 눌러쓰고 간혹 두루마기 위에 노끈조차 잘라매고 달려드는 새끼나 볏짚이나 목면木綿 장수쯤 구별해서 대해내기식은 죽 먹기라고 첩경 생각되기 십상이나, 정작 이것을 갈라서 실랑이를 하려면 그리 녹록한 일은 아닙니다. 큰 상점의 출장원들도 대판과 동경이 다르더군요. 의자에도 앉지 않고 실없이 그런뎁쇼만 찾아내는 허수름한 친구들도 사람을 업어 넘기는 데는 나는 재주를 가졌더군요. 이만하면 잘한 장사라고 열심스럽게 다루어서 정한 것이 얼마 안 가서 엄청난 가격으로 엎이었다는 것을 발견하는 등사等事는 참말로 부지기수요, 죽어가는 소리로 호소하는 지함紙函 제조업자에게 쓸데없는 동정심을 기우렸다가 창피 당하는 일조차 투문하게* 있는 일입니다. 그렇다고 엎어두고 속지 않겠다고 바득바득 애를 쓰며 앉아 있는 꼴은 당자 자신이 생각해 보아도 보기 숭한 일이오, 벌써 한번 보아 그 사람의 마음을 붙들고 몇 마디 안짝에 타당한 상담을 끝내려면 비범한 재능과 오랜 경험이 필요한 것이, 사람의 심보를 꿰뚫어 보는 날카로운 안광을 가추는 동시에 시세의 변동과 물건의 좋고 나쁨을 구별하고 지실**하는 식견이 또한 절대로 필요한 때문입니다.

김 군! 숙련熟練의 아름다움이라는 것을 생각해 본 적이 있으시겠지. 문학에 있어서의 일종 기술적인 연마에서 오는 아름다움, 그림이라면 메티에***의 아름다움 같은 것, 흡사히 그런 것과도 대등할 만한 아름다움을 나는 회사의 사무실 안에서 가끔 생각해 보고 앉았습니다. 수수하게 단장한 어린 여사무원의 흰 손가락이 까만 염주알 같은 주판알을 재치 있게 튀겨 내려가는 모양을 나는 때때로 멍하니 바라볼 때가 있습니다. 가느다란 펜대를 촛가락 같은 손 새에 끼고 십만 단위에서 일 리까지 이르는 기다란 층계를 거침없이 오르고 내려서, 일 푼 일 리가 틀리지 않게

---

* 투문하다 : '드문하다'의 방언. '드문하다'는 어떤 사실이 자주 있다는 뜻.
** 知悉 : 모든 형편이나 사정을 자세히 앎. 또는 죄다 앎.
*** métier : 어떤 직업에 기본적으로 필요한 전문적인 기술상의 재치나 손재주. 작가의 경우에는 창작 전문가로서의 기교를 말하고, 화가의 경우에는 스케치, 재료 및 용구의 취급에 따른 효과에 관한 지식 따위를 이른다.

합계를 매겨 내려가는 것을 바라보다가, 나는 언뜻 건반 위에 뛰노는 양금가의 손을 연상하고 있는 나를 발견할 때가 있었습니다. 나는 내가 쓰는 주판을 가만히 쥐어 봅니다. 청요릿집 같은데서 흔히 보는 밤알 같은 주판은 아니지만 그래도 알이 좀 굵직해서 맞직한 무게 있는 주판입니다. 알이 손끝에 묻어 댕기지 말라고 특별히 손수 선택해서 산 것입니다. 그래도 틀릴까 저어하여 전표 하나 계산해서 합계 매기는 데 두 번 세 번 되풀이해서 놓아 봅니다. 승법乘法과 제법除法은 남 몰래 슬쩍 필산을 하지요. 가장 답답한 것은 장부책 한 페이지 합계해 내는데 하나 놓고 둘 놓고 한 번 따지고 두 번 따지고 굼벵이 기듯 매겨 나가도 첫 번과 둘째 번이 서로 틀리고 세 번째 네 번째가 맞지 않아서 참말로 진땀이 나게 초조하고 안타까울 때가 있습니다. 이것은 누가 보아도 아름다움과는 거리가 먼 풍경입니다. 부끄러움을 느껴 마땅한 일입니다. 나는 하루 바삐 이 부끄러움에서 떠나야 할 것을 생각하고 있습니다. ─ 커다란 장부와 전표를 대조해 가며 문부 검열을 하고 있는데 한 사람의 허수름한 상인이 찾아 와서 그 사람과 나직한 말씨로 상담을 주고받고 있을 때에 전화가 따르릉 웁니다. 급사가 받아서 건너 줍니다.

"여보십시오. 전화 바뀌었습니다. 아, 네에 네, 안녕하셨습니까. 오래간만입니다."

저편 쪽에서 하는 말을 듣는 동안 한편 손으론 들었든 담배를 슬며시 끄면서,

"그거 시방 얼마나 가지고 계십니까. 네에 네, 이백 킬로…… 다 썼으면 싶은데…… 가격은요? 킬로에…… 거 좀 값이 세지 않습니까."

잠시 동안 듣고만 있다가 혀를 한번 차보이고는

"소견대로 하십시오. 그렇지 수형으루. 네에 네, 물건 곧 보내십시오. 일간 저녁이나 같이 하십시다."

수화기를 얹고는 상인을 향해서

소설 177

"이거 미안 합니다."

한편으로는 다시 계속되는 상인의 이야기를 들으며 메모에 두어 자 끄적끄적 써서 땡땡 종을 친 뒤,

"물건 온 건 받고 세 번에 나누어서 수형 쓰시오. 오십 일……."

다시 담배를 붙여 들고 역시 아무 말 없이 상대자의 이야기를 듣고 있다가, 문득,

"그런 장사 어디 있소. 요즘 같은 때에."

그리고는 싱글싱글 웃으면서 보던 장부를 뒤적뒤적, 그러는 동안도 손님은 연해 지껄여 댑니다. 듣는 척 안 듣는 척 혼자 지껄이는 대로 내맡겨 두고 저 하는 일만 보고 앉았다가, 그러나 두 귀로는 한마디도 흘리지 않고 상대방의 수작을 듣고 있는 표적으론, 그는 드디어 전표 뭉치를 장부 속에 끼운 채로 절컥 소리가 나게 닫아버리면서,

"참 댁두 딱허긴 합니다. 셋으루 하려건 두고 그것으루 안 되려건 그만 둡쇼."

선뜻 낯을 들고 엉거주춤히, 어디 소변이래도 보러 가려는 것처럼 의자에서 궁둥이를 일으킬락 말락 ―.

김 군! 나는 옆에서 이것을 바라보면서 성인成人의 원숙하고 침착한 아름다움은 이런 종류의 것이 아닐까 하고 생각해 볼 때가 있습니다. 장사하는 회사에 다니는 이상 그 회사에서 영위되는 장사에 대해서 한 사람 몫의 지식과 수완을 가져야 하는 것은 당연한 일입니다. 주판도 잘 놓아야 하고, 장부조직도 알아야 하고, 자기 부서이든 아니든 언제 어느 때에 맡겨도 대차대조표나 결산보고서쯤 어렵지 않게 꾸며 바칠 실무적 수완을 가져야 되리라 생각합니다. 원가 계산 같은 데도 깊은 관심을 가져서 경리와 경영의 핵심을 붙드는 것도 필요한 일인 줄 압니다.

*

　그러나 이렇게 쓰다 보니 이야기가 이상한 데로 발전을 하여 전혀 자기의 궤도를 잃어버렸구료. 김 군의 편지에 곧 회답을 쓰지 못했다. 그것은 나의 시간의 부족 탓이다. ― 그런 변명을 늘어놓는 동안에 이야기의 꼬리는 하마 자기의 머리를 잃어버릴 뻔하였습니다.

　시간의 부족, 물론 틀림없는 사실이지만, 간단한 엽서 한 장 쓸 수 없으리만치 시간이 없었다면 그것도 또한 심한 엄살이오, 역시 이유는 좀더 복잡한 데 있었던 것입니다. 김 군의 편지에는 한두 마디의 엽서회답으로 쓸어 칠 수 없을 깊은 내용이 들어 있는 듯이 생각된 때문에, 안 쓰면 말되 이왕 쓰게 되면 아무렇게나 어물거려 늘어놓고 안연해 버릴 수는 없다 생각한 것입니다.

　김 군은 나의 현재 생활에 분개 비슷한 동정심을 기우리면서, 문학자의 전업轉業이라는 문제에 대하여 하나의 의견을 말했다고 생각합니다.

　그러나 이러한 군의 의견에 좌단*을 표명할 수는 없었습니다. 가령 작가의 직업문제를 두고 말하여 볼지라도, 우리 문학의 선배들이 한글로 된 새로운 문학을 개척하여 이럭저럭 사십 년, 어려움과 고난으로 덮인 이 짧지 않은 역사는 결코 호사스러운 작가생활에 의하여 열려진 것은 아니었습니다. 학교에, 신문사와 잡지사에, 인쇄소에, 혹은 상점에, 회사에, 혹은 관청에, 또는 혹은 공장에 농장에 시간과 정력을 제공하고 그 여가에 우리 문학의 역사는 지어진 것입니다. 이것은 구차하고 가난한, 빈약한 역사이었으나 그만큼 높은 정신에 의하여 이룩된 전통입니다. 문학을 뜻할 때는 누구나 우선 굶을 각오를 하고 나섰던 것입니다.

　최근 오륙 년 동안 글만을 가지고 생활을 세워 본다고 몇몇 작가가 서재에 파묻혀서 원고지와 싸웠다고 하여도, 다른 곳에 따로이 직을 받들

---

* 左袒 : 왼쪽 소매를 벗는다는 뜻으로, 남을 편들어 동의함을 이르는 말.

지 않은 사람은 단 사오 명에 지나지 않았고, 겨우 입에 풀칠이나 하기 위하여 우리 사오 명의 작가는 소처럼 일하지 않을 수 없었습니다. 쓰고 싶지 않은 잡문을 쓰고 마음에 내키지 않는 통속소설에 붓을 들고 때로는 신문 기자도 꺼리는 명사 방문에까지 나섰습니다. 지금 돌이켜 보아, 우리(나)의 써 버린 소설과 논문과 잡문 중에서 몇 편이나 골라잡아 부끄러움이 없을는지 볼 편에 불이 붙는 듯합니다. 종일토록 원고지와 씨름하고 남은 것은 그저 몸을 가눌 수 없는 피로뿐. 만약 천 장의 원고지 중에서 단 한 장이라도 골라잡아 남길만한 것이 있다면 우리는 그 천장을 다 그만두고 단 한 장을 위하여 애쓰고 그 한 장만을 써놓아도 그만이었던 것을. 그러나 이것은 우리 문학의 숙명이오, 우리 문학자의 운명이었습니다. 쓰기 위해서만 독서했고, 쓰기 위하여서만 쓸 목적을 세우고만 체험했다 말해도 과언이 아니었지요.

물론 이것은 바른 길이 아니었습니다. 그러므로 우리의 문학은 깊이가 없고 우리의 작가는 모두 소견이 좁습니다. 완전한 인생이 되기도 전, 스물이 넘자 이내 문단에 나온 작가들이 쓰는 데 쫓기어 충분한 정신적 양식을 섭취하지 못한 폐단은 결코 적지 아니합니다. 문학을 기르고 키워나가자는 열심스러운 정성이 밑받이가 되었다면 우리들의 이러한 남작*과 과로가 용서될는지, 여하튼 시방 생각하여도 잔등이 선뜩 하는 만용이었습니다.

그제나 이제나 변함없는 나의 생활신념은 주어진(부여된) 환경 속에서 최선을 다하여 살아나간다는 성실, 그것뿐입니다. 나의 조부는 내 이름을 유성이라 지어주셨는데 생각해 보면 이것은 적이 교훈적입니다. 내가 일생동안 지킬 수 있고 또 자식에게나 후배에게 부끄러움 없이 권할 수 있는 단 하나의 온건하고 존귀한 생활상 모토입니다.

---

* 濫作 : 글이나 시 따위를 함부로 많이 지어 냄.

회사의 동료들 중에도 나에게 김 군과 같은 동정심을 기울이려는 분이 없지 않았으나 그러나 나는 그것을 달가워하지 않았습니다. 소설가가 시세를 잘못 만나 주판을 따지고 앉았으니 웬만한 실수나 잘못은 관대히 보아 줄게라는 그러한 동정심은 회사로서는 온당한 처분이 아니거니와 나로서는 유쾌치 않은 대웁니다. 소설가였거니 하는 생각이 한 가닥에라도 나타난다면 나의 인격이나 수양의 부족 탓입니다. 일에 익숙지 못하고 장사 방면에 아무런 재능도 경험도 없는 나인 줄은 알면서도 만년 견습사원의 칭호는 기분이 허락질 않습니다. 회사는 결코 실업자구제소여선 아니 되니까요. 자선사업의 혜택을 받을 만치 자기의 능력이 노쇠했다고 생각하기에는 우리들은 너무 젊으니까요. 문제는 안한安閑한 생활 태도에 있지 아니하고 생명의 충실감을 가지는 곳에 있으니까요.

여기까지 쓰고 보면 아마 내가 이 편지 서두에 나의 회사원 생활의 일단을 지루하도록 자세하게 기록한 까닭을 양해하실 수 있으시겠지. 그것은 나의 생활신조였습니다.

그러나 김 군의 편지를 한번 다시 검토해 보면 김 군은 혹시 문학의 우월감을 지나치게 가지고 있는 것이나 아닌지요. 문학에 종사하는 것만이 인류복지에 공연하는 유일의 길이라고 생각지는 않으시는지. 만일 그렇게 생각한다면 그것은 말할 것도 없이 문학의 편견입니다. 군이 만약 시방 경영하는 농장일과 문학 하는 일과를 대비해서 거기에 현격한 차별을 둔다면 그것은 온당하지 못한 생각입니다. 문학 하는 일이 천한 일이 아님은 말할 것도 없거니와, 농장일이나 장사일도 그만 못지않게 소중한 일입니다. 물론 이러한 환경 속에서 아무런 조력이나 격려도 없이 문학을 키워 나가는 사업에 종사하려면 문학에 대한 높은 우월감과 남모르는 즐거움과 긍지감과 사명감과 자부심이 없이는 한 시각도 자기의 정신을 부지해 나갈 수가 없을 것입니다. 그래서 우리들의 선배는 가난을 두려워하지 않았고 세속적 욕망에 붙들리지 않았고 일표음일단사一瓢飮一簞食

로 오히려 긍지를 느꼈습니다. 그러나 이러한 긍지의 뒤에는 반드시 다른 사업에 대해서 깊은 양해와 존경을 표시할 수 있을 만한 겸허한 마음의 여유를 준비해 두지 않아서는 안 될 것입니다.

도대체 싫은 일에 종사하고 있다는 자각은 첫째론 자기 자신에 대한 큰 정신적 손실입니다. 또 둘째로는 그를 용납하고 있는 장소로서도 커다란 손실입니다. 자기가 새로운 환경과 운명 앞에 선 것을 깨달았을 때엔 거기에 대응할만한 마음의 태세를 정비하는 것이 무엇보다도 필요한 일입니다. 부여된 환경, 자기의 주위를 이루고 있는 환경의 조건을 냉철히 판단하여, 그 속에서 최선을 다하여 살아 나갈 수 있는 길을 발견하는 것이 가장 바르고 현명한 태도입니다. 자기를 퇴폐에서 구하고 정신적 이완弛緩으로부터 지킬 수 있는 유일의 심적 태도는 이렇게 해서 발견되는 길을 헛 눈을 팔지 않고 성실히 걸어 나갈 만한 굳은 결의와 용단입니다. 그 다음에 남는 것은 실행뿐.

그러므로 문학에 대해서 불같은 열의와 칼날 같은 결벽성을 가지고 있는 군에게는 군이 종사하고 있는 직업, 농장의 경영에 금후로 전력을 다하여 힘쓰라고뿐 부탁하고 싶습니다. 이 길이 곧 문학하는 정신에 통하는 길이라는 것을 현명한 군은 어렵지 않게 발견할 것입니다. 그리고 군과 같은 분들이 문학의 다음 세대가 될 것이라 굳게 믿어 의심치 아니합니다. 농장 일에 전심한다고 문학을 잊을 정도의 정신에게는 문학의 후대를 의탁할 수는 없을 것입니다.

언제나 한번 군의 농장을 구경 갈 수 있을는지 혹시 군이 사는 시골 가까이로 출장이라도 갈 일이 생기면, 하고 나는 그런 기회를 기다릴 뿐입니다. 그러면 서로 건강에 유의합니다. 이만.

문우 신 형께 부치는 글

"세 번이나 불렀는데 못 알아보시더군."

 신 형은 화신 앞을 건느고 있는 내게로 쫓아와서 나의 어깨를 가볍게 두들기고 그렇게 말했습니다. 오래간만이어서 나도 반가웠으나 세 번이나 불러도 알아듣지 못한 변명은 별로 늘어놓지 않고 형과 함께 가까운 찻집으로 들어갔던 것입니다. 나는 그때 어떤 한 가지 생각에 골똘해서 귀와 눈은 반 이상 기능을 잃고 있었습니다. 생각이란 별것이 아닙니다. 신 형과 만나기 약 일 분 전까지 나는 파출소 안에 서 있었습니다. 지내가는 떠떠방*의 장작을 잘못 샀던 일로 회사를 대표해서 호출을 당했었는데, 일은 무사히 해결이 났으나 한 이십 분 동안 순사 앞에 기척하고 서서 다른 군소리 없이 그저 열심스러이 용서해 달라고만 빌었던 것입니다. 본시부터 일거리가 될 만한 과실이 아니었던 탓인지 일은 무사히 끝이 나서 나는 그곳으로부터 물러나올 수가 있었는데 외투를 입고 길 위에 내려서면서 문득, "나는 언제부터 이렇게 아무 잡념 없이 빌어 모시는 데 철저해 질 수 있었는가" 하는 의문에 붙들렸습니다. 그것은 나를 놀래게 하기에도, 적막하게 만들기에도 충분한 의문이었습니다. 오륙 년 전까지도 나는 나 자신의 소행의 탓으로 가끔 경관 앞에 취조를 받은 일이 있었는데, 그때에는 한 번도 지금과 같은 태도를 취하지 않았기 때문입니다. 그래서 나는 길을 건너면서도 신경을 여러 곳에 쓰지 못하고 형이 세 번씩이나, "장 형, 장 형" 하고 불렀다는 것도 미처 알아들을 수 없었던 것입니다. ― 이러다가 나는 불과 몇 년 안짝에 일찍이 내가 미워하고 경멸하던, 양심도 체면까지도 마멸된 한 사람의 저급한 장사치가 되는 것이나 아닐까, 징글스럽다느니, 뻔뻔하다느니, 체면불고라느니, 심지어는

---
* 명확하지 않으나, 가게를 차리지 않고 돌아다니면서 물건을 파는 사람들을 뜻하는 듯하다.

철면피라느니 하는 등등으로 형용하여 우리들이 조금도 동정하려 하지 않던 그러한 인간으로, 나 자신도 모르는 새에 되어버리는 데, 그다지 오랜 시일과 직업적 분위기가 필요치 않게 되는 것이나 아닐까. 환경에 따라 사람은 아무렇게라도 될 수 있다고 흔히들 말하여 왔으나 나 암즐라 그런 부류에 속하지 않으면 안 되는 것일까. 빌었다는 사실이 큰 것이 아니다, 잘못하고 비는 것은 당연한 일이다, 나 자신이 불과 일 년에 그토록 변하였다는 데 나는 놀라고 적막했든 것입니다.

물론 형을 만난 그 당시에나 또 그럭하고 얼마가 지난 지금에나, 이런 이야기를 늘어놓아 형의 양해를 구할 필요는 없는 일이나 혹여 나의 표정의 침울이 형께 불쾌를 주지나 않았는가, 나는 형과 갈라져서 솔찬히 미안한 생각에 붙들려 있습니다.

차탁에 앉은 형과 나는 그전에 하던 버릇대로 커피를 시켰습니다.

"과히 바쁘지 않습니까."

"그저 그렇지요, 근무시간을 지켜야 하니까요."

차가 오기 전에 나는 잠시 자리에서 일어나서 전화를 걸었습니다. 서무부장을 부르고, 무사히 끝나서 지금 밖으로 나왔는데 노상에서 아는 이를 만나 잠시 다방에 들렸으나 곧 들어 가겠노라고 아뢨더니, 한 오 분 전에 구니모도라는 분한테 급히 만나고 싶다는 전화가 왔으니 그리로 댕겨서 들어와도 무방하다는 말이었습니다. 그래서 나는 다시 대흥합명으로 전화를 걸고 사장실을 찾았는데 구니모도 쇼오켄 씨는 언제나 점잖은 가라앉은 목소리로 틈 있으면 들르라고 말하였습니다. 인제 한 십분 뒤에 들르겠습니다, 고 약속하고 나는 다시 자리로 돌아 왔습니다. 차를 한 모금씩 마셨습니다. 그전과는 딴판인, 설탕 비린내가 풍기는 커피였으나 아무도 그런 것에는 투정을 하려 하지 않았습니다.

"잡지는 순조로이 잘 나오게 됩니까."

"그저 어떻게 꾸여 매듯하여 간신히 종이를 변통해 대고 있지요. 종이

만큼 원고도 귀합니다. 국어 원고에 비해서 조선말 원고가 얻기가 더 힘듭니다. 소설들을 통 안 쓰니까요."

그럴 리가 없다고 생각해 보며, 신 형은 필시 소설 쓰기를 그만둔 나를 빗대고 하는 말일게라고 생각해 보며, 나는 그대로 아무 대꾸도 하지 않고 덤덤히 앉았습니다.

"쓰는 분들은 대체로 어떤 것들을 주제를 삼고들 있는지."

나는 오랫동안 잡지에 나는 동료들의 작품을 구경하지 못한 때문에 그러한 미안스러운 질문을 하였습니다.

"소극적인 인생태도를 가지고 오던 분은 역시 애조나 실의失意나 쇠멸의 정조 같은 것을 그전처럼 취급하고 있지만 그것으로 어느 때까지 쓸 수 있을는지요, 또 시대적인 감각을 가졌다는 분들은 모두 시국편승이라고 욕먹어 마땅할 천박한 테마로 일시를 호도하는 현상이지요. 가장 딱한 것은 내선일체의 이념을 작품화한다고 곧 내선 인간의 애정 문제나 결혼 문제를 취급하는 태돕니다. 이런 주제는 퍽 흔합니다, 되려 일상생활에서 출발하는 편이 자연스럽고 시국으로 보아도 좋을 것인데. 그러니까 아직 시대와 겨누어서 하나의 확고한 작품세계를 발견했다고 볼 작가는 없는 셈이지요."

"시일이 짧은 탓이겠지요."

나는 형의 설명에 간단히 그렇게만 대답하였으나, 내가 다시 쓴다면 나는 무엇을 쓸 것인가, 그런 것을 내심으로 막연히 생각해 보고 앉았었습니다. 내지 사람의 여급이 조선 청년을 따르는 이야기를 나도 쓸 수 있을 것인가 하고도 생각해 보았습니다. 그런 것을 써서 제법 옳은 작품을 만들 재주는 없다고 생각했습니다. 자기와 내면적 관련이 없는 사람과 사람과의 관계를 객관적으로 묘사하는 수법을 익힌다고 일 양년 간 주장도 하고 쓰기도 해보던 나이었으나 역시 그러한 재료에는 자신이 가들 않았습니다. 형도 아시다시피 내가 본격적으로 작가생활을 해본다고 결심하던 당초에 나는 작가 자기의 주체적 검토라는 과제를 들고 나섰습니다. 그때에도 지금보다 못지않게 나의 내면생활은 커다란 시련 속에 영위되어 하나의 위기를 지나가고 있었는데, 이러한 때 나는 무엇보다도 자기 자신을 추구하고 자기 자신을 검토하는 사업이야말로 필요하다고 생각했던 것입니다. 자기고발의 문학이란 나의 내적 심리와 내부적 체험에 관련을 가진 주장이었습니다. 그 뒤 모럴론에서 풍속론으로 들어가며 나는 일시적인 안정기를 경험하였습니다. 장편소설을 쓸 수 있은 창작심리의 근거는 여기에 있었습니다. 가끔 신문소설을 쓸 수 있을 정도로 마음은 안정된 듯하였으나, 그 실 나의 문학은 이상한 물결의 윗면을 흘러내리고 있었습니다. 문학자체로 보나 작자의 정신생활로 보나 이것이 틀림없는 타락의 길이었던 것은 지금 숨길 수 없는 진상으로 되었습니다. 수많이 씌어지는 소설이 차차로 나의 영혼과 절연하고 나의 정신생활과 별반 밀접한 교섭을 가지려 하지 않았습니다. 붓을 던질 기회를 얻은 것은 나로서도 나의 문학으로서도 천재일우의 기회였습니다. 나는 지금 이것을 행복이라고 표현하고 싶습니다. 붓을 던지고 나서, 나는 깊은 휴식을 취하였습니다.

"내가 다시 소설을 쓴다면"하고 자문하면서, 나는 역시 또 한 번 자기자신의 검토로부터 출발할 것이라고 쓸쓸히 생각하고 있었습니다. 시련을 부르고, 시련 속에 뛰어들고, 자기의 주위를 함께 구할 수 있는 길을 구하여 헤매는 사업이, 곧 문학하는 사업이 되게끔 하고 싶다고 생각해 보고 있었습니다. 나의 영혼과 관계없고, 나의 정신생활을 윤택하게 만드는 데 아무 도움도 주지 않는 문학은 피하리라 생각해 보고 있었습니다.

"단재 더러 만나십니까."

단재란 신 형과 나와의 우정을 생각할 때 반드시 끼여야 할 동료가 아니었습니까.

"도무지 못 만납니다."

"나두 도무지 못 만납니다."

나는 잠시 문단 화려할 시대에 셋이서 가끔 이렇게 커피를 마시다간 그 뒤엔 꼭 술집을 순례하던 버릇을 회상하였습니다. 단재는 세상을 피하여 은둔해서 사는 선비의 심경을 가장 경모하는 분이오, 어느 편인가 하면 신 형은 이러한 단재와는 생활태도가 반대였습니다, 나는 나대로 신형과 단재 새에 중재자처럼 자처했었고. 뿔뿔이 헤어져서 일 년, 가끔 이렇게 노상에서 만나면 우리는 그냥 서먹서먹한 이방 사람들처럼 침묵하고 갈라집니다. 이날도 나와 신 형은 옛제와는 딴판인 커피를 마셔 버리고는 피차에 바쁜 일이 있다고 그대로 갈라져 버리지 않았습니까. 잡답한 거리에 나와 외투 깃을 세우고 전차 있는 데로 걸어가는 형의 키가 그전보다도 훌쩍 길어진 것 같다고 그런 생각을 해보며, 매일처럼 사람 사귀는 일로 바쁘게 날을 보낸다면서 혹은 신 형은 지금 정신적으론 깊은 고독 속에 살고 있지나 아니하든가 문뜩 그런 실없는 상념에 붙들려 보았습니다.

촉탁보호사 구미모도 쇼오켄 씨와 나

이창현 씨 — 창씨*하여 구니모도 쇼오켄 씨는 몇 번밖에 만나 뵈지 못했고, 또 만났다는 것도 짧은 시간에 지나지 못하곤 하였으나, 나에게는 퍽 친절히 해주는 분입니다. 다른 같은 급의 실업가들처럼 사회사업에 관계하지도 않았고 기부 같은 것을 크게 하여서 신문지에 좋은 사진을 백여 돌리는 일도 없는 한편, 작첩을 한다거나 유행가수를 기른다든가 하는 등의 스캔들도 만들지 않는 분이였으나, 역시 대흥합명의 총대장이

---
* 창씨개명創氏改名 : '일본식 성명 강요'의 전 용어.

될 만치 큰 인물이라고 생각되었습니다. 그러한 분이 보호관찰사업에 협력하는 것은 당연한 일이고, 또 그런 분이 나의 촉탁보호사가 된 것은 퍽 다행한 일이었다고 생각합니다.

처음 관찰소에서 이창현 씨가 내 보호사로 되었다는 통지를 받고 얼마 뒤에 나는 씨를 대홍 비루* 사장실로 찾았습니다. 미리 전화를 걸어 두었더니 응접실에 기다리는 몇 사람의 손님을 뒤로 돌리고 씨는 나를 사장실로 안내해 드렸습니다.

"소설을 쓰신다지요, 좋은 사업을 하십니다."
하고 씨는 말하였습니다.

"나는 사상도 모르고 또 문학은 더욱 잘 모릅니다. 되려 그 방면으론 노형한테 가라침을 받아야 헐 것 같습니다."

나는 별로 대꾸도 하지 못하고 황송해 하는 태도만 표하였습니다. 씨는 나에게 차를 권하며 자기는 담배를 새로이 붙여 물었습니다. 바쁜 시간 안에서 이만큼 여유 있고 침착한 태도를 가질 수 있다는 것을 생각하고 나는 가벼운 압박감 같은 것을 느끼는 듯하였습니다.

"당국에서 나 같은 사람에게 이런 직함을 준 것은 공장도 몇 군데 가지고 있고, 여기 저기 회사에도 관계해 있으니까 직업 알선 같은 데 힘써 달라는 의미가 크지 않은가 생각헙니다. 노형같이 생활이 안정되어 있고 또 좋은 사업에 종사허는 분에게는 나는 별반 소용이 없는 인물이지요."

그리고는 곱게 다듬은 수염을 약간 움직이어 씽긋이 미소하는 듯하였습니다. 잘못하면 거만하게 빈정거림같이 들려질 이러한 말이 나에게는 퍽 솔직한 느낌을 주었습니다.

"유위한 젊은이들이 직업이 없어 형편이 거북허다면 벤또 싸들고 쏘다니며 취직 알선할 만한 열성은 가져서 마땅 헐 것 같고……."

---

* 일본에서 빌딩을 줄여 부르는 말.

머리에는 희끈희끈 흰 것이 섞였으나 혈기는 되레 왕성해 보여서 불그레한 피부가 육십 대의 아름다움을 곱게 지니고 있었습니다. 바쁘실 텐데 이만 물러가겠노라고 소파에서 일어났을 때, 죽첨정*에 내 집이 있는데 그리로 놀러 오라고 씨는 손수 친절히 길을 가르쳐 주었습니다.
　그럭하고 일 년 동안은 나는 나대로 씨는 씨대로 바빠서 만날 기회가 없이 지났는데 작년 사월 내가 여러 가지 관계로 직장을 가지는 것이 꼭 필요해졌을 때, 나는 씨를 죽첨정 저택으로 방문했습니다. 대흥 비루로 전화를 거니까, 시방은 조용히 만날 시간이 없는데 마침 오늘 저녁은 한가할 것 같으니 저녁 전에 내 집에 와서 같이 저녁이나 먹자고 말했습니다. 조선식으로 꾸민 커다란 아늑한 사랑에 조선옷을 입고 앉아서 씨는 나에게 조선음식을 권하였습니다.
　음식이 들어오기 전에 용건이 있건 어서 듣고 싶다는 눈치였으므로, 나는, 최근의 문단사정과, 씨와 내가 서로 이렇게 상종하게 될 수 있은 근본적인 관계, 다시 말하면 보호관찰법이니 예방구금법이니 등등 그러한 것을 얽어서, 요즘 내가 품은 생활상 결의를 솔직하게 전하였습니다.
　"좋습니다, 그런 명확한 신념을 가지셨다면 좋습니다. 생활의 중요성을 그만큼 착실히 아신다면 염려 없습니다."
　씨는 나의 말을 조용한 낯으로 듣고 있다가 그렇게 말하였습니다.
　"어데 작정한 데가 있습니까."
　나는, 아직 결심뿐으로 누구에게도 이런 이야기를 전하지 않았다고 말하였습니다.
　"내 알아보지요, 내게 맡기시오."
　나는 씨의 친절에 가벼운 흥분을 느끼며,
　"아무 데고 좋습니다. 딴 방면에 가는 바에 먼점 투족한 분과 같이 갈

---

* 竹添町 : 지금의 서울특별시 충정로 일대.

재주는 없는 일이고, 사오 년 견습하는 동안 한 사람 몫의 일을 해낼 수 있을까만이 문젭니다."

그때에 상이 들어와서 용담은 그것으로 간단히 끝이 낫습니다.

음식을 먹으면서는 나의 고향이야기를 물었습니다. 경치 같은 것을 재미나게 듣고 한번 꼭 가고 싶다고 말했습니다. 상을 물릴 무렵 해서는 이야기의 머리가 우연히 연극으로 뻗쳐져서, 나는 씨가 '노'와 '가부키'*와 춤 같은 데 깊은 지식이 있는 것을 알았습니다.

"여학교 나오고 들어앉은 작은 딸년이 졸라서 가끔 틈을 내어 사진구경도 가지요."

그리고는 얼마 전에 본 영화 이야기도 하였습니다.

어디서 전화가 온 것을 기회삼아 나는 씨에게 사의를 표하고 저택을 나왔습니다.

"친구들헌테 부탁해 보지요. 내락을 얻으면 곧 통지해 올리리다."

식후에 오는 고지낙한 생리적 만열과 약간의 흥분을 안고서 큰 거리로 내려오는 비스듬한 언덕을 가벼운 걸음걸이로 걸었습니다.

사흘 뒤에 이창현 씨한테서 속달이 왔는데 아무개에게 내락을 얻었으니 내일 오전 중으로 가보라는 기별과 도장을 찍은 간단한 소개장이 같이 들어 있었습니다. 예정한 날짜에 소개장을 들고 가서 나는 시방 다니는 회사 서무부 구매계에 쉽사리 취직이 되었습니다. 생각하면 퍽 고마운 일이었습니다.

*

종로에서 문우 신 형과 갈라진 뒤, 대흥 비루는 가까운 곳에 있었으므

---

* '노(能)'는 '노가쿠(能樂)'라고도 하는 일본의 고전 예술 양식의 하나이다. 피리와 북소리에 맞추어 노래를 부르면서 춤을 추는 가면 악극이다. '가부키(歌舞伎)'는 일본 전통극이다. 양식화된 연기를 보여주는 대중적 극 양식으로 에도 시대에 집대성되었다.

로 나는 도보로 잡답한 사람의 물결을 헤치며 걸어갔습니다. 이창현 씨는 사원에게 서류를 들고 무슨 지시를 하고 있었으나 급사를 시켜 나를 응접실로 안내했습니다.

"바쁘시지, 과히 고단허지나 않소."

웃는 낯으로 응접실문을 열면서 씨는 그렇게 말했습니다.

"얼마 전에 장 군네 회사의 사장을 만나서 군의 근무상태는 들었지요. 사장도 만족해 헙디다. 문사라기에 실무적 책임이 없고 기분적이면 다른 사원에게도 영향하는 바가 없을까 해서 처음은 의구를 품었었는데 그 뒤 그런 근심은 아주 없어졌노라고 웃으면서 말하는 것이 퍽 호감을 가지고 있는 듯 헙디다. 자 편안히 앉으시지, 오늘 반공일두 되고 그래서 점심이래도 가치 헐까 해서."

우리 사회엔 반공일이 없다고 말하니까,

"아 참 반공일이 없었던가, 그래 그랬겠지, 그럼 점심은 어떻게 했소."

"전 간단히 먹었습니다."

"허허 그럼 틀렸군 그래."

"죄송합니다."

"인제 곧 들어가 봐야지오. 그럼 여기서 간단히 이야기 허지. 다른 게 아니라 군의 일상생활에 관해서 간단한 보고를 해야겠는데, 취직헌 뒤 사장을 통해서 근무 상태 같은 것두 잘 들어 알지만, 얼굴이래도 한번 친히 보구서 헐라구…… 그래 건강은 어떠시오."

"규칙생활을 해서 그런지 한 관이나 중량이 늘고 결근 지각이 없을 만큼 몸도 건강해진 것 같습니다."

"네에 참 잘 되셨소, 나 보기에도 전보다 되려 혈색이 좋아진 것 같소. 장사를 해보면 다른 것 허든 것이 싱거운 일 같애지지 않읍디까, 허 허 허" 하고 나직이 웃었습니다.

"가정 안에도 별고 없으시고."

"네에 아무 일 없습니다."

고개를 꺼뜩꺼뜩 해보이고는.

"그럼……."

하고 잠시 말머리를 끄는 듯하다가,

"바뿌실 텐데 가보시지, 언제 틈 보아 내 집으로 놀러오시오, 그리구 시국도 점점 긴박해 가는데, 아니 헐 말이지만 언행 같은 데도 특히 주의 허시고, 그럼 가보시지."

응접실 밖에까지 따라 나와서 일 년 동안에 얼마나 달라졌는가를 점검하듯이 나의 동정을 다시 한 번 훑어보았습니다. 씨의 얼굴에 안도의 빛이 흐른 것 같아서 나도 파출소와 신 형 만났던 일 같은 것을 모두 잊어버리고 가볍게 엘리베이터를 탈수 있었습니다. 비로소 공복과 가벼운 피로를 왼 몸에 느꼈습니다.

누님전상서

보내 주신 선이 옷과 창이 양말은 어저께 받았습니다. 첫돌이라면 몰라도 두 돌 째인데 해마다 무슨 옷을 지어 보내십니까. 입히어 보고 옷이 꼭 맞는 데 안해도 저도 놀랬습니다. 아이를 길러 보지도 못한 분이 어떻게 옷을 그토록 몸에 맞게 지을 수 있으시는지, 참말 귀신같다고 감탄합니다. 한 돌 때엔 한 돌에 맞게, 두 돌 적엔 두 돌에 맞게…….

선이도 좋아합니다. 하루 종일 벗지 않다가 밤에 잘 때에야 벗어 놓았습니다. 오늘 아침에도 일찍이 일어나는 길로, 큰 엄마 때때, 큰 엄마 때때, 하고 옷장을 가리키며 졸라서, 쥐가 쉬이 물어갔다고 속이고야 단념을 시켰습니다.

창이는 양말을 받고, 너는 큰 애가 되어서 어른이니까 양말을 떠 보내

셨다고 하니까, 한차례 신고 거리에 나가 한바탕 뛰어 다녀보고야 벗어 두었습니다. 큰 어머니 어디 계시냐고 물으면, 평양이라고 틀림없이 대답합니다. 언제 봤느냐고 물으면, 박람회 때, 그 댐엔 할머니 환갑 때 시굴서, 하고 대답하고, 밤 보내는 큰어머니, 하고 뒤이어 첨부해서 모두 웃습니다. 못하는 재롱이 없습니다. 벌써 다섯 살 아닙니까.

저번 아버지 생신에도 성천 다녀 오셨다지오? 저는 편지밖에 늘 못 드립니다. 우리 동기간 누님께서 맨 맏이시라고 그렇게 아들 대신으로 근행을 하시는 것, 고마우면서도 한낱 부끄럽기 짝이 없습니다. 스물한 살에 제가 그렇게 된 뒤로부터 십여 년이라는 긴 동안 두 분께 드린 것은 기쁨 대신에 그저 슬픔과 근심과 불안뿐이 아니었습니까. 시방 삼십이 넘어서 직업에 나섰다니까, 어느 친구더러 웃으시는 말씀으로, 인제 지각이 좀 나는 게라고 하셨답니다. 늦게 지각이 나서 직업에는 나섰으나 고향 가서 두 분을 친히 모셔 볼 기약이 망연하오니 죄송하고 부끄러울 따름이올시다.

우리 가족은 모다 무고합니다. 늘 염려해 주시고 기도해 주시는 덕분인줄 압니다. 고정한 수입이 생겨서 생활의 계획을 세울 수 있는 것이 좋다고 합니다. 적으면 적은대로 일정한 계획을 안심하고 세울 수 있는 것이 살림하는 안사람들에겐 즐거움인 것 같습니다. 지난 오륙 년 동안 빈약한 붓 한 자루로 가족의 입에 풀칠을 한다고 모진 애를 썼으나, 거기까지 가족을 이끌고 오기에도 나의 노력은 결코 평범치 않았습니다. 문학한다는 사업은 고상하고 높은 목적 밑에 행하여지는 일이다, 이 존귀한 일을 위해서 나의 모든 것을 희생한다, 내가 희생을 무릅쓰고 나갈 때에 나의 가족이 가장家長을 따라서 희생을 당하여야 하는 것은 이 또한 어쩔 수 없는 일이다, ─ 나는 이런 뱃심으로 가족을 이끌고 나왔습니다. 안해도 아이들도 모두 여기에 이끌리어 아무런 불만 없이 오히려 긍지를 느껴가며 긴 동안을 불안한 살림 밑에 시달렸습니다. 단 하나 아름답고 높은 문학하는 목적 밑에…….

　이제 내가 문학을 떠나 직업에 나섰을 때 가족에게 오랫동안 요구해 오던 희생의 높은 목표는 그림자를 감추었습니다. 나는 문학한다는 것을 떼어 버린, 그저 그것뿐인 한 가정의 남편이요 아버지입니다. 나는 그러한 관계의 변화를 명확히 깨달았습니다. 가정의 질서를 유지해 가기 위하여 이러한 새로운 관계를 깊이 인식하는 것이 필요하다고도 생각했습니다. 새로운 깊은 인식이란 무엇입니까. 저 자신이 이제는 가족을 위하여 희생되어야 할 차례라는 깊은 각오였습니다. 이런 생각을 가질 때 나의 책임감은 갑자기 눈을 떴고, 동시에 나의 두 어깨는 무거운 짐으로 하여 허리가 굽어질 지경이었습니다.

　시골과 저희 외가에서 자라나는 전실 소생의 두 아이를 합치면 나는 어느 동안에 네 자식의 아비였습니다. 큰 아이는 국민학교 오학년이 됩니다. 뼈가 시그러지도록 일하여도 내가 그들을 위하여 어질고 좋은 아버지가 될 수 없을 것을 생각하였을 때, 하늘이 나에게 요구하는 바 희생이 결코 적은 것이 아님을 깊이 깨달았습니다.

　아이들은 제가 취직한 처음에는 마루를 뛰놀 수 있고, 방에서 방으로 드나들 수 있고, 고함지르며 양금 칠 수 있고, ……마음대로 그럴 수가 있다고 퍽 좋아했답니다. 안해의 말에 의하면, 창이는 아버지가 낮에 없어서 좋다고, 늘 없었으면, 하고 말했다가 어머니한테 핀잔을 들었다고 합니다. 기를 펴고 떠들며 놀아댈 수 있는 것이 자유스러워 좋았던 모양입니다. 그러나 얼마 지내서 곧 아이들은 아침 일찍이 나갔다면 저녁 늦게야 돌아오는 그들의 아버지를 그리워했습니다. 아버지의 돌아오는 시간을 시계바늘을 쳐다보며 기다립니다. 대문 여는 소리가 나면 모두 현관 마루로 뛰어 나옵니다. 큰놈은 고무신을 거꾸로 들고 나와서 잠가 두는 현관문을 엽니다. 그리고는 내가 외투 벗고 모자 거는 동안 한 다리씩 양복 가랑이를 붙안고, 아부지, 아부지, 하고 소래기를 지릅니다. 옷

벗는데도 쫓아오고 조선옷으로 갈아입는데도 따라오고, 낯 씻는 것 발 씻는 것, 심지어는 변소에까지 따라 들어온다고 법석을 댑니다. 가끔 제가 연회 같은 것이 있어서 밤늦게 돌아와 보면, 아버지 올 때까지 자지 않는다고 잠옷도 입지 않고 자리 밖에서 놀다가 피곤해서 옷 입은 채로 누워 있곤 합니다. 저녁을 먹을 때엔 서로 무르팍에 올라앉는다고 야단들입니다. 저녁 먹고 같이 놀다가 제 방으로 건너오려면 놓아 주지 않고, 얼르고 달래서 아이들 방을 나오면 따라서 아버지 글방에까지 나옵니다. 그리고는 그림책을 보자고 조릅니다. 시끄러워 죽을 지경인 때가 많으나, 읽으려던 책을 접어 치우고 아이들과 함께 노는 것이 즐거운 때가 많습니다.

요즘 며칠 동안 창이는 아버지와 같이 잔다고 일찍이 잠옷으로 갈아입곤 제방으로 건너옵니다. 하는 수 없어 저도 자리를 펴고 창이와 함께 이불 속으로 들어갑니다. 들어 누우면 터무니없는 질문의 홍수가 쏟아집니다. 끝이 없는 질문입니다. 대답에 궁할 때가 많습니다.

"칼라는 드럽는데 넥타인 왜 드럽지 않어."

하고 창이가 묻습니다.

"칼라는 희구 넥타이는 알롱달롱 빛깔이 있어서 드럼을 타지 않으니까 드럽지 않는다."

제 대답입니다.

"아니야, 넥타이는 칼라 속으루 들어가니깐 안 드러워."

아버지는 영락없이 졌습니다. 그밖에, 구름은 왜 하늘에 있느냐, 달은 왜 밤에만 뜨느냐, 아버진 무엇 하러 회사에 가느냐, 소설은 왜 통 안 쓰냐, 선이는 왜 자지가 없느냐…… 등등, 그리다간 가만히 아버지의 턱을 만져보며, 창이하구 엄만 수염 없는데 아버지만 왜 있어, 하고 묻기도 합니다.

"시끄러워 그만 묻구 인제 눈 감구 자자."

가슴팍 속으로 목을 끌어안으면 그럼 잘게 이야기를 해 달라고 조릅니다. 졸림에 붙들려서 이야기의 뜻도 모르고 그저 한참동안 한곳만 뚫어지게 바라보다간 그대로 눈을 감아 버릴 것이 선하여도 아버지는, 그러마, 이야기를 들려주마고 등을 두들기며 이야기를 시작합니다.

— 하느님은 여태껏 하느님한테 쫓겨나서 쓸 없지 않은 일 같은 데 엄범부려 뒹구는 바른팔을 부르시었다. 쫓겨났던 하느님의 바른팔은 어서 가 봐야겠다고 덤비면서 하느님 보좌 앞에 엎드렸다. 하느님은 인제야 나의 죄를 용서하실 게라고 바른팔은 생각했던 것이다. 아름답고 젊고 힘이 있는 바른팔을 무릎 앞에 보셨을 때, 하느님은 바른팔을 용서해 주시려고 생각했었다. 그러나 이내 옛날 일을 다시 생각하고 그편으론 얼굴도 돌리지 않은 채 이렇게 명령하였다.

"지상으로 내려가거라. 네가 본 인간의 모양 그대로, 내가 충분히 관찰할 수 있도록 발가숭인 채 산 우에 서는 거다."

어려운 이야기였던지 창이는 곧 눈을 감습니다. 그러나 나는 혼자서 좀 더 중얼거려 봅니다.

—그렇게 하려면, 지상에 이르자 아무께나 젊은 여자가 있는 곳으로 가서 이렇게 말하라. 나직한 귓속말로, "나는 살고 싶다."—

나는 창이만을 자리 속에 남겨 두고 혼자서 일어나 다시 옷을 갈아입고 책상 앞에 앉습니다. 아이의 숨 쉬는 소리가 들립니다. 큰 불을 끄고 스탠드의 불만 켭니다. 책상과 책과 글자만이 불광* 안에 듭니다. 그 불광이 따스한 것 같은, 그런 포근한 느낌을 가슴으로, 온 몸으로 느낍니다. (壬午 3월 11일 夜)

—《국민문학》(1942. 3).

---

* 불빛.

비평

고발의 정신과 작가
창작기법의 신新 국면
유다적인 것과 문학
자기 분열의 초극
일신상 진리와 모럴
소설의 운명
전환기와 작가
새로운 창작방법에 대하여

고발의 정신과 작가
―신 창작이론의 구체화를 위하여―

박영희* 씨 등의 사상적 경향의 변천과정과 그것의 사회적 근거를 천명闡明하는 단문 중에서 필자는 다음과 같은 주장을 일찍이 어느 기회에 기술한 일이 있다.

  문학운동이 균형된 보조를 가지고 나아갈 때에는 자아의 문제는 거지반 집단의 문제에 종속되었고, 당파적 이익과 개인적 이익과의 사이에 모순이 생긴다든가 운동 전부와 개인과의 심리의 사이에 어떠한 간격이 생길 때에는, 그것은 전자에 따라서 후자는 두말없이 귀속될 것으로 되어 있어서 일종의 생활의 일원화가 가능하였다. 그러나 배후에 확대되는 세력의 몽상을 잃고 열광적인 행진의 앞에서 상상치 않았던 심연이 그를 들이켜 버리려고 할 때에 자아의 탐구와 인간에의 귀환은 드디어 인텔리겐차 예술가의 폐엽肺葉에 좀먹기 비롯한 것이었다.

---

* 朴英熙 : 시인·소설가(1901~?). 호는 회월懷月·송은松隱. '장미촌', '백조' 등의 동인으로 활동하였고 탐미적·낭만주의적 시인으로 출발하여, 한때 카프(KAPF)의 대변자로 활약하다가 1934년에 전향하였다. 6·25전쟁 때에 납북되었다. 시·소설·평론의 모든 분야에 걸쳐 활동하였으며 작품에 시 〈월광月光으로 짠 병실〉, 소설 〈사냥개〉〈전투〉 등이 있다.

다시 말하면 자기의 운명을 집단의 거대한 운명에 종속시키고 자기의 표현을 이 속에서만 발견해 오던 시대에 있어서는 집단과 개인과의 사이에 넘을 수 없는 문화사상상의 불일치는 표면화될 여유가 없었고, 각 개인은 사소한 불일치를 실천과정 속에서 해결하여 그곳에는 일정한 객관적 방향과 영향 밑에서 일치하여 자기를 이끌고 나가는 통일된 방침이라는 것이 있을 수 있었다. 작가는 이것으로부터의 일탈을 경계하면서 창작활동에 종사하였고, 평론가와 비평가는 이 통일된 방침의 엄정한 수립을 위하여 작가와 긴밀하게 협동하였다. 설혹 이러한 작가와 비평가의 지도력이 어떠한 오류를 범하고 그곳에서 아직도 저미低迷하고 있는 위험한 상태를 과정過程하고 있을 때에도 이 예술가들의 방향의 과오를 시정하고 이것을 그릇된 길로부터 구출하여 줄 명확한 영향력이라는 것이 존재하여 있었다.

그러나 하루아침 역사의 행정行程이 이러한 것의 일반적인 퇴조적退潮的 현상을 우리의 앞에 강요할 때에 집단성의 밑에 종속되었던 작가와 비평가는 자신의 출신 계급을 따라 일개의 독립된 자기로 귀환하고 말았다. 이들은 그 전날 집단성 밑에 종속되었던 것에 대하여 그것을 역사적으로 정당히 평가하는 대신 소시민적 자의恣意 위에 눌려 있던 제주력制肘力을 일방적으로 그릇되게 회상하여 금일의 향유된 자유를 찬가讚歌하고 있다. 이렇게 하여 '저주할 만한 압제'로부터 해방된 작가와 비평가와 시인은 아무 것에도 구속되지 않은 소위 '자유인'이 되어 일찍이 그들이 경멸하여 침 뱉고 또한 저항의 대상으로 삼았던 '문단'이란 시민적 개념 밑에 자신을 종속시킴에 이른다. 상실된 자유 탈환을 위하여 그들이 전개한 성전聖戰은 거룩한 '문단인의 명패 획득'에 의하여 단원을 지으려고 하는 것이다.

그러나 작가나 혹은 지식인이 집단성 속에서 자기표현을 발견하려고 한 것은 백철 씨 등에 의하여 오해되는 것과 같이 지식인 자신이 해결하여야 할 문제를 헛되이 남에게 의탁한 것이 아니라 그들이 자기 자신의 자멸을 인식하고 이 자멸로부터 구출되는 길을 집단성에의 종속 속에서 발견한 것에 지나지 않는다. 지식인 소시민이 자신의 문제를 완전히 해결하여 자멸을 방어하는 길은 옛날이나 지금이나 이 집단성의 가운데서 자신을 살리는 방도 이외에는 있을 수 없었기 때문이다.

무엇보다도 그들이 집단성으로부터 해방되어 새로이 획득하였다고 하는 이른바 '자유'라는 것이 결국 '문단'에의 종속을 가리킴에 불과하고 저널리즘과 출판자본에의 자기 종속에 지나지 않는 것을 지적하면 문제의 해명은 스스로 명백할 것이다.

이러한 시민적 집단 개념인 '문단'과 출판자본의 밑에서 '자유'를 향락하는 작가와 비평가들이 그의 '자유로운' 시민 생활의 속에서 제작하는 문학에는 그러므로 통일된 방향이란 것이 없어지고 사상 문화의 영역에는 착잡한 개인적 경향의 난조亂調가 특징적으로 되었다. 물론 이러한 통일된 방향의 포기와 개인적 경향의 난조 상태가 작가와 시인의 예술적 독창성과 무연無緣인 것은 이곳에서 주의를 환기하여야 할 문제일 것이다. 문학은 각 개인에 의하여 독창적인 것으로 되어야 하고 작가는 그의 창작적 실천 속에서 타인의 추종을 불허하는 고유의 성격을 구비함에 이르러야 한다는 것은 결코 사상 성향의 개별적인 분열과 문학의 일반적 성격으로부터 작가가 일탈하는 것을 합리화하는 아름다운 자료로는 될 수 없기 때문이다.

주지하는 바와 같이 문학적 사업에 종사하는 사람은 어떠한 시대에 있어서든 각자 계급의 지식적 분자이었다. 시민문학은 시민계급의 지식적 분자에 의하여 제작되었다. 조선의 시민문학도 그의 물질적 토대가 되어야 할 시민적 사회질서의 기형적인 발전과 한가지로 역사가 그들에게 부여하는 임무를 자신의 힘으로 감당치 못하고, 그 뒤를 이은 새로운 문학적 유산보다도 더 많이 부채를 상속하여 주었거니와 그러나 그럼에도 불구하고 그것이 시민계급의 지식적 분자에 의하여 산출된 것임에 틀림은 없었다. 프롤레타리아 문학은 그러나 이렇게 순조로울 수는 없었다. 근로계급의 상대적 유약과 그들이 향유하는 문화의 혜택의 태무始無에 의하여 이들은 자기계급 출신의 지식 분자를 문학의 영역에 보낼 수는 없었다. 간혹 육체적 노동에 체험이 있는 소수의 작가가 등장하였다고 하여도 그들은 노동자 계급의 출신이라기보다는 더 많이 시민계급의 서자庶子이었다. 그러므로 이 새로운 문학의 계승과 그 제작과 활동은 양기* 하려는 출신 계급을, 문학적 실천 속에서 양기하려는 인텔리겐차의 손에 의하여 행하여지지 않으면 안 되었다.

이러한 시민계급의 방탕한 불효자식들은 이 과분한 그러나 남자 일생의 천직으로 할 만한 새로운 문학의 개척자의 임무를 띠고, 역사의 위에 등장하면서 장구한 시일 동안의 생활적 교양과 관습으로 인하여 뼈와 살을 이루고 있는 시민적은 혹은 소시민적인 자의성과 우유부단성을 그대로 가져다가 집단성의 밑에 종속시키고 이 문학적 실천을 통하여 완전히 자기 자신의 고유한 유약성을 극복하려는 노력에 전심하지 않으면 안 될 것을 각오하고 있었다.

그러나 이러한 노력에 전심하기 십유 년, 오늘날의 이 개인적 문학경향의 혼란 상태를 앞에 놓고 엄정히 자기 자신을 검토한다면 무엇보다도 먼저 우리들 문학가들이 파지把持하였다는 문학사상이라는 것이 얼마나 미약한 것이고 또한 우리들이 입으로 지껄이던 문학이론이라는 것이 온전히 빌려온 물건에 불과하였다는 것을 스스로 인정하지 않을 수 없을 것이다.

예맹**이 해산된 지 만 2년, 일찍이 이에 소속되었던 비평가, 작가들에

---

* 揚棄 : 지양止揚. 변증법의 중요한 개념으로, 어떤 것을 그 자체로는 부정하면서 오히려 한층 더 높은 단계에서 이것을 긍정하는 일. 모순 대립하는 것을 고차적으로 통일하여 해결하면서 현재의 상태보다 더욱 진보하는 것이다.
** 조선프롤레타리아예술가동맹의 약칭. KAPF.

의하여 수많은 문학적 이론과 허다한 문학작품의 배출을 보았으나, 이것은 거개가 집단성으로부터 소시민이 일탈하는 전형적인 현상을 문화적으로 구현하여 주었을 뿐으로 그 곳에서는 하나의 통일된 문학적 방향도 발견할 수는 없었다.

인간 묘사론에서 비롯하여 인간탐구론, 문예부흥의 대망론待望論 등을 거쳐 가며 유물사관의 수정에 여념이 없던 백철* 씨는 무진장의 정력과 예의 그칠 줄 모르는 요설을 가지고 금춘今春 초두에 문단의 주류로서 휴머니즘을 환영하면서 장광설을 피력하였었는데, 이것은 곧 전통주의를 거쳐 국수주의에로 통하는 면면綿綿한 씨의 행정行程 중의 일야 숙박一夜宿泊에 불과한 것임을 폭로하여, 결국 그것은 문단의 주류도 아무 것도 아니라는 고백을 토로함에 이르렀다. 다시 말하면, 씨에 의하여 적어도 프로문학보다도 일층 더 포괄성이 있고 넓은 지향志向을 가졌다 하여 문단의 주류로 환영되었던 휴머니즘은 '조선적인 것'의 탐구를 거쳐 전통주의에로 하향下向하는 씨의 여행 도중에 하룻밤의 침구寢具를 제공한 것에 그치고 만 것이다. 휴머니즘에 일야기우一夜寄寓를 청하였던 백철 씨는 여장도 채 풀기 전에 총총히 조선 문학의 전통을 탐구하여 신화시대로 걸음을 바삐 하였다. 씨는 《사해공론》과 《조광》에 각각 〈문화의 조선적 한계성〉과 〈동양인과 풍류성風流性〉이라는 기상천외의 논문을 발표하여 상식 있는 이를 놀라게 하고 있다. 씨가 이곳에서 기도하고 있는 바는 명백하다. 씨는 조선 문학의 전통적 성격으로 풍류성을 발견하고 현대의 작가를 이끌어 황막한 신대神代로 들어가게 하자는 것이다. 과학적 섭취의 방법이 아니고 역사의 왜곡과 혈통이론에 의한 이 같은 고전에의 귀환은 벌써 조그만 불만도 발견할 수 없는 전통주의의 진품眞品이다. 전통주의란 통제주의의 별칭이고 복고주의의 일면이다. 그는 곧 국수주의의 주막

---

* 白鐵 : 평론가(1908~1985). 본명은 세철世哲. 초기에는 프로문학을 지향했으나 1930년대 후반 인간 묘사론으로 나아가면서 전향하였다. 《조선 신문학 사조사》가 대표적인 저서이다.

酒幕에 도달하여 그의 장구한 여행을 종료함에 이를 것이다.

그러나 우리들이 이 휴머니즘 환영의 희비극에서 알아두어야 할 것은 문단의 주류라는 것이 있을 수 없었다는 것, 그리고 이미 개인적 경향과 취미를 따라 갈래갈래 찢어진 문학적 현상은 그러한 처방전에 의하여는 구원될 수 없다는 것, 이러한 혼란은 결국 인간에의 귀환과 문학에의 귀환이 선물로 주고 간 것이므로 이러한 귀환론 속에서 다시금 문학을 찾아 돌리지 않는 한 조선의 프로문학 더 나아가서는 리얼리즘 문학은 자멸自滅로부터 자신을 구출할 수는 없다는 것 등이다.

집단성의 속박으로부터 자유를 탈환하여 인간으로 돌아가지 않으면 안 된다는 것이 결국 소시민의 이탈과정을 자기 표현한 것에 지나지 못하는 것과 같이 정치로부터 문학을 분리하여 문학에의 귀환을 외친 것도 작가에게는 결코 행복된 결과를 가져다주지는 못하였다. 그것은 즉 그들의 문학을 비속한 리얼리즘으로 추락시킴에 유용하였을 뿐이다.

소셜리스틱 리얼리즘*을 싸고돌던 격렬한 논쟁은 어느 새에 어떻게 되었는지 유야무야有耶無耶하여 논쟁의 무원칙성을 폭로하였고, 작가는 이 논쟁에 제기한 여러 가지 과제에 의하여 자신의 창작 활동을 이제하려고 하지 않고 '춘풍태탕'**식으로 리얼리즘 일반의 범위를 한가롭게 산책하고 있다.

물론 소셜리스틱 리얼리즘의 토론자들이 작가들에게 희망한 것이 결코 이러한 일반적 리얼리즘에의 퇴영이 아닌 것을 필자는 잘 알고 있다. 그러나 작가가 그의 생명을 좌우할 창작방법의 논쟁에 하등의 적극적 관심도 표하지 아니하고 일 년이 넘는 토론과정에서 결국 날카롭게 발전된 성격을 가지고 제출된 신 창작이론으로부터 중요한 사회적 계기를 빼버리고 소박한 사실적 수법밖에는 맞아들이지 아니하였다면 그 죄는 과연

---

* 사회주의 리얼리즘.
** 春風駘蕩 : 봄날의 바람이나 날씨가 화창하다.

누구에게 있을 것인가.

　물론 작가들의 나태와 사회적 무관심이 이곳에서 단죄되어야 할 것이다. 그러나 평론가 자신에게 중요한 결함이 있었던 것도 또한 간과하지 못할 사실이다. 위선 그 중요한 것에서 하나 둘을 들자면,

　① 논쟁의 토대를 조선의 작가와 작품과 조선의 문학적 현실에 두지 않은 것. 평론가들은 신 창작방법의 가可냐 부否냐를 토론함에 소련적 현실(사회주의적 현실)과 조선적 현실(자본주의적 현실)을 일반적으로 운위함에 그쳤을 뿐으로, 조선의 문학적 현실에의 토론의 자료와 물질적 기초를 구하기에 인색하였다. 이곳에서는 신문학이 있은 지 이십 여유二十餘有 년의 문학적 성과가 논의되지 않았을 뿐 아니라 프로문학 십 년의 역사도 간과되었다. 그러므로 그들의 논쟁은 이 땅의 작가들을 그 속에 유도하지 못하였다.

　② 리얼리즘 위에 붙은 '소셜리스틱'이란 말이 조선에서는 구체적으로 무엇을 가리킴인가가 불문에 붙여 있었다. 다시 말하면, 이 창작이론이 조선에서는 구체적으로 여하히 발전되어야 할 것인가를 문학적 정세의 면밀한 분석 속에서 규정하지 못하고 사회정세 일반에서 기계적으로 추출되었던 때문에 '유물변증법적 창작방법' 당시에 '유물변증법'에 손을 다친 작가들은 다시금 신 창작이론에 대해서도 그것이 그들을 삼켜버리려는 마귀라도 되는 듯 두려움을 느꼈던 것이다. 그들은 그것이 리얼리즘을 구체화하는 길 이외에 아무 것도 아니라는 것을 명백히 알지 못하였었다.

　논쟁의 이 같은 무원칙성이 하등의 결말도 짓지 못하고 그대로 잠적해 버릴 때에 팽배한 세력을 가지고 엄습한 것이 우리들이 위에서 본 바와 같은 '인간에의 귀환'과 '문학의 탈환' 등이 형성한 예의 조류이다. 작가는 곧 신 창작이론이란 조직적 구속으로부터 자유로운 인간으로 돌아가는 것에 지나지 않으며, 정치로부터 떠나서 문학의 고향으로 돌아가 버

리는 것에 불과하다고 생각하여 리얼리즘 위에 붙은 '소셜리스틱'의 개념은 떼어버리고 그대로 평속平俗한 리얼리즘의 권내에서 안한安閑한 활동을 계속함에 이른 것이다.

이러한 비속한 리얼리즘에 의한 문학적 활동을 이론적으로 옹호하고 합리화한 논문 중에서 가장 최근의 것은 전일前日 본란에 게재된 〈문학의 건강성과 퇴폐성〉이다. 김용제* 씨는 이 논문 중에서 '소셜리스틱 리얼리즘'을 경유한 금일의 조선 문학에게 범연泛然하고 비속한 신경향파 직후의 사실주의로 돌아갈 것을 강조하고 있다. 씨가 흥분과 기쁨을 가지고 사용한 '리얼리즘의 승리'니 혹은 '건강한 리얼리즘'이니 하는 등의 명랑한 어구는 그것을 샅샅이 분석해보면 결국 신창작이론의 구체화의 임무로부터 작가를 퇴영退嬰시키고, 새로운 비약 없이는 구할 수 없는 프로문학의 위기에 처하여 작가를 누란累卵 위에 수면睡眠케 하는 '불건강한' 수사에 지나지 않는 것이다.

씨가 논문 첫머리에서 내건 '문학평론의 기준적 방법'이란 것도 이미 혼란 속에 분열되어 있는 금일의 문학을 끌고 갈 만한 구체성을 띤 것이 못되는 것은 명백한 일이 아닌가. 대체 '건강'이니 '퇴폐'니 하는 범연한 개념으로 금일의 문학적 현상을 개괄해 보려는 것이 너무 낙관적이다. 오랜 문학적 활동의 경험을 가진 씨인 만큼 작가들에게 경고를 발하여야 할 시에 '건강' 등으로 그들을 도취케 하는 것이 여하한 영향을 가질 것인가를 누구보다도 잘 알고 있을 것이라 생각한다.

물론 필자도 이 땅의 프로문학에 대하여 결코 비관적 태도를 가지는 자는 아니다. 그러나 그것은 또한 낙관을 가지고 말할 만한 훌륭한 상태에 있지 않은 것도 사실이다. 아니 우리는 그가 지금 빠져 있는 위기에

---

* 金龍濟 : 시인·평론가(1909~1994). 호는 지촌知村. 창씨명은 금촌용제金村龍濟. 일본에서 프로 시 운동에 참가. 1939년에 귀국하여 평론활동을 했다. 1930년대 후반부터 친일 문학 활동을 하였고 《아세아시집》으로 제1회 총독문학상을 수상하였다.

대하여 낙관 대신에 경고를 발하여야 할 것을 절실히 생각하고 있다. 그것은 결코 어느 일개인에게 한정된 문제가 아니다. 과거에 프로문학을 치렀다는 모든 작가에게 있어 그들이 지금 커다란 암벽 앞에 마주 서 있다는 것은 뚜렷한 사실인 때문이다. 작가 자신들도 그것을 몸소 느끼고 있다. 그러나 그들은 어느 방향으로 그들의 문학을 발전시킬까에 대하여 명확한 창작적 신조를 잃고 있다.

이러한 필자의 관찰이 결코 황당한 헛소리가 아닌 것은 예맹 해산 이후 그들이 걷고 있는 창작적 방향을 일별一瞥하면 명백하여질 일이다.

누구보다도 먼저 이기영* 씨를 보자. 씨가 《고향》에서 도달한 수준을 그 뒤에 얼마나 더 높이고 있는가. 그리고 씨에 있어서 새로운 창작이론은 어떻게 섭취되어 있는가. 이 질문에 대하여는 씨 자신 아마 '이렇다'고 내세울 만한 성과가 없음을 유감 되게 생각할 것이다. 그렇다고 어떤 시민적 작가가 최근의 〈수상隨想〉 모양으로 '작가에게 사상을 권하지 말라. 제 재조대로 나가리라' 하고 무교양스런 반발을 기도할 것인가.

이기영 씨 자신도 우리가 이러한 경우에는 어떠한 잔인한 태도를 취하여야 할 것인가에 대하여 충분한 경험을 가지고 있을 것이다. 씨는 냉정하게 최근의 씨의 작품作風을 돌아보지 않으면 안 된다. 그렇게 할 때에는 씨 자신 씨의 걸어온 길이 《고향》으로부터의 퇴보인 것을 느낌에 이를 것이다. 그 곳에는 이 씨나 우리들이 현재 살고 있는 이 '시대적 감각'이란 것이 얼마나 결핍되어 있는지를 발견할 것이다. 사상성의 저하, 평속한 윤리관의 지배, 평탄한 자연주의적 수법에의 일탈, 그것은 〈도박賭博〉에도 〈맥추麥秋〉에도 〈배낭〉에도 그리고 최근의 〈산모産母〉에도 있다. 더구나 지난날의 고도의 사상성이 평속한 윤리관을 대치한 것은 특별한 주

---

* 李箕永 : 소설가(1895~1984). 호는 민촌民村. 1924년 《개벽》지 현상 문예에 〈옵바의 비밀 편지〉가 당선되어 문단에 데뷔하였다. 카프 동맹원으로 활동하였고 광복 이후 조선 프로레타리아 예술 연맹을 조직하고, 곧 월북하였다. 작품에 〈서화鼠火〉《고향》《두만강》등이 있다.

의를 환기하여야 할 문제일 것이다.

엄흥섭* 씨에게 있어서는 이러한 경향이 더욱 심하다. 〈고민〉 등에 나타난 통속화된 세계관 그리고 초창기적인 계급적 갈등의 예술적 설정 특히 〈숭어〉 같은 데는 최서해崔曙海의 재판再版을 연상케 하는 것이 지배적 경향이다.

다시 송영** 씨에게 있어서는 이러한 리얼리즘의 집요한 추급追及도 없고 낡은 30년대의 공식주의가 그대로 남아 있다. 약간 변한 것은 사상성의 저하뿐이다. 테마를 취급하는 방식, 소설이나 혹은 희곡을 구성하는 태도, 건둥건둥 뛰어넘다가 안이하게 주워 붙이는 처리, 인물도 인물의 성격도 모두가 구태 의연하다. 〈눈썹달〉〈숙수치마〉〈춘몽〉〈음악교원〉 등의 제작諸作을 보라.

한설야*** 씨에 있어서는 문제가 다소 다르다. 고도의 사상성을 추궁追窮하려는 노력, 평속한 시민 생활이 아니라 앙양된 특수한 테마를 잡아 보려는 노력 이러한 것은 씨의 플러스일지도 모른다. 그러나 장편《황혼》이나 〈임금〉〈태양〉〈후미끼리〉 등에 나타나 있는 것을 보면 테마와 사상성이 훨씬 풀어져서 예술적으로 구상화되지 못하고 생경하여 신판 공식주의라는 감이 없지 않다. 씨에게 있어서도 새로운 창작이론의 구체화의 방향은 예술적으로 이해되어 있지 않은 것 같다.

오랫동안 공장 안의 생활을 희작적戲作的 태도로 써오던 이북명**** 씨에게 있어서는 약간의 진전이 있다. 사상 청년에 대한 귀여운 공상적 영

---

* 嚴興燮 : 소설가 · 평론가(1906~?). 동반자 작가. 1929년에 카프에 가입하였으나, '군기' 사건으로 1931년 탈퇴하였다. 해방 후 조선문학가동맹에 참여하였다가 1951년 월북하였다.
** 宋榮 : 극작가 · 소설가(1903~1978). 본명은 무현武鉉. 1922년에 '염군사'에 참여하였다가 카프에 가담하였다. 1946년 월북하였다. 〈용광로〉〈석공조합대표〉 등의 소설과 〈호신술〉〈황금산〉 등의 희곡이 있다.
*** 韓雪野 : 소설가(1901~?). 본명은 병도秉道. 1925년《조선문단》에 단편 〈그날 밤〉으로 데뷔한 후 카프 동맹원으로 활약하였으며, 광복 직후 조선 문학가 동맹을 조직하는 데 간여하다가 월북하였다. 작품에 〈귀향〉《황혼》〈탑〉 등이 있다.
**** 李北鳴 : 소설가(1910~?). 본명은 이순익李淳翼. 공장체험을 바탕으로 한 노동소설을 썼다. 해방 후에 조선프롤레타리아문학동맹에 가입하였다가 월북하였다. 〈질소비료공장〉〈답싸리〉 등의 소설이 있다.

웅화도 청산되는 빛을 보이고 있다. 〈한 개의 전형〉 중에서 주인공에 대한 무자비한 태도, 또는 〈댑싸리〉에서 씨가 비로소 자기의 것으로 할 수 있는 사실적 수법의 획득, 이러한 것은 이씨에게 있어서는 높이 평가되어야 할 점일 것이다. 그러나 〈연돌남煙突男〉 등에서 아직도 구투舊套를 떨어버리지 못한 희작적 태도와 씨의 소설의 태반을 점령하는 공장과 공장 노동자의 생활의 평탄한 억양 없는 기록은 지양되어야 할 것이다.

유진오* 씨만은 몇 개의 단편으로 이 시기에 대한 약간의 문제를 예술적으로 설정하였으나 이러한 문제의 맹아萌芽도 씨의 지적 귀족주의에 연유되었음인지 그 뒤의 발전을 찾아볼 수 없음은 유감이다.

그러나 이러한 모든 작가들보다도 일층 유감된 것은 윤기정** 씨의 창작 태도이다. 씨는 의도적으로 사상성을 포기하려고 하는지 알 수 없으나 이러한 결과가 작가적 정열의 비속화를 낳지 않으면 다행이다.

이 밖에 시문학에 있어서는 방향 없는 관념적 낭만주의가 침윤되고 리얼리티는 대단히 희박하다. 임화*** 씨의 제작도 사실성이 너무 박약하여 위험하기 짝이 없다.

우리들은 흔히 좌담으로나 혹은 수상隨想같은 데서 고민과 불안과 회의를 이야기한다. 그것을 혹은 현대인의 특징으로 이론화하기도 하였다. 도대체 과거에 쓴물 단물 다 본 사람이 미끄러지는 과정에서 맛보는 고민이나 불안은 사회적으로 그리 높이 평가할 것이 못 되는 줄 안다. 그러나 털어놓고 말하면 입으로나 붓으로는 고민이니 불안이니 하지마는 우

---

* 俞鎭午 : 헌법학자·정치가·소설가(1906~1987). 호는 현민玄民. 1927년 무렵부터 〈조선지광〉 등에 작품을 발표하면서 문단에 등단하였다. 1948년에 새 정부 수립을 위한 헌법을 기초하였고, 법제처장·한일회담 대표·신민당 당수 및 제7대 국회의원·고려대 총장을 지냈다. 저서에 《헌법 강의》, 작품에 소설집 《유진오 단편집》《김 강사와 T교수》, 수필집 《젊은 날의 자화상》 등이 있다.

** 尹基鼎 : 소설가·평론가(1903~?). 호는 효봉曉峰. 1922년 염군사에 있다가 카프에 가담하였다. 광복 후 월북하였다. 대표적인 소설로는 〈양회굴뚝〉이 있다.

*** 林和 : 시인·평론가(1908~1953). 본명은 인식仁植. 카프(KAPF)를 주도하였고 1947년에 월북하였다. 저서에 시집 《현해탄》《찬가讚歌》, 평론집 《문학과 논리》 등이 있다.

리들 자신 그것을 뼈에 사무치게 느끼는 것 같지도 않다. 무엇보다도 우리들이 쓰는 작품을 보면 명백하다. 어디에 시대적 중압이 있고 그 밑에서 고민하는 생활이 있는가. 적어도 '불안하는' 사람들의 생활 양태는 그것이 아닐 것이다. 우리들에게 만일 불안이나 고민의 심각한 것이 있다면 그것이 어떠한 형태로나 예술적으로 구상화되지 않고는 못 배길 것이다. 그렇지 않으면 그에게는 돌과 같은 침묵, 요설饒舌과 바꾸어질 것이다. 우리는 불안 위에 안정하여 고민을 값싸게 향락하고 있지나 아니한가.

필자는 이기영 씨의 《고향》 평에서부터 한 개의 방향을 고집해 왔다. 그것은 '자기폭로' '자기격파' 등의 문구로 표현되어 있었다. 나는 이것이 이 시대 이 땅에 있어서 리얼리스트 작가들의 갈 길이라고 생각하였던 것이다. 최정희* 씨의 〈흉가〉 평에서도 이동규** 씨의 〈신경쇠약〉 평에서도 나는 자기 자신에 대하여 무자비하고 잔인할 것을 강조하였다.

적어도 필자는 이것으로 인하여 자기변호의 문학이나 자조적自嘲的 문학이나 자기 은폐의 문학에서 리얼리즘을 역설하고 그것을 이 시대적 감각의 구상에서 발전시킬 수 있으리라고 확신하였다. 고민, 회의, 불안, 지식인의 유약성과 양심 이런 것이 이 창작적 기준에 의하여 샅샅이 부서지고 그것이 문학적 정열로 튀어나올 수 있으리라고 생각하고 있었다. 신창작이론의 구체화의 길 그것이 만일 나라를 따라서 변하고 시대를 따라서 발전하여 정지할 줄을 모르는 방향이라면, 이 땅에 있어서는 이렇게 하여 시대와 함께 걸어갈 수 있으리라고 믿었던 것이다.

그러나, 누구나에게도 명백함과 같이 이것은 작품의 테마를 우리의 주

---

* 崔貞熙 : 소설가(1912~1990). 호는 담인淡人. 초기에는 주로 개인의 문제를 고백적인 수법으로 그리다가 차츰 객관적 리얼리즘과 민족적 역사의식에 바탕을 둔 작품을 발표하였다. 작품에 〈지맥地脈〉〈인맥人脈〉〈천맥天脈〉〈인간사人間史〉 등이 있다.
** 李東珪 : 소설가(1913~1951). 호는 철아鐵兒, 1928년부터 카프의 맹원으로 활약하였다. 해방 후 월북하였다가 한국전쟁 중에 사망하였다.

위에서 취하여 올 때에만 가능할 것이다. 작자 자신과 육체적 연관성을 가진 작중 인물을 설정할 때에만 이 기준은 유용할 것이다. 단마디로 말하면, 그것은 이 땅의 리얼리즘문학을 이끌고 나가기에는 너무 협착하였다는 것이다. 리얼리즘문학은 결코 사소설*과 정사情死하여서는 안 될 것이기 때문이다.

여기에 필자는 지금 이것의 발전으로 고발정신을 생각하고자 한다. 이 땅의 사실주의 작가들이 시대에 뒤떨어지지 않고 그와 동시에 혹은 앞서서 걸어가기 위하여 그의 기준이 될 것으로, 그리고 신창작이론의 이 땅에 있어서의 구체화의 길로서 고발의 정신을 지시하고자 하는 것이다.

일체를 잔인하게 무자비하게 고발하는 정신, 모든 것을 끝까지 추급追及하고 그 곳에서 영위되는 가지각색의 생활을 뿌리째 파서 펼쳐 보이려는 정열—이것에 의하여 정체되고 퇴영한 프로문학은 한 개의 유파流派로서가 아니라 시민문학의 뒤를 낳은 역사적인 존재로서 자신을 추진시킬 수 있을 것이다. 이 길을 예술적으로 실천하는 곳에서 문학의 사회적 기능도 다할 수 있을 것이다.

물론 이것은 리얼리스트 고유의 정신적 발전에 불과하다. 신 창작이론에서 날카롭게 제창된 모든 예술적 성격과 그의 사회적 기능—이것이 이 땅 이 시대에 있어서 구체화되는 방향에서 작가가 당연히 가져야 할 정신임에 불외한다.

이 정신 앞에서는 공식주의도 정치주의도 폭로되어야 한다. 영웅주의도 관료주의도 고발되어야 한다. 추醜도, 미美도, 빈貧도, 부富도 용서 없이 고발되어야 한다. 지식계급도 사회주의자도 민족주의자도 시민도 관리도 지주도 소작인도 그리고 그들이 싸고도는 모든 생활과 갈등과 도덕과 세상관이 날카롭게 추궁되어 준엄하게 고발되어야 할 것이다.

---

* 私小說 : 작가 자신을 일인칭 주인공으로 하여 자신의 체험이나 심경을 고백하는 형태로 표현하는 소설. 일본의 자연주의 경향의 작가들이 쓴 것이다.

이렇게 하는 가운데서 진지한 휴머니티와 작가가 일체로 될 수 있으며 그의 예술이 그것을 구현함에 이를 것이다.

 지면 관계로 결론으로써 겨우 제의提議를 봄에 그쳤으나 고발정신의 구체화를 위하여는 다시 논급할 기회를 엿보려고 한다. 그리고 옛날과 달라 혹 논술 중에서 인용된 작가와 비평가나 나의 글에서 불손을 느낄는지도 알 수 없으나 사소한 어구에 구니*되지 않기를 희망하고 글을 놓는다.(丁丑 5월 27일)

—《조선일보》(1937. 6.1~5).

---

* 拘泥 : 어떤 일에 필요 이상으로 마음을 쓰거나 얽매임.

창작방법의 신 국면
— 고발의 문학에 대한 재론 —

얼마 전에 필자는 본지를 통하여 〈고발의 정신과 작가〉라는 일문一文을 발표한 일이 있다. 그것은 10여 년의 역사를 가진 이 땅의 진보적 문학의 앞에 신 창작이론이 부과하는 광범한 예술적 임무를 제기하고 그것의 이 땅 이 시대에 있어서의 구체화의 길로서 고발의 정신을 지시하기 위하여 기도하여진 단문이었다. 그러나 필자가 동문同文 말단에서 말해둔 것과 같이 필자는 겨우 그곳에서 논술의 결론으로 고발의 문학의 제의를 봄에 그쳤을 뿐이다. 우리들의 불행이 어떠한 결론을 가지기에 지나치게 성급하여 그 결론이 도달하기까지의 논술의 과정을 경홀시輕忽視한 것에 있었던 것이 사실이었고, 우리들의 금일의 사상적 혼미와 예술적 일탈의 일부분이 혹은 이러한 논술 상 결함으로부터 유래된 것은 아니었던가 하는 의문이 있는 것도 사실이므로 고발문학의 제의를 보기 전에 위선 예맹 해산 이후의 그 문학이 걸어온 주요한 사상적 문학적 경향에 대하여 약간의 분석을 전제하지 않으면 안 되었던 것이다.

이렇게 하여 그 동안에 우리들이 경험하지 않을 수 없었던 예술적 사상적 혼미와 그리고 그것이 어떠한 사회적 근거에 의하여 유인된 것인가를 불충분하게나마 볼 수 있었고 우리들의 문학이 통일적인 방향을 상실한 지 이미 오래인 것을 희미하게나마 이해할 수 있었다. 동시에 우리들의 문학을 밝혀주고 기다幾多의 암초에서 우리들을 보호하여 줄 유일의 등댓불이 될 신 창작이론은 무원칙한 논쟁을 통과한 채 하나도 정당히 이해되지 않았고 이것의 구체화의 방향을 찾기 위하여는 작가는 물론 평론가 자신들도 하등의 진지한 노력도 없었다는 것과 이것의 결과로서 금일의 프로문학을 도도한 세력을 가지고 덮고 있는 지배적인 조류는 비속한 파행적 리얼리즘이라는 것을 주요작가의 작품 경향을 들어서 살펴볼 수 있었던 것이다.

지금 고발문학의 제의의 보다 상세한 문장을 이곳에 가져보려고 하면서 필자는 그러나 전기 논문에 대하여 양성된 몇 개의 반향을 세심히 고려하지 않으면 아니 될 경우에 처하게 되었다. 물론 이 반향이란 것의 대부분 전기 논문의 논술의 불충분과 문장의 졸렬로부터 오는 것인 줄을 알고 있고 그러므로 그러한 오해와 다소의 의심은 이제로부터의 비교적 상세한 문장에 의하여 해소되리라고 생각하고 있으나, 이곳에 특기하여 대방*의 이해를 얻지 아니하면 아니 될 것이 하나 있다. 그것은 작가와 비평가의 대립이라고 하는, 필자로서는 전연 이해할 수 없는 문제이다. 다시 말하면 작가와 비평가간에 불화와 대립이 있는 까닭에 필자가 전기 논문에서 시험한 작가 제 씨의 작품 경향에 대한 분석은 충분히 수긍될 수 없다는 논지이다.

필자는 위선 그것이 그릇된 분석이므로 불만하다는 것이 아니고 작가와 평가의 대립으로 볼 수 있기 때문에 오해된다는 이론에 일경一驚을 끽喫하지 않을 수 없었고** 최근에도 성히 소위 불화 대립이라 하여 피차간 주고받고 하는 언설이 하나도 이론적이거나 문학적 사상적인 것에 유래되는 것이 아니고 사소한 감정과 교양 나눔 등에 시종하는 것을 보고 아

---
* 大方 : 학술이 뛰어난 사람. 대방가大方家.
** 놀라움을 맛보지 않을 수 없었고.

연하지 않을 수 없었다. 더구나 이러한 것을 운위하는 인사들이 다년간 '문단 분위기'에 젖은 시민적 작가라면 모르거니와 씨 등의 거개가 프로문학을 치렀다는 이들인 점에 필자는 다시 한 번 놀라지 않을 수 없었다. 십여 성상의 고난에 찬 문학적 운동의 체험의 대가代價로서 어떠한 때에 있어서 '대립'이나 '항쟁'이라는 것이 형성될 수 있는가 하는 실로 우리 이론의 초보적 지식까지도 제 것으로 할 수 없었다면 우리들의 과거란 참말로 울어도 울어도 시원치 않을 타기*할 만한 참회의 대상일 뿐이다.

우리들이 과거에 가졌고 또한 씨 등의 붓과 입으로도 몇 백 번 불리어졌을 '대립'의 이론은 문학적 사상적 입장의 상이相異로 인하여만 생성된다는 것은 아니었던가. 원칙적으로 비평가와 작가의 대립이란 있을 수 없다. 문학의 당파성의 포기와 자기비판의 결여가 묘사하는 추잡한 '문단풍속화'가 있을 따름이다. 문학적 대립의 엄연한 존재를 은폐하고 대립 아닌 것을 대립 위에 대치하려는 아름답지 못한 풍조가 있을 따름이다. 이곳에 진정한 대립이 있다면 리얼리즘에 가담하는 평가, 작가와 아이디얼리즘**에 속하는 평가, 작가와의 그것이 있을 따름이다.

그러므로 소셜리스틱 리얼리즘의 구체화의 방향을 찾기 위하여 우리들의 작가의 작품 경향을 살펴보면서 수삼 행數三行의 단문으로서 그것을 개괄해 보려는 나머지에 다소 불충분한 표현이 있었던 것이 사실이라 하여도 그것을 가지고 필자의 문장을 평가와 작가의 대립으로 곡해할 필요는 전연 없었던 것이다. 필자가 제씨의 창작태도를 비판하는 마당에서 궁극의 목표로 한 것은 결국 우리들 문학 부대의 일보 진전 이외에는 아무 것도 없었다. 그것이 만일 채찍을 주어서 한 시간에 달려온 것을 반시간에 달려갈 수 있는 말馬이라면 우리는 이 사랑스러운 귀중한 말에게 수백 번의 아픈 채찍을 주는 것도 사양치 않을 것이다. 우리는 그렇게 하여

---

* 唾棄 : 업신여기거나 아주 더럽게 생각하여 돌아보지 않고 버림.
** idealism. 관념론.

서 성장하였다. 우리는 준엄한 자기비판을 생명보다도 귀하게 여기지 아니하였던가. 그러므로 고발의 문학을 찾아보기 위하여는 전일에 수배(數倍)하는 준엄하고 무자비한 자기비판을 경유하지 않으면 안 될 것을 각오하고 있다.

위선 필자는 전일 프로문학의 중요작가에 있어 공통된 특징으로서 찾아볼 수 있었던 사상성의 저하, 비속한 리얼리즘에의 일탈, 시대적 반영의 결여 등등에 대하여 일층 상세한 추궁을 기도하여 보려고 한다. 이것을 통하여서만 이러한 제 결함의 극복으로서 그리고 우리가 지금 생활하고 있는 이 시대적 세태에 대한 고발로서 새로운 문학적 정신을 파지할 수 있을 것이다.

다시 말하면 어떤 작가에게 있어서는 근 2년간이나 작품에 손을 대지 못하였고(예컨대 유진오 씨나 필자) 꾸준히 작품행동을 계속해온 작가들의 대부분이 또한 전기와 여(如)한 일탈을 경험하지 아니치 못하였다면 그것은 대체 무엇으로부터 유래된 사태일런가. 우리는 경향의 지적에 만족하여서는 일보도 전진할 수 없음을 알고 있다. 그러므로 우리는 그것이 어떻게 하여서 생겨났는가. 그 원인은 무엇이었는가를 면밀히 토구(討究)해 보지 않으면 안 될 것이다.

이 원인에 대하여는 물론 전일의 논술에서 객관적 정세의 돌변과 그것에 대한 준비의 태무, 신창작이론의 왜곡된 수입과 오해 등등을 들어서 추급해 본 적이 있었고 그것은 또 그것으로 가장 중요한 근거가 있다고 생각하고 있다. 그러나 이것만으로는 "그러면 무엇으로부터 어떻게 착수할까"하는 문제에 도달하여 있는 우리들 작가를 구체적으로 새 방향에 취하여 개척의 길을 더듬을 용기를 내어주지 않을 것이다.

평론가의 한 사람이 자기 혼자 왜곡된 휴머니즘을 떠들고 작가에게 휴머니즘에 의거한 작품을 만들지 않는다고 작가의 교양이 부족한 탓이라고 쓴 것을 본 일이 있다. 그러나 교양 있는 평가 자신 휴머니즘을 작품

속에서 구현하기 위하여는 어떻게 하여야 한다는 구체적인 방향을 토구해 본적이 없었을 뿐 아니라 도대체 씨의 논지가 조석朝夕으로 변하는 탓에 어느 것을 믿어야 할는지 갈피조차 잡을 수 없었다. 지식계급의 포즈 문제 혹은 소시민 지식인에 대한 정책으로서의 휴머니즘을 제창하면서 그것이 창작방법을 연결되기에는 여하한 굴절을 통하는가까지도 명시하지 못하고 헛되이 작품이 없다고 탓하는 것은 공허한 독선주의다. 하기는 휴머니즘을 리얼리즘에다 갖다 붙여놓기 위하여 기계적인 시험을 한 결과 낙천적 리얼리즘이라는 기이한 것을 만들어 논 사람도 있기는 하지만 언제 어느 배에 실려서 어디에 가 닿을는지 알 수 없는 이 같은 불성의不誠意한 작가에게 마이동풍馬耳東風이 되는 것은 결코 작가의 잘못만도 아닐 것이다.

그러므로 필자는 지금 전기의 모든 일탈과 정체의 원인과 근거를 작가의 창작과정의 관찰 속에서 살펴보려고 한다. 작가의 창작태도가 이완한 중요한 원인을 외적인 조건에서 살펴보아 불충분을 느낀 우리는 우리들의 창작과정을 세심히 조사하여 우리들의 일탈의 근거를 적발해 보려고 하는 것이다.

리얼리스트로 자처한 우리들의 창작과정에서 혹은 아이디얼리스트적인 과오를 범하지는 아니하였는가. 그리고 이런 것이 있다면 그것은 무엇에 기인되어서인가. 우리가 우리들의 장구한 시일 동안의 창작태도의 내적 과정을 한번 돌이켜 생각해 본다면 우리는 실로 의외의 결론을 가지게 됨에 놀라지 않을 수 없을 것이다. 우리들은 리얼리스트라고 하면서 사실은 다분히 아이디얼리즘의 침범을 받아왔으며 이것은 실로 우리들이 가지고 있는 철학적 사상적 진리에 대한 지극히 공식적인 파악에 의하여 발생되었던 것이다.

이곳에 우리는 창작태도의 내적 과정의 과학적 검토에 들어가기 전에 먼저 창작방법에 있어서의 두 개의 기본적인 방향인 리얼리즘과 아이디얼리즘에 대한 약간의 고찰을 시험할 필요가 있을 것이다. 이것에 대한 이해 없이는 상기의 일탈은 명확하게 되지 않을 것이기 때문이다.

문예(예술)에 있어서의 2대 방향에 대하여는 일찍이 《다스 카피탈》[*]의 저자와 그의 협동자[**]에 의하여 〈라살레에게 보내는 편지〉 중에서 실러적 방법에 대치되는 셰익스피어적 방법의 우월성이라는 설정이 되어 있어서 그것은 마치 그들이 철학을 유물론과 관념론으로 2대 구분한 것과 '근사近似'한 명확성을 우리에게 던져주고 있거니와 이들이 말한 바 이 두개의 방법이야말로 리얼리즘과 아이디얼리즘의 기본적 방법에 불외不外하였던 것이다. 이것에 필자가 철학 상의 2대 구분과 '근사' 하다고 한 것은 유물론이 리얼리즘에 상응하면서도 결코 직선적으로 통하는 것은 아니어서 유물론자이면서도 아이디얼리스트가 될 수 있는 예외를 간과할 수 없는 때문이다. 세계관과 창작방법은 상호간 절대의 연관을 가지면서도 사유적 방편상 별개의 문제로 생각할 수 있는 때문만이 아니라 실로 발자크를 위시한 위대한 리얼리스트에서 보는 바와 같이 세계관과 창작방법의 마찰이 또한 중요한 연구적 과제가 될 수 있는 때문이다.(이것에 대하여는 필자는 약 1년 전에 〈비판하는 것과 합리화하는 것〉이라는 글 속에서 상론한 것이 있다).

어쨌든 우리는 문예(예술)상에 나타나는 일체의 주의와 조류의 경향을 이 두 개의 것으로 구분할 수 있는 것이며 이것은 프리체 등의 예술사회학[***]을 지양한 금일의 과학적 예술학의 한 개의 중요한 기본적 관점이다.

그러면 이 두 개의 방향의 질적 원리적 차이는 무엇인가?

한마디로 말하면 리얼리즘은 객관적 현실에 주관을 종속시키려는 창작태도이고 아이디얼리즘은 주관적 개념에 의하여 객관적 현실을 재단하려는 태도이다.

[*] Das Kapital. 칼 마르크스의 《자본론》.
[**] 프리드리히 엥겔스를 말함.
[***] 예술을 사회 현상으로 보고, 사회학적 방법을 이용하여 그 발생·구조·기능 따위를 연구하는 학문.

즉 리얼리즘은 거침없이 객관적 실재의 본질을 전형으로써 묘사하는 것이고 아이디얼리즘은 추상적 주관으로부터 출발하였든가 그렇지 않으면 현실적 소재를 이상화하고 인위적으로 억지로 타입을 창조하든가 현실의 일상 쇄사만을 과장하여 그리는 것이다. 전자는 기성의 선입견에 거침없이, 그리고 그러한 선입견에 있어도 그것을 격파하고 철저하게 현실에서부터 출발하는 것이며, 후자는 가정假定된 모종의 관념을 가지고 현실을 그것에 맞도록 들어 맞추려 한다. 그러므로 후자는 선입견에 의하여 현실을 왜곡하든가 혹은 전도된 현실을 반영한다. 엥겔스가 하크네스에게 보내는 서한 중에서 "나의 생각하는 리얼리즘은 작가의 견해 여하에 불구하고 나타나는 것입니다"한 것은 이러한 것을 시사한 것이었다 (이들의 예술에 대한 문제를 말한 편지와 프래그먼트는 개조사改造社 판으로 모아서 나온 것이 있고 또 에프 실렐과 게오르그 루카치*의 평석評釋이 붙은 것으로 암파문고岩波文庫 판이 있다. 상세 참조).

이렇게 사상 내지는 세계관과 분리하여 순수한 추상으로서 사유된 창작방법이 세계관과 관련되어 이의 제약 밑에 각각 특수한 구체적 경향을 만들고 있는 것은 사실이다. 자연주의는 도덕적 생물학적 세계관과 리얼리즘이 결합되어 생긴 것이고, 즉물주의卽物主義는 불가지론不可知論과 리얼리즘이, 그리고 낭만주의는 관념론과 결합된 아이디얼리즘이었다. 필자가 이곳에서 지금 찾고 있는 고발의 문학은 점차 평론하겠지마는 소셜리스틱 리얼리즘이 가지는 원리 위에 입각하여 지금의 이 땅의 특수성, 사유에 있어서는 아시아적 영퇴성嬰退性 위에 서서 창작적 태도를 시대적 운무雲霧의 충실한 왜곡 없는 모사 반영으로 관철시키려는 문학정신에 불외한다. 그러므로 고발문학은 수미일관한 모사의 인식론에 입각한 현

---

* Lukacs, Gyorgy(1885~1971). 헝가리의 철학자·문학사가. 1918년의 헝가리 혁명에 참가한 후에 소련에 망명하였다가 제2차 세계대전 후에 귀국하였다. 마르크스주의의 관점에서 문학사, 사상사, 미학을 연구하였다. 저서에 《역사와 계급의식》《이성의 파괴》등이 있다.

대 유물론과 관련된 이 땅의 리얼리즘 문학이라고 말할 수 있을 것이다.

지금 우리는 2대 창작방법에 대한 이러한 준비적 고찰을 가지고 본 문제로 돌아가서 리얼리스트라고 자처한 우리들 작가가 여하히 하여 아이디얼리즘의 침범을 방기放棄하지 못하고 혹은 그 밑에 부서져서 붓을 들 수 없게 되었고 또는 사상성의 저하와 신판 공식주의의 과오를 범하게 되었는가를 살펴보기로 하자.

진보적 작가는 원칙적으로 말하면 위에서 본 바와 같이 세계관과 창작방법의 모순으로부터 완전히 탈각脫却하여야 할 역사적 지위에 있다.

그것은 그가 속하여 있는 토대가 과거로부터 현대에 이르기까지의 여하한 부류의 작가보다도 가장 리얼리스틱한 것이고 그의 세계관이 자연과 사회의 원리와 전연 일치하는 까닭으로 대담하게 하등의 주저도 느끼지 않고 풍부한 상상력을 구사하여 현상을 파고들어가 그의 본질을 파들출 수 있는 지위에 있는 때문이다. 그러나 전번 논문에서도 본 바와 같이 이 땅의 문예가는 소시민 지식인이었다. 그들은 고유의 유약성과 중도반단성에 의하여 허다한 일탈과 모순을 가지지 않을 수가 없었다. 그러므로 이들에게는 착잡한 현실을 투철하게 간파하고 엉클린 혼란한 현상 속에서도 능히 그것의 본질을 파악하여 그것을 예술적으로 종합 창조하게 할 수 있는 철저한 사상적 무기가 필요하였다.

만일 우리들이 진리라고 믿던 어떤 철학적 세계관의 한두 개의 추상화된 공식이 아니라 그 일체를 완전히 소화하고 체득體得하였던들 금일과 같은 일탈은 결과하지 않았을 것이다.

물론 우리는 한 개의 신념을 가지고 있었다. 아니 지금도 아마 가지고 있을 것이다. 그러나 하느님을 찾는 자가 모두 천국으로 갈 수는 없는 것과 같이 신념을 가지고 있다는 우리들의 모두가 그 사상의 체득자가 될 수 없었다. 신념 상의 사상이 완전히 풀어져서 사색과 감각의 일체를 지배하는 대신 신념의 배후에는 기실 몇 개의 추상적 공식을 소지하고 있을 따름이었다. 그리하여 우리는 현실을 묘사하려고 할 때에 맨 몸으로 그 속에 들어가서는 아무런 본질도 파내지 못하고 몇 개의 계급이론의 공식으로 된 추상화한 주관을 가지고 들어가서 겨우 현실을 그것에 맞추어 재단하려는 사태를 폭로하고야 말았다.

테마가 고도의 사상성에 의하여 관철되고 전형의 창조에 있어서도 성공을 본 때는 작자 취재한 것이 지극히 풍부한 그의 체험에 속하는 세계이었고 동시에 그 시기가 작가에게 가장 높은 사회적 관심을 요구한 시절이었던 것을 상기하면 문제는 더욱 명백하여질 것이다. 조선의 프로문학이 《고향》과 같은 작품을 가질 수 있은 것은 이렇게 하여서만 이해할 수가 있을 것이다.

그러므로 동일한 작가가 한번 그 시기를 넘어서서 다시금 그 이상의 수준을 보이지 못하는 것은 높은 전체적 관심은 없어진 대신 중요한 핵심이 거세된 수삼 개의 공식이 현실을 재단하려 한 까닭이다. 실로 이곳에 아이디얼리즘의 침범의 위기가 배태되어 있었다. 그런 고로 그 곳에는 계급 대립의 추상화된 공식에 의하여 재단된 현실, 다시 말하면 천편일률로 악한 지주와 선한 소작인들의 왜곡된 인위적인 타입이 있고, 막연한 정의감이나 권선징악에 붉은 물감을 약간 올린 듯한 평속한 윤리관이 지배적으로 된 것이다. 이여爾餘의 작가에 대하여는 다시금 더 말할 나위도 없다. 그에게 익숙한 세계이면 그의 체험이 공식을 압박하여 비교적 높은 리얼리즘을 보여주었으나 한번 이여의 광범한 세계에 몸을 던지자 그들은 파탄하지 않을 수 없었다. 날카로운 예술적 감각도 없어지고 감수성도 둔감하여 한 번도 사상事象의 본질을 꿰뚫지 못하고 현상의 위를 빙빙 돌면서 비속한 파행적 리얼리즘에 시종하고 만 것이다. 고리키*

---

* Gor' kii, Maksim(1868~1936). 제정 러시아의 작가. 사회주의 리얼리즘의 창시자로, 어린 시절의 비참한 체험을 바탕으로 노동자 계급에 대한 애정과 그들의 현실을 담은 작품을 발표하여, 프롤레타리아 문학에 크게 공헌하였다. 작품에 희곡 〈밑바닥〉, 소설 〈유년 시대〉〈소시민들〉〈어머니〉 등이 있다.

가 '영원의 테마'라고 일컬은 '연애', '사死' 등에 대하여는 가까이 가지도 못하고 또 간혹 갔다면 그것은 태반이 그의 본질에서 묘파하기에 불성공한 것들뿐이다. '영원의 테마'의 소멸과 변화의 법칙 같은 것은 하나도 예술적으로 폭로되지 못하였다.

그러므로 우리는 우리가 가지고 있는 몇 개의 계급 이론에 들어맞는 현실을 찾아서 지주와 소작인과 빈궁의 사이를 하루같이 팔방八方도를 하는 결과를 낳은 것이다.

예술가가 이러고 있는 동안도 현실은 유전流轉하여 그칠 줄을 모른다. 객관적 현실은 흘러서 정지할 줄을 모를 때에 작가의 공식과 추상적 주관은 고정하여 왜곡된 현실을 피상적으로 개괄하고 있다. 유물변증법이 공식으로 사용될 때엔 그의 대립물로 진화하고 만다. 문학은 시대의 거울이 되는 대신에 '주관의 전성기轉聲機'가 되어버린 것이다.

과연 이러한 현상에서도 우리는 낙관하여야 하느냐! 진보적 문학과 리얼리즘의 역사적 우월성에만 도취하여 낙천적 안면安眠을 계속하여야 하느냐!

실로 이러한 모든 것의 진정한 극복으로부터 고발의 문학은 출발한다. 리얼리즘은 수미일관성에 있어서 관철하고 아이디얼리즘의 침범으로부터 끝까지 이를 옹호하는 데서부터 고발의 문학은 그의 걸음을 시작한다.

추상적 주관을 가지고 객관적 현실을 재단하는 것이 아니라 끝까지 객관적 현실에 작가의 주관을 종속시키라고 고발의 문학은 주장한다. 창작 방법과 세계관의 모순을 극복하고 진실로 높은 사상성과 훌륭한 타입의 종합적 창조를 기하려고 요구하는 것이다.

그러므로 '사회주의자는 정당하다'는 가정의 공식적 개념에서가 아니라 직접 파고 들어가서 그의 진정한 타입을 창조하려고 한다. '노동은 신성하다'는 기정旣定의 격언을 가지고서가 아니라 맨 몸으로 노동의 생활과 생산과정에 임하여 그것을 꿰뚫고 흐르는 법칙을 고발하려는 것이다.

모든 것을 그러므로 객관적 현실에서 출발하여 작가의 주관을 이에 종속시키려고 하는 것이다. 이러한 모든 인물과 정황의 전형의 창조—그것은 현재 우리가 살고 있는 이 전형적인 아시아적 형태 위에 기거起居하는 일체의 생활을 반영할 것이며 이 시대적 운무의 모사 반영을 통하여 그의 준엄한 고발에 도달할 것이다.

우리가 신창작이론을 가져다가 고발의 문학으로 구체화하려는 것도 실로 사회주의의 일반화된 추상에서 출발하려는 것을 거부하고 우리가 살고 있는 이 땅, 이 시대의 현실 속에서 출발하려는 리얼리스트 고유의 성격에 의함에 불외不外한다. 우리는 위선 외지와 이 땅의 문학의 사회적 기능과 임무의 차이를 구체성에 있어서 파악하려고 한다. 물론 세계사적 임무를 망각한 특수한 일 지역의 개별기능이란 생각할 수 없다. 그러나 어떤 나라에 있어서는 건설의 환희가 있는지 모르나 어떤 곳의 현실에는 낙관과 환희를 누르고 무엇보다도 시대의 운무가 가득히 끼어 있는 것이 사실이다. 이 시대적 운무는 여러 가지 특별한 생활을 영위시키고 있고 각종의 인간적 전형을 만들어내고 있다. 이러한 곳에 있어서는 리얼리스트의 철저한 묘사 반영은 고발이 되지 않을 수가 없다. 시대적 운무를 전형적인 정황과 인물의 설정으로 묘파하고 그의 철저한 묘사 반영을 기도하는 문학은 시대적 운무 그 자체를 준엄하게 고발하는 문학이 되지 않을 수 없다.

이렇게 보아올 때에는 풍자문학 같은 것은 고발문학이 가지는 가장 중요한 문학적 형식이 될 수 있다. 시민생활의 어두움을 고발하는 가장 훌륭한 장르 중의 하나가 될 수 있을 것이기 때문이다.

그러나 이곳에서 고발의 문학을 '폭로문학'과 구별해 두어야 할 약간의 책임이 있다. 그것은 필자가 자기 폭로와 가면 박탈의 이론의 발전에서 고발문학을 발견한 때문이다.

그러나 종래에 자연주의적 영향 밑에 제창되었던 폭로소설 같은 것은 사실에 있어서 다분히 아이디얼리스트적 태도에 의하여 만들어졌었다. 고발의 문학은 작자 자신의 가면 박탈을 주장하나 이것은 사소설에서 리얼리즘을 옹호하기 위하여서이다. 이러한 의미에서 폭로는 풍자와 동일한 역할을 다하여 고발의 문학을 풍부한 형식으로 채울 수 있을 것이다.

끝으로 필자는 불충분하게나마 고발의 문학과 '낭만'에 대한 관계를 살펴볼 필요가 있다. 이 '낭만'이란 말같이 흔하게 규정 없이 사용되는 개념은 없기 때문이다. 가로되 '낭만과 리얼의 혼합'이니 '××[혁명]적 로맨티시즘'이니 '낭만적 정신의 현실적 구조'니 등등.

그러나 '낭만'이란 '낭만주의'와 관련을 가지고 있는 개념이다. 낭만주의란 문예사상에 있어서는 아이디얼리즘의 일종으로 나타나 있다. 이것과 리얼리즘은 혼합될 수도 없고 종합될 수도 없다. 브란데스*의 과오와 프리체** 혼란을 상기相棄하고 금일에 이른 과학적 미학은 이것의 구분을 명확히 하지 않고는 일보도 전진할 수는 없다. 사회적 사정이 다른 곳에서 정책적으로 연설된 것을 그대로 가져다가 원리적인 것과 혼합시켜 사용하면 구할 수 없는 미망迷妄에 사로잡히고 만다. 씨 등이 부르는 '낭만적 요소'란 본래 리얼리즘의 한 개의 고유한 성격인 것이다. 리얼리즘을 단순한 물질주의나 사진으로 생각해 온 그릇된 관념이 이러한 개념을 남용케 한 것이다. 그것은 마치 현대 유물론이 모사설模寫設을 비방하여 절충주의를 기도하는 것과도 흡사하다.

고발의 문학은 신창작이론 위에 선 이 시대, 이 땅에 있어서의 구체화된 리얼리즘 문학이다. 다시금 또 한번 부르고 우리는 붓을 놓자. "리얼리즘 문학은 전진하자!"고.

— 《조선일보》(1937. 7.10~15).

---

* Brandes, Georg Morris Cohen(1842~1927). 덴마크의 문예 평론가. 입센, 니체, 키에르케고르 등을 소개하였다. 저서에 《19세기 문학 주조》가 있다.
** Friche, Vladimir Maksimovich(1870~1929). 소련의 문화사가·예술학자. 예술 사회학을 주장하였으며 저서에 《유럽 문학 발달사》가 있다.

유다적인 것과 문학
―소시민 출신 작가의 최초 모럴―

1

기독교가 아닌 나를 송두리째 매혹해 버린 장면을 신약 성서는 그다지 많이 갖고 있지는 못하다. 그러나 가라앉지 않는 소란한 마음이 때때로 헛되이 이 책 저 책을 뒤적이다가 한 권의 바이블을 들 때 으레 펼쳐지는 몇 군데의 구절이 그곳에는 있다. 마태 26장, 마가 14장, 누가 22장 혹은 요한 13장으로부터 각각 끝장까지가 그것이다. 기독基督이 제사제장諸司祭長과 병정에게 체포되어 골고다의 이슬이 되어버리기까지의, 유월절 전후의 장면을 기록한 것이다. 일찍이 우리는 성서에서보다도 다빈치의 〈최후의 만찬〉에서 12제자를 둘러앉히고,

"진실로 너희에게 이르노니 너희들 가운데 한 사람이 나를 팔리로다."

하는 폭탄적 예언을 던지는 기독과, 열두 제자의 표정과 행동에 돌개바람과 같은 동요가 일어난 것을 보면서 누를 수 없는 감동을 품었던 일이 있거니와 성서의 이 장면 묘사는 다빈치의 그림에 못지않게 나에게 항상

새롭게 흥분을 느끼게 하는 것이 사실이다. 그의 얼굴과 교설敎設을 덮고 있던 겹겹의 베일이 찢어지고 이곳에 인간 기독의 면목이 약여躍如하게 나타나 있기 때문이다. 더구나 요한 13장의 묘사는 한층 더 육체적인 것을 가지고 나에게 육박한다.

본시 이 의미심장한 최후의 기회에서 사랑하는 12제자에게 둘러싸여 음식을 나눌 때에 너희들 중에 나를 잡아 적에게 넘길 자가 있다고 선언하는 그것이, 벌써 적을 사랑한다는 불가능의 시적 환상으로서는 품을 수 없는 불가해의 일이거니와,

"대저 주를 잡아 줄 놈이 누구오니까? 누구오니까?"

하면서 소연騷然히 기독에게 반문할 때에,

"내가 한 모금의 먹을 것을 적셔서 주는 자가 곧 그 자이다."

하고 자기 손에 들었던 식물食物을 눈 하나 깜짝하지 않고 시몬의 아들 이스카리오테(가롯)의 유다에게 주는 기독의 거동은 수백 수십의 신학도의 종교적 해설에도 불구하고 전연 인간적 감정에 사로잡힌 성성한 사람다운 면모의 여지없는 표출이 아닐 수 없다.

이곳에는 적에 대한 사랑도 타협도 없다. 사탄의 마음속에 든 불쌍한 전 포목상인 시몬의 아들 유다는 이곳에 가장 날카롭게, 준엄하게, 무자비하게 고발당하고 있다. 다시 유다가 예수가 주는 것을 받아들었을 때 예수는 추상같이 추궁한다.

"네가 하고자 하는 행동을 속히 실행하라."

고. 좌석에 있던 모든 사람이 그것이 무엇을 뜻함인지 몰라 의아 속에 소란스러울 때,

"유다는 먹을 것을 받아들자 곧 밖으로 나와 버렸다. 때는 이미 밤이었다."

고 요한복음은 기록하고 있다.

유다가 방을 차고 나갈 때의 심경과 그 뒤에 그가 허둥지둥 제사장을 찾아가던 심리상태에 대하여는 성서는 하등의 묘사도 하지 않았다. 그것은 오직 문학적 상상 앞에 흥미 있는 길을 열고 있을 따름이다.

이 장면은 나에게 이상한 문학적 흥분을 준다. 그러나 이러한 나의 흥분을 설명하기 전에 우리는 또 한 장면을 성서에서 찾아보기로 하자.

만찬이 끝나려 할 즈음 수제자인 시몬 베드로는,

"주여! 지금 따를 수 없다 함은 무슨 이유이나이까? 나는 주를 위하여는 목숨을 버려도 좋사외다."

하고 그의 주의 수심을 풀려고 한다. 그러나 예수는 그를 돌아보며,

"그대가 나를 위하여 생명을 버리겠는가? 내가 진실로 너희에게 이르노니 네가 나를 세 번 거부하기 전에는 계명성鷄鳴聲이 없으리라."

하고 대답하였다.

기독이 제사장과 학자와 병정에게 이끌리어 대제사의 뜰에 이르렀을 때 죽음을 맹세했던 베드로는 또 한 제자와 함께 그곳에 따라가 문 밖에 서 있었다.

비평 227

이때 문을 지키던 비녀의 하나가 베드로를 보고,

"너는 저 사람의 제자의 한 사람이 아니냐?"

하고 힐문하나 베드로는 그렇지 않다고 자기의 선생을 부인한다. 지금 그의 주主는 뜰 안에서 갖은 모욕과 학대를 무릅쓰고 있을 때에 사死를 맹세한 베드로는 전전긍긍하여 합쳐서 세 번이나 그의 주를 부인한다. 그러나 그의 세 번째 부인이 채 끝나기도 전에 그의 전 몸과 마음을 잡아 흔드는 계명성鷄鳴聲이 들려온다. 이것을 듣고 고민하는 장면의 묘사도 성서에는 상세치 않다. 그러나 네 사람의 복음 기록자가 한 가지로 베드로의 통곡을 간결하나 인상적으로 기록하고 있다. 닭의 소리를 듣고 베드로는 밖으로 나와 땅을 치며 통곡하였다는 것이다.

이곳에서 우리는 인간 베드로가 여하히 고발당하는가를 육체적 절박성을 가지고 느끼지 않을 수 없다.

그의 선생을 은 30냥으로 바꾸어버린 유다의 그 뒤 행적에 대하여는 일정한 종교적 목적에 의하여 기록된 복음서는 지나치게 냉대한 감이 있다. 내가 알기에는 마태 27장에 단 세 절이 그를 위해 할애되었을 뿐이다. 유다는 본시 제자 중에 가장 수양이 옅은 위인이었다. 그러므로 그만큼 더 인간적인 것을 가지고 있었다.

그는 제자 중에서 유일의 유대 출신이요, 금전 향기를 가장 많이 맡은 사람이었다. 그는 전날 포목전을 벌렸다가 실패하고 그 탓에 빚도 있으려니와 술값 진 것도 상당히 많았던 모양이다. 그런데 그는 또 열두 제자 중에서 회계격인 직무를 맡아보고 있었다. 돈을 속여서 술을 마신다느니, 옛날의 빚을 갚는다느니 하여 제자들한테 늘 힐난과 공격을 받아 왔다. 그런데다가 유다는 또다시 공명심이 상당했다. 제자들은 아름다운 요단 강안江岸에서 그들의 선생이 없는 것을 틈타 예루살렘 점령을 획책

할 때에 유다는 그들의 총대장격이 되고 싶어 여간 안타까워하지 않았다고 한다.

결국 성서는 유다가 그의 주를 은 30냥으로 바꾸어버린 것을 사탄의 침범으로 설명하고 있으나 그는 모든 조건에서 그렇게 될 수많은 약점을 가지고 있었다.

최후의 만찬에서 기독의 말과 행동에 뾰로통하니 분개하여 이미 캄캄한 밤이 된 방 밖으로 나가던 유다의 모양이 우리의 눈앞에 역력하다.

그러나 유다는 예수가 십자가에까지 오르게 될 줄은 꿈에도 생각지 못하였다. 마태복음은 그것을 다음과 같이 기술하였다.

> 이에 예수를 판 유다는 그가 사형으로 작정作定된 것을 보고 후회하여 제사장 장로들에게 30냥의 은을 돌려주면서 나는 죄 없는 사람을 팔아 죄를 범하였도다 하고 말하였다. 그러나 그들이 오불관언五不關焉이라고 거절할 때 유다는 그 은을 성소에 던지고 가서 목을 매어 죽었다.

고 써 있다.

이 짧은 기록은 우리들에게 끊임없는 상상의 줄을 뻗게 한다. 그는 그렇게 좋아하던 돈을 던져버리고 산으로 가서 목을 매어 자신의 고민을 해결해 버린 것이다. 이 유다의 죽음은 어떠한 제자의 거룩한 행적보다도 결코 가치 없는 것이 아니라고 나는 생각한다.

이상 나는 빈약한 성서의 지식을 기울여서 지나치게 장황한 독단을 시험하였다. 그러나 위에서 본 세 장면, 다시 말하면 기독이 배신자를 적발하는 곳과 베드로가 그의 선생을 부인하고 통곡하는 곳과 끝으로 유다가 선생을 판 것을 후회하고 스스로 제 목숨을 끊어버리는 이 세 가지 감격적인 장면에서 나는 유례없는 높은 문학정신을 파악해 보려고 한다.

생각건대 이 세 개의 인간적 감정이 한 둘의 계단을 넘어서서 가장 전형적으로 종합된 것은 물론 유다에 있었다. 그러나 은 30냥과 바꾸려는 제자를 무자비하게 적발하는 기독의 비타협성과 자신의 비굴과 회의와 자저*와 비겁에 가슴을 두드리며 통곡하는 베드로를 넘어서 그의 마음을 팔았던 유다가 은전을 뿌려 던지고 목을 매어서, 자기 승화를 단행하는 곳에 이르러 우리들이 결정적인 매혹을 느끼는 것은 어떤 까닭일런가?

이 세 장면이 혼연히 합하여 하나의 높은 감동을 주어 이곳에서 현대 문학 정신으로 직통하는 어떤 직감적인 것을 갖게 하는 대신, 유다의 속에는 우리들 현대 소시민과 가장 육체적으로 근사한 곳이 있으며 다시 그의 민사**의 속에서 소시민 출신 작가가 제출하여야 할 최초의 모럴을 발견하게 되는 때문은 아닐까 하고 나는 지금 생각하고 있다.

실로 모든 것을 고발하려는 높은 문학 정신의 최초의 과제로서 작가 자신 속에 있는 유다적인 것을 박탈하려고 그곳에 민사에 가까운 타협 없는 성전聖戰을 전개하는 마당에서 문학적 실천의 최초의 문제를 해결하려는 작가의 모럴은 성서가 우리에게 주는 상술한 바와 같은 고귀한 감흥 이외의 것이 아니다. 이곳에 유다를 성서에서 뺏어다가 우리들의 선조로 끌어 세우려는 가공할 만한 현실성이 있는 것이다. 실로 현대는 그가 날개를 뻗치고 있는 구석구석까지 유다적인 것을 안고 있다는 것을 고유의 특징을 삼고 있다. 이러한 대상의 전소 포위진을 향하여 리얼리스트 작가가 그의 필검筆劍을 휘두르기 전에 우선 무엇보다도 자기 심내心內에서 유다적인 것을 발견하려는 태도가 작가의 최초의 모럴이 되는 것에 대하여는, 그러나 이곳에 약간의 문학적, 사회적 해명이 필요할까 한다.

작가는 항상 문제를 주체성에 있어서 제출한다는 사실은 확실히 주목할 만한 명제의 하나이다. 그가 어떠한 높고 넓은 인류의 문제를 제출할

---

* 趑趄 : 머뭇거리고 망설임.
** 悶死 : 고민하다가 죽음. 또는 괴롭게 죽음.

때에도 작가는 그것을 주체성에 있어서 파악한다. 작가에게 있어서는 국가·사회·민족·계급·인류에 대한 사상과 신념의 문제가 여하한 것일런가 하는 국면으로서 제출되는 것이 아니라 이러한 높은 문제가 얼마나 작가 자신의 문제로서 호흡되어 있고 그것이 어느 정도로 그 자신의 심장을 통과하여 작품으로서 제기되고 있는가 하는 문제이다. 작가에게 있어서는 그가 파악하고 있는 세계관이 그대로 개념으로 표명되는 것이 아니라 작가의 주체를 통과한 것으로서 표시된다. 작가 개인이 절실하다고 생각하고 그의 마음이 항상 그것을 가운데 두고 호흡하는 문제가 역사나 국가나 계급으로서도 역시 중요하고 절실한 문제일런가? 자기는 이러한 문제를 어느 정도까지 절실하게 자기 개인의 문제로 하고 있는가가 현대 작가에 있어서는 가장 곤란하나 또한 무엇보다도 긴요한 문제가 아닐 수 없기 때문이다.

이러한 마당에서 비로소 주체의 재건이나 혹은 완성의 문제가 제기되는 것이다. 그러므로 임화 씨가 주체의 재건이란 결코 문학자가 이러저러한 세계관을 이론적으로 해득하는 것으로 해결되는 것이 아니라고 말한 것은 정당하다. 그러나 임화 씨가 그 뒤의 논위論謂 속에서 수행數行의 이론적 해명으로 이 문제를 해결해 버리려고 할 때에 곧바로 모피謀避할 수 없는 공혈空穴을 직감하게 되는 것은 무슨 까닭일까? 그것은 정히 임 씨가 작가의 주체 재건을 획책하면서 반드시 한 번은 통과하여야 할 작가 자신의 문제, 그러므로 정히 주체되는 자신의 문제를 이미 해명되어 버린 문제처럼 살강 위에 얹어버린 곳에 있지 않으면 안 될 것이다. 임화 씨는 주체의 재건을 기도하는 마당에서 작가의 문제를 작가 일반의 문제로 추상하여 그것을 그대로 들고 문학의 세계로 직행한다. 작가 일반이 추상화된 개념으로 파악되어 버릴 때 문제의 해결은 지극히 용이할지 모르나 주체의 재건과 완성은 해명의 뒤에서 전全히 방기되어버릴 것이다. 왜냐하면 이 문제는 결코 기정된 리얼리스트 작가 일반의 개념으로써 해결될 만큼 통일되어 있다느니보다는 실상은 더 혼란하게 자기 분열되어 있기 때문이다. 이것은 비참한 일이나 어찌할 수 없는 사실이다. 작가는 일반적으로 추상적으로 이해될 것이 아니라 구체적으로 심각하게 토구討究되어야 할 이유가 이곳에 있다. 우선 제일로 일어나는 것이 작가 자신의 속에 있는 유다적인 것으로 발현된다는 것은 사색이 조그만 땅 위에 발을 붙이는 것으로 능히 이해할 수 있을 것이다.

시대는 정히 작가 자신이 자기의 문제를 해결하지 않고는 아무 것도 할 수 없다는 것을 절실히 깨닫게 하는 데까지 절박되어 있다. 작가가 자신의 속에서 유다적인 것을 발견하려고 하고 이것과의 타협 없는 싸움을 통과하는 가운데서 창조적 실천의 최초 문제를 해결해 보려고 하는 것이 현대작가의 모럴이 되는 것도 이 때문이라고 말할 수 있을 것이다. 그러므로 유다적인 것과의 항쟁, 그것이 옳건 그르건 하나의 결론을 보려고 할 때까지 작가는 자기 자신을 추급하고 박탈하고 끝까지 실랑이해 보려는 방향을 고집할지도 알 수 없다. 이것이 또한 고발문학이 가지는 넓은 과제 중의 하나로 소시민 출신 작가의 자기고발의 문학적 방향이 설정되는 소이이다.

그러면 우리들 심내에 있어서의 유다적인 것이란 대체 무엇을 말함일런가? 그것은 결코 유다가 돈을 받고 그의 선생을 매각해버렸다는 표면적 사실에서 제출되지는 않을 것이다. 그것은 그러므로 소시민 지식인이 신봉하던 어떤 사상이나 주의에서 이탈하거나 배반한다는 등의 저급한 곳에 있어서 제출될 상식적인 것이 아니라 자기 자신의 매각이라는 고도의 성찰과 더불어 제출되는 문제일 것이다.

이렇게 볼 때에는 앙드레 지드*의 두 개의 여행기는 우리에게 흥미 있는 대상이 된다. 우리가 그의 제일의 여행기에서 느끼는 흥미는 리온 포

---

* Gide, Andre(1869~1951). 프랑스의 소설가 · 비평가. NRF를 창간하여 젊은 지성을 길렀다. 1947년에 노벨 문학상을 받았다. 작품에 〈좁은 문〉 등이 있다.

이히트방거*보다도 서투르게 지적한 획일주의의 비판에 있는 것이 아니라, 지드 자신이 유다적인 것과 다투는 그의 심내의 고투에 있었던 것이다. 그러나 여행기 수정에 있어서는 고귀한 심내의 투쟁이 저열한 자기 상실과 자기 매각에서 종료하고 있다. 그는 그의 마음에 있는 유다적인 것에 비참한 패배를 맛본 것이다.

이곳에 시인은 누구보다도 날카롭게 문제의 전면에 나서야 할 것이다. 시가 호머의 대영웅시 이래 아름답게 발화發花할 사회적 근거를 상실한 문학적 형식임에 불구하고 현대가 아직 그를 귀중한 보화와 같이 사랑하는 이유는 그것이 다른 어떠한 문학적 장르보다도 가장 직감적으로 자기 자신을 제시하여 곧바로 대상의 심장을 꿰뚫는 강미強味가 있기 때문이다. 작가 자신의 문제를 이처럼 용감하게 내놓은 형식은 시 이외에는 드물다. 보들레르**가 자기 분열을 위대하게 표시하여 대시인의 지위에 참석한 것은 지극히 교훈적이다. 자기 자신 속에 꿈틀거리는 유다적인 것을 정면으로 마주 받아 그곳에 불꽃을 드날리는 솔직한 정서를 전개하는 대신 저속한 애상과 인생 관조로 도피하려는 곳에 시정신은 유지될 수 없다. 그러므로 이 땅의 제諸 시인은 그들이 계절의 변천 속에 자기를 망각하여 시대의 흐름 속에 몸을 잠그지 않으려는 곳에 피할 수 없는 그들의 불행이 있다 할 것이다. 실로 우리는 얼마나 많은 우리들의 주위에서 저조에 빠진 시정신의 파탄을 보고 있는가! 그들은 시대의 측후소가 되는 대신, 천기 예보의 육감이 되려고 한다. 세상이 무너지든지 문화와 지성이 벌거숭이가 되어 위기에 울든지 춘하추동은 어김없이 교대되리라는 것이 이들의 애상의 원천이 된다. 간혹, 희귀하게 발현되는 타협 없는 시정신은 시인 자신의 문제, 급행열차와 같이 통과해버린 탓에 유다적인

---

* Feuchtwanger, Lion(1884~1958). 독일의 소설가·극작가. 평화주의 주창자로 사회적 역사 소설을 주로 발표하였다. 작품에 《유대 인 쥐스(Suss)》 등이 있다.
** Baudelaire, Charles Pierre(1821~1867). 프랑스의 시인. 심각한 상상력, 추상적인 관능, 퇴폐적인 고뇌를 집중시켜 악마주의라고도 할 수 있는 시집 《악의 꽃》이 대표작이다.

것의 위에 매너리즘에 빠진 관념화한 절규를 올려놓고 말았다. 그러므로 시정신은 고정화하여 일정한 궤도를 한 결 같이 내왕하는 전차의 '뾰' 소리가 되고 말았다.

이렇게 해서 유다적인 것과의 항쟁에서 발로되는 문학의 정신은 일찍이 고리키가 사람이 가질 수 있는 최고의 선물이라고 말한 '애愛와 증憎'의 두 감정의 극히 아름다운 통일 위에 건립된다. 고발의 대상은 증오에 치値한 것 그것 이외에는 없다. 그러나 증오를 무찔러서 그칠 줄 모르는 타협 없는 감정은 증오의 대상이 인간의 힘으로 소탕된다는 높은 긍정의 정신, 인류를 사랑하고 인간의 힘을 예찬하는 아름다운 정서 이외의 것도 아니다. 자기 속에 깃들이고 있는 유다적인 것의 적발은 물론 그것을 끊임없이 증오하는 감정에서 출발한다. 그러나 그것은 자기 자신의 인간적 개조가 가능하다는 높은 애의 정서가 없는 곳에는 있을 수 없는 감정이다.

이것은 물론 소시민 지식인의 얼토당토 않는 자기위안의 감정과는 전연 무연無緣이다. 왜냐하면 소시민의 인간적 개조의 방향은 원칙적으로 자신의 역사적 지위의 과학적 인식이라는 이성적 지향과 일치하는 때문이다.

그러므로 백철 씨와 같은, 지식층을 고래불변古來不變하는 문화계급으로 설정하려는 자기 애무의 태도에서는 이러한 강렬한 문학정신은 생겨나지 않을 것이다. 백철 씨는 자기 자신이 갖고 있는 유다적인 것의 증오와 고발의 위에 사랑을 두는 것이 아니라 그와의 타협과 자기만족의 위에 자기긍정을 안치하려고 하기 때문이다. 이곳에는 교묘하게 지식인의 마음 자체가 매각되는 것이 은폐되었다.

자기를 주시하고 자기 자신의 문제를 널리 사회 전반의 문제 속에서 해결해야 될 순간을 시대는 우리들 작가에게 통렬히 요청하고 있지는 아니한가. 지금은 자기를 과학적 정신으로 무장하기 전 우선 면밀한 신체 검사가 요청되는 순간은 아닌가. 아니 자기 자신에 대한 속임 없는 신체 검사의 과정이 과학적 무장의 과정이 되는 시대는 아닐런가.

물론 과학은 건설되어야 한다. 그러므로 하나의 과학으로서의 예술학 혹은 문예학의 가운데 착잡한 고민이 삽입되기를 거부하는 것은 당연하다. 나는 이것을 인정함에 결코 누구보다도 뒤서지 않을 만한 자신을 갖고 있다. 그러나 창작방법이 과학(이론)과 예술을 작가적 실천의 마당에서 가장 육체적으로 마찰시키고 반발시키고 통일시키는 국면을 취급하는 부면部面인 한, 작가가 지금 자기 자신의 문제를 어떻게 해결지으면서 있는가를 그대로 지나쳐 버릴 수는 없지 않을까. 세계관과 창작방법의 상호 침투니, 고발문학이 부정적 리얼리즘에 몰입하였느니 하는 것을 토구하는 것은 그 자신 필요한 구명이다. 그러나 현대의 작가에게는 확실히 어떻게 묘사하느냐보다도 어떻게 생활할 것인가가 보다 절실한 문제가 아니었던가. 아니 묘사와 생활이 불이 일도록 서로 맞부딪치게 되는 것이 보다 큰 문제가 아니었던가. 이곳에 주체의 건립이 최초의 문제로 제출되는 것은 아니었던가.

작가가 자기 자신을 구명하려 하지 않고 자기의 개조를 철저하게 실현하기 위한 진실한 노력으로 창작적 실천을 유도하지 않는 이상 사회의 문제는 언제나 사회 시평時評의 복사로, 농촌문제는 언제나 농업이론으로 그리고 연애는 언제나 연애론으로서밖에 제출되지 못할 것이다. 그곳에는 작가의 창조적 호흡과 열의는 전연 영자*를 감추어버리고 말 것이다. 문제는 주체성에 있어서 제출되며 주체의 재건은 작가 자신의 철저한 자성自省, 그러므로 자기 자신의 속에 있는 유다적인 것의 적발에서 가능하며, 이렇게 하여서 시행되는 작가의 자기 개조의 방향이 창작적 실천으로 유도될 때에 소시민 출신 작가의 최초의 모럴은 제기되는 것이며

---

* 影子 : 그림자.

동시에 사회와 국가와 민족과 계급과 전 인류의 문제는 비로소 하나의 정당한 왜곡 없는 프리즘을 통과하게 될 것이다.

작가가 리얼리즘을 수미일관성에 있어서 관철하려고 아이디얼리즘의 침범을 사력을 다하여 방어하는 방향은 사실은 상술한 문학정신이 지향과 분리되어서 제기되는 문제가 아니다. 우리들이 문학적 실천 속에서 범하고 있는 주관주의나 혹은 관조주의의 극복은 고발의 정신이나 또는 그의 일 이론인 작가의 자기 고발의 문학에서 가능할 것임은 자명한 일이다.

물론 자기 자신을 박탈하는 문학이 사소설과 하등의 관계도 없을 것임은 중언重言을 불요不要하는 바이며 그것이 시니시즘*과 아무 친척간이 되지 않을 것도 의심을 필요로 하지 않는다. 사소설은 본시 작가가 자기 생활에 대하여 자기 신변의 쇄말 기록에 떨어져버리는 것에 의하여 성립되는 것이므로 그는 작가를 실내에 유폐해 버리려고 하나 자기 고발은 작가를 실외로 끌어내어 사회와 부딪치게 하는 속에서 자기 개조를 꾀하는 것이므로 근본적으로 피아彼我는 정반대의 길 위에 서 있다.

다시 자조나 페시미즘**이나 시니시즘은 고발문학이 하나의 유다적인 것으로 설정하려는 것의 일부분이므로 이 이상의 구명할 필요도 없을 것이다. 그것은 본래 고발문학에 의하여 적발될 하나의 대상이었던 것이다.

고발문학에 대한 비판자의 한 사람이 나의 제창을 가리켜 자기로부터의 세계관의 축출이라고 말한 이가 있었다. 이것은 물론 얼토당토 않는 하나의 무고誣告이려니와 대체 주체의 재건이 되어 있지 않고 그것을 위한 노력 가운데서 자기 자신의 문제를 완전히 망각의 하상河床에 던져버리는 판국에서 세계관의 공허한 염불은 어떠한 의의를 가지는 것일까?

---

* Cynicism : 인간이 인위적으로 정한 사회의 관습, 전통, 도덕, 법률, 제도 따위를 부정하고, 인간의 본성에 따라 자연스럽게 생활할 것을 주장하는 태도나 사상. 냉소주의. 견유주의犬儒主義.
** Pessimism : 세계나 인생을 불행하고 비참한 것으로 보며, 개혁이나 진보는 불가능하다고 보는 경향이나 태도. 염세주의.

세계관이 작가 자신의 입을 그대로 통과해버리고 심장의 부근에서 콧김 하나 얼른하지 않은 곳에 어떠한 주체와 어떠한 사상의 건립이 가능할런가? 작가가 일일一日 평론이나 혹은 문학 강담 속에서는 훌륭한 세계관의 파지자로 출장하였다가 일조一朝 방담放談과 수필의 영역을 넘어서기가 무섭게 그의 작품 속에서 죽어서 뒹구는 2, 3개의 공식을 씨 등은 무엇으로 설명하려 하는가? 나는 실로 이러한 세계관을 배격한 '전과前科'가 있다. 그러나 그것은 진실한 세계관을 자기의 속에 완성시키려는 지향 이외의 것은 아니었다.

'유다'는 그의 '마음'을 은 삼십으로 바꾸는 것으로써 범한 유다적인 것의 승리를 민사에 의하여 승화하였다. 이리하여 유다는 겨우 죽음이란 최후의 수단을 가지고서야 그의 심내에 있는 유다적인 것을 극복할 수 있었다.

그러나 현대에 사는 '유다'의 후예들은 그의 극복수단으로 민사를 택하지는 않으리라. 그곳에는 증憎과 애愛의 가장 높은 통일된 감정이 수단의 일체를 지배한다. 베드로와 같이 땅을 치고 통곡을 할는지는 모른다. 아니 더 나아가서 그는 태반 민사에 가까운 심내의 고투를 경멸할는지도 알 수 없다. 하여간 자기 자신의 정립이 가능할 때까지 유다적인 것과의 항쟁이 늠름한 흔적을 남길 것만은 사실이다.

그러나 우리들의 사랑스러운 작가 제씨 중에서 기독의 고발과 유다의 속에 들어간 사탄이 무엇을 의미함인지를 몰라 유다가 전대*를 맡았음에 제사에 쓸 물건을 사려하는지 가난한 자를 구제하려 하는지 알 길이 없어 허둥지둥 눈알을 굴리는 가련한 11제자의 지위를 희망하는 이가 있다고 하여도 그것은 나로서 어떻게 할 수 없는 씨 등의 자유일 것이다.

— 《조선일보》(1937. 12. 14~18).

---

* 纏帶 : 돈이나 물건을 넣어 허리에 차거나 어깨에 두르기 편하도록 만든 자루.

자기 분열의 초극
―문학에 있어서의 주체와 객체―

 문학이 자기 분열을 반영하고 작가가 자기의 속에 극도로 격화된 자기 모순을 경험하는 시대는 물론 정상적인 시대가 아니다.
 우리의 선배*는 그러나 씨족적 제도의 원시적 통일이 한번 부서져서 그곳에 사회와 개인의 모순이 찾아온 이래 이러한 정상적인 시대는 다시금 인류의 역사를 방문하지 않았다고 단언한다. 그는 희랍 예술의 영원의 매력과 관련하여 그것을 다음과 같이 기술하였다.

  그러나 곤란은 희랍예술과 서사시가 어떠한 사회적 발전 형태와 연결되어 있는가를 이해하는 곳에 있는 것이 아니라 그것이 상금(尙今)도 우리들에게 예술적 향기를 주고 또 어떤 점으로는 규범으로서 그리고 미칠 수 없는 모범으로서 통용되는 것을 어떻게 이해할 것인가에 있다. 어른은 어린애 같은 모양이라도 하기 전에는 두 번 다시 어린애가 될 수 없다. 그러나 어린애의 순진은 그를 즐겁게 하고 그는 다시금 그 진실을 보다 높은 평면에 재생산하려고 스스로 노력하지 않을 것인가? 유년성의 속에야말로 어떤 시대에

---
* 마르크스를 가리킴.

든지 그 자신의 특성이 자연적 진실에 있어서 소생되지는 않을런가? 인류가 가장 아름답게 전개되어 있는 인류의 사회적 유년 시대가 두 번 다시 돌아오지 못하는 계단으로서 어찌 영원한 매력을 발휘해서는 안 될 것인가? 발육이 잘 안된 아이가 있고 조숙한 아이가 있다. 고대의 민족에는 이 범주에 속하는 것이 많다. 희랍인은 정상한 어린아이였다. 그들의 예술이 우리에게 주는 매력은 그것을 성장케 한 미발달적인 사회적 계단과 모순하는 것이 아니다. 매력은 오히려 후자의 결과이며 그 예술이 성장하고 그리고 그 밑에서만 성장할 수 있는 미성숙한 사회적 제 조건이 두 번 다시 돌아올 수 없는 것과 불리不離의 관련을 가지고 있다.*

인용에서 보는 바와 같이 희랍예술과 서사시의 현대적 매력은 이것을 생장케 한 씨족사회, 다시 말하면 개인과 사회(집단)가 원시적으로 통일된 인류의 정상한 유년 시대였다는 데 있다고 그는 말한다. 개인과 사회와의 모순이라든가 이상과 현실과의 분열이 없고 개인의 사유·의지가 그대로 종족 씨족사회 그것의 사유·의지로 되는 시대, 그러므로 종족의 모순과 자기분열 가운데서 번민하여 머물 날이 없는 현대인에게 있어 그것은 절대의 매력이 되지 않을 수 없다는 것이다. 왜냐하면 그것은 두 번 다시 돌아오지 않는 건강한 정상한 유년 시대이기 때문에, 그리고 그것을 반영한 그들의 예술은 가장 원시적인 단순한 리얼리즘에 의하여 제작된 것이기 때문에.

이러한 소아적小兒的 단일에 있어서는 객관적 현실과 주관적인 이상과는 분열되지 않고 인간 자신이 순수한 자연이고 인간은 천진난만하여 사기邪氣가 없고 분열되지 않은 감성적으로 조화된 통일체로서 활동하고 있었다.

---

* 마르크스, 《1857~58 경제 수고手稿》의 서문.

정비된 계급사회의 출현 이후, 그러나 이러한 정상적인 시대는 다시 인류의 역사를 찾지 않고 그곳에 고저의 정도는 있을망정 끊임없이 격화되는 모순과 분열의 시대가 면면한 줄을 끌고 금일에 이르렀다. 〈일리아드〉〈오디세이〉의 영웅적 서사시의 시대는 이미 간 곳 없고 희곡의 시대도 18세기로 종말을 고하여 시대는 시민사회가 그의 대단원을 초치하고 있는 '알게마이네 크리제'*의 시대에 있어서는 예컨대 조이스**와 프루스트***의 제작諸作에서 보는 바와 같이 또는 혹은 옹졸스러우나 구태여 예를 우리 문학에서 끌어본다면 박태원****씨의 《천변풍경川邊風景》에서와 같이 장편소설의 형성, 그 자체의 붕괴에 도달하고 있다.

우리는 이미 분열의 시대에 탄생하여 있다.

아니 그것이 극도로 뒤엉켜서 가지각색의 고질이 만연하여 그것이 모순인 것까지도 알 수 없을 만큼 스스로를 잃어버린 시대에 탄생하여 있다.

"모든 것이 이야기된 뒤였다. 사람이 있어 사고하기 7천 년여 너무나 뒤늦게 세상에 태어났다."

"노폐老廢해 버린 세상에 나는 너무 뒤늦게 찾아왔다."

그러나 문제는 이렇게 부르짖는 라 부류이엘과 뮛세가 이 뒤늦은 탄생을 어떻게 인식하였는가에 있는 것보다도 흥미는 오히려 이들이 이것을 어떻게 처분하였는가에 있지 않을런가. 확실히 그들은 희대의 예민한 감

---

* 총체적 위기.
** Joyce, James(1882~1941). 아일랜드의 시인, 소설가. 모더니스트. 〈더블린 사람들〉〈율리시즈〉〈피네건의 경야〉 등의 소설이 있다.
*** Proust, Marcel(1871~1922). 프랑스의 소설가. 작품 〈잃어버린 시간을 찾아서〉를 통하여 인간의 의식 깊이를 추구하여 의식의 흐름의 기법을 창시하였다.
**** 朴泰遠 : 소설가(1909~1987). 호는 구보丘甫/仇甫. 구인회九人會의 일원으로서 모더니즘 소설을 썼다. 한국전쟁 중에 월북하였다. 작품에 〈소설가 구보 씨의 일일〉〈천변 풍경〉〈갑오농민전쟁〉 등이 있다.

수성, 보들레르와 같은 이 뒤늦은 탄생을 자각함과 동시에 그의 향락으로 옮아버리고 말았다. 그들은 스스로 데카당스(퇴폐)의 이론가가 되었던 것이다.

그러면 개인과 사회, 내지는 사회와 예술과의 원시적인 통일이 깨어지고 유구한 역사가 그곳에 머물 수 없는 분열과 모순을 경험하면서 금일에 이르는 동안 예술, 문학은 무엇으로써 인간의 진보에 공헌하였고 어떠한 모양으로 이를 통과하면서 이 모순의 극복과 해결을 위하여 노력하였는가. 한 권의 문학사를 더듬어 우리가 한가지로 노리는 바는 실로 뭇별과 같이 빛나는 희세의 천품들이 이의 극복을 위한 불굴의 노력에 의하여 영원히 빛나는 광채를 후세에 남기었고 다시 이와의 고투에서 패배한 수많은 시체와 이것과 실랑이하는 동안에 흘린 늠름한 혈흔이 서로 엉클어져서 종이의 갈피갈피에 가로누워 있는 것을 발견한다는 사실이다.

리얼리스트라고 불리어지는 거개의 거장은 분열을 반영하고 모순을 적발하는 고매한 정신에 의하여 모순과 분열의 초극을 위한 성전聖戰에 객관적으로 참여하였다.

그러나 실증적 예술이론 이전 우리들에게 가장 아름다운 유산을 남겨주는 관념론 미학의 최대의 성과자 헤겔*이 예술의 주제와 예술과 사회의 모순을 정면으로 받아들이면서 심오한 사색을 거쳐 결정적인 지점에 이르렀으며 해결의 일보 전에서 이율배반의 마의 바퀴를 예술 사멸의 선고에 의하여 물리쳐버린 것은 우리에게 가장 교훈적이다.

현실과의 타협자나 그의 옹호자에 있어서는 예술의 주제를 정면으로 건드리는 것을 기피하는 것이 통례였고 그러므로 헤겔 이외의 관념론 미

---

* Hegel, Georg Wilhelm Friedrich(1770~1831). 독일의 철학자. 독일 관념론의 완성자. 자연, 역사, 정신의 모든 세계는 관념의 변증법적 전개 원리로 설명될 수 있다고 주장하였다. 이 변증법적 원리는 이후의 마르크스주의에 비판적으로 계승되어 19세기 이후의 사상과 학문에 큰 영향을 끼쳤다. 저서에 《정신 현상학》《논리학》 등이 있다.

학은 하나도 무엇을 그릴 것인가의 문제 앞에 서려고 하지 않았다. 그러나 주지하는 바와 같이 헤겔은 그의 미학에서 용감히 예술적 주제는 세계사적인 전사회적인 관심 하에 그려지는 세계와 인간의 필연적 행동이 아니면 안 된다고 주장하였다(아마카스 세키스케甘粕石介 역 《헤겔 미학의 변증법》 참조).

이리하여 그는 그 자신이 살고 있는 근대사회 그 자체가 예술의 주제가 될 수 있느냐 하는 흥미 있는 부면에 손을 뻗침에 이르렀으나 이곳에서 그는 근대사회의 산문성과 예술과의 극도의 모순 앞에 마주치지 않으면 안 되게 되었다. 그에게 있어서 예술의 주인공이 될 수 있는 자는 "세계사적 과정에 참여하고 혼자서 거대한 사회적 영향을 일으킬 수 있는 자유로운 자립적인 인간"이 아니어서는 안 되는데 그의 주위의 어느 곳에서도 그는 그런 사람을 발견할 수가 없었다. 왕후, 장군, 시민, 제4계급 그 어느 곳에서도 그는 이러한 인간을 발견할 수는 없었다. 사회는 무한히 분화하여 조직은 복잡해지고 직업은 전문화, 기계화되고 자기의 심정과는 무관한 법령은 지나치게 냉혹하여 인간은 자기의 자유 의견에 의하여는 아무것도 행동할 수는 없이 되었다. 다시 말하면 민족제도民族制度 시대의 역사적 통일에 비하여 이는 너무나 산문적이었다.

사회와 개인의 통일이 깨어졌을 뿐 아니라 세계는 세계로서 그리고 인간은 인간으로서 다시금 갈기갈기 분열되고 있는 곳에 근대사회의 산문성散文性을 규정하는 특수성이 있다 할까. 여하튼 헤겔은 이러한 사회, 이러한 인간은 예술의 대상이 될 수는 없다고 단언한다. 이리하여 그는 드디어 자유 획득을 위한 영웅적 인간을 비극의 주인공으로 설정한다는 고육책을 강구한다. 그러나 중세가 아닌 근대사회에서는 이러한 인간은 영웅이 아니고 시민적 질서의 반역자로서 범죄자로 되어 자멸하여 버릴 것이라고 한다. 결국 그에게 있어서는 근대사회의 산문성의 지양은 절망적인 것으로 보이었고 동시에 그곳에는 영원히 그가 요망하는 자유로운 자립적 인간은 찾아볼 수 없으므로 위대한 예술은 이곳에 사멸해 버리지 않으면 안 될 것으로 되고 말았다.

헤겔의 이 결론은 물론 지극히 비판적이다. 그러나 그는 그의 역사적 제약성에 의하여 이 산문사회의 현실적인 지양의 조건을 발견할 수는 없었다. 그리고 또한 장편소설의 리얼리스트 맹장들이 이러한 산문적인 현실을 직시하여 그의 분열, 모순을 용감히 묘파하는 가운데서 그의 훌륭한 예술의 길을 발견하고 그것을 후세에 이방에 사는 우리들에게까지 남겨 주리라는 것을 생각할 수는 없었다. 그리하여 그는 예술과 현실사회와의 모순, 그리고 개인과 사회의 분열의 해결을 예술의 사멸이라는 지극히 무력하고 항복적인 문제의 안출案出에 의하여 결론짓고 말았다.

그러나 우리는 이곳에 모순과 분열을 그대로 제시하는 가운데서 그의 표면을 현란히 화장하여 스스로 그것의 총아寵兒가 되어버린 흥미 있는 하나의 대상으로 붓을 돌리지 않으면 안 될 것이다. 그는 오늘 이 순간까지 항간에 수없이 많은 찬앙자讚仰者와 모방자를 만들어내고 있는 저 《악의 화華》의 저자이다.

보들레르의 성찰은 우리 문학의 현상에 있어 지극히 시사성을 띤 것이라고 나는 생각하고 있다. 왜냐하면 그는 알게마이네 크리제의 시대에 있어서 가장 영향을 주고 있는 현혹한 문학일 뿐 아니라 현대청년에게 침윤되는 감염성에 있어서도 결코 적게 평가할만한 존재가 아니기 때문이다. 시험 삼아 한 권의 시 잡지를 들고 보라. 또는 혹은 문사 제씨의 한 가닥의 수필을 보라. 무수한 유상무상의 보들레르의 맹목적 인용자, 에피고넨*, 모방자, 동감자―이리하여 조선의 신세대는 보들레르의 '저충'**에 의하여 좀 먹히고 썩어가고 있다. 보들레르의 비밀은

---

* epigone. 모방자. 아류亞流.
** 벌레.

수다한 우리들의 비밀이기도 하다. 동시에 이 계시에 차있는 독서를 즐기는 청년의 비밀로 되는 기회도 또한 적지 않은 것이다.

폴 부르제*는 그의 《현대 심리에 관한 시론》 제1조에서 "보들레르에게는 위선 연애의 특수한 개념이 있다. 그 신념의 특질은 우리들의 사회와 같이 조화를 상실한 범주에 속하여 있는 세 개의 형용사에 의하여 상당히 정확하게 표현되리라고 생각된다"고 말하면서 다시 이 세 개의 전혀 조화를 잃은 형용사를 설명하여 "동시에 신비가이고 쾌락가이고 특히 분석가이다"라고 기술하였다.

그리고 이 3종의 근대적 결합이 종교적 신념의 위기, 파리巴里 생활, 현대의 과학정신 등에 의하여 가공되어 그의 융합에 이른 것이라고 말하고 있다. "한정을 모르는 순결에의 갈망이 육욕에 의하여 가장 강렬하게 자극된 환락에의 격렬한 기아飢餓와 혼교混交되어 있다. 수다數多의 착란에 의하여 위협을 당하면서 분석가의 이지는 언제나 참혹하게 엄연히 그 힘을 잃지 않는다."

그러나 신비감이란 지성의 방축放逐에서 홀로 분리된 감각의 속에 남아있는 최후의 잔재이고 쾌락이란 건전한 인간적 이상과 사회적 행동에서의 도피가 가져오는 유일의 배설처가 아니었던가. 그러면 이러한 것과 혼연히 융합하는 분석적 정신이란 과연 무엇이었을까. 나는 그것을 착란한 감수성의 자기의식이라고 생각한다. 다시 말하면 스스로 자기 분열을 의식하고 극도의 모순 속에 처하여 있는 자기 자신을 깨닫는 가운데 다시금 그의 위치를 초극하려 않고 그의 환경을 스스로 향락하는 교양인의 교만한 정신의 유희. 그러므로 그것은 부르제와 같이 분석가나 과학적 정신으로 표현할 것이 아닐 것이다. 왜냐하면 존재에 대한 권태나 공포, 허무에 대한 흉포한 욕망과 기호가 추급追及하는 착란하고 전도된 신경

---

* Bourget, Paul(1852~1935). 프랑스의 소설가·평론가.

의 불합리한 천착을 분석이라고 일컬을 수는 없을 것이기 때문이다. 그러므로 보들레르는 극도의 염세주의와 구할 수 없는 허무주의와 데카당스의 이론가가 되지 않을 수 없었다.

이곳에 우리는 조선 문학이 가지는 유일의 보들레르적 존재, 그리고 이러한 퇴폐적인 병리적 분위기를 가장 많이 그의 예술에 표현한 고 이상*의 제작을 일고할 필요가 있다.

건축기사로서의 교양을 쌓아 가지고 세상에 나오자 맨 처음에 지식, 기술과 사회와의 새에 극도의 모순을 발견한 젊은 감수성이 그 뒤에 스스로를 데카당이라고 선언하였는지는 과문한 필자의 알 길이 없는 바이거니와 가공할만한 방약무인傍若無人의 태도로써 그가 '유곽과 같은' 침침한 작은 방 안에서 '밤이나 낮이나 잠만' 자며 현실에서 패배하고 생활에서 유리된 무능한 인텔리의 병적으로 날카로워진 신경을 희롱하고 속세에 대하여 역설을 던지며 홀로 자기분열을 향락하고 있었던 것만은 사실이다.

그는 스스로 초조해보고 스스로 안타까워하고 의심하고 일부러 애써 '연구' 하였다. 그가 작품의 처처에서 사용한다는 "나는 열심히 연구하여 본다"는 것은 단순한 상식적인 성질로 보건대 하나도 연구할 필요가 없는 것들이었다. 그는 내객來客이 처에게 어째서 돈을 줄까 하고 연구해 보았고 다시 처는 어째서 매일같이 50전의 은화를 자기에게 주는 것일까 연구해보나 상식인에게는 하등의 연구의 대상이 되지 않는 뻔한 사건들이다.

아니 이상 자신도 이것은 잘 알고 있다. 그는 그 연구의 아슬아슬한 과정을 스스로 향락하고 싶을 따름이다. 무기력, 무능력, 무의미를 신비화

---

* 李箱 : 시인·소설가(1910~1937). 본명은 김해경金海卿. 초현실주의적이고 실험적인 시와 심리주의적 경향이 짙은 독백체의 소설을 써서 문단의 주목을 받았다. 작품에 시 〈오감도〉, 소설 〈날개〉〈종생기終生記〉, 수필 〈권태〉 따위가 있다.

하고 과장하여 그는 그의 동물적 상태를 득의의 신경기능에 의하여 분석(연구)한다. 물론 이 분석은 착란錯亂되고 거꾸로 선 자의식이다. 그러면서도 자의식이 홀연히 정지되는 순간 그는 현실에서의 비상을 꿈꾸어 날개를 요구한다. 그러나 이것이 분열이나 모순의 극복을 위한 집착執着한 비약이 아니라 현실 생활의 권태에서의 신비적 여행인 것은 물론이다.

〈날개〉 이후의 〈동해童骸〉〈종생기終生記〉 등을 보면 전자에서는 볼 수 없었던 허세가 도처에 느물거리고 있다. 신부와 얼굴과 완력에 대한 허세, 이 자각된 최후의 허세는 불쌍한 자기분열의 최종의 자기희롱이 아닐런가. 그는 의식했건 안 했건 하나의 단명한 데카당이었다.

그러나 문제는 보들레르와 이상이 자기분열의 향락자이었다는 것, 그리고 그들이 데카당이었다는 것을 증명하는 데 있다느니보다도 이것이 여하히 하여 발생하였으며, 그리고 조선 문학의 새로운 세대들에 대하여 이것이 그처럼 매혹적인 이유가 어디 있는가를 구명하는 데 있지 않으면 안 될 것이다. 폴 부르제도 전기의 저술에서 그것을 다음과 같이 서술하였다.

그는 가장 빈번하게 '불건전' 이라는 형용사를 그의 이름 위에 얻어 달지 않으면 안 되었던 작가일 것이다. 이 형용사가 만일 상술한 바와 같은 종류의 정열이 그의 요구에 적합한 환경을 발견하기는 지극히 곤란하였다는 의미로 씌어졌다면 그것은 정당하다. 인간과 환경과의 새에 모순이 있다. 그 결과 정신적 위기와 심정의 고민이 발생한다.

여기에 만일 '환경' 이란 말 대신에 '사회' 라는 두 자字를 갖다 놓으면 이야기는 일층 더 정확해질 것이다. 그러나 이곳에서 다음과 같은 기록을 빌려오면 데카당스의 발생적 근거는 더욱 명백해지지는 않을까.

고전적인 시민적 이데올로기는 자기의 역사적인 운명을 현실적으로 생활하면서 장래 세계에 대하여 건전한 이상에 불타고 있었다. 임페리얼리즘*의 이데올로기는 현실의 세계사적 동향에 대하여는 온전한 개인주의적 맹안자盲眼者이었다. 혹자는 풍윤豊潤한 이윤의 분배를 가슴에 안고 새로운 생활관계가 가져다준 도락道樂에 자기 만족하여 있었다. 기외基外의 다수한 소시민적 이데올로기는 가혹한 현실에 눌리어서 현실공포증에 걸려 있었다. 심오한 세계관이라든가 거대한 사회적 관심이라든가를 완전히 상실해 버리었던 그들은 두드릴 문을 발견할만한 눈을 갖고 있지 못하였다. 이리하여 현실로부터의 각양각색의 도피와 염가의 회의주의와 쾌락주의가 그들이 의뢰할 유일의 지주로 되었다.

지금 조선의 새로운 문학적 세대들의 보들레르 열熱은 자기가 실행할 수 없는 것을 대신 앞서서 단행한 것에 대한 매혹, 그리고 자기분열을 초극하려는 문학적 에스프리** 대신에 모순의 소심한 향락적 심리의 대치, 통틀어 청년들의 정신적 생활적 빈곤의 문학적 투영이라고 볼 수 있을 것이다. 희랍예술에 대한 매력이 그의 건강성에 있다면 보들레르와 이상에 대한 매력은 그의 병적인 곳에 있다 할 것이다. 현대의 자기분열은 일방으론 건강성, 타방으론 병적이고 퇴폐적인 곳에 그의 취미의 화합할 수 없는 양극을 갖고 있다.

그러나 우리는 이러한 분열을 향락하거나 모순에서 도피하는 것이 아니라 이의 초극과 통일을 꿈꾸어 적극적인 상극 속에서 산 보다 생기 있는 문학적 전형을 갖고 있다는 것을 망각할 수는 없다. 허다한 리얼리스트 그 중에서 만일 괴테를 들어본다면 그는 이 모순을 무난히 간파하여 가장 쉽사리 처리해버린 중의 한 사람인 듯하다. 그는 개성의 반역과 사

---

* 제국주의.
** esprit. 정신.

회 환경에의 순응과의 간間에 준순*하기를 거부하고 "개인에게 있어서는 귀속한다는 것은 오직 사회에 봉사하는 것만으로 되는 것이 아니라, 자기 자신에 대하여 봉사하는 것으로도 된다"라고 말하고 있다.

그러나 우리들의 흥미가 예술과 현실생활과의 극도의 상극에서 허둥지둥하면서 끝까지 이 갭에서 물러나지 않고 생애의 마지막 순간에 이르도록 질식할 듯한 번민에 머리를 잡아 뜯던 '복수와 비애의 시인' 네크라소프**에게로 옮아감을 걷잡을 수 없는 것은 어인 일일런가. 역시 우리에게는 만족한 바이마르의 대신***보다도 시정의 일개 시인 문필노동자의 끊임없는 고투가 매력이 있는 때문일까. ―"자기의 과거의 생활 속에서 목격한 많은 사람들같이 지붕 밑 누거陋居에서 뻐드러져 죽어버리는 경애境涯에는 떨어지고 싶지 않다. 그러나 죽은 그 순간부터 세인의 기억에서 사라져서 그림자도 남기지 않는 그러한 경애境涯에도 있고 싶지 않다. 그리될 바엔 나는 오히려 블라디미르 가도(시베리아로 가는 길)를 택할 것이다. 끊임없이 나를 엄습하는 이러한 내심의 갈등에 의하여 나는 번뇌를 거듭하고 있었다. 영원은 한 가지를 속삭인다. 그러나 현실생활은 전혀 딴 것이었다."

물질적 안정을 구하는 마음과 시대의 선구자적 이상에의 동경과의 새에 부동하는 네크라소프는 그 자신 가장 격심한 자기분열의 체험자이었다. 그러나 그는 그의 임종의 때에 이르도록 '불쌍한 일 시민'인 자기의 시가 민중에게 조그만 양식이라도 될 것인가 하는 불안을 떨쳐버리지는 못하였다. 이리하여 그의 세계의 이원성은 우리에게 거대한 애모의 정을 일으키어 마지않는다. 이것은 당시의 러시아 인텔리겐차의 하나의 공통

---

* 逡巡 : 어떤 일을 단행하지 못하고 우물쭈물함. 또는 뒤로 멈칫멈칫 물러남.
** Nekrasov, Nikolai Alekseevich(1821~1878). 제정 러시아의 시인. 농민들의 운명을 노래한 시를 지어 농노 해방에 선구적인 역할을 하였다. 작품에 〈데카브리스트의 아내들〉 등이 있다.
*** 괴테를 가리킴.

된 체험이었고 동시에 이 역사적 순간에 처한 우리들의 부인할 수 없는 일반한 심리이기 때문이다.

　감수성이 우둔하고 문화적 전통이 희박한 우리들에게 있어 자기분열이나 혹은 주체의 성찰이란 것이 해결되어야 할 중요한 과제로서 등장하게 되는 국면은 그러나 보다 더 구체적이고 특수적인 부면에 속하지 않을 수 없다. 물론 일반적인 의미에서 그의 사회적 근거를 찾아 올라간다면 개인과 사회와의 괴리나 사회의 신분적 내지는 계급적 분열에 부딪칠 것이며 다시 더 쫓아 올라가 본다면 그것은 생산제관계의 생산제력과의 모순이라는 초점에 봉착하고 말 것이다. 물론 이러한 일반적인 관찰은 필요하고 정당하다. 그러나 원리의 해명이 그대로 곧장 시사성을 띤다고는 일률적으로 단언할 수 없는 것이며 우리들에게 있어 논의되고 있는 바 자기 분열의 문학적 초극은 실로 이 비비드한 부면을 취급하는 마당이 아닐 수 없다.

　그러므로 이상과 같은 원리의 위에 서서 우리는 위선 이 땅의 문학하는 사람들이 소시민 지식층이라는 것을 성찰한다. 이러한 성찰의 결과 우리는 그가 처하여 있는 바 역사적 지위를 과학적으로 인식함에 이른다. 이렇게 인식된 것이 현재의 순간에 있어서 구체적으로 설정된 문학의 주체다.

　그러기 때문에 우리들에게 있어서는 객관세계의 모순이나 분열이 문제인 것보다도 주체 자신의 타고난 운명에 의한 동요와 자기분열이 중심이 되어 우리의 앞에 대사* 되었다. 아니 객관세계의 모순을 극복하노라고 자기 자신을 돌보지 않았던 주체가 한번 뼈아프게 차질을 맛보는 순간 비로소 자기의 속에서 분열과 모순을 발견하게 되었던 것이며 이것의 정립과 재건 없이는 객관세계와 호흡을 같이 할 수는 없으리라는 자각이

---

* 大寫 : 클로즈 업(close-up).

그의 마음을 혼란케 하는 과정으로 정시呈示되었다는 것이 보다 정확한 관찰일 것이다.

자기의 운명을 거대한 집단의 운명에 종속시키고 불이 이는 듯한 열의를 그 속에 발견하면서 그곳에서 혼연히 융합되는 객관과 주체의 통일을 현현하던 고귀한 순간은 그러나 한번 물결이 지난 뒤에 가슴에 손을 얹고 자기를 주시해 볼 때에 그것은 실로 관념적인 작위의 여행 계절이 아니었던가 하는 적막한 자기성찰을 가짐에 이른다. 혹자는 애상과 감상을 읊조리며 "얻은 것은 이데올로기요 잃은 것은 예술이라" 하여 그곳에 아무러한 상극도 경험하지 않으려고 급각도로 순수예술의 항구에 직행하였다. 혹자는 그곳에 자기비판이란 언급을 걸고 승려적 참회를 되풀이하였다. 그리고 혹자는 자기를 합리화하기에 바빠서 한번은 인간에의 귀환을, 그리고 그 다음엔 왜곡된 휴머니즘을, 또 혹은 전통의 세계를 배회하였다. 그러나 그러한 가운데에서도 이 과정을 결코 소홀히 취급하지 않으려고 갖은 악매*와 조소를 받으면서 불이 닿는 듯한 열의를 가슴에 숨긴 채 고요히 자기를 수습하려는 성실한 양심이 결코 없어진 것은 아니었다. 부서지고 깨어진 자기를 부둥켜 세우고 주체의 분열을 초극하는 길을 안타까이 찾으려고 극도로 준엄한 박탈剝奪의 탈을 들고서 자기 자신을 고발하려는 에스프리가 즉 이것이었다. 우리는 지난날의 일체의 문학적 실천의 과오와 일탈을 소시민적 동요에 기인하는 것이라고 개괄해본다. 주관주의적 내지는 관조주의적인 창작상의 제 결함을 주체의 소시민성에 귀납시켜 본다. 이러한 때에 어찌하여 〈주체의 재건과 문학세계〉의 논자**는 주체 그 자신의 속에서 분열과 모순을 발견하려 하지 않는가! 주체 자신의 소시민성을 어찌하여 뚜껑을 덮은 채 홀홀히 지나치려 하는가!

---

* 惡罵 : 모진 꾸지람.
** 임화를 가리킴.

문학의 세계에선 허영은 금물이다. 허세도 필요치 않다. 그러므로 우리는 이 순간에 있어서의 문학의 주체를 구체적으로 성찰함에 결코 인색하여서는 아니 된다. 이것의 성찰을 회피하는 마당에서 논의되는 주체와 객관의 문학적 통일의 문제란 한낱 추상적인 문학적 유희일 따름이다.

나는 최근 시마키 켄사쿠*의 장편에서 일개의 학생이 자기분열을 농민에의 전화에서 초극하려고 그곳에 눈물겨운 고투를 전개하는 것을 보았다. 〈생활의 탐구〉의 주인공이 지식인으로서의 극도의 번민을 농민에의 자기 개조에서 해소하려고 그곳에 주체의 건립과 객체와의 통일을 기도하는 동안 얼마나 자기 자신을 잔인하게 박탈하고 고발하는가를 보았다.

그러나 물론 소시민 지식인 일반이 문제라는 것보다도 구체적으로 우리에겐 문학자가 문제이었다. 소시민 지식인으로서의 문학자, 시민사회의 서자로서의 문학자! 이것의 성찰 뒤에 오는 문제를 우리는 집요하게 따라가야만 한다.

그러면 우리 문학에 있어서 객체란 구체적으로 무엇을 말함일런가? 쉽게 말하여 그것은 묘사의 대상이라고 할 수 있다. 그러나 보다 정확하게 말하여 문학적으로 파악되고 인식될 객관세계다. 문학을 인식론과 교섭시킨 현대 유물론의 공적은 이곳에 가장 높이 평가되어야 할 것이다.

그러나 객관세계를 인식하기 위하여는 과학으로서 충분하지 않았는가. 이곳에 세계관이 절대적인 연관성 밑에 지도적 지위를 가지고 문학에 임하면서도 역시 문학의 주체는 세계관의 이론적 파악만으로는 건립되지 못한다는 이유가 있다(흔히 세계관이라면 어떤 특정된 주의 학설을 연상하는 모양인데 이것은 그렇게 협착하게 생각할 것이 아니라 역시 토사카 준**류로 세계직관이라고 넓게 생각해 봄이 좋지 않을까).

---

* 島木建作 : 일본의 소설가(1903~1945). 〈생활의 탐구〉가 대표작이다.
** 戶坂潤 : 일본의 철학자(1900~1945). 마르크스주의 철학자. 1932년 결성된 유물론연구회唯物論研究會의 주 멤버였다. 다른 일본 마르크스주의자들과는 달리 전향하지 않았다.

그러므로 문학의 주체로서의 작가에게 있어서는 역사, 계급, 민족, 사회, 국가, 인류의 높고 깊은 문제를 얼마나 절실하게 자기 자신의 절박한 문제로 하고 있는가가 중요하였다. 문학에 있어서는 주체와 객체의 교섭과 통일이 이러한 국면으로서 제출되는 때문이다. 객체로서의 생활과 세계가 알게마이네 크리제의 시대에 있어서는 구체적으로 여하한 것인가를 이론적으로 인식하는 것으로서 끝나는 것이 아니라 작가가 이 문제를 얼마나 절실하게 자기 자신의 것으로 하고 있는가, 그리고 이러한 가운데서의 자기 자신을 얼마나 사회 전반의 문제 속에서 해결하면서 있는가가 중요하였다. 이것 없이는 주체와 객체와의 통일은커녕 터무니 객체에 대한 문학적 파악, 예술적 인식이 성립되지 않을 것이기 때문이다. 그러나 우리는 주체가 자기 분열된 것을 그대로 방기하고 앞질러서 그와 객체와의 통일을 말하여 버렸다. 우리는 좀더 주체의 수습과 건립을 위하여 사색을 계획할 필요가 있지는 않을까.

현재의 순간에 있어서 문학의 주체를 소시민 지식인이라고 구체적으로 설정해 놓고 다시 그것이 한번 한정을 모르는 비둘기와 같이 비상하였다가 가책訶責 없는 현실에 부딪혀서 뼈아픈 패배를 경험했다는 것과 그리고 그것이 격렬한 자기 분열의 속에 허덕이고 있다는 것 등을 우리는 위에서 보고 있다. 그리고 이것으로 인하여 우리들의 작가는 리얼리즘의 가운데에 아이디얼리즘이 침범하는 것을 막을 수가 없었다는 것도 위에서 보고 왔다.

이리하여 나는 이러한 모든 것의 극복을 위하여 일찍이 고발의 정신을 제창하였고 다시 치열한 자기분열의 속에서 주체를 건립하는 최초의 과제로서 자기고발의 문제를 제기하였던 것이다. 나는 누누이 이야기해온 이 문제를 이곳에서 다시금 되풀이하려고는 하지 않는다. 그러나 나는 하나의 가장 유력한 비판에 대답해 둘 필요는 있으리라고 생각한다. 가로되 고발정신은 현실의 암흑면만을 보고 긍정적인 면은 보지 못하므로 일면적이고 부정적인 리얼리즘에로 통하는 에스프리라는 것이다.

그러나 대체 이러한 변증법이 나는 얼마나 훌륭한 것인지를 아직도 깨닫지 못하고 있다. 한편에는 긍정적인 면이 있고 또 한편엔 부정적인 면이 있다. 예술은 이 중의 어느 한편만을 그려서는 아니 된다. 그것은 일면적이다. — 이러한 평등이론, 공평주의公平主義를 나는 변증법이라고 부를 아량이 없다. 나에게 있어서 필요한 것은 부정의 부정이 긍정이라는 것, 지양 위에서는 높은 긍정만이 이해되어야 한다는 것 이것이다. 고발의 대상은 증오에 해당하는 일체이고, 이러한 증오를 무찌르는 고발의 정신은 증오에 치値한 것까지를 널리 포함하여, 인간의 위대한 능력과 그의 생활과의 사랑하는 긍정의 감정이라는 것, 이것이 정당히 이해되기를 나는 희망한다. 대체 애愛의 정서가 없고 긍정의 정신이 없는 곳에 여하히 하여 고발이나 자기고발이 있을 수 있을 것이냐! 제씨는 허무주의자에게서 부정 일관론자에게서 고발이라는 에스프리를 발견할 수가 있다고 생각하는가?

그렇다! 생활에 대한 높은 사랑의 정서를 우리는 다시금 인식하여야 한다. 이것이 또한 데카당스의 이론과 고발의 정신의 영원히 상교相交할 날이 없는 분기점이다.

고리키는 새로운 문학을 정의하여 가로되 1.왜곡된 인간성과 생활을 극도로 증오하는 문학 2.인간의 위대한 힘이 일체의 것을 창조하고 개조할 수 있다는 것을 사랑하고 예찬하는 문학 3.부인을 사랑하고 소중히 여기는 문학 4.아이를 귀여워하고 중하게 다루는 문학이라고 말하였다고 한다. 이 얼마나 높은 사상이냐!

주체의 문제를 중심으로 다시 일어나기 시작한 생활에 대한 재인식은 그러나 우리에게 다시금 새로운 마의 수레바퀴를 던지고 있지는 아니한가.

현대 작가에게 있어서는 여하히 묘사할까의 문제보다도 여하히 생활할 것인가가 보다 선행되는 문제라는 것은 요즈음의 하나의 상식이다. 다시 말하면 여하히 묘사할 것인가의 문제 속에 들어 있는 주제와 묘사의 문제가 결국 작가의 생활로써 결정된다는 이론이다. 나는 물론 이러한 이론에 찬성한다. 그러면 생활이란 개념이 가지고 있고 동시에 이 문제에 부딪쳐서는 다시금 헛되이 온 길로 돌아서지 않으면 안 된다. 소위 마의 수레바퀴란 무엇인가. 가령 그것을 다음과 같이 표현해 보자. — 생활은 높은 의미에 있어서의 실천이다. 우리가 아무리 생활적 실천을 가지지 못하고 또 가질 길이 망연한 지금에 있어서는 그러면 예술문학의 갈 길은 막혀있는 것이 아니냐. 이곳에서 아무리 작가에게 앙양昻揚된 생활의 실천을 가지라고 부르짖는다고 하여도 그건 아무 소용도 없는 공허한 염불일 따름이다. 그러니까 리얼리즘의 실제상의 문제는 막다른 골목에 봉착하였거나 그렇지 않으면 온 길을 다시 거꾸로 돌아갈 수밖에 없다.

이런 식으로 재인식하게 되는 생활은 물론 생활과 이론 등으로서 표명될 하나의 지극히 격렬한 상극의 면모임에는 틀림없으나 또한 극히 교묘하게 대두되는 정치주의의 신판인 것도 사실이다.

예술과 생활의 분열을 이러한 생활의 인식으로 끌고 간다면 그곳에는 영원히 해결될 수 없는 이원론이 남을 뿐이다.

이러한 이론과 직접 연관되어 있는 문제는 예컨대 문학자와 사회적 인간의 상극이다. 다시 말하면 문학자는 문학자이기 전에 위선 사회적 인간이다. 그러므로 사회적 공인으로서의 임무를 다하여야 하지 않느냐 하는 이론이다. 이것도 물론 신판 정치주의이고 새로운 이원사상이다.

이러한 사상들이 예술과 사회(정치, 생활)와의 모순과 상극을 통일하기 위하여 사고된 것임을 나는 잘 알고 있다. 그러므로 이 문제에 대한 해결은 그것이 이원론이라는 것을 증명하는 것에 의하여 완성되는 것이 아님도 자명한 일이다. 실로 이러한 모든 것을 극복하고 통일하는 일원

사상이야말로 요망되어 있는 것이다.

그러나 대체 문학자에게 있어서의 생활적 실천이란 무엇이며 작가에게 있어서의 사회적 실천이란 무엇일 것이냐? 나는 그것을 문학적 예술적 실천이라고 말하려고 하며 또한 이것 이외에는 있을 수 없다고 단언한다. 왜냐하면 문학자는 정치가나 사회운동가가 되는 것에 의하여 그의 생활적 실천을 가지는 것이 아니라 문학적 실천, 문학가적 생활에 의하여 사회와 인류에게 봉사하는 것이기 때문이다. 인류의 전세계사적 동향에 문학자가 관여하는 것은 결코 정치가로서가 아니라 예술을 들고 문학적 실천과 생활을 가지고 참가한다는 것을 정당히 인식하지 않으면 안 된다.

이것은 물론 문학자가 정치적 활동을 하거나 이여爾餘의 딴 세계에 참여하는 것을 거부하는 이론이 아니다. 오직 그것은 특정된 일개인의 문제이지 문학의 주체를 논의하는 마당에서 생각할 바가 아니라고 말할 따름이다. 그가 공장으로 가건 또는 정치의 가운데로 가건 그것은 그의 자유이다. 그러나 그것은 문학자로서 반드시 가야할 길도 아니고 또한 문학이 세계적 운동에 참여하는 유일의 길도 아니다. 문학자는 문학적 실천을 가지고 문학적 생활을 가지고 이 가운데로 간다는 것만이 유일의 진리이고 또한 예술과 생활, 문학과 정치와의 통일하는 유일의 일원一元이다.

이것이 또한 주체의 자기 분열을 초극하는 유일의 방향이며 객관과 교섭하여 통일되는 단 하나의 고발정신의 가는 길이다. 그리고 다시 이러한 태도만이 사회와 개인과의 격화된 모순을 문학적으로 지양하는 단 하나의 정당한 길이 될 수 있을 것이다. 이렇게 생각하면 현대 작가는 분열의 시대에 탄생한 것도 사실이나 또한 그의 초극의 시대에 살고 있다는 것도 사실일 것이다.

이리하여 유구한 인류의 역사가 우리에게 부과하고 동시에 먼 뒷날의 행복된 후세인後世人이 현순간의 현대 작가에게 요구하는 바는 시민사회의 카타스트로피*의 시대에 있어서의 사회와 개인과의 복잡하고 격화된 분열을 광범히 개괄하는 동시에 이의 초극과 통일을 위하여 쓰여지는 노력과 고난의 반영을 훌륭히 담는 문학적 재산일 것이다.

(부기=객년客年 6월 초순 본지本紙 상에서 고발정신을 제의한 이래, 다수 문우의 성실한 비판을 받았으나 일일이 대답할 기회를 갖지 못하였다. 그 후 나이 미약한 창작상 경험과 아울러 제씨의 비판에 의하여 첫 번 의견과는 달라진 곳이 많은 것은 나의 쓰는 글에서 보는 바와 같으며 동시에 비판이 부당하다고 생각되는 곳은 특히 작년 말 본지 상에 실린 〈유다적인 것과 문학〉의 일문과 이 글을 보아주기 바란다) (戊寅 1월)

—《조선일보》(1938. 1.27~1938. 2.2).

---

* catastrophe. 파국. 대변동.

일신상 진리와 모럴
— '자기'의 성찰과 개념의 주체화 —

　과학적 개념이 갖는 합리적 핵심이란 그것이 실재實在와 일치하는가 안 하는가의 여하에 의하여 결정된다. 세계의 인식이나 탐구의 과정에서 압도적인 필연성을 갖는 것을 합리적이라고 부르고 그렇지 못한 것을 불합리적이라고 불러 우리는 그것을 개념이나 범주에서 진리 아닌 영역에로 영원히 처치해 버린다. 그러므로 이론적인 개념이나 논리적인 범주가 합리적이냐 아니냐 하는 문제는 실험과 실증과 그리고 무엇보다도 실천에 의하여 증명되고 판단된다. 아니 이러한 인류의 유구한 실천을 통하여 그 성과로 얻는 것이 합리적인 핵심을 갖고 있는 다름 아닌 과학적 개념이다.
　그러나 내가 〈도덕의 문학적 파악〉이라는 졸고에서 도달한 바에 의하면 문학이란 이러한 과학적 개념이 표상되고 감각적으로 형상화된 것을 가리킴에 불외不外하였다. 다시 말하면 과학과 문학의 차별, 동일을 성찰하여 그의 교섭을 규명하고 그의 기능을 따라서 본 결과 해 단문該短文이 얻는 바는 과학적 개념과 논리적 범주에 의하여 구체적으로 분석된 진리를 일신상의 어스펙트를 거쳐서 재 제출再提出한 것, 그러므로 이 주체화의 과정을 통과하여 종국적으로 표상화된 것을 가리켜 문학이라고 부르며 동시에 이 일신상 각도角度를 지날 때에 제기되는 것이 '모럴'이라는 데 있었다. 결국 졸고의 성과에 의하면 문학에 있어서의 주체 문제라든가 또는 작가에 있어서의 주체적인 입장의 문제란 이론적 개념이 수행한 바 공식의 기능을 인계하여 이것이 성과로서 물려주는 바 사회적 진리를 구유具有한 사상을 문학적으로 여하히 주체화할 것인가의 문제이었다.

그러므로 '모럴'에 대한 연구는 창작방법과 세계관의 논의가 달성한 듯 만 듯 한 철학(이론·과학)과 문학과의 교섭이나 연락을 일층 과학적으로 성찰하는 결과를 낳을 뿐 아니라 어떠한 작가, 구체적으로 나 같은 작가가 창작과정에서 필연적으로 느끼는 여러 가지 공혈空穴과 모순과 고민을 구체적으로 명백히 하는 성과까지를 낳을는지도 알 수 없다. 아닌 게 아니라, 우리가 현재 가지고 있는 태반의 작가나 시인이 붓을 들고 또는 놓을 때, 항상 느끼고 마음 저려하고 안타까워하는 것은 자기가 가졌다고 생각하는 세계에 대한 인식이 문학 작품 속에서는 사멸한 개념의 파편으로 나가 뒹군다는 데서 오는 불안과 불만인 것이다.

리얼리스트라고 불리어지는 우리들이 어찌하여 아이디얼리즘의 침범을 거부하지 못하는가? 세계관의 파악이 불철저한 때문일까. 사회와 개인과의 괴리乖離의 결과일까. 그것도 있을 것이다. 그러나 문제를 좀더 문학의 본질에 즉卽하여 고찰해 볼 필요가 있다.

안함광* 씨는 이러한 갭을 메우려는 작가의 주체성찰은 문학 이전에 문제라고 한다. 다시 말하면 주체의 분열을 초극하기 위한 문학적 실천은 불필요하다고 말한다. 그러나 문제를 문학 이전으로 돌려버린다고 하여도 결코 당면한 문제가 해결된 것은 아니다. 이곳에는 문학 이전과 문학 이후의 기계적 분리와 생활적 실천과 문학적 실천의 이원적인 절리切離의 사상이 남을 뿐이다. 2, 3개의 작품을 쓰는 것으로 주체의 분열이나

---

* 安含光(1910~1982). 문학평론가. 조선의 특수성을 기초로 한 사회주의리얼리즘을 주장하였다.

객체와의 모순이 해결되리라고 생각하는 것은 너무도 현실을 앳되게 보는 것이라고 안 씨는 말한다. 지당한 말이다. 그러나 문학은 실재 반영의 일 양식이었다. 작가가 현실적으로 한 사람의 인간일진대, 그리고 그가 현실과 어떤 의미에서든지 실랑이를 하며 생활하고 있을 때에 문학이 그것을 반영하는 것은 이 또한 당연하지 않겠는가. 그러므로 한두 개의 작품을 쓰는 것으로 주체의 분열이 초극된다는 것이 아니라, 적건 많건 주체 초극을 위한 작가의 생활상 노력이 작품 위에 반영된 것에 불과하다. 생활과 묘사가 서로 맞부딪친단 말은 구체적으로 이런 것까지를 포함하여 말함은 아니었던가.

만일 작가의 주체 초극의 노력을 문학이 반영한다고, 그것을 문학의 사도邪道라 볼진대 인간 개조의 문학은 씨 등에 의하여 헛되이 거부될지도 알 수 없다. 그러나 왜곡된 인간성을 개조하는 사업을 회피하면서 시민 사회의 혹종或種의 인간이나 정황을 묘사한다는 것은 전혀 무의미하다. 난센스나 이른바 통속문학이 이러한 태도 위에 선다. 그러나 성실한 문학은 언제나 어떠한 정황이 어떠한 인간성을 왜곡되게 만드는가, 또한 여하한 성격적 전형이 정황의 개조를 위하여 노력하면서 자기의 성격을 개조하고 있는가를 성찰하는 가운데서 그 자체를 성립시켰다.

나의 비판자 한 사람은 이러한 때에 작가를 향하여 현실의 가치를 알라고 권한다. 그러나 나의 우견愚見에 의하건대 현실의 가치를 안다든가 생활의 가치를 아는 것만으로써 문학이 구원되는 것은 아니라고 생각한다. 현실의 가치를 안다든가 생활의 가치를 아는 것은 물론 근본적으로 필요하다. 그러나 이것으로써 충분한 것은 아니다. 만일 논자의 주장대로 현실의 정당한 인식만으로 문학이 달성된다고 할진대 문학자는 이 세상에 존재할 필요가 없을 것이다. 과학자이면 그만일 것이다. 하고何故 냐 하면 객관세계에 대한 가치의 인식은 과학으로서 이미 충분하기 때문이다. 혹자의 《제국주의론》이나 어떤 철학자의 저서나 모 씨의 《농업이론》

이나 또는 어떤 학자의 《사회사》가 과거로부터 현재를 거쳐 미래에까지 유구하게 흐르는, 유동하는 현실의 가치인식이고, 생활지표인 경우에 그럼에도 불구하고 문학이 또한 존재하고 다시 존재하여야 하는 이유는 문학이 실재 반영의 '방법'의 차이에 의하여 과학과 그 본질을 달리하는 때문이 아니었던가.

과학의 기능과 문학의 성능을 인식 목적의 차별에서 성찰하고 구체적으로 어떤 작가가 자신의 과학적 안식眼識이 도달한 세계 직관에서 지극히 원격遠隔한 거리 위에 선 자신의 문학적 표상을 발견하여 그 간間의 공혈空穴을 적게 만들려고 노력할 때에 "현실을 알라"는 구호는 확실히 너무나 범연泛然하다고 아니할 수 없다. 진리는 구체적인 것을 토구討究하는 마당에서 일반적인 구호를 되풀이하는 것에 의하여 달성되는 것은 아니다. 일반적인 것, 원리적인 것을 가지고 개별적인 것, 구체적인 것을 그와의 관련 속에서 해결하는 것만이 진리이다.

과학적 개념이 구체적인 분석을 통하여 얻은 '현실' 세계에 대한 인식을 인계하여 비로소 그의 성능을 동원하는 것이 문학이 아니면 아니 된다. 그러므로 비판자가 말하는 "현실을 알라"는 구호는 과학의 종국의 달성이면서 겨우 문학 기능의 최초의 단초에 대하여 계주봉繼走棒을 옮겨 주는 장면을 운위하고 있음에 불과하다. 나 역시 이 두 개의 세계를 대립시키고자 함은 아니다. 과학과 문학을 절대적으로 대립시키는 것은 우리가 이미 성찰한 바와 같이 관념론 미학의 입장이었다. 양자의 차별과 통일을 면밀히 성찰한 뒤에 이것을 교섭시키는 것이 다름 아닌 '모럴론'의 정당한 입장이다. 혹자에 의하면 나는 리얼리즘 발전을 방해하는 자라 한다. 그러나 나는 만인의 앞에서 단언하되 리얼리즘의 일보 전진을 꾀하는 외에 나의 본의는 있지 아니하다. 리얼리즘의 원리나 일반론의 되풀이가 모든 문제를 해결지을 수 있다고 생각하는 우매한 두뇌에는 작가나 혹은 문학 자체가 당면하여 있는 문제를 구체적으로 성찰하는 태도는 항상 이단으로밖에 볼 수 없을 것이다. 이리하여 '모럴론'의 입장은 고발의 에스프리의 입장이며 동시에 리얼리즘의 입장이다.

이 자리에서 무엇보다도 요청되는 것은 문학이 일신상의 진리라는 것을 강조하고 천명함이다. 과학의 대상은 진리다. 이에 대하여 문학의 대상하는 바는 일신상의 진리이다. 일신상의 진리란 과학적 개념이 주체화된 것을 말함이다.

실재의 인식을 일신상의 도덕으로 파악하고 이렇게 하여 주체화된 도덕을 객관적 인식으로 다시 교역交易하는 태도가 즉 이것이다. 실천이나 행동을 거쳐서 물질적 논증을 얻은 과학적 범주와 개념을 작가 자신의 것으로 완전히 주체화하여 이것을 일신상의 진리로써 파악하고 이것에다 상상력이나 과장이나 시사, 상징 등등의 성능을 동원시켜 육체화시킴으로써 궁극적으로 문학적 표상에 이르는 것이다. 그러므로 작가에 대하여 우선 필요한 것은 세계관을 가지라든가, 현실을 알라든가 하는 것을 몇 번이고 되풀이하여 들려주는 곳에 있는 것이 아니다(귀에 흠이 돋도록 우리는 그것을 들어왔다). 진리가 일신화되고 주체화된다는 것이 구체적으로 무엇을 말함인가를 천명하는 데 있지 않으면 안 된다고 나는 생각한다.

문학이 도덕을 대상으로 할 때, 진리는 과학의 기능이 도달한 곳에서 일층 연장되어 문학의 가운데서 표상화될 수 있다고 나는 전기前記의 졸고에서 말한 바 있었다. 도덕은 그러나 풍습, 습관에 이르러서 구체화된다. 이리하여 도덕, '모럴', 풍속 등의 제 관념을 일신상 진리의 문제와 더불어 성찰하는 것은 초미焦眉의 과제가 되지 않을 수 없다.

세계관과 창작방법의 상호 침투의 문제, 과학적 개념과 문학적 표상의 교섭의 문제가 이곳에서 새로운 국면을 통하여 가장 비비드한 장면에서 토구될 것이다.

상식적으로 도덕이라는 관념을 규정할 때에 우리가 귀에 익히 들은 바는 그것이 선악을 판단하는 고정 불변하는 덕목이나 도덕률을 가리키는 개념으로서였다. 수신修身 이래 우리는 항상 사물을 선악에 의하여 판단하는 도덕주의를 갖고 있다. 그러나 이곳에서 문학적 개념으로서 도덕 혹은 '모럴'이란 말이 사용될 때엔 이러한 통속적 관념으로 화한 도덕주의가 연상되어서는 아니 된다. 만일 문학이 도덕을 대상으로 한다든가 또는 어떤 문학에 '모럴'이 있다든가 하는 것을 이 문학은 선하다든가 악하다든가 하는 등류等類로 해득해 버린다면 이 이상 더 고약스런 공리주의는 없을 것이요, 이보다 더 심하고 저급한 프래그머티즘*은 없을 것이다. 본래 이러한 선악의 도덕주의는 문학은 고사하고 과학까지도 엄격히 기피하는 바이다. 사물의 이론적인 토구는 그것의 선악 판단이나 선고는 아니며 어떠한 사회 문제를 이론적으로 분석하는 것은 결코 그것이 선하냐 악하냐를 말하는 것과는 별개의 문제이다. 아동은 일체의 사회문제를 항상 도덕문제로 환원해 버린다. 아동은 이론적인 분석 대신에 모든 문제를 선하냐 악하냐로써 결단한다. 이리하여 과학적 검토를 기피하는 수단으로 도덕이 이용되기도 한다. 이러한 상식적이고 통속적인 관념으로써 도덕이 운위되는 경우에는 그러므로 그것은 반과학적 반이론적이라는 의미를 띠게 된다.

  과학적 관념에 의한 도덕은 물론 상술한 상식적 도덕관을 극복하는 곳에 성립된다. 과학은 우선 도덕을 역사성에 있어서 파악하여 그것을 하부구조 위에 건설되는 상부구조로서 보려고 한다. 그러므로 상식적 관념이나 윤리학이 갖고 있던 도덕의 형이상학설은 무엇보다도 먼저 포기되어 버린다. 도덕을 사회의 물질적 근저의 역사적 발전에 의하여 발생한 하나의 역사적 소산으로 보는 까닭에 그것은 역사적 발전과 보조를 달리

---

* 19세기 후반 이후 미국을 중심으로, 실제 결과가 진리를 판단하는 기준이라고 주장하는 철학 사상. 행동을 중시하며, 사고나 관념의 진리성은 실험적인 검증을 통하여 객관적으로 타당한 것이어야 한다는 주장으로, 제임스, 듀이 등이 대표적이다. 실용주의.

할 수 없는 것으로 되어 윤리학적 관념은 결국 과학에 의하여 지양되고 만다.

이리하여 도덕은 하나의 사회규범으로 파악되고 따라서 사회적 질서를 유지하는 데 유익한 것은 도덕적이고 그렇지 못한 것은 부도덕적이다. 이곳에 도덕체계는 필연적으로 분열을 보게 된다.

그러므로 객관세계의 분열이 지양되는 날엔 사회과학적 관념으로서의 도덕도 동시에 양기揚棄되는 날이다.

확실히 우리가 지금 말하려는 문학적 관념으로서의 도덕이란 상술한 바와 같은 제 관념일 수는 없다. 그것은 도덕의 통속적 상식적 관념이나 윤리학적 관념이 지양되고 사회과학적 관념이 종언終焉을 고한 뒤에도 남을 수 있는 것이 아니면 안 될 것이다. 왜냐하면 이렇게 확고한 관념으로서 존재할 수 있을 때에만 그것은 족히 하나의 논리적 카테고리가 될 수 있을 것이기 때문이다.

그러면 상술한 바와 같은 제 관념에서 자신을 엄연히 구별하고 새로운 문학적 관념으로서 설정될 도덕 내지는 '모럴'은 이즈음 각 방면에서 항용 불러오는 바 유행어로서의 '모럴'과는 어떻게 다른 것일까. 우선 우리는 최근 우리 문단에서도 성히 유행, 남용되고 있는 '모럴'의 관념에 대하여 약간의 분석을 가져야 할 것이다.

먼저 들 수 있는 것은 문학주의적 '모럴'이다. 이들에 의하면 모럴이란 단순한 도덕의식이나 생활 감정 등을 말하는 것으로 일종의 심리주의에 의한 윤리 같은 것을 운위하는 데 사용한다. '양심'이라든가 '자각'이라든가 또는 인간학적인 내성內省 등을 서로 얽어서 모럴이 있느니 없느니 한다. 그러므로 이러한 모럴 관념을 면밀히 성찰해 보면 그것의 실제적인 뉘앙스는 대단히 형식적인 곳에 있다고 보지 않을 수 없을 것이다.

형식적인 곳에서 잡아가지고 다시 그 형식 자체를 독자獨自의 내용으로써 교착시켜 버린 것에 지나지 않는 느낌을 준다. 문학지상주의자에 있어서는 때로는 모럴은 아무데나 있는 것으로도 되어 있다. 작가마다 모럴은 다 가지고 있다든가 세상이 온통 모럴로 된 모양으로 모럴 만능주의에 빠지는 자가 즉 이것이다. 이렇게 되면 사회의 기본 원리를 성性에다 둔다든가 인간성을 사회적 역사성에서 설명하지 않고 성욕에 의하여 해명하려는 에로티시즘이나 신변소설이나 모두 모럴이 되어버리기 쉽다. 본시 리버럴리스트*나 문학주의자는 일종의 심정心情상 '모럴'을 추상적으로 가지고 있을 뿐이지 아무러한 모럴리티도 갖고 있지는 못하는 것이며 그러한 모럴이란 봄날의 아지랑이보다도 맹랑하여 신용할 바 없는 고약한 물건이다.

소위 모럴리스트라고 불리어지는 일련의 에세이스트 사상가들에 의하여 불란서 고유의 문학적 전통의 하나가 형성되어 있는 것은 주지의 사실이다. 상술한 문학주의적 모럴 개념이 충분히 이의 영향 밑에서 유출된 것임에도 용이하게 이해할 수가 있다. 몽테뉴**나 파스칼***에서 비롯하여 라 부류이엘, 라 로슈퓨코를 거쳐 생트-뵈브,**** 지드에 이르는 세계의 사상가가 이러한 명칭에 의하여 불리어지는데 이들의 철학이나 사상의 공통점은 일종의 회의주의와 그리고 '자기'나 '자아'를 탐구한다는 데 있지 아니할까. 이들의 대부분이 그의 사상의 기록을 '포르트레'*****나 '맥심'******이나 '에세'*******라는 국한된 형식에 의거한 것은 또한 이유 없음이 아닐 것이다. "모럴리스트란 각자의 윤리감을 수단으로 하여

---

    * 자유주의자.
   ** Montaigne, Michel Eyquem de(1533~1592). 프랑스의 사상가. 대표적인 도덕주의자로, 회의론懷疑論을 기조로 하여 종교적 교회도 이성적 학문도 절대시하는 것을 물리치고, 인간으로서 현명하게 살 것을 권장하였다. 저서에 《수상록》 등이 있다.
  *** Pascal, Blaise(1623~1662). 프랑스의 사상가·수학자·물리학자. 현대 실존주의의 선구자로, 예수회의 방법에 의한 이단 심문異端審問을 비판하였다. 《팡세》가 대표적인 저작이다.
 **** Sainte-Beuve, Charles Augustin(1804~1869). 프랑스의 시인·소설가·비평가. 근대 비평의 아버지라 불린다. 저서에 《포르루아얄(Port—Royal)》 등이 있다.
 ***** portrait. 초상화, 또는 상세 묘사.
****** 격언, 금언, 좌우명.
******* 에세이.

인생을 탐구하는 사람"(河盛好藏)이라는 말은 그러므로 가장 적당한 평언評言이 아닐 수 없다.

그러나 이것으로도 쉬이 알 수 있음과 같이 이들은 사회적 인식과는 비교적 원격한 거리에서 인간의 이름 밑에 '자기'라는 것을 탐구하였다는 것은 확실히 '자기'를 정당하게 파악한 것이 못될 뿐 아니라, 오히려 그것을 인간학적으로 추상해버린 데 불과하다. 이렇게 될 때엔 '자기'라든가 '자아'는 마치 슈티르너*의 《유일자와 그의 소유》에서와 같이 하나의 피상적인 비굴한 자의식에 떨어지고 말 것이다. 이러한 것은 문학주의적 '모럴'과 별반 다를 것이 없을 것이다.

무엇보다 우리들이 가지려는 바, 문학적 관념으로서의 도덕 모럴은 과학적 인식으로부터 출발한다는 것이 중요하다.

합리적 핵심을 갖고 있는 과학적 개념이 수행한 바, 진리의 인식이 자기 일신상의 문제에까지 이를 때에 비로소 모럴이 생긴다는 것을 우리는 일순一瞬이라도 잊어서는 아니 된다. 그러므로 모럴은 사회적 인식이나 그를 가능케 하는 전 인류의 실험이나 실천을 무시하는 개인주의적인 회의적 자아 탐구에서는 생각할 수 없는 일종의 행동의 시스템이다. 그것은 합리적 개념의 골격을 핵심으로 하고만 비로소 생겨날 수 있는 물건이다. 역사적 리얼리티의 가공할 만한 동향에 무관심한 자아 탐구나 주아主我 성찰에 무슨 진정한 모럴이 있을 것이냐.

그러나 이 모럴이라는 말의 어원이 라틴어 '모레스 mores'라는 데서부터 온 것이고 동시에 '모레스'라는 말의 어의에 관습, 품성, 성품 등의 뜻이 붙는다는 것을 어원학자에게서 빌려오는 것은 대단히 필요하다. 다시 말하면 모럴리스트들이 자기 자신의 유의**를 가지려고 애쓰고 또 자

---

* Stirner, Max(1806~1856). 독일의 철학자. 개인주의적 무정부주의를 주장하였다. 저서에 《유일자唯一者와 그의 소유》가 있다.
** 流議 : 토의나 논쟁.

비평 265

기를 부단히 성찰해 온 것이 사실이라면 '모럴'이 어원적으로 가지고 있는 관습, 품성, 성격 등의 어의語義에 비추어 어떠한 연관성을 갖는 것이 있어야 할 것이다. 이런 것을 두루두루 생각해 보면 모럴리스트들이 과학적인 사회적 인식을 떠나서 자아를 성찰한 그릇됨은 있다 할지라도 모든 사물에 대한 인식을 관습화, 성격화, 습성화함에 의하여 일신상에 몸에 붙는 진리에까지 비약시키려고 하였다는 점에서 확실히 일종의 가치가 없지 않을 것이다. 왜냐하면 도덕은 풍속에 이르러 완전히 구현된다고도 말할 수 있으며 과학적 개념이 문학적 표상으로 되어지는 길은 인식을 도덕의 파악에 의하여 일신상화一身上化하는 길 이외의 다른 것이 아니었기 때문이다.

풍속이란 사회적 습관과 밀접한 관계를 갖고 있다. 그리고 사회적 습관, 습속은 사회의 생산기구에 기基한 인간생활의 각종의 양식에 의하여 종국적으로 결정을 본다. 이리하여 이것은 일방으로 '제도'를 말하는 동시에 타방으론 '제도의 습득감習得感'을 의미한다. 풍속, 습속은 생산관계의 양식까지 현현되는 일종의 제도(예컨대 가족제도)를 말하는 동시에 다시 그 제도 내에서 배양된 인간의 의식인 제도의 습득감(예컨대 가족의 감정, 가족적 윤리의식)까지를 지칭한다.

이렇게 성찰된 풍속이란 확실히 경제현상도 정치현상도 문화현상도 아니고 이러한 사회의 물질적 구조상의 제 계단을 일괄할 하나의 공통적인 사회 현상이라고 보지 않을 수 없을 것이다. 사회기구의 본질이 풍속에 이르러서 비로소 완전히 육체화된 것을 알 수 있다.

그러므로 도덕 '모럴'의 문학적 관념은 도덕률이나 도덕 감정도 아니고 또한 혹정의 습관, 습속 뿐만도 아니고, 이러한 모든 현상을 그것 자체로서 파악하려고 하는 하나의 인식의 입장을 말함이다. 과학적 개념은 이러한 도덕을 대상으로 함에 의하여 종국적으로 구체화되어 문학적 표상表象에 도달하는 것이다.

여기서 한번 생각을 돌이켜 본다면, 도덕이란 개인을 떠나서는 무의미한 물건이었다. 이곳에 개인이란 사회와의 관계에서 운위되는 개인이다. 그러나 이러한 사회적 개인은 사회과학에 의하여 사회의 특수화된 것으로 성찰될 수 있었다. 사회를 특수화하면 개인으로 된다. 그러므로 개인을 처리할 수 없는 과학이란 본래 과학도 아무것도 아니다. 과학이 인간생활의 실천을 통하여 얻은 개념이나 공식은 사회기구를 설명하고 처리하는 동시에 그 속에 사는 개인의 경우에까지 특수화할 수 있는 것이다. 그러므로 논리적 범주로 보아 사회에 대해서 개인은 하나의 개성이고 특수물이다.

그러나 이 '개인'도 또한 '사회'와는 별개의 의미에서 일종의 일반성이고 보편성임을 알아야 할 것이다. 왜냐하면 일반적인 '개인'이나 혹은 '주체'는 결코 '내'가 아니고 '자기'가 아니기 때문이다.

그러면 '자기', '자아'는 과학으로 처리될 수 있는가? '개인'을 아무리 특수화하여도 '자기'는 나오지 않았다. 이리하여 과학의 개념과 공식은 인식추구를 종료하고 도덕은 '자기'의 것으로 되어 비로소 문학의 영역으로 넘어온다. 과학의 기능을 가지고는 '자기'의 문제를 주아주의[*]에 빠지지 않고는 도저히 처치할 수가 없기 때문이다. '자기'의 성격, 성품, 취미, 교양 등에 기초하여 움직이는 모든 활동을 처리하는 기능은 문학의 소유물이다. 이러한 '자기'에 붙은 것을 가질 때, 다시 말하면 모든 문제를 자기의 일신상의 과제로 하여 풀어버릴 수 있는 입장에 이르러서 비로소 개념은 완전히 주체화되고 도덕, 모럴은 하나의 문학적 관념이 된다. 이 입장이 문학의 입장이다.

그러나 도덕이 '자기', '자아'의 것이라고 말한다든가 일신상의 각도로 파악된 진리가 문학이라든가 하는 것은 결코 문학이 사사私事에 떨어

---

[*] 主我主義 : 이기주의.

진다든가 또는 신변身邊심리에 구니拘泥된다는 것을 의미함이 아니다. 실로 '자기'를 내세우면서 사사에 떨어지지 않는 곳에 모럴이 있다고 말할 것이다. 수차 언명한 바 모럴은 과학적 개념의 합리적 핵심이 없는 곳에는 있을 수 없다. 사상성, 사회성이 일신화하는 것이 무엇보다 중요하였다. 그러므로 어떤 예술가가 독자적이라든가 개성적이라든가 유니크하다든가 하는 것은 이러한 과학이 갖는 보편성이나 사회성을 일신상 각도로써 높이 획득했다는 것을 말하는 것이며 고도의 예술성이라는 것도 또한 이것을 말함에 불외하다.

임화 씨가 나의 〈자기분열에의 성찰〉을 그릇되게 오해한 원인도 온전히 '자기'나 '자아'에 대한 성찰에서 과학적 핵심을 발견치 못한 때문이다. 이리하여 씨는 보들레르나 이상의 자기분열의 제출이나 나의 자기분열 성찰이나 다를 것이 없다는 결론에 이르렀다. 임 씨는 양자의 차이로서 오직 포즈의 다른 것을 발견할 뿐인데 이것만 가지고는 양자를 객관적으로 구별할 수는 없다고 말한다.

그러니 갑이 과학적 핵심을 가졌고, 을이 안 가졌다는 것이 단순한 포즈의 문제일런가? 아니 그것이 만일 단순한 포즈의 문제라 하더라도 이러한 차별이 객관적으로 아무런 구별을 낳지 못하였을까? 작가가 '자기'를 소시민 출신이라고 인정한다고 하여도 결코 그것이 자기분열의 향락이 되는 것은 아니었다.

실로 '자기'의 성찰 뒤에 과학적인 합리적 핵심을 갖고 있는가 없는가가 중요한 것이다. 이것을 가리켜 포즈라고 하면 그것으로도 좋다. 그러나 이 포즈는 하나의 주아주의로 가고, 또 하나는 모럴로 가는 중요한 기점이다. 슈티르너나 그의 비판자나 한가지로 '자기', '자아'를 성찰하였다. 그러나 양자는 동일한 결과에 도달하였는가?

어떠한 작가가 속일 수 없는 '캠프' 위에 서 있을 때 그것을 느끼지 않는다든가 또는 느끼고도 그대로 평화하다든가 하는 것이 그렇게 훌륭한 것이 못 되는 줄 안다. 이것을 느끼고 이것을 성찰한다는 것이 또한 결코 경홀*한 문제라고는 생각되지 않는다. 이것의 성찰 뒤에 과학적 인식이 있는가 없는가가 문제인 것이다.

과학적 인식이 불성실하고 정확치 않는 작가의 자아는 믿을 수 없는 사소설이나 신변잡사로 간다. 과학적 탐구를 답대**로 한 작가의 도덕道德의 일신상 진리화는 풍속 속으로 들어가 개념의 표상화를 얻을 것이다. 진리는 작가 자신의 '자기'의 과제로 비약되어야 한다. 문학은 도덕, '모럴'을 주체적으로 파악하여야 한다. 이것 없이는 리얼리즘의 진전은 공허한 구호로 그칠 것이다. (4월 상순)

—《조선일보》(1938. 4.17~24).

---

* 輕忽 : 가벼움.
** 踏臺 : 밟고 일어서는 바탕.

소설의 운명

1

　장편소설에 관한 형태적 장르사적 관심이 있어오기는 벌써 오래 전부터의 일이었다. 우리들이 만들어내고 있는 소설문학에 대한 새로운 반성과 음미가 요구될 때부터, 장편소설을 역사적으로 형태적으로 생각해 보려고 비교적 높은 습관이 있어왔으니까, 우리가 그것과 관련시켜서 의식적으로 생각해오기 이럭저럭 3,4년이 되지 않았는가 믿어진다. 그 동안 논의를 통해서 얻은 결론이나 지식이 한두 가지가 아니고, 여러 사람의 생각이 일치하는 것도 일치하지 않는 것도 많은 중에서 예컨대 장편소설이 자본주의 사회의 전형적 문학형식이라는 문제만은 거의 확정적으로 의견의 일치를 본 것 같다. 그러니까 단출한 각서식覺書式으로 초草하기 시작하는 작은 기록의 서두에서 그러한 기본적인 점에 대하여 새삼스럽게 언급할 까닭은 없을 것 같기도 하다. 그러나 이야기가 지엽에 이르면 언제나 망각하기 쉬운 것은 문제의 근간이 아닐까. 지금 우리들이 손쉽게 구경할 수 있는 소설론의 대부분이 이러한 과오를 범하고 있다. 또 우리들이 만들어내고 있는 많은 소설들이 이러한 자각으로부터 작가가 멀리 떨어져 있다는 것을 증명하고 있다. 비평가는 그의 소설의 미학을 고대나 중세기의 서사시, 전설, 이야기에서 구하여다가 현대의 소설을 다스리려고 하는 까닭에 절망론에 도달하는 결과를 보였고, 작가는 소설의 운명*을 깊이 깨닫지 못한 탓에 개인취미를 무제한으로 개방하고 불확실한 정신으로부터 문학을 지키려는 노력이 인색하여 자의恣意의 범람汎濫에 몸을 잡치고 있다. 이리하여 우리는 한가지로 장편소설이 자본주의 사회의 전형적 문학형식이란 것을 망각하여 버린 것이다. 이러한 점은 좀 더 명백히 천명되어야 할 것이다.

2

장편소설이 권위 있는 미학에 의하여 고급한 문학형식으로 인정된 것은 독일 고전철학으로써 처음을 삼는다. 시민이념의 쟁쟁한 건설자인 헤겔이 장편소설을 시민사회의 서사시라고 말한 것을 우리는 특히 다음과 같은 두 측면에 있어서 상기할 필요가 있다. (1) 고대의 서사시는 시민문명의 산문성散文性과 화합할 수 없다는 것을 통하여 고대와 시민사회를 역사적으로 정당히 구분한 것. (2) 시민사회의 장편소설이 다른 시대의 그것과(서사시, 전설, 이야기 등) 본질적으로 다르다는 것.**

제일의 측면에서 우리는 고대 희랍希臘의 시적 성질이 시민사회에 와서 그의 번성할 발판을 잃어버렸다는 것을 배울 수 있다. 서사시의 형성은 인류발전의 '유년시대'인 영웅들의 시대, 다시 말하면 영웅적인 개인이 그가 소속되어 있는 도덕적 전체와 본질적 일치에 있어서 자기를 의식할 수 있던 원시적 계단에서만 가능하였다. 그러나 시민사회에 와서 개인과

---

* 소설의 장래를 말하려고 하면서 내가 이곳에 운명이란 말을 사용하는 것은 소설의 당면한 문제가 주체를 초월하여 외부적으로 부여된 문제이면서 동시에 내재적 요구에 의하여 주체에 부여된 문제인 것을 진심으로 자각하고자 생각한 때문이었다. 소설의 장래를 자기 자신의 문제로서, 운명으로서 초극하려는 데 의하여서만 문학은 그의 정신을 유지 신장할 수 있으리라 생각하기 때문이었다.(원주)
** 내가 특히 헤겔의 명제를 이렇게 두 측면으로부터 보고자 한 것은 최근의 우리 소설론자 간에 왕왕이 이것을 혼동하여, 헤겔 이전의 소설미학을 가지고(실상은 헤겔 이전에는 진정한 장편소설의 이론도 없었지만) 소설문학의 현재를 다스리려고 하는 문학 이론가도 있기 때문이다.(원주)

사회와의 이 같은 원시적인 직접관계는 양기되었다. 개인은 개인적인 힘으로 자기개인을 위하여 행동하고, 그가 소속되어 있는 '본질적 전체'와는 관계없이 자기개인의 행동만의 책임을 지게 된 것이다. 이러한 상태를 그는 무조건으로 진보라고 말하였으나, 그는 이것을 시민문명의 산문성散文性이라 표현하고, 시성詩性은 이곳에 번영할 객관적 기초를 잃어버렸다고 말한 것은 명심할 만하다. 진보의 반면에 인간이 자동성自動性을 잃고 퇴화할 것을 그는 알고 있었던 것이다. 그러나 헤겔은 시와 문명과의 이 같은 모순을 제거치는 못하지만 경감할 수는 있다고 생각한다. 서사시가 고대에서 연출한 역할을 장편소설이 시민사회를 위해서 연출하는 데 의하여 그것은 성취되리라고 생각하였던 것일까. 그는 이렇게 말하였다. "그것이 부여된 전제 안에서 가능한 한, 장편소설은 시를 위하여 그가 상실한 권리를 찾아오지 않으면 안 될 것이다." 그러나 이것은 결코 고대적 서사시의 인위적인 부활을 꾀하라는 말은 아니었다. 산문적 현실의 묘사를 영웅의 창조와 대신해서 설정한 것이었다.

 제2의 측면으로부터는, 우리는 상술한 바 고대 서사시는 물론 외모상으로 시민장편소설과 유사한 중세기적인 기사騎士 로망스나 담류譚流로부터 장편소설이 본질적으로 다르다는 것을 배울 수가 있을 것이다. 즉, 서사시나 전설이나 로망스는 자기의 역사적 과거나 정치적 현재를 영웅화하고, 그것 가운데 자기의 운명의 최고의 설계를 인정코자 하는 인종이나 종족의 예술적 지향으로서 생겨났으나, 시민적 장편소설은 별개의 사회적 자각 밑에 별개의 사상적 요구나 대답하기 위하여 생겨난 것이다. 즉, 시민의 사상적 표현수단으로서 시민적 환경 밑에 생겨난 것이다. 그러한 환경, 그러한 사상이란 무엇일까. 그것은 인식된 개인주의였다. 이것이 장편소설을 장르로서 또는 양식으로서 형성시킨 본질적인 것이었다.

3

　그러면 인식된 개인주의가 만들어내는 상태란 어떠한 것을 이름일런가. 시가 번영하기 불편하여 장편소설이라는 새로운 문학 장르를 요구하는 헤겔의 소위 시민문명의 산문성이란 어떠한 상태를 이름하는 것이었을까. 만약 시민층의 사회적 자각이 중세기에서부터 양성되어 온 것이라고 볼 수 있다면, 동일한 논조로 하여 시민 장편소설의 맹아가 싹트기 비롯한 것도 또한 중세기 상업시민의 환경 가운데서였다고 생각할 수 있을 것이다. 봉건귀족의 세도 밑에 깔려서 은연隱然히 실력(金力)만 길러오던 그들에게는 견고한 종족적 전통이거나 영웅적 과거가 있었을 리 만무하다. 개인적인 기업심, 개인주의, 봉건귀족에 대한 은연隱然한 적의가 숨어 있는 상인의 집이나, 상품의 판로 개척에 분주한 사매여각卸賣旅閣이나 물산객주物産客主 집에는 영웅적 서사시보다는 다른 일련의 문학형식이 절실하였을 것임에 틀림없었을 것이다. 소잡*한 해학, 재미나는 색정치화,** 유쾌한 골계소설,*** 단편소설 등이 그들의 생활 속에 뿌리를 박았다. 이리하여 중세기 상인시민이 사회의 실권을 잡고 개성의 자유를 부르짖으며 발흥기를 맞이할 때에 장편소설은 완전히 그들의 사상적 요구에 대답하는 문답형식으로서 체모體貌를 갖추었을 것임에 틀림없다. 그곳까지 이르는 과정이 얼마나 복잡하고 산문적이고 부산하였을 것임은 이루 말할 필요가 없을 것이다. 그러나 시민 사회가 산업 자본주의를 맞이하여 점차 그가 가지고 있는 일반적인 모순이 심화하기 시작하면, 시민문명이 가지는 산문성은 일층 뚜렷한 상모相貌를 띠고, 시와는 화和할 수 없고 장편소설의 광대한 묘사만이 포용할 수 있는 상태를 나타내게

---

* 素雜 : 소잡素雜하다 : 꾸밈이 없고 잡스러움.
** 色情痴話 : 남녀간의 성욕으로 인해 생기는 일들에 관한 이야기.
*** 滑稽小說 : 익살을 부리는 가운데 어떤 교훈을 주는 소설.

되었을 것이다. 개인적 의식의 심각한 모순과 갈등이 장편소설의 본질을 결정하기 시작한다. 개인적인 이해의 충돌과 자기의 생존과 생활을 옹호하려는 경쟁의 묘사가 드디어 심각한 사회적 갈등의 표현으로서 제시됨에 이른다. 장편소설은 이렇게 해서 시민사회의 서사시가 되는 것이었다. 인식된 개인주의가 시민사회의 모순의 표현으로서 나타남에 의하여.

4

장편소설의 양식상 본질이 이상과 같을 때에 소설의 미학은 장편소설에 대하여 어떠한 형식을 요청할 수 있을 것인가. 우선 시민이념의 이론가들에게 있어서는 상술한 바, 장편소설은 고대의 서사시를 시민사회에서 대행하는 문학형식이었다. 그러므로 헤겔에 있어서는 고대적 대서사시가 가지는 일반적인 미학적 특징을 시민적 장편소설도 가졌으면 하는 것을 희망하였을 것이다. 시대장경時代場景의 광대한 기념비적인 재현 — 이것은 서사시로부터 장편소설에 인계되었다. 그러나 이여爾餘의 시험이나 기도企圖는 시민사회의 기초 위에서 고대적 서사시를 부활시켜 보려는 다른 노력과 함께 모두 성공치 못하였었다. 그러므로 시민사회를 인류발전의 최후의 계단이라고 생각하였던 고전적 관념론의 대표자들은 왕왕 딜레마에 직면하였다. 헤겔은 시민사회의 모순을 경감시키려고 애썼고, 셸링*은 원시적 신화적 영웅시대를 낭만적으로 찬미하여 과거로 복귀하는 가운데서 인간의 퇴화를 건져보려고 하였다. 그러나 모순을 묘파描破하려고 하지 않고 중간의 타협을 의식한 아이디얼리스틱한 모든 노력은 언제나 현실을 왜곡하였다. 주인공을 영웅으로 만들어서 모순을

---

* Schelling, Friedrich Wilhelm Joseph von(1775~1854). 독일의 철학자. 독일 관념론의 대표자 가운데 한 사람으로, 주관과 객관의 절대자를 찾는 동일 철학을 주장하였다. 《인간 자유의 본질에 대한 철학적 탐구》 등의 저서가 있다.

은폐하려는 노력, 구성을 극의 미학에 준거하여 서사성을 구속하려는 기도가 한가지로 실패하였다는 것은 《소설의 미학》의 저자인 알베르 티보데*도 인정하고 있다. "소설은 기성의 특권적 형식, 즉, 혼돈과 무질서를 용서치 않고 통일과 구성을 원리로 하는 연극, 비극 또는 희극과 대립하는 것으로서 자신을 정의한다"고 말하면서, 그는 구성 대신에 '총화'라는 산문적인 술어를 내세우고 있다. 이러한 상태에 있어서는 영웅을 그리라든가, 적극적 주인공을 창조하라든가, 구성을 가지라던가 하는 것이, 장편소설의 형식적 원리와 배치되는 요구가 될 뿐 아니라, 시민사회의 모순을 호도하든가 회피하라든가 하는 요망까지를 겸하게 된다는 것을 특히 기억해 둘 필요가 있다. 빌헬름 마이스터**와 같은 인물을 창조하려고 애썼던 괴테도 "장편소설의 주인공은 소극적이면 안 된다"고 술회하였다 하지 않는가.

5

시민 장편소설의 형성이 시민사회의 형성과 환경을 같이한다고 보아질 때에 대체 장편소설의 생명은 언제까지 계속될 것인가. 우선 상술한 장편소설의 본질에 즉卽해서, 우리는 이렇게 대답할 수 있을 것이다. 자본주의 시대의 개인주의적 자의식이 살아 있는 동안 그것은 생명을 가지고 나갈 것이라고. 시민적인 개인의식이 남아 있고, 개인의 운명이나 개인의 생활이나 개인적 요구와 생활권을 옹호하려는 경쟁과 성장에 대한 관심이 존재하고 있는 동안 그것은 그의 본질을 상실하지 않을 것이다. 만약, 그를 생성케 한 이러한 모든 발판과 개인주의적 자각이나

---

* Thibaudet, Albert(1874~1936). 프랑스의 문예 평론가·소설가. 저서에 《비평의 생리학》《프랑스 문학사》 따위가 있다.
** 괴테의 소설 《빌헬름 마이스터》의 주인공.

의식이 소멸하는 날이 올 수 있다면 그때에는 장편소설의 본질은 변할 것이다. 양식을 달리하는 새로운 형태의 서사시적 형식의 문학 장르가 생겨날는지도 생겨나지 않을는지도 기期할 수 없는 바이나, 그러나 장르를 결정하는 것이 언제나 그 사회의 역사적 본질이라는 것은 변치 않을 것이다.

장편소설의 생성과 발전과 쇠퇴의 노선을 시민사회의 역사적 발전에 맞추어서 이야기할 수가 있다면, 우리는 나라와 민족에 따라 시민사회의 형성이 불균형하듯이 장편소설의 생성, 발전, 쇠퇴의 상모狀貌도 나라와 민족의 형편에 따라 불균형적이고 각자 각색各色일 것을 상상함에 곤란치 않을 것이다. 서양과 동양이 다르고, 같은 구라파 안에서도 그 과정은 일치하지 않는다. 역사의 행진이 서로서로 다를 뿐 아니라, 문화의 전통이나 민족생활의 방식에 차이가 있어서, 어떤 나라에 있어서 백 년 전에 치른 과정을 훨씬 뒤떨어져서 건성건성 단시일에 치러나가는 지역도 없지 않을 것이다. 그럼에도 불구하고, 우리는 자본주의의 진행 코스를 공식화할 수 있듯이, 장편소설의 연대류별年代類別의 공식도 가질 수 있다고 생각한다. 간단히 그 공식만을 여기에 옮겨 놓으면 다음과 같이 된다.

(1) 시민사회의 축적의 시대, 발흥기. 라블레*와 세르반테스**의 시대. 리얼리스틱한 공상성. (2) 최초의 축적蓄積의 시대. 디포,*** 필딩,**** 스몰렛*****로 대표된다. 시민사회의 진보적 적극적 원리의 강조. 적극적 주인공을 창조하려는 노력이 있었다. (3) 시민사회의 모순이 전개되었으나 부

---

* Rabelais, François(1483~1553). 프랑스의 작가. 〈가르강튀아와 팡타그뤼엘〉은 르네상스 시기의 최대 걸작으로 꼽힌다. .
** Miguel de Cervantes Saavedra(1547~1616). 에스파냐 소설가·극작가·시인. 〈돈 키호테〉가 대표작이다.
*** Defoe, Daniel(1660~1731). 영국의 소설가. 리얼리즘의 개척으로 근대 소설의 시조로 불리며 작품에 〈로빈슨 크루소〉가 있다.
**** Fielding, Henry(1707~1754). 영국의 소설가. 인간의 허위를 폭로하고 풍자한 작품을 많이 발표하였다. 〈톰 존스〉가 대표작이다.
***** Smollett, Tobias George(1721~1771). 영국의 소설가. 피카레스크 소설로 명성을 떨쳤다. 작품으로는 〈험프리 클링커〉〈로더릭 랜덤〉 등이 있다.

정적 요소가 자립적 행진을 시작하지 못하는 시대. 낭만주의의 뒤를 이어 발자크*가 장편소설의 중심을 완성하는 시대. 괴테, 스탕달**이 동시기에 취급된다. (4) 시민의식이 몰락되고 자연주의와 시민의식의 옹호가 시험되는 시대. 공허한 객관주의와 황폐한 주관주의가 내용 없는 대립을 보인 채 경화硬化하는 시대. 에밀 졸라***로 대표된다. (5) 장편소설의 형식의 붕괴의 시대. 조이스와 프루스트가 활약하는 시대. 그러면서 한 편 고리키가 마지막 활동을 남기고 죽은 시대.

6

시민 장편소설이 이상과 같은 계단을 밟아서 붕괴되어 간다면 종차從此로 이러한 대大산문문학의 형식은 어떻게 자기의 변모를 거쳐서 새로운 양식을 획득하여 발전해 나갈 수 있을 것인가. 여기에 하나의 의견이 있다. 그것은 예컨대 게오르그 루카치에 있어 대표되는 이론이다. 그에 의하면 시민 장편소설은 졸라의 시대를 전환점으로 하고 두 방향을 잡았다고 한다. 하나는 조이스에까지 이르는 소설형식의 붕괴의 방향이고, 하나는 고리키를 통하여 고대적 서사시와의 형식적 접근에 이르려는 발전적 방향이다. 그러나 이러한 전환점은 지역에 따라 다른 것으로 구라파에 있어서는 대체로 1848년이라 볼 수 있으나 러시아에 있어서는 1905년이 될 것이라 한다. ―이러한 의견은 물론 하나의 역사적 견지에서는 예견 밑에 이루어진 것임을 곧 이해할 수가 있다. 루카치가 전환점으로

---

* Balzac, Honore de(1799~1850). 프랑스의 소설가. 근대 사실주의 문학의 최대 작가로 꼽힌다. 소설에 의한 사회사를 구상했다. 〈고리오 영감〉〈골짜기의 백합〉 등의 작품이 있으며, 이를 총서로 묶어 《인간 희극》이라는 이름을 붙였다.
** Stendhal(1783~1842). 프랑스의 소설가. 날카로운 심리 분석과 사회 비판으로 심리주의 소설의 전통을 수립하였으며 프랑스 근대 소설의 창시자로 불린다. 〈적과 흑〉〈파르므의 승원〉 등이 대표작이다.
*** Zola Emile (1840~1902). 프랑스 소설가·비평가. 사회의 어두운 면을 면밀히 탐구하고 묘사하여 자연주의 문학을 확립하였다. 〈루공마카르 총서〉〈세 도시〉 등의 작품이 있다.

보는 시대는 시민사회 내에 배양되던 부정적 요소가 자립하여 나아갈 능력을 가졌다고 보는 시기인 것이다. 뿐만 아니라 고리키가 획득한 새로운 양식이 고대적 서사시와의 근접을 지향한 것이라고 말할 때에 그것은 인식된 개인주의가 그의 문학을 통하여 완전히 청산되었다는 것을 의미하는 동시에, 당래할 신문학 장르의 지반이 될 역사적 내용이 고대적 서사시를 가능케 한 고대 사회를 지향한다는 것까지도 의미하고 있는 것이다.

그러나 고리키의 문학에는 과연 고대 서사시가 창조한 것 같은 완미한 인간성이 들어 있다고 볼 수 있을 것인가. 그는 오히려 인간성의 해방을 통하여 새로운 양식을 획득하려 애쓰지는 않았을까. 만일 그렇다면 인간성의 해방을 지향하는 곳에 왜곡된 인간성, 다시 말하면 개인주의의 타락된 의식이 없을 리 만무하다. 그가 즐겨서 창조한 것은 도리어 개인주의의 망령들이었다.

그러므로 고리키의 창조적 의욕을 관류하는 이지러진 인간성에 대한 증오만을 가지고, 그것을 곧 고대적 서사시에다 비준比準해 보는 데는 다소간의 아전인수我田引水가 없지 않다 할 것이다. 더구나 한번 사라진 문학의 장르가 역사성을 무시하고 두 번 다시 부활될 수 있을까 하는 문제는, 고대사회가 두 번 다시 인류의 발전단계를 찾아올 수 있을까 하는 문제와 함께 신중한 검토를 요할 바이다. 여하튼 고리키의 뒤를 계승하는 파제예프,* 판표로프,** 숄로호프*** 등이 만들어 낸 인물이나 사회장경은 고대 서사시에의 접근을 증명하기에는 적지 않은 부족을 느끼게 한다.

---

* Aleksandr Fadeev(1901~1956). 러시아의 소설가. 대표작으로 〈젊은 근위대〉가 있다.
** F. I. Panfyorov(1896~). 러시아의 소설가. 〈부르스키〉가 대표작이다.
*** Sholoknov, Mikhail Aleksandrovich(1905~1984).소련의 소설가. 〈고요한 돈강〉이 대표작이다.

그러나 누구나도 말하듯이 전환기란 낡은 사회적 경제적 문화적 질서의 몰락을 의미하는 동시에, 그것과 대신할 만한 새로운 질서의 계단으로 세계사가 비약하려는 것도 의미하는 시기였다. 아메리카의 뉴딜, 이태리와 독일의 파시즘, 소련의 시험, 이러한 모든 것은 자본주의의 황혼에 처하여 각 민족이 새로운 역사의 계단으로 넘어서려는 간과치 못할 몸 자세姿勢라고 보지 않을 수 없다. 그러나 낡은 차안此岸으로부터 새로운 피안彼岸으로 넘어 뛰려고 할 때에 우리가 상망想望할 수 있는 새로운 질서의 구상은 어떤 것일까. 세계를 통하여 우리 인류가 한가지로 그려 볼 수 있는 피안의 세계는 어떠한 것일까. 구라파를 석권한 나치즘도 그것에 대한 명백한 구상을 표명하고 있다고는 믿어지지 않는다. 그들이 표방하던 혈통 이론은 이제 수정되지 않으면 아니 될 처지에 섰다고 한다. 구라파를, 아니 전세계를 통일할 이념은 우리의 앞에 아직 나타나 있지 아니한 것이다. 차안의 몰락은 확실하지만 건너뛰어야 할 피안의 세계는 나타나 있지 아니하다. 전환기가 가지고 있는 위기의 하나는 이 피안의 결여에 있지는 아니한가.

그러므로 우리는 나치스 독일에서 장편소설이 장차 어떠한 운명을 지게 될는지 상상할 수가 없는 것이다. 이태리에서는, 서반아에서는, 아니 지금 국가의 모든 조직을 독일의 지도 밑에 새롭게 꾸미고 있는 불란서에서는, 종차로 소설이 어떠한 걸음을 걸어 나가며 그의 양식과 형태를 바꾸어 가질 수 있을 것인가. 시민 장편소설은 이제 그가 생존할 만한 발판을 잃어버렸다. 그러나 그가 새로운 양식을 획득할 만한 피안의 사상은 결여된 채 있다.

물론 세계사의 섭리는 적당한 시기가 오면 모든 문화의 문제를 해결하여 줄 것이다. 시민 장편소설을 인계하는 새로운 산문문학의 커다란 형식도 양식을 획득함에 이를 것이다. 우리소설은 그때가 오기를 손 걸고 앉아서 기다려야 할 것인가. 그러나 사람의 노력을 기다리지 않고 저 혼자서 찾아오는 역사의 필연성이란 있지 아니하다. 여기에 전환기를 맞이하는 우리 소설이 짊어져야 할 간과치 못할 운명이 있지 않으면 아니된다.

8

그러면 구체적으로 우리 소설이 위기를 극복하여서 새로운 세계문화에 공헌할 길은 어디 있는 것일까. 지리멸렬한 소설의 현상을 가지고 그러한 것을 생각해 보는 것은 한낱 부질없는 일일는지도 모른다. 더구나 고대적 서사시와의 접근을 지향하면서 우리의 장편소설을 개조해 본다던가 하는 등사等事는 당돌한 구상임을 면免키 어려울 것이다. 우리에게 가당한 그리고 가능한 일은 개인주의가 남겨놓은 모든 부패한 잔재를 소탕하는 일이 아닐 수 없다. 왜곡된 인간성과 인간의식의 청소,— 이것을 통하여서만 종차로 우리는 완미한 인간성을 창조할 새로운 양식의 문학을 가질 수 있을 것이다. 그러한 피안에 대한 뚜렷한 구상을 가지고 있지 못한 우리가 무엇으로써 이것을 행할 수 있을 것인가. 작자의 사상이나 주관 여하에 불구하고 나타날 수 있는 단 하나의 길, 리얼리즘을 배우는 데 의하여서만 그것은 가능하리라고 나는 대답한다.

서인식徐寅植 씨의 《문학의 윤리》가 전환기에 사는 작가의 부재의식不在意識에 대해서 언급한 구절을 나는 주의하여 읽었다. 서 씨에 의하면 윤리는 '지테(Sitte)'와 '게무트(Gemut)'가 분리 상극分離相剋하는 것은 한 사회가 불안과 동요의 계단에 도달한 표징인데, 작가의 심정과 사회의 관습이 이처럼 일치하지 않는 시대에서는 작가가 진眞을 그리기가 곤란하다는 것을 말하고 있는 것이다. 서 씨가 이곳에서 생각하고 있는 것도 역시 전환기에 처한 작가가 어떻게 하면 진실을 그릴 수 있을까 하는 문제에 속하는 것이었다. 씨가 도달한 결론은 반드시 나와 일치하는 것만은 아니었다. 나는 여기에서도 한가지로 리얼리즘을 내세울 수밖에 없다.

우리는 한 가지의 예를 알고 있다. 가령 오노레 드 발자크를 생각해 보자. 그는 귀족생활의 부흥을 희망하였다. 그의 심정은 언제나 고리대금의 채귀債鬼 속에서 빠져 나와서 공작부인의 교양 있는 요설饒舌과 복욱*한 화장냄새가 가득 찬 살롱에 살고 있었다. 그의 사상은 왕통파王統派였다. 그는 그 자신이 귀족세계의 중심인물이기를 무한히 갈망하고 있었다. 그의 심정은 야비한 시민사회의 습속 가운데는 살고 있지 아니하였다. 그러나 그는 귀족 계급이 당연히 몰락할 것과 신흥시민이 세계의 패자가 되어 융흥隆興할 것을 조금도 용서 없이 그의 《인간희곡》** 에 묘파描破할 수 있었다. 그는 진실을 그렸을 뿐 아니라 진실까지를 표현하였다. 이것을 가능케 한 것은 그의 왕통파王統派 사상이었을까. 아니었다. 그의 고루한 사상을 넘어서 위력을 나타낸 리얼리즘 이외의 그로 하여금 진真을 그리게 한 것은 있지 아니하였다.

왕왕 리얼리즘엔 이상이 결여되었다고 말한다. 좋은 경고이다. 그러나 정당한 이론은 아니다. 문학이 이상을 가지는 길은 이상을 표방하는 데 열려있는 것이 아니라, 진실을 그리고 진리를 표상화하는 데 열려 있었다. 하나님을 찾는 자가 모두 천국으로 들어가는 것은 아니었다. 현실에 발을 붙이지 않은 어떠한 문학이 진실의 문을 두드릴 수 있을 것인가. 전환기를 감시하지 못하고, 시민사회가 남겨 놓은 가지각색의 왜곡된 인간성과 인간의식과 인간생활에 눈을 가리면서 어떠한 천국의 문을 그는 두드리려 하는 것일까. 자기고발에 침잠했던 전환기의 일 작가가 안티테제로서 관찰문학을 가지려 하였다고 하여도, 그가 상망想望코자 한 것은 의

---

* 複郁 : 풍기는 향기가 그윽함.
** 발자크가 1842~1848년에 걸쳐 발간한 17권 대작 소설. 자기 소설을 일종의 전집으로 정리한 것이다.

연히 소설의 운명을 지니고 감람산*으로 향하려는 것임에 다름은 없었던 것이다. 소설은 리얼리즘을 거쳐서만 자기의 위기를 극복할 수 있고, 나아가 전환기의 초극에도 공헌할 수 있을 것이다. 새로운 장편소설의 양식의 획득도 이 길을 허술히 하고는 이루어지지 않을 것이다.(10月26日)
―《인문평론》제13호(1940년 11월).

---

* 橄欖山 : 이스라엘 예루살렘 동쪽에 있는 해발 814미터의 산. 예수가 자주 와서 기도를 올렸으며, 그의 승천도 이 산정에서 이루어졌다고 한다.

전환기와 작가
— 문단과 신체제 —

1

요즘 이곳저곳서 전환기란 말을 자주 듣게 된다. 대체 전환기란 어떠한 것을 말하는 것일까. 그것이 현대에 대해서 말해지는 것만은 확실할 것 같다. 가령 이원조[*] 씨는 〈문학의 영원성과 시사성〉 가운데서 "전환기란 현대에서 생각할 때는 현대의 종언이지마는 역사적 견지에서 볼 때는 새로운 시대의 출현인 것이다"라고 말하고 있다. 박치우[**] 씨는 〈동아협동체론의 일 성찰〉에서 "새로 세워져야 할 신질서는 그것이 글자 그대로의 신질서인 한, 당연히 구질서와는 질적으로 달라야 할 것이며, 또 이것이 사실이라면 신질서는 모름지기 구질서인 시민사회에 대한 어떤 의미의 변혁 내지 수정이 아니면 아니 될 것은 두말할 것도 없다. 하다면 종래와 같은 개인주의나 자유주의는 부득이 어떤 종류의 근본적인 재검토

---
[*] 李源朝 : 문학평론가(1905~1955). 1930년대 초의 경향파傾向派에 가담, 현실주의적 문학의 행동참여를 주장하였다. 광복 후 1947년 월북하였다. 1953년 숙청되어 복역 중 옥사하였다. 평론집 《신문학사》 등이 있다.
[**] 朴致祐 : 평론가(1909~?). 경성제국대학 철학과 졸업. 1930년대 후반, 교양론, 신체제론 등에 관한 평론을 발표하였다. 해방 후 월북하였다. 평론집으로 《사상과 현실》이 있다.

를 받아야 할 것은 당연한 일이다"하여 신질서와 구질서 간에서 전환기를 이해하고 있다. 일찍이는 소화昭和 14년(1939) 2월, 조선일보 지상에서 서인식 씨가 지나사변*의 역사적 의의와 현대 일본의 세계적 사명에 대해서 언급하면서, 〈현대의 과제〉라는 논문 중에서 그것을 동양의 서양에서의 해방과 캐피탈리즘**의 지양으로써 이해하려고 하던 것을 본 것 같은 기억이 남아 있다. 서 씨는 다시 요즘에 발표한 〈문학과 윤리〉의 논고 중에서 현대를 '짓테'와 '게뮤트'의 분리 상극의 시대로 논증하면서 전환기 작가의 부재의식의 극복에 대해서 시사를 던지려고 하였다. 요컨대 씨 등은 씨 등의 배후와 안전에 각각 하나씩의 시대를 두고, 이 두 개의 시대에 끼어 있는 시기를 전환기라고 이해하고 있는 것이다. 그렇다면 씨 등은 일찍이 오귀스트 콩트***가 하나를 부정적 시기라 보고, 또 하나를 긍정적 시기라고 보면서, 부정되어야 할 시기로부터 긍정되어야 할 시기로 전환이 수행되는 시기를 전환기라고 이름한 것과 결코 딴 방도에 의하여 현대를 생각하고 있지 않다는 것을 이해할 수 있을 것이다. 구질서니 신질서니, 부정이니 긍정이니, 파괴니 건설이니 하는 것이 모두 이러한 관점으로부터 현대의 과도기적 성격을 표현하려는 것임을 우리는 이해하기가 곤란치 않다.

2

그러나 전환기의 선박은 대체 언제까지 우리를 싣고 흘러가는 것일까.

---

* 支那事變 : 일본에서, 중일전쟁을 이르는 말. 중일전쟁은 1937년 루거우차오(盧溝橋) 사건에서 비롯되어 중국과 일본 사이에 벌어진 전쟁으로, 일본이 중국 본토를 정복하려고 일으켰는데 1945년에 일본이 연합국에 무조건 항복함으로써 끝났다.
** capitalism. 자본주의.
*** Comte Isidore-Auguste-Marie-Franois-Xavier(1798~1857). 프랑스 철학자·사회학 창시자. 프랑스 대혁명과, 근대 산업혁명에 따른 프랑스 사회의 혼란상태 극복을 자기과제로 삼고 그 재편성 이론 확립에 전념하였다. 그는 사회적·역사적 여러 문제는 추상적 사변思辨에 의해서가 아니라 과학적·실증적 방법에 의해 설명되어야 한다고 주장하였다. 후기에는 주관적 종교적 상징주의로 변하였다. 《실증철학강의》등의 저서가 있다.

그리고 전환기의 극복은 무엇을 어떻게 해서 이루어지는 것일까. 전환기를 가운데로 하여 우리가 서 있는 차안은 여러 사람들의 분석에 틀림없다 하여도, 차안으로부터 건너 뛰어갈 피안의 구상이란 어떠한 것일까. ─이러한 모든 것은 오래 동안 많은 사람에 의하여 기도되었으나 모두 명확성을 띤 것으로 나타나 있다고 말할 수는 없을 것이다. 적어도 지금의 나에게는 명백히 되어 있지 아니하다. 그러므로 이 자리에서는, 전환기가 가지고 있는 몇 개의 위험성을 지적하고, 가장 중심적인 한두 가지의 기도에 대해서 언급해 보고, 이러한 약간의 분석으로부터 이 시기에 처할 작가의 임무를 약술해 보려고 하는 것이다.

첫째로 이야기하여야 할 위험성은 전환기라는 것을 극히 짧은 시간으로 생각하려는 의견이다. 하기야 유구한 인류의 역사에서 본다면 적은 한 토막의 기간임에 틀림은 없으나, 그것은 결코 2,3년이라든가 4,5년으로 간주할 만큼 짤따란 순간은 아닌 것이다. 콩트가 전환기라고 이름한 것이 반드시 지금과 같은 상태에 대해서 이야기한 것은 아니라 하여도 서양의 지성이 구라파 문화의 황혼에 대해서 운위하여 온 것은 벌써 오래 전부터의 일이었고, 특히 제1차 세계대전 이후에는 거의 자기네들이 살고 있는 시대에 대해서 절망적인 신음을 되풀이하여 온 것이 사실이 아니었던가 생각되어진다. 우리 자신의 기억으로 하여도, 10년 전에 벌써 우리는 전환기라는 것을 지금과는 다른 각도에서라고 하여도 치성熾盛히 불리어졌던 것을 기억하고 있다. 세계를 통일할 하나의 구상이 나타나서 세계적 욕구를 만족시키는 시기까지를 생각해 본다면, 혹은 4,5년을 가지고 종식될 줄로 믿었던 이 전환기가 한 사람의 생애 같은 것은 게 눈 감추듯이 집어삼킬는지도 알 수 없다. 과거의 모든 인류의 역사가, 하나의 전환기를 넘어서던 경험에 비추어 본다면 이것을 결코 공연한 과장이 아님을 알 수 있을 것이다. 그러므로 엄벙뚱땅하는 동안에 이 시기를 넘어가면 모든 것이 기대했다던듯이 대령해 있다가 우리를 얌전히 맞아

주리라고 생각하는 의견처럼 전환기의 평가를 그르치는 자는 없다 할 것이다.

3

다음으로 우리가 이야기하여야 할 위험성은, 전환기를 치르고 부정에서 긍정으로 이르는 과정은 하나의 역사의 법칙에 의하여 이루어지는 것이므로, 우리는 가만히 팔을 걷고 앉아 있어도 그러한 시대에 건너갈 수 있으리라는, 지극히 태평스러운 생각이 아닐 수 없다. 이것은 역사적 필연성이라는 것을 신주처럼 소중히 여기는 사람들이 빠지기 쉬운 낙관주의의 하나의 면모인데, 이러한 사람은 갸륵한 신주만을 모셔놓고 엄벙뚱땅 이 시기를 넘어만 서면, 역사의 섭리는 스스로 문제를 해결하여 현대인을 차안에서 피안으로 인도해 주리라고 생각하는 것이다. 그러나 이것은 역사적 관점을 운위하면서 기실은 역사적 입장을 거부하고 있는 이론임에 틀림없다.

역사는 반드시 동서가 한날한시에, 그리고 각 나라와 각 민족이 같은 보조로 전진하는 것이 아니라는 것을 명백히 보여주고 있다. 필연성은 실로 가능성에 지나지 않는 것이다. 가능성을 높여서 필연성에까지 이르게 하는 자에게 한하여, 역사의 섭리는 먼저 피안 세계의 문을 열어주는 것이다. 필연성을 신주처럼 모시고 있는 불민不敏하고 나태懶怠한 종족은 가능성을 필연성에까지 높이지 못할 뿐 아니라, 역사에서 후퇴하여 영영 세계사에서 탈락해 버리는 운명을 지니지 않을 수 없을 것이다. 우리는 그러므로 전환기를 하나의 가능성으로 이해하지 않으면 아니 될 것을 알아야 할 것이다. 신은 스스로 솟아나려고 애쓰는 자에게만 구원을 준다고 한다.

4

　피안을 지적하고 경고하고 분석하는 것이 지성의 하는 일이었다면, 피안을 구상하는 것도, 그리고 그 곳까지 이르는 전환기의 극복을 발견하는 것도 또한 지성의 임무라고 생각되어진다. 지성은 안은安隱할 때에 움직이는 것이 아니다. 그것은 언제나 혼미昏迷할 때에 활동하지 않으면 아니 된다. 미네르바의 올빼미는 황혼을 타서 비상하기 비롯한다고 한다. 우리 평단에서 지성론이 한창 왕성할 때에, 혹자는 지성의 한계성에 대하여 한탄하였고, 혹자는 사실 앞에 부서지는 지성의 무력에 대해서 술회하였다. 그러나 이러한 지성은 시민사회의 관습 속에서 굳어져버린 지성일 것이다. 중세에서 인간을 구출하여 근대에 인도한 것이 지성이라 하여도, 르네상스의 인간은 현대에 와서는 그의 자동성을 잃어버리고 전혀 부패한 개인주의의 시멘트 속에 굳어져 버리고 만 것을 어찌하랴. 그러므로 르네상스의 지성도 한가지로 시민사회의 관습의 시멘트 속에 꽉 들어서 버리고 만 것이다. 지성은 다시금 개조되어야 한다. 개조된 지성만이 전환기를 극복할 수 있으며, 미래를 상망想望하여 피안을 구상할 수 있을 것이다.

　그러나 지성이 할 수 있고, 또 하는 일은 주장 어떠한 부면일 것일까. 그것은 다른 무엇보다도 우선 문화가 아니면 아니 될 것이다. 그러나 문화란 무엇일까. 간과*의 소리가 지구 위를 뒤덮을 때에 무슨 하가何暇에 문화를 운위할 수 있으랴. 그러나 고요히 돌아보건대 승리를 영속화하는 것은 언제나 문화가 아니었을까. 20여 년 전에 불란서와 영길리**는 독일에 승리하였다. 그들은 그들의 승리가 영속할 것을 믿었고 베르

---

* 干戈 : 방패와 창이라는 뜻으로, 전쟁에 쓰는 병기를 통틀어 이르는 말이다. 또 이로부터 전쟁 또는 병란을 비유적으로 이르기도 한다.
** 英吉利 : '잉글랜드(England)'의 음역어.

사유 체제*는 그것을 보장할 것이라 믿었다. 그러나 불과 20여 년에 그것은 하등 영구한 것이 아닐 뿐 아니라, 오히려 불란서에게 있어서는 좀 더 뼈아픈 패배한 것을 인식치 않으면 아니 되었다. 독일이 만약 금일의 승리를 영속시키려면 전 구라파를 포섭할 수 있는 문화이념을 발견하여야 할 것이다. 그렇지 못하는 한, 금일의 승리가 언제 다시 협위脅威 밑에서 경경競競하게 될는지 기약할 수 없는 것이나 아닐까. 나치즘은 혈통 이론에 의한 전체주의적 문화이념을 가지고 있었으나, 벌써 그것은 체코 합병 이래 다른 국가와 민족을 포섭할 수 없음으로써이다. 그는 구라파의 각 민족과 국가를 포섭할 만한 문화이념을 발견하지 않고는 금일의 그들의 승리를 확보할 것이 없을 것을 깨달아야 하겠다. 그러나 만약 어떤 민족이 있어 전세계의 제패를 생각하고 있다면, 그는 전세계를 한데 포섭할 만한 문화이념을 발견치 않고는 가능치 못할 것을 알아야 할 것이다. 이렇게 피안을 구상하고 그 곳까지 이르는 길을 발견해 나가는 것이 지성의 임무라고 생각되어진다.

5

호세 오르테가 이 가세트**의 《현대의 과제》를 읽으면 고단高端의 교양에 의하여 연마된 지력들이 새로운 건설적, 조직적이니 문화 의욕의 담당자로서 서양을 몰락으로부터 건져내려는 구출 작업을 일으키고 있는 상모를 규지窺知할 수가 있었다. 이것은 얼마 전에 유행한 방자망 크레뮤

---

* 1차 세계 대전의 전후 처리를 위해 열린 파리 평화회의 이후 성립된 새로운 국제질서. 그러나 베르사유 조약은 이후 국제정치를 불안하게 만들었고, 파시즘이 독일과 이탈리아를 비롯한 유럽 각지에서 발생하게 된 단초를 제공하게 되었다.
** Jose Ortega y Gasset(1883~1955). 에스파냐 철학자. 마드리드 출생. 그는 F.W.니체, W.딜타이의 생의 철학을 계승하였으나 이성을 생에 적대하는 것으로 보지 않고, 이성과 생의 통합을 시도한 독자적 생의 철학을 구축하였다.

의 《불안과 재건》과 같이 소극적인 기록만은 아닌 것처럼 생각되었다. 여러 가지의 문화 형태의 파노라마를 체관諦觀하고, 기록하고, 회의하고, 멸망하는 것으로 간주하고, 흐르는 대로 몸을 맡겨 버리려는, 그러한 소극적인 태도가 아니고, 인간의 이해력의 무한한 신전성伸展性 속에 생활 감정의 신선한 자발성을 결성시키려는 적이 적극적인 의도에 의하여 영위되어진 것임을 느낄 수 있었다. 해서該書의 역자인 이께지마 시게노부(池島重信) 씨의 서언序言대로 하면 "우리들은 우리들의 시대에 있어서의 모든 문제 앞에 서서 근원적인 질문을 개시하고 있다는 자각"에 의하여 관철된 노력들이라고 한다. 그러나 그곳에서 그들이 꾀한 것은 무엇일까. 지난날의 상대주의와 유리주의唯理主義를 한가지로 거부하고 생의 평가를 통하여 생의 가치를 설정하자는 이러한 철리哲理가 주장한 것은, 문화와 자발적 생과의 결합이었다. 이것으로 우리는 서양 문화의 지도이념이었던 순수이성이 여지없이 궁경窮境에 빠져버려서 금일의 서양을 몰락에서 구출할 수 없을 뿐 아니라, 실로 금일의 몰락의 원인의 한 가닥이 순수이성, 그 자체 속에 내재해 있었다는 것을 이해할 수 있겠거니와, 오르테가와 같이 그것과 생의 입장을 결합시키는 데 의하여 서양 문화의 이념이 갱생할 수 있을까 하는 데는 약간의 의문을 품지 않을 수 없었다. 가령 오르테가가 생의 평가와 생의 가치를 거쳐서 신시대의 특징을 발견한 뒤 새로운 계단에 도달한 것은 입장의 설이었다. "문화의 제 가치는 현재 사멸해버린 것은 아니다. 하나의 전망 가운데 새로운 요소가 도입되자마자, 그 전체의 계단 순위는 변화한다"고 하면서 새로운 생 가치를 현출시키는 것이었으나, 그가 입장의 설에 도달한 것은 하나의 전망주의였음에 지나지 않았다. 에른스트 로버트 쿠르티우스*도 이러한 관점에 서면, 19세기의 정신상의 많은 현상이 새로운 각광을 쏘일 수 있을

---

* Curtius, Ernst Robert(1886~1956). 독일의 프랑스 문학자. '유럽문학'의 개념 확립을 위해 노력하였다.

것이지만, 에머슨*의 보편주의, 상트 뵈브의 상대주의, 니체**의 심리학의 가운데 나타나 있던 이러한 사유 태도의 맹아를 관계시켜서, 가능성과 귀결을 전망주의 속에 내포시킬 수 있을까에 대해서는 어떠한 암시조차도 받을 수는 없다고 솔직히 고백하고 있었다(〈오르테가의 사상〉).

6

그러나 그러한 것은 어찌되었건, 서양이라는 개념이 가지고 있던 문화적인 근세적 이념이 변화되었다는 것을 스스로 인정하면서도, 오르테가는 의연히 인류 발전의 궤도에 대한 하나의 신앙만은 그대로 남겨 가지고 있었다. 그 신앙은 어떠한 것이었을까. 인류 발전은 오직 하나가 있을 뿐으로, 이 궤도의 선두를 걷고 있는 것은 구라파의 제 민족이라는 신앙이다. 이들에게 있어서 역사는 흡사히 위로부터 밑으로 흐르는 한 줄기의 커다란 강물인 것이다. 구라파의 제 민족은 맨 앞에 있고, 그 다음 아세아는 몇 백 년 뒤늦어서 그들이 흘러내린 뒤를 쫓아서 흘러내리고 있고, 이 아세아의 뒤에 다시 미개의 제 민족이 따라온다는 것이 그들의 신앙이었다. 오르테가도 〈두 개의 이로니〉 속에서 문화와 자발적 생의 분열에 대해서 언급하면서, "인도나 지나에 있어서는 여하한 시대에도 학문과 도덕이 자주적인 힘을 가지고 수립되어진 때는 없고, 생활을 지배한 적도 없다. 동양인의 사유는 여하한 계단에 있어도, 일찍이 주관으로부터 해방된 적이 없고, 또 예하면 구라파인의 의식에 있는 물리적 법칙

---

* Emerson, Ralph Waldo(1803~1882). 미국 사상가·시인. 이지理知에 의한 추론의 확실성보다 상상력에 의한 초월을 열망하여, 초월주의라고 한다. 후기에는 현실주의로 기울었으며 적극적인 힘을 주창하였다.
** Nietzsche, Friedrich Wilhelm(1844~1900). 독일 철학자·시인. 근대유럽의 정신적 위기를 일체의 의미와 가치의 근원인 그리스도교적 신의 죽음이라는 사실에서 기인한 것으로 단정하고, 여기에서 발생한 사상적 공백상태를 새로운 가치창조에 의해 전환시켜 사상적 충실을 기했다. 초인, 영원회귀, 권력에의 의지 등의 가치를 내세웠다. 오늘날의 실존주의자들에 의해 그들의 선구자로 불린다.

이 가지고 있는 것과 같은 저 명징한 객관성을 획득해 본 적이 없다. 동양의 생이 서양의 그것보다도 완전하다고 보는 견지도 있기는 있다. 그러나 동양의 문화는 확실히 우리들의 그것보다 저급한 문화다. 그것은 이 말 위에 우리들이 부여하고 있는 의미를 우리들처럼 결정적으로 실현하지 못하고 있다"고 하여 동양을 서양의 뒤에다 놓았다. 다시 그는 "아세아의 역사를 보면 우리들은 흡사히 식물의, 즉 운명과 싸우는 데 충분할 만한 탄력을 결하는 자동력自動力이 없는 존재의 식물의 성장을 보고 있는 것 같은 생각이 든다"고, 우리 동양 사람으로서는 적이 비위가 거슬리는 소리를 하고 있다. 전환기를 극복할 만한 이념과 새로운 피안의 구상을 실재화하는 민족이 서양에서 생길 것인가, 동양에서 나타날 것인가는 묻지 않는다 하여도, 서양의 지성들이 의연히 세계를 구할 민족으로 스스로를 처하고 있는데 대해서는, 동양의 지성이 명심해 둘 일이라 생각되는 바이다.

7

이러한 서양의 지성들에 대항하여 동양의 지성들이 반성을 거쳐서 건설과 조직에 자資하려는 기도 밑에 비범한 노력을 보인 것은 이미 오래 전부터의 일이라고 생각되어지나, 최근 암파岩波서점 《사상思想》지의 '동양과 서양' 특집호나 '구주 문명의 장래' 특집호를 일독하여도 그러한 것을 규지할 수가 있었다. 그의 전형적인 것을 우리는 고야마 이와오* 씨의 《세계사의 이념》에서도 볼 수 있을까 한다. 씨는 우선 세계사의 기초 이념의 확립에 있어, 구라파 사학이 건설한 일원사관의 거부를 선언한다. 다시 말하면 역사의 물줄기를 하나의 흐름으로 보는 서양 사학의 문

---

* 高山岩男(1905~1993). 일본의 철학자. '교토학파'의 한 사람. 니시다 키타로의 제자로 세계사의 철학을 주창하였다.

화적 신앙을 깨뜨려 버리고, 세계의 역사를 다원사관에 있어서 보려고 한다. 그러므로 씨에 있어서는 동양은 서양의 뒷물을 따라오고 있는 것이 아니라, 동양은 동양 자체로 하나의 완결된 세계사를 가지고 있다고 이해한다. 이러한 다원사관의 입장에 서서 현대의 세계사에 문화이념을 세워보자는 것이다. 고야마 씨의 소책자인 《문화유형학》을 읽어도 이러한 의도는 간취할 수 있었다. 세계 각 민족의 문화를 비교 연구하여 그의 유형을 발견하려는 기도는 확실히, 학문이라면 서양 학문의 관념밖에 모르는 일원사관의 입장에서 떠나서, 세계 각 민족의 역사를 다원사관에 의하여 성립시키려는 동양적 자각에 의한 것이라고 이해되어진다. 서양의 몰락을 서양 문화의 유형 속에서 구명하고 동양 문화의 장래에 새로운 빛을 던지려 한 것은 모두가 이러한 생각 때문일 것이다.

그러나 그럼에도 불구하고 우리는 한 가지 사실을 여기에서 잊어서는 안 될 것이다. 즉 서양이라는 문화적 개념이 가지는 것과 동일한 통일성을 동양은 가지고 있지 못하였다는 사실이다. 서양은 하나의 통일된 문화이념을 가지고 있었다. 가령 중세가 그것이다. 르네상스 이래 중세를 암흑이라고 말하여 오지마는, 그것은 서양을 기독교 문화에 의하여 통일한 하나의 아름다운 세계사의 한 토막이기도 하였다. 이러한 중세와 같은 통일된 서양의 문학적 개념을 동양은 일찍이 가진 적이 없다는 것이다. 고산 씨 외에 다른 논자들은 모두 이것을 인정하고, 이러한 전제에 서서 동양의 지성이 가져야 할 전환기 사상에 대해 언급하고 있는 것이다. 동양 문화의 유형을 탐구하려는 분들이 일고할 만한 일일까 한다.

8

이상은 필자가 빈약한 독서를 통하여 더듬어 볼 수 있은 전환기에 대한 지극히 초라한 성찰의 일단이다. 전환기에 처한 작가의 임무와 태도를 나는 여기서부터 인출해낼 수밖에 없었다. 다른 기회에 시험해 본 소설의 장래에 대한 토구討究도 또한 이러한 각도에서였다. 나는 〈소설의 운명〉의 졸고 중에서, 장편소설을 시민사회의 서사시라고 보면서, 시민사회의 발생과 발전과 이퇴裏退와 상응시켜서 장편소설의 발전의 제 계단을 더듬어 본 뒤에, 시민사회가 하나의 전환기를 맞이한 현대에 있어서는, 소설이 전환기의 극복과 피안의 구상에 참여할 수 있는 길은 오직 리얼리즘에 의해서만 열려질 수 있을 것이라고 결론하여 보았다. 생각건대 소설이 전환기의 극복에 참여하여 새로운 피안의 발견에 협력하여야 할 것임은 자명한 일이나, 문학이 이 길을 닦아 나가는 걸음걸이는 다른 문화와 스스로 다를 것으로, 그것은 언제나 전환기가 내포하고 있는 가지각색의 생활감정의 관찰 속에서만 발전과 비약의 계기를 포착할 수 있을 것이기 때문이다. 전환기가 가지고 있는 모든 감정과 생활과 성격을 그리는 길을 피하고, 헛되이 천박한 관념의 세계를 더듬는다든가, 공상의 가운데 날아가 버린다든가 하여서는, 문학은 위대한 창조품을 들고서 새로운 질서 건설에 공헌할 수는 없을 것이다. 시대나 사조에 대한 편승 심리나 전환기에 대한 피상적인 번역 심리야말로 진정한 문학이 삼가야 할 가장 위험한 태도일까 한다. 진지한 리얼리즘에 의하여서만 소설의 새로운 양식은 획득되어질 수 있을 것이며, 자유주의와 개인주의가 남겨 놓은 부패한 개인의식과 왜곡된 인간성의 소탕을 거쳐서 완미完美한 인간성을 다시금 찾는 날도 맞이해 올 수가 있을 것이다. 그러나 이것이 단시일 동안의 과정이 아님은, 전환기가 결코 짧은 시일 내에 극복될 수 없는 것과 동일한 이치다. 소설이 새로운 양식을 획득하는 길은 사상이 피안을 발견하고 구상하는 길과 동일한 것이기 때문이다. 사상이 만약 무엇보다도 개인주의와 자유주의를 천명 청산하여야 할 때이라면, 문학은 그것에 의하여 형성된 사람의 의식 상황과 성격을 극복하는 것이 급무가 될 것이다. 단지 문학은 그것을 논리나 분석이나 과학적 방법으로 이루어 놓는 것이 아니라, 생활과 인물의 행동심리의 관찰을 거쳐서 그것을 형상화해 놓는 데 의하여 동일한 목적지에 도착하게 되는 것이 스스로 다를 뿐이다.

—《조광》(1941. 1).

새로운 창작방법에 관하여

  8월 15일 이후의 조선 문학이나 또는 문학자가 당면한 문제는 전 민족이 거족적으로 총역량을 집결하여 해결해야 할 민주주의 건설의 중심과 제로부터 자유로울 수는 없을 것이다. 그러므로 우리가 민족문학의 건설을 위하여 의거하여야 할 새로운 창작방법으로 혁명적 로맨티시즘과 진보적 리얼리즘을 내걸 때, 이것은 기본적으로는 우리 삼천만 총 성원이 한 사람도 빠짐없이 참가하여야 할 진보적 민주주의 건설을 위한 투쟁과 관련되어 있는 것이 아닐 수 없다. 그러나 여러분이 다 아시다시피 창작방법이란 것이 결코 단순한 것이 아니어서 실로 이 새로운 술어가 우리나라에 들어온 이래 논의와 논쟁의 끊임없는 계속이 우리의 논단을 번거롭게 하였고, 그 성과에 있어 괄목할 만한 것이 있음에도 불구하고 아직 개념규정이라는 초보적인 문제에도 적지 않은 혼란을 남기고 있을 만큼 그것은 귀찮게 복잡하고 그만큼 또 중요한 문제가 아닐 수 없다. 그러나 이 자리에서는 신창작 슬로건에 대한 약간의 해설적인 의견을 가해보는 정도로 문제를 국한하지 않을 수 없는 것이, 이후의 문제는 금후의 우선적인 활발한 논의를 거침으로써 그 내용이 충실히 되고 명확히 되고 동시에 직접 붓을 드는 문학자의 양식과 혈육이 될 수 있는 것이라고 생각하는 바이다. 돌이켜 보건대 창작방법을 위한 논의는 과거 이에 종사하였던 이론가들의 약간의 과오로 인하여 실제로 창조적인 사업에 종사하는 작가와 시인에게 있어서는 오히려 냉정한 대우를 받아 온 것이 사실이고, 더구나 일부에 있어서는 그것은 할 일 없는 논자의 공소한 의논거리요 문학의 창조와는 아무런 상관이 없는 문제라고 조소거리조차 되어 온 것이 사실일까 한다. 물론 여기에는 창작방법이 무슨 엄중하고 변통 없는 규범이나 법칙처럼 오해될 수 있는 용어를 남용한 논자의 공식주의인 과오와, 문제설정의 기초나 토대 내지 자료를 우리 조선 문학의 현실 가운데서 발견하고 추진시키지 아니하고 소련이나 기타 선진국의 이론을 그대로 수입하여 한낱 그것을 되풀이하고 있다는 인상을 줄 수 있는 태도로부터 유래된 점도 없지 않으나, 이에 대한 작가, 시인의 무이해와 몰지각성이 또한 큰 원인이 되었던 것임을 부인할 수는 없을까 한다.

그러면 대체 우리에게 있어 창작방법이란 어떠한 의미에서 필요한 것인가. 리얼리즘이니 아이디얼리즘이니 하여 작가를 양대 진영으로 갈라 놓고 반동이니 소시민이니 하는 레테르를 붙이기 위하여서 그것이 요구되는 것이 아님은 물론이요, 한둘의 범주나 규범을 만들어 놓고 천분天分이나 개성이나 장르의 특수성을 무시하면서 작가와 시인을 채찍질하여 이 모양대로 써라, 여기에 맞지 않으면 낙제다 하는 식으로 재판하고 판정하기 위하여 필요한 것도 아니다. 도리어 그것은 이러한 모든 비평의 과오로부터 작가와 작품을 지키고 작가의 생활내용을 충실히 하고 사상내용을 풍부히 하기 위하여서 요구되는 것이라고 생각하고 싶다. 그러므로 과거의 논의가 여러 가지 잘못을 범하였다고 하여도 의연히 그것은 우리에게 중요한 문제에 있어서 기본적인 기여와 공훈을 남겼다고 보지 않을 수 없는 것이다.

첫째로 그것은 작가의 사회적 실천이 사물관찰과 그 표현에 있어 결정적인 의의를 가지는 것을 명확히 한 데 큰 공적이 있었다.

둘째로 그것은 세계관과 작가 및 작품을 뗄 수 없는 연관성에 대한 명확한 논증에서 커다란 기여를 하였다. 특히 사회주의 리얼리즘 이론의 수입과 함께, 종래 유물변증법적 창작방법 시대에 세계관만 바르면 좋은 작품을 쓸 수 있다든가 유물변증법만 터득하면 좋고 바른 문학을 쓸 수 있다든가 리얼리즘은 유물론이요 아이디얼리즘은 관념론이요 하는 등류의 소박한 공식주의 대신에, 세계관과 창작방법의 상호침투에 관해서 또는 세계관과 창작방법의 복잡하고 비비드한 제 관계의 천명에 있어서 확실히 우리 창조하는 작가부대에 커다란 문제해명의 공로를 끼친 것이다.

셋째로 그것은 예술적 표현, 양식, 기교, 창작기술 같은 데 대하여 과학적이고 구체적인 주장을 제시하여 비평계에 커다란 도움이 되었고 또 그것을 주목한 작단作壇에 대하여 특히 독창성과 개성적인 면과 특수성의 면에서 커다란 문제해결의 계기를 줄 수 있었던 것이다. 통틀어 우리들이 어떻게 창조할 것인가 하는 문제를, 단순히 어떻게 예술적으로 표현하는가 하는 예술적 표현법의 문제로 국한해서 생각한다든가 또는 단순히 현실을 어떻게 인식할 것인가 하는 인식의 일반적 방법의 문제로 국한해서 생각한다든가 하는 종래의 소박하고 피상적인 생각으로부터 떠나서, 표현과 인식을 통일된 예술의 특수한 창작방법의 문제로서 이해함에 이르렀던 것이다. 다시 말하면 이 논의를 거쳐서 문학자, 예술가가 자연이나 역사나 인간의 사유를 어떻게 예술적 진실성을 가지고 표현하는가 하는 것과 이러한 제 대상諸對象을 어떻게 인식할 것인가 하는 것이 상호 관련된 뗄 수 없는 문제로서 이해함에 이른 것이다.

그러므로 창작방법은 창작에 있어서의 규범이라기보다는 차라리 창조적 부면部面에 있어서 작가의 능력과 사회적 투쟁을 인도할 수 있는 원칙적인 것, 다시 말하면 예술적 창작의 기본적인 방법이라는 데서 우리에게 요구되는 것이라 믿어진다. 물론 창작방법은 고래불변인 것도 아니요 또 만인 공통인 것도 아니다. 그러나 우리 문학 예술가가 민주주의 조선의 탄생과 육성이라는 위대한 역사적 시대에 처해서 그가 무엇을 들고 이에 이바지하고자 하는가 하는 문제에 있어서 우리의 생각과 마음은 공통인 것이며, 이것이 토대가 되어 비로소 우리는 우리의 창작이론인 혁명적 로맨티시즘을 자체 내의 커다란 계기로 하는 진보적 리얼리즘의 제시가 그 의의를 완전히 할 수 있는 것이라 생각한다.

그러나 혁명적 로맨티시즘을 계기로서 내포하는 진보적 리얼리즘의 현실적 문학적 토대를 천명하기 전에, 우리는 창작방법의 개념이 혼란한 상태 하에 놓여 있는 현상에 비추어 우선 그것의 개념을 명확히 규정할 필요가 있다고 생각한다. 왜냐하면 이러한 규정이 없이는 진보적 리얼리즘 자체의 개념규정이 불가능할 뿐 아니라 그가 가지고 있는 위대한 내용에 대해서도 명확한 이해를 가지기 힘이 들리라고 생각하기 때문이다. 대체 창작방법은 몇 가지가 있는가. 또 그것은 어떠한 것인가. 우선 이것의 해명으로 들어가기 전에 창작방법 그 자체의 개념규정이 필요하지 않은가 생각된다. 앞서 이야기한 바와 같이 창작방법은 세계관과 뗄 수 없는 관련성이 있는 것이 사실이지만 '세계관과 창작방법'이라고 갈라서 이야기하는 것이 보통이듯이, 우리도 세계관과 형식적으로는 분리 내지는 대립되는 개념으로서 창작방법의 개념을 한정할 필요가 있다고 생각한다. 다시 말하면 세계관과 형식적으로 구별한 개념으로서 창작방법을 생각하고 싶은 것이다.

그러면 세계관과 형식적으로 구별되는 창작방법이 그 내용으로 하는 기본적 방향은 무엇이며 또 그것은 몇 개나 되는 것일까. 여기에서 나는 창작방법의 기본적 방향으로서 리얼리즘과 아이디얼리즘의 두 개만을 단정하고 싶다. 이 두 가지 외에 또 다른 기본적인 창작방법은 있을 수 없는 것이다. 로맨티시즘은 그러므로 이것과 병립될 수 있는 기본적인 창작방법이 아니라 특정한 역사적 시대에 하나의 실제상의 유파이거나 또는 기본적 창작방법의 계기로서밖에는 불리어질 수가 없는 것이다. 왜냐하면 리얼리즘과 아이디얼리즘의 분류는 객관적 현실과 주관적 관념이라는 두 개의 대립하는 관계로서 성립될 것이요, 그러므로 이 양자는 단순한 정도의 차이가 아니라 질적인 원리적인 차이이기 때문이다. 이것은 혼란을 방지하기 위하여 꼭 필요한 개념규정이 아닐 수 없다.

그러면 리얼리즘이란 무엇이며, 아이디얼리즘이란 무엇이냐. 리얼리즘은 객관적 현실을 주로 해서 주관을 그에 종속시키는 것이요, 아이디얼리즘은 그 반대로 주관적 관념을 주로 해서 객관적 현실을 이에 종속시키는 것이라고 말할 수 있다. 그러므로 또 창작방법의 기본방향은 둘 중의 하나만일 수도 없는 것이며 둘 이상이 될 수도 없을 것이다. 이때에 있어 주관이란, 혹은 객관이란 것은 상대적 의미로서 사용되는 것이요, 그렇기 때문에 아무리 객관적이라고 생각되는 관념일지라도 그것이 만약 창조상 실제에 있어서 현실을 재단하는 선입견으로 사용된다면 그것은 역시 주관적 관념이라고 불려질 수 있는 것이다. 그러므로 오해되고 혼란스러워지기 쉬운 주관, 객관의 용어를 피한다면 현실을 선입견을 갖지 않고 현실의 있는 그대로를 그리려고 하는 태도가 리얼리즘이요, 현실에 선입견을 가지고 임하여 그것으로써 현실을 재단하려는 창작태도가, 즉 아이디얼리즘이라고 말할 수 있을까 한다.

그러므로 이러한 세계관과 분리된 창작방법이 어떤 세계관과, 다시 말하면 철학, 정치관, 도덕관 등과 맞붙을 때에 여러 가지 구체적인 경향이 생기는 것이다. 예컨대 도덕적·생물학적 세계관과 맞붙은 리얼리즘은 자연주의요, 불가지론과 맞붙은 리얼리즘은 즉물주의요, 심리주의나 의식의 유동파는 말하자면 주관적 관념과 맞붙은 리얼리즘인 것이다. 그리고 소위 낭만주의라는 것은 주로 관념론과 맞붙은 아이디얼리즘인 것이다. 여기에서 우리 진보적 리얼리즘에 관해 언급한다면 그것은 과학적 유물론과 맞붙은 리얼리즘이요, 더 명확히는 진보적 민주주의 건립을 역사적 임무로 하는 시대의 유물변증법과 맞붙은 리얼리즘이라 말할 수 있을까 한다.

그러면 이 두 가지 기본적 창작태도 중 선악이나 우열은 가릴 수 없는 것일까. 우선 없다고 말할 수 있는 동등한 관념이라고 말하고 싶다. 그러나 세계관에 대한 반작용에 있어서 우리는 리얼리즘이 아이디얼리즘보다 절대적으로 우월하다는 결론을 얻음에 이르는 것이다. 다시 말하면 리얼리스트는 그가 가지는 세계관에 반작용을 일으킬 수 있으나 아이디얼리즘은 주관과 선입견이 앞서는 때문에 세계관에 대한 반작용은 기할 수 없는 것이다. 예를 들면 왕통파의 반동적 사상을 가졌던 발자크는 리얼리스트인 덕분에 그 작품에 있어 도리어 자기의 세계관을 넘을 수 있었으나 아무리 훌륭한 유물변증법적 세계관을 가졌다는 경향파의 작가일지라도 만약 그가 아이디얼리스트라면 현실은 공식적으로 재단되어 현실 자체를 왜곡하여 반영할는지도 모르는 것이요, 더구나 그릇된 선입견을 가진 아이디얼리스트는 그 그릇된 선입견을 가지고 현실을 재단함에 그칠 뿐 그의 세계관에 반작용을 일으킬 수는 없을 것이다.

대상을 주관적인 통일에서가 아니고 대상 그 자신의 통일에 의하여 포착하려는 리얼리즘의 우위성은 주로 이 점에 있다고 생각된다. 그러므로 리얼리스틱한 작가에 있어서 작품은 여태껏의 생활적 실천의 경험의 결과일 뿐 아니라 창작하는 것 그 자체가 가장 풍부한 경험일 수도 있는 것이다. 그러므로 창조적 실천은 그의 사회생활과 한가지로 그의 세계관을 영도할 수도 있는 것이다. 그러나 이러한 두 개의 창작방법은 어떤 작가나 작품을 일관하여 분류하는 규범이 될 수 있는 것일까? 물론 상대적으로는 가능하다. 그러나 같은 작가에 있어서도 청년시대에는 리얼리스트이었던 것이 노경老境에 들어 아이디얼리스틱하게 되는 수도 있으며 또는 그 반대의 경우도 있는 것이요, 같은 작품 안에서도 어떤 부분에 있어서는 전자일 수 있고 또 어떤 부분에 있어서는 후자일 수 있듯이 뒤섞여 있을 수도 있는 것이요, 대체로 정도의 차差는 있어도 서로 섞여 있는 경우가 또한 없지는 않을 것이다. 그러므로 우둔한 비평가가 공식을 휘두르고 곤봉을 남용할 때에 보듯이 이러한 분류의 기계적 공식은 왕왕 작품평에 있어 위험하기 그지없는 것이다.

그러면 이러한 리얼리즘이 현실적으로 진보적 리얼리즘이어야 하는 까닭은 어디에 있으며 또 그것이 혁명적 로맨티시즘을 계기로서 내포하지 않으면 안 되는 까닭은 어디에 있는 것일까. 그것은 첫째로 우리가 거족적으로 총역량을 집결해서 싸우고 승리적으로 해결해야 할 민족적 역사적 과제가 진보적 민주주의의 건설이라는 데 있지 않으면 안 되겠다. 다시 말하면 현재의 조선 혁명의 성질이 진보적 민주주의 혁명의 단계라는 데서 오는 것이 아니면 안 되겠다. 왜냐하면 창작방법으로서의 리얼리즘이 문학작품으로서 창조되고 또 그것을 중심하여 거대한 운동으로서 전개되는 경우에는 그것을 언제나 역사적으로 시대적으로 특정되는 경향을 가지고 구체화되는 것이 사실이요, 그렇다면 현재의 역사적 시대에 있어서도 진보적 민주주의 건립의 민족적 과제와 떠나서 여하한 구체적인 리얼리즘도 있을 수 없는 것이기 때문이다. 이것이야말로 또한 과거의 문학사상에 나타난 여하한 리얼리즘과도 우리의 그것을 구별하는 하나의 성격이 아닐 수 없을 것이다.

둘째로 그것은 과학적 유물론, 더 명확하게는 유물변증법과 맞붙은 리얼리즘이 아니면 안 되겠다. 왜 그런고 하면 리얼리즘은 언제나 그대로 리얼리즘이 아니요 구체적으로는 어떤 세계관과 관련하는 것이므로, 우리는 현실을 유동성과 발전성에 있어서 파악하는 과학적 유물론의 무장 없이 진정한 진보적 리얼리즘을 이해할 수 없다고 생각한다.

셋째로 그것이 혁명적 로맨티시즘을 커다란 계기로 하여야 하는 이유는 무엇일까. 도대체 로맨티시즘의 토대가 되는 것은 현실에 만족하지 않고 명일明日과 미래에로의 부단한 전진, 다시 말하면 현실적인 몽상, 미래를 위한 의지, 가능을 위한 치열한 꿈 등인 것인데, 일본 제국주의에 의하여 해방은 되었으나 국수주의와 봉건적 잔재와 일본 제국주의적 잔재를 소탕하고 토지문제의 혁명적 해결과 전취戰取에 의하여 비로소 민주주의적 과제의 해결을 볼 수 있는 현재의 민족적 과제야말로 이것을 위하여 싸우는 민족의 거대한 꿈과 영웅적인 정신과 함께 정히 민족의 위대한 로맨티시즘이 아닐 수 없기 때문이다.

  그러므로 한마디로 말하여 혁명적 로맨티시즘을 계기로 내포한 진보적 리얼리즘이란 하나의 종합적인 스타일을 갖추고 민족문학 수립의 커다란 기본적 창작태도라고 말할 수 있을 것이다.

—《중앙신문》(1946. 2.13~16).

해설

근대 안에서 근대에 맞서기
—김남천의 작품 세계

　어떤 시대마다 그 시대를 말해주는 문학인이 있다. 그에게서는 한 시대가 당면하고 있는 과제와 고민이 드러난다. 그 자신 그 문제를 풀 수 없었다고 해도 상관이 없다. 또 뛰어난 작품을 쓰지 않았다고 하더라도 좋다. 아니 어쩌면 그가 했던 고민 만큼이나 뛰어날 수 없었다고 해야 하겠다. 고민의 깊이가 깊을수록 그 해답은 얻기 어렵기 때문이다. 고민의 깊이와 작품의 완성도를 두루 갖춘 그런 작가라면 '천재적'이라고 해야 하겠지만, 그런 작가를 보기는 쉽지 않다. 우리는 한 시대가 당면하고 있는 과제를 자신의 과제로 삼고 고민했던, 아니 역사를 살았던 한 개인의 고뇌가 곧 시대의 과제에 닿는 그런 작가를 '문제적인 작가'라고 부를 수 있다. 그리고 그러한 문학인 가운데 한 사람이 바로 김남천이다.

　김남천은 1930년대를 대표하는 문학인이다. 김남천이 드러내고 있는 문학적인 성향이란 개인의 것이기 이전에 하나의 흐름, 이론적인 측면에서 보았을 때는 프롤레타리아 리얼리즘으로 시작하여 부르주아 리얼리즘으로 끝맺는 한 흐름, 그리고 전향축을 대표하며, 해방 후 남로당 노선을 지지하는 흐름을 대표하고 있기 때문이다.

　그 뿐만 아니라 김남천은 비평가이면서 작가이기도 하였다. 많은 문학인이 그렇기는 하지만, 김남천의 독특함이란 소설과 비평이 서로를 규정해 나가고 있다는 점이다. 그는 비평을 하고, 그 비평에 근거하여 소설을 쓰고, 그리고 소설의 성패에 따라 다시 이론을 수정하는 모습을 보이고 있기 때문이다. 이런 예는 흔치 않다.

사실 소설을 쓰는 행위와 비평을 하는 행위는 각기 다른 행위이다. 소설 창작이 세계에 대한 형상적 전유의 한 형식이라고 한다면, 비평 행위는 문학에 대한 이론적 이해를 바탕으로 하고 있기 때문이다. 대상으로 하는 세계의 차이, 그리고 대상 세계를 전유하는 방식의 차이는 김남천의 소설과 비평에 각기 영향을 미친다. 다시 말해서 소설의 창작 경험이 비평에 영향을 미치고, 비평 활동은 또한 소설 창작을 규제하였다. 김남천의 비평이 기본적으로 '창작방법론'의 성격을 띠었음도 이 때문이었다.

문학과 정치의 일원론과 내적 균열

1930년대 초반 김남천은 '전위'로서 자기규정을 하고 있었다. 김남천이 동경으로 유학을 간 게 1929년도의 일인데, 호세이(法政) 대학에 들어간 김남천은 사실 학업에는 별로 신경을 쓰지 않고, 사회주의 운동에 몸을 담그고 있었다. 1930년을 전후한 시기의 김남천을 가장 잘 설명해 주는 사건이 바로 '공산주의자협의회' 사건이다. 공산주의자협의회는 조선공산당이 해체된 이후 조선공산당을 재건하려던 단체이다. 카프 제1차 검거 때 많은 문학인들이 검거되지만, 실상 예심을 거쳐 본심에 회부된 것은 카프 작가로서는 김남천이 유일하다. 그 이유는 물론 문학 활동이 아니라 당재건운동에 참여했기 때문이었다.

김남천은 당재건 활동과 문학 활동도 병행했다. 평양고무공장 파업에 참여했던 경험을 토대로 〈공장신문〉이나 〈공우회〉같은 소설을 쓰기도 했다. 카프의 볼세비키화 시기의 특징이 사회운동과 문예운동의 일원화이다. 이를 문학과 정치의 일원론, 혹은 정치 우위론이라고 말할 수 있을 터인데, 이는 문학과 정치의 분리를 전제하고 있었다. 그런데 이 시기 김남천에게는 문학과 정치가 분리되어 있었다기보다는 오히려 분리되기 이전, 아니 분리를 생각하기 이전이라고 할 것이다. 나중에 이야기하겠지만, 문학과 정치가 분리되게 되는 계기는 카프의 해산이었다. 그 이전까지는 문학과 정치는 전혀 분리되어 있지 않았다. 정치와 문학은 김남천에게서는 '전위'라는 이름으로 통합되어 있었다. 따라서 김남천에게는 문학이 우선인가, 아니면 정치가 우선인가 하는 물음은 던져질 수 없었다. 그 모두가 전위의 활동의 한 부분이었기 때문이다.

 그렇기 때문에 김남천은 '조직'을 대단히 중요하게 생각하고 있었다. 이 선집에는 실리지 않았지만, 1930년대 초반의 김남천의 생각은 소위 '물 논쟁'이라고 불리는 임화와의 논쟁에서 잘 나타나고 있다. '물 논쟁'은 김남천이 감옥에서 나온 후에 쓴 〈물〉을 둘러싸고 임화와 벌인 논쟁이다. 뜨거운 여름 날 감옥 속에서 물을 둘러싼 작은 소동을 그린 작품 〈물〉은 임화에 의해 혹평되었다. 〈물〉에 드러나 있는 인간들은 계급적 인간이 아니라 생리적 인간이라는 것이었다. 임화가 보기에 생생한 묘사가 필요하기는 하지만, 그 생생함이 생리적 욕구의 절박함만으로 이해되어서는 곤란한 것이었다. 김남천도 이러한 자기 소설의 결점을 알고 있었다. 문제는 김남천이 임화에 대응하는 방식이었다. 김남천은 여기서 '조직'의 문제를 끌고 들어간다. 작가의 작품을 결정하는 것은 작가의 실천이고, 작가의 실천을 결정하는 것은 곧 조직이 아니겠는가 하는 말이었다. 자신이 감옥에 가 있는 동안 조직적 실천을 하지 못했으니 좋은 작품이 나올 수 없는 것은 당연하다는 것이다. 김남천은 검거 선풍을 피했던 임화에 대해 비판을 하고 있는지도 모른다. 하지만 개인의 내면의 미묘함이란 사실 판단하기 어려운 것이니, 확실한 것은 그가 문제 해결의 핵심을 조직에서 찾고 있다는 점이다. 결국 김남천은 전위적 활동이 곧 조직적 활동이었던 것이다. 조직 자체의 성격에 대해서는 눈 감고 있었느니, 김남천의 사고가 지극히 기계적이었느니 하는 비판은 타당한 비판이기는 하지만 김남천을 이해하는 데는 별로 도움이 되지 않는다.

여하간 김남천은 '조직'을 중심에 놓고, 문학과 정치, 그리고 전위와 대중을 결합시키고 있었다. 이 선집에 실린 〈공장신문〉이 대표적이다. 공장 안에 어용 노동조합장이 있고, 그리고 이 조합장에 대해 반대하는 주인공이 있다. 하지만 어떻게 해야 할지는 잘 모른다. 고민하고 있을 때, 외부의 도움을 갈구하고 있을 때, 공장 밖의 '조직적인 선'과 연락이 닿는다. 그리고 어용노조를 폭로하는 '공장신문'을 발행함으로써 공장 안에 있는 노동자의 불만을 조직하기에 이른다.

 하지만 이런 의식은 유지하기가 그렇게 쉽지는 않다. 구체적인 삶의 모습이란 이러한 단순한 규정으로는 다 담아낼 수가 없기 때문이다. 소설이 항상 삶의 구체적 장면에 접한다고 할 때, 소설은 비평보다 훨씬 더 큰 폭으로 균열의 모습들을 보여준다. 비평이란, 혹은 이론이란 합리성에 기반한 것. 그렇기에 그 속에서 삶의 구체성들은 버려질 수밖에 없다. 그리고 이론적 정합성을 추구하게 된다. 하지만 이러한 이해는 관념적이기 십상이고, 그럴 경우, 삶, 사회에 대한 관념적 이해는 소설의 육체인 구체성 앞에서 무너지는 것이다. 관념이라는 성근 그물로는 현실의 모습을 다 담아낼 수 없기 때문이다. 〈물〉에서 생리적이고 육체적인 욕망이 전적으로 지배하는 모습을 그렸다면, 〈생의 고민〉이나 〈남편 그의 동지〉의 경우, '가족'이 문제가 된다. 〈남편 그의 동지〉는 사상범으로 감옥에 가 있는 남편의 옥바라지를 하는 아내의 입장에서 서술된다. 감옥에 갇혀 있다는 제약 때문이겠지만, 남편의 생각이란 사실 매일의 삶을 살아가야 하는 아내에게는 그야말로 현실을 모르는 소리에 지나지 않는다. 남편과 아내 사이에 존재하는 이 '거리'는 결코 좁혀지지 않는다. 감옥 밖의 '전향'의 현실, 혹은 소시민 지식인들의 허위의식을 드러냄으로써 상대적으로 감옥 안에 있는 남편의 이념적 우월성을 표출할 수는 있지만, 그러나 남편이 지니는 이념의 우월함은 감옥 밖의 현실을 외면함으로써만 가능한 것이었다. 그렇기 때문에 남편은 현실을 인정하지 못하는 한계를 드러낸다.

　이처럼 이 시기 김남천의 소설들, 특히 출옥 이후의 소설들은 외면상으로는 조직과 이념의 중요성을 역설한다. 하지만 〈공우회〉나 〈공장신문〉처럼 그렇게 단순하지는 않다. 〈공장신문〉은 결론을 향해 일직선으로 나아간다. 주인공이 가지고 있는 동요는 아직 '조직'과 연결되지 않았기 때문에 나타나는 것이지, '본래적'인 동요는 아니다. 그러므로 '조직' 또는 '조직'을 대표하는 '전위'와 연결되면 문제는 쉽게 해결된다. 전위는 문제의 해결을 담보해준다. 그러므로 중간의 동요란 전위를 끌어들이는 계기에 지나지 않는다. 과정이 자체로는 아무런 의미를 갖지 못하고, 와야 할 결과를 예비하는 하나의 계기에 지나지 않는 것이다.

　그러나 출옥 후의 소설들은 이와는 다르다. 거기에는 '과정' 혹은 '계기'로서만 존재하지는 않는 '현실'이 있다. 비로소 소설이 육체성을 갖기 시작하는 것이다. 〈물〉에서 보이는, 이념을 압도하는 육체적, 생리적 욕구, 〈생의 고민〉에서 보이는 '가족', 그리고 〈남편 그의 동지〉에서의 '아내'. 이를 통해 김남천은 외면상으로 나타나는 조직과 이념의 중요성과는 다른 차원에 있는, 어쩌면 좀 더 현실적인 사항들의 힘을 드러낸다. 이렇게 되어 이념적 우월성은 상대화된다. 이념적 우월성의 균열, 전위를 지향하는 삶의 균열, 혹은 문제 해결로 일직선적으로 나아가는 소설 구성의 균열. 이러한 균열은 스스로 의식하지 못한 의식 내에서의 균열이다. 김남천이 이 균열을 겉으로 명료하게 드러내지 못했다면, 그는 아직 이념적으로건 조직적으로건 카프에 속해 있었기 때문이다. 그러나 그럼에도 불구하고 이 균열을 외면하지 않았다는 것은 김남천의 정직함을 말해주는 것이리라.

　문학인이 더욱이 비평가가 정직하기는 쉽지 않다. 비평가가 대부분 거짓말쟁이라는 뜻이 아니다. 비평가는 이론을 요구한다. 그리고 이론이란 내적 정합성을 가지고 있어야 한다. 그러기에 이 정합성에서 벗어나는 것은 때로는 문면에서 지워지기 쉬운 것이다. 이론적 정합성을 위협하는 것들—대체적으로는 구체적 현실이다—은 비평 속에서는 사상된다. 비평가가 지니는 이론적 정합성에 대한 욕망, 그리고 그에 따라 정합성에서 벗어나는 현실의 구체성을 버리고자 하는 욕망에 맞서 있는 것이 소설의 육체성이리라. 그러기에 소설가와 비평가는 다른 자리에 있을 수밖에 없고, 대립할 수밖에 없는 것이다.

김남천이 문제적이라면 김남천은 그 두 존재를 자기 속에 갖추고 있었고, 그가 어느 쪽의 우월성도 인정하지 않았다는 사실이다. 그러기에 그의 문학은 비평과 소설이 상호 규제하는 양상을 띠게 되는 것이다. 물론 1930년대 초반의 경우, 비평과 소설의 상호 규제는 아직 본격적인 것이라고는 할 수 없다. 단지 균열의 상태를 보인다고 해야 할 것이다. 비평으로서 주장한 것을 소설이 배반하고 있는 모습이기 때문이다. 이러한 불일치는 해소되지 않으면 안 되었을 것이다. 적어도 내적 분열을 벗어나기 위해서는 말이다. 김남천이 몇 년간 소설을 쓰지 않았던 것도 이 때문일 것이다. 그리고 그 과정에서 비평 활동의 모습 또한 변한다. 소설을 쓰지 않았고, 쓰지 못했기 때문에 이제 비평은 소설을 쓰기 위한 하나의 동력이 된다.

문학인으로 시대에 맞서기

1935년 이후 김남천의 비평에서 해체된 조직의 그림자를 찾기란 어렵지 않다. 적어도 한동안은, 김남천이 조직이 더 이상 불가능하다는 사실을 스스로 인정하게 될 때까지는 그렇다. 김남천은 당 조직의 와해 이후, 카프를 당 조직을 대체할 수 있는 조직으로 사고하였다. 당재건조직이 당을 대체하는 것이었다. 그리고 카프란 이러한 당 조직의 외곽 조직, 합법 조직이었다.

그러나 카프는 해산될 수밖에 없었다. 1935년도의 일이고, 김남천 자신이 해산계를 경찰서로 직접 가져다주었다. 사실 카프는 이미 해산된 것과 마찬가지였다고 할 수 있다. 카프 1,2차 검거를 통해 검속되었던 많은 카프인들은 실질적이건 위장이건 '전향'을 하지 않을 수 없었다. 박영희처럼 이념 자체를 버리건('잃은 것은 예술이요, 얻은 것은 이데올로기이다') 아니면 이기영처럼 정치성만은 끝까지 고수하건('정치적 활동은 그만둘 수 있다. 하지만 예술, 문학의 정치성이란 본질적인 것이다') 일단 전향의 모습을 보일 수밖에 없었다. 그러므로 카프라는 조직이란 이미 '명목'에 지나지 않는 것, 껍질만 지니고 있었던 것이라 하여야 할 것이다. 김남천이 '해산계'를 제출했다는 것도 상징적이다. 해산계를 낼 때까지의 상세한 과정은 알 수 없지만, 임화가 아니라 김남천이 제출했다는 것도 흥미롭다. 조직에 대해 가장 많은 애착을 가졌던 김남천이 자신의 손으로 해산계를 제출하였을 때, 그의 마음속에 있었을 복잡한 감정을 헤아리기는 쉽지 않지만, 김남천으로서는 하나의 결단이었다고 하지 않을 수 없다. 스스로 제출해야 했던 것은 아마도 조직에 대한 애정 때문이었을 것이다.

〈물〉을 둘러싼 임화와의 논쟁에서 보이듯이, 김남천이 자신을 '전위'라고 생각했을 때 그 근거는 카프였다. 그러므로 카프가 해산되면서 김남천은 더 이상 자신을 전위로 규정할 수 없게 된다. 전위이고자 하나 전위가 아닌 존재, 이전에는 스스로 전위라고 생각하였으나 이제 더 이상은 아닌 존재. 이것이 김남천이 해산계를 제출하고 난 뒤에 인정할 수밖에 없었던 자기 존재이다. 따라서 김남천은 이 모순을 넘어서지 않으면 안 되었다. 자기 자신을 재규정해야 하는 것이다. 뒤에서 보겠지만, 자기 자신을 재규정하는 데 대략 3년이라는 시간이 필요했다. 또 하나, 김남천은 카프의 해산, 더 나아가 사회주의 운동의 실패의 원인을 규명하지 않을 수 없었다. 물론 직접적인 원인이란 억압의 강화였으리라. 하지만 이러한 원인은 충분하지 않았다. 김남천은 이 문제를 자신의 문제로 끌어들인다. 바로 자기 존재, 계급적 존재의 한계 때문이라는 것이다. 프롤레타리아가 성숙하지 못했고, 프롤레타리아에서 문학인이 나올 수 없었고, 그러므로 소시민 출신 지식인이 잠정적으로 그 역할을 대신할 수밖에 없었다는 점. 그러나 바로 그 소시민성 때문에 운동이 실패로 돌아갔다는 점, 이것이 김남천의 결론이자 새로운 출발점이었다.

하지만 사실 이렇게 규정하게 되면 결국 자신의 모든 행위를 부정하는 결과에 이를 수밖에 없다. 비록 많은 잘못이 저질러졌지만, 그리고 그 때문에 사회주의 운동이 실패로 돌아간 것이기는 하지만, 그 운동이 낳은 효과는 그와는 달리 존재하는 것이기 때문이다. 어쨌건 조직이 해체됨으로써 김남천은 난관에 빠지게 되었다. 이념상에서의 전위로서의 주체와 현실 속에서의 소시민 지식인으로서의 계급적인 주체 사이의 간격을 더 이상 메울 수 없었기 때문이다. 그리고 이제 '대중'에게 다가갈 방법도 없는 것이다.

그러나 전혀 없었던 것은 아니다. 그 자신 '전위'로서 스스로를 규정했고, 이 때 전위란 합법·비합법의 틀을 넘나들면서 '투쟁'을 할 수 있기 때문이다. 그렇다면 카프가 해산되었다고 하더라도 여전히 길은 남아 있는 셈이었다. 그 길이 험난한 길이었다고 해도 말이다. 그리고 실제로 그렇게 살아간 사람들도 있다. 만일 김남천이 그러지 않았다면, 아니 그러지 못했다면 그 나름의 이유는 있을 것이다. 그랬을 때, 우리에게 남은 대답은 전향일 뿐이다. 물론 전향을 한다고 해서 자신의 사상까지를 버리는 것은 아닐 수 있을 터이다. 사회주의 '운동'을 하지 않겠다는 것만으로도 충분히 전향으로서 인정받았기 때문이다. 그렇기에 '위장' 전향의 논란이 있을 수 있었다. 김남천에게 그의 전향이 위장이었는가 아닌가를 묻는 것은 무의미하다. 그것은 의지가 아니라, 생각이 아니라 오로지 현실적인 실천에 의해서만 규정되는 것이기 때문이다.

카프 해산 이후 김남천에게 처음 문제가 되었던 것은 전위로서의 주체와 소시민지식인으로서의 주체, 이상적 자아로서의 주체와 현실에서의 주체 사이의 균열이었다고 했다. 이 균열이 조직에 의해서 메워지지 않는 한 김남천이 택할 길은 그리 많지 않았다. 김남천은 이 시점에서 새로운 주체를 택했다. 이 주체가 바로 '문학인'으로서의 주체이다. 사실 이 문학인으로서의 주체는 1935년도까지는 인식되고 있지 않았다고 해야 옳을 것이다. 아니 스스로 부정하고자 하였던 주체라고 하는 게 더 낫겠다. 학생 시절 김남천이 많은 외국 작품들을 탐독했고, 그리고 동인지를 만들어 활동을 했음은 김남천 자신의 회고를 통해 말하고 있다. 이러한 동인 활동이 아직 성인이 되기 이전의 '낭만적'인 활동이었을지도 모른다. 그러나 여러 가지 가능성 중에 김남천은 '문학'을 택하였던 것이다. 그렇기 때문에 인식되지 않았던 주체가 아니라 '부정'하고자 하였던 주체라고 말하는 편이 더 사실에 가까우리라. 그리하여 조직이 해체되고 운동이 퇴조 상태로 접어든 1930년대 후반 새롭게 문학인으로서의 주체라는 생각이 다시 떠오른 것이다.

그런데 문학인으로서의 주체를 떠올리자마자, 다시 난관에 빠진다. 이제 문학은 정치와 대립될 수밖에 없기 때문이다. 김남천은 문학인으로서 자신을 규정함으로써 문학과 정치의 이원론('마의 수레바퀴'라고 말하고 있다)으로부터 벗어나고자 하지만, 바로 문학인으로서 규정하는 그 순간에 문학과 정치의 이원론은 힘을 갖게 된다. 그 뿐만 아니라 문학인으로서의 주체 규정은 다시 새로운 문제를 낳았다.

하나는 일상적인 생활인으로서의 주체와 문학인으로서의 주체를 완전히 분리시킴으로써 주체의 분열을 재생산하고 있다는 점이다. 김남천이 '전향'한 존재로서 자신을 인식하고 있는 한, 그의 모든 문학적인 노력은 이에 의해 제한될 수밖에 없다. 〈물〉을 둘러싼 논쟁에서 임화에 대해 질문했던 점, 그리고 임화를 비판했던 점은 바로 작가의 실천과 작품이 분리될 수 없다는 것이다. 그러나 전향 이후 실천이 더 이상 불가능해졌을 때, 이런 논리대로라면 작품은 그야말로 낮은 수준을 면치 못할 터였다. 이 때 취한 방법이 문학인과 생활인을 분리하는 방법이었다. 문학인과 생활인은 '직접적인 연관'은 가지고 있지 않다는 것이다. 괴테가 그랬고, 더욱이 위대한 리얼리스트 발자크가 그러지 않았는가.

이와는 다른, 그러나 연결되어 있는 또 하나의 문제는 이렇게 문학인을 생활인으로부터 분리시킴으로써 이 새로운 주체는 계급적 한계를 뛰어넘을 수 있게 된다는 점, 그리하여 보편적 주체로 올라설 수 있게 된다는 점이다. 어쩌면 이러한 보편성으로서의 주체는 김남천으로서는 리얼리즘의 객관성을 확보하기 위한 단 하나의 방법이었을지도 모른다. 하지만 이제 김남천은 자신을 보편적 주체로 규정하였기 때문에 더 이상 현실에 대한 의식적이고 실천적인 개입, 곧 실천으로서의 문학을 부정할 수밖에 없었다. 그렇기 때문에 오랜 기간을 거쳐 나온 '관찰문학'론이란 단지 현실의 거울상을 얻는 방법에 지나지 않게 된다. 결국 김남천은 자신이 벗어나고자 한 곳으로 되돌아갔다고 말할 수 있다.

주체 없는 리얼리즘론

김남천의 창작방법론은 바로 이러한 주체 분열과 재규정, 그리고 그에 따른 또 다른 분열의 과정을 보여준다. 여기서 주목해야 할 점은 김남천의 리얼리즘론이다. 리얼리즘론과 창작방법론은 같지 않다. 김남천은 창작방법론에 주력해왔다. 그러나 창작방법론의 이론적 기반이 리얼리즘이라면 김남천의 리얼리즘론이 주목되어야 한다.

김남천의 리얼리즘론은 세계관의 역할에 대한 지나친 강조와 객관적 현실의 반영, 혹은 더 나아가 루카치가 말하는 객관적 당파성에 대한 지나친 강조로 양분된다. 고발문학론의 시기가 전자라고 한다면, 풍속론을 거친 관찰문학론은 현실 자체가 문학 속에서 스스로를 반영할 것이라는 사고를 드러내고 있다. 이 객관적 현실 자체가 문학 속에서 자신을 드러낼 때, 김남천이라는 주체 혹은 문학 일반의 주체는 설 자리를 잃게 되고 이 설 자리를 잃은 주체는 스스로 보편성의 환상에 빠져들 수밖에 없다.

　두번째로 중요한 점은 김남천의 창작방법론의 변화의 과정은 그 각각의 양상은 다분히 기계적으로 보이기는 하지만, 그 과정 자체는 부정의 부정을 거듭하는 변증법적인 과정이라고 할 수 있다는 점이다. 이 점이 임화와 김남천이 갈라지는 지점이라고 할 수 있다. 임화의 경우, 이러한 변화의 과정은 존재하기는 하지만 그런 다소 불투명하다. 또한 임화의 경우, 김남천과 같은 자신에 대한 부정, 또는 자신의 이전의 견해에 대한 부정은 드러나지 않는다. 그러나 김남천의 자기 부정의 과정은 새로운 단계로 나아가지는 못한다. 김남천이 도달한 관찰문학론의 리얼리즘이란 대상에 대한 개입의 부재, 그리고 대상 사이의 차별성의 부정이라는 점에서 고발문학론에서의 대상에 대한 부정과 거의 다름이 없는 것이다. 김남천이 그토록 자기부정을 행하였음에도 불구하고 결국 도달한 지점이 자기가 출발한 지점이었다는 사실은 김남천의 한계라고는 말할 수 없다. 1930년대 후반이라는 시기에 합법적인 영역에서 글을 쓰지 않으면 안 되었던 김남천으로서는 자신이 나아갈 수 있었던 최대한이라고 말할 수 있을 것이다.

소설적 모색의 두길 : 소년과 지식인

　김남천의 소설들은 창작방법론에 따른 실천이라고 보인다. 또 어느 정도는 사실이기도 하다. 그러나 소설과 이론은 전적으로 같을 수 없다. 소설의 영역과 비평의 영역이 같지 않기 때문이다. 그러므로 영향은 생각할 수 있지만, 창작방법론으로 소설을 재단하여서는 곤란하다. 김남천이 1937년부터 다시 소설을 쓰기 시작했을 때, 김남천은 두 부류의 존재에 관심을 둔다. 범박하게 말하자면 하나는 소년이고, 또 다른 하나는 지식인이다.

대표작의 하나인 〈남매〉와 〈소년행〉 그리고 〈무자리〉는 일단 현실에 대한 강렬한 부정의 의지를 드러내 준다는 점에서 비슷하다. 하지만 이 강렬한 부정의 의지는 〈남매〉와 〈소년행〉에서는 추상적이고 제한적인 것이었다. 김남천 스스로 인정하듯이 작가의 주관이 개입한 때문일 터인데, 또 한편으로는 아직 미성숙한 개인으로서의 소년에게 현실을 부정하라는 의무가 부여되었기 때문이기도 하다. 그런 점에서 〈남매〉와 〈소년행〉은 미성숙에서 성숙으로 이행하는 한 개인의 문제를 다루고 있다. 이를 김남천이 가지고 있는 '성숙'의 이데올로기라고 말할 수 있을 것이다. 〈무자리〉에서의 소년 주인공은 광산노동자가 되는 선택을 한다. 이 선택은 현실에 대한 강렬한 부정을 바탕으로 하고 있지는 않다. 그보다는 현실에 대한 올바른 인식과 그에 따른 가장 현실적인 선택을 하는 것이다. 이러한 스스로에 의한 자신의 미래의 선택, '자기 결단'은 개인이 주체로서 성립하기 위한 가장 큰 조건이며, 성숙의 내용을 규정한다.

하지만 모든 소년 주인공 소설이 '성숙'을 내용으로 하지는 않고 있다. 〈누나의 사건〉 연작은 이와는 다르다. 이들 소설에서 소년 주인공들은 가출을 하거나 자기 결단하는 모습을 보이지 않는다. 대신 현실을 넘어서는 다른 가치를 찾는다. 그것은 그림이다. 이 소설들에서 그림은 현실을 직접적으로 부정하는 대신에 선택된다. 따라서 이제 추구하여야 할 가치는 현실 속에 존재하지 않고, 현실 밖에 새로이 창조되어야 할 것으로 존재한다. 이 점에서 가치의 추구가 그림이라는 존재를 매개로 행해진다고 하겠다. 이 점에서 그림은 다른 것으로도 대치 가능한 것이다. 성숙이나, 결단이 보이지 않기 때문에 이들 소설에서 서사가 갖는 의미는 앞의 소설들과는 달리 매우 약하다. 서사란 변화에 의해 추동되기 때문이다. 아니 서사 자체가 변화라고 하겠다. 그러므로 이들 작품에서는 서사가 약해지는 대신 묘사가 강화된다. 이를 두고 진전이라고 해야 할지, 아니면 후퇴라고 해야 할지 판단하기는 어렵다. 소년을 주인공으로 하고 있다고 하더라도 주제가 다르기 때문이다. 다만 〈남매〉와 〈소년행〉이 고발문학론의 격정과 관련되어 있다면, 〈누나의 사건〉 연작은 풍속문학론이나 관찰문학론과 좀더 긴밀하게 연관되어 있다고 해야 하겠다. 격정이 사라진 지점에 남은 '감상' 혹은 애수와 같은 것인지도 모르겠다.

또 다른 한 경향은 전향한 사회주의자를 주인공으로 한 소설들이다. 〈처를 때리고〉가 대표작이라고 하겠다. 〈처를 때리고〉는 1935년 이전에 씌어진 〈남편 그의 동지〉와 많은 점에서 비교된다. 앞서 본 것처럼 〈남편 그의 동지〉는 감옥에 갇혀 있는 남편, 그리고 감옥 밖에 있는 부인의 이야기이다. 부인이 전하는 이야기는 동지들의 변절이지만, 감옥에 갇혀 있는 남편은 이를 믿지 않는다. 믿을 수 없기 때문만은 아니다. 남편의 사상적 견결성이 이를 믿지 못하게 만드는 것이다. 그렇기 때문에 이 소설은 우선 사상적 고결함, 비전향에의 의지 등을 담고 있는 소설로 파악된다. 그러나 다른 한편 이 소설은 아내의 눈으로 바라보고 있다는 점에서 이를 의심할 수 있는 대상으로 만들고 있다. 물론 이는 대단히 제한적이었다.

〈처를 때리고〉에 오면 상황이 바뀐다. 감옥에 있던 남편은 감옥 밖으로 나온다. 전향을 한 것이다. 그러나 그럼에도 무엇인가 가치 있는 일을 하기 위해서 '출판 사업'을 하려 한다. 하지만 세상은 녹록하지 않다. 모두가 자신의 개인적인 이익에 따라 움직이고 있기 때문이다. 주관적으로 아무리 성실하고자 하여도, 이념을 최소한도로나마 지키려 하여도 세상은 용납하지 않는다. 오히려 그런 그를 비웃을 뿐이다. 〈남편 그의 동지〉와는 전혀 다른 지형에 놓여 있다.

전향한 주의자들을 그리고 있는 〈춤추는 남편〉이나 〈요지경〉〈녹성당〉 같은 작품들에서 현실 속에서의 패배는 훨씬 심각하다. 이들을 통해서 드러나는 사실은 그들이 생활에 무력하다는 점이다. 그들은 현실 속에서 어떤 생활도 갖지 못한다. 생활은 그에게 있는 게 아니라 아내에게 있는 것이다. 그리하여 상황은 역전된다. 이미 전향자로서 패배한 주인공들은 또 다시 현실 속에서 패배하고 만다. 김남천이 이들을 그리면서 '고발문학' 곧 자신을 포함한 세상의 모든 결점들을 고발하고자 하는 문학을 염두에 두었음은 물론이다. 고발문학론에서 김남천은 이러한 고발을 통해 갱생하기를 바랐다. 그러나 갱생은 없다. 모두가 패배하고 있을 뿐이다.

중요한 점은 이들이 패배하고 있다는 점이 아니다. 이보다는 이들 소설에는 전향의 과정이 아니라 단지 결과만이 있다는 점이 더욱 중요하다. 이 결과 속에서 이전의 모든 것이 부정되기는 하지만 그러나 또한 이 부정되는 모든 것이 어쩔 수 없는 '현실'로 받아들여진다. 세계는 이미 주어진 자명한 것이다. 주인공들은 세계에 대한 물음을 던지지 않는다. 오직 패배한 자신만을 되돌아보고 부정할 뿐이다. 이렇게 자신을 포함한 세계의 부정이 결국은 있는 그대로를 인정하는 결과를 낳았다는 것은 김남천 문학의 아이러니이다. 김남천은 해방 전까지 이 아이러니에서 벗어나지 못한다. 이들 소설들을 통해서, 우리는 주관적인 부정의 의지가 세계에 대한 질문을 던지지 않을 때 그 결과는 세계의 인정에 지나지 않는다는 사실을 확인할 수 있다.

고발문학론을 통해 자기 자신을 비롯한 세계의 모든 부정적인 것을 낱낱이 고발하고 부정하겠다는 김남천의 의지는 앞서 본 것처럼 한편으로는 성숙해 가는 소년 주인공을 통해 새로운 가능성을 열어보려 하였고, 그리고 부정되어야 할 자신을 일련의 '후일담 문학'을 통해서 남김없이 드러내보이려 하였다. 하지만 그 결과는 그리 대단한 것은 아니었다. 소년은 성숙해 가지만 그 성숙은 낭만적이었을 뿐만 아니라, 소년은 여전히 어린아이에 지나지 않았다. 그에게 세계는 휘파람을 불면서 나아갈 수 있는 것처럼 보이기는 하지만 실상이 그렇지 않다는 것은 누구나 알고 있는 일이었다. 그렇기 때문에 〈남매〉의 속편인 〈소년행〉에서의 소년의 희망은 그야말로 '희망'에 지나지 않는 것이며, 그것이 희망이기 위해서는 아니 희망으로 남아 있기 위해서는 세계의 주관적으로 왜곡하거나 아니면 아주 좁은 세계가 필요한 것이었다. 후일담 문학은 결국 세계의 긍정, 놀라울 만한 세계의 강고함만을 드러냈을 뿐이다.

근대적 주체 재 탄생

　김남천은 마지막으로 새로운 주인공을 모색한다. 〈길 위에서〉부터 〈사랑의 수족관〉에 이르는 새로운 지식인 ―기술 지식인― 유형이 그 하나이고, 〈경영〉과 〈맥〉에서 구상한 새로운 계몽인이 다른 하나이다.

　〈사랑의 수족관〉은 통속소설처럼 보인다. 그렇게 말하더라도 할 말은 없다. 소설의 기본 서사가 결혼에 놓여 있기 때문이다. 그러나 이들이 통속소설의 주인공과 다르다면, 이들에게는 최소한의 자기의식이 부과되어 있기 때문이다. 그리고 이 자기의식은 이들을 가벼움에서 벗어나게 한다. 주인공들에게는 최소한의 자기의식이 부과된다. 그리고 이 자기의식이 이들을 가벼움에서 벗어나게 한다. 하지만 이들이 활동하는 공간은 한정되어 있다. 자신의 사회적 존재를 부정하지 않으면서 그들이 행할 수 있는 일이란 근대의 기술적 합리성에 빠져들거나 아니면 자선사업에 나서는 일일뿐이다. 근대 기술의 합리성이란 사실 매혹적인 것이다. 자신의 일에 최선을 다함으로써 세계에 이바지하는 길이라고 판단되기 때문이다. 주인공 김광호에게는 이러한 근대 기술의 합리성이야말로 시대를 돌파할 수 있는 가능성이다. 운동을 하다가 패배한 형과도 다르고, 세상 모르는 철부지인 동생과도 다르다. 기술의 힘을 믿는 것, 그 기술이 어떠한 방식으로 현재 사용된다고 하더라도 궁극에는 인류 발전에 이바지하리라는 믿음, 이것이 김광호를 움직이는 동력이다. 그가 그럴 수 있는 것은 그에게는 과거가 없기 때문이다. 아니 그는 자신의 과거를 지운다. 과거는 형에게 남겨 놓고, 불투명한 미래는 동생에게 밀어놓는다. 그렇기 때문에 그는 자신의 일의 의미를 오직 현재 속에서만 본다. 그러나

이를 현실적 관계 속에서 이해하지 않는다. 그에게는 오직 발전하는 근대만이 있을 뿐이다. 비록 김광호가 순간순간 반성한다고 하더라도 마찬가지이다. 기술 근대란 자기 존재에 대한 물음 없이 한껏 몸을 던질 수 있는 신상인 것이다. 존재에 대한 물음으로부터 벗어나기, 그리고 합리성으로 세계를 이해하기. 그것은 무언가 낭만적이지는 않지만, 매혹적인 가상일지도 모른다. 그리고 김광호는 그 가상에 빠져든다. 일단 이러한 가상에 빠져들면 이야기의 중심은 통속으로 흐를 수밖에 없게 된다. 자기반성, 자신의 영혼을 찾는 과정, 운명 속에서 자신의 길을 발견하는 일이 없다면 어찌 소설일 수 있을까? 그것은 단지 이야기에 지나지 않는다. 이를 '최선이 아닌 차선'이라고 하더라도 마찬가지이다.

〈경영〉과 〈맥〉 또한 새로운 인간 유형을 시험하고 있다. 하지만 〈사랑의 수족관〉과는 다르다. 김남천의 작품 가운데 최고의 작품을 꼽는다면 아마도 〈맥〉 연작이 꼽힐 것이다. 이 작품은 〈남매〉와 〈소년행〉 등의 소년 주인공 소설에서 드러냈던 '성숙'의 이데올로기와 일련의 '전향' 주인공 소설과 〈사랑의 수족관〉에서 보여주었던 '자기의식'의 논리를 종합한 소설이다. 그런 점에서 이 연작은 해방 전 김남천 소설을 종합하는 소설이며, 또한 김남천이 내린 하나의 결론이다. 이 소설에서 가장 중요한 점은 최무경이라는 주인공을 통해 김남천이 '근대적 주체'의 형성을 그리고 있다는 점이다.

이 연작에서 근대적 주체의 형성을 그리기 위해 김남천은 두 명의 근대적 지식인 곧, 오시형과 이관형이 그들이다. 오시형은 근대 극복을 위한 방법으로서 사회주의를 선택하였다가 전향한 지식인이며, 반면에 이관형은 중심으로서의 서구의 근대와 식민지 주변부의 전근대성 사이에서, 그리고 서구의 보편성과 식민지 조선의 특수성 사이에서 자신의 정체성을 확인하려 노력하다가 결국은 허무주의에 빠진 지식인이다. 이들이 지식인으로 설정된 것은 지식인들에게 부여되어 있는 세계에 대한 인식, 그리고 자신에 대한 자기의식 때문이다. 이 두 존재 사이에서 이들을 부정하는 존재가 최무경이다. 〈사랑의 수족관〉에서의 김광호처럼 기술 지식인도 아니고 그렇다고 사회주의 운동을 한 주의자도 아닌 아파트 사무원에 지나지 않는 최무경에게 새로운 근대적 주체라는 역할이 부여되는 까닭은 이들이 모두 현실 속에서 믿을 수 없는 존재이기 때문이다. 최무경은 허무주의자 이관형과 전향한 사회주의자 이관형 사이에서 자신의 존재를 깨달아 나가며 자율적인 존재, 자기 자신을 스스로 책임지는 존재로 발전해 나간다. 이 자율적인 존재로의 발전은 옛 애인 오시형과 결별하는 과정이며, 또 한 사람 어머니와 결별하는 과정이기도 하다. 이 자율적인 주체의 형성이 스스로 선택한 것이 아니라 외부의 조건에 의한 것이라는 점에서 이 자율적인 주체의 형성은 제한되어 있기는 하지만, 그리고 또 아직은 아무런 내용을 갖지 못하고 있기는 하지만, 그러나 바로 이 점이 현실을 정확하게 반영하고 있는 것이기도 하다.

이 시점에 와서야 비로소 1935년도 이전에 쓰여진 소설들에서 나타났던 균열과 대립들은 해소된다. 더 이상 감옥이라는 공간, 혹은 공장이라는 공간이 갖는 우월성은 부재의 형태로서도 나타나지 않는다. 이제 자율적이고 자립적인 주체, 더 이상 과거에 묶여 있지 않으면서 그로부터 영향을 받지 않을 수 있는 새로운 존재가 마련되었기 때문이다. 이제 문제는 이 자립적이고 자율적인 근대적 주체로서의 최무경이 어떻게 자신의 근대적 형식에 내용을 채워 나가는가 하는 점이지만, 김남천은 그 과제를 끝내 완성하지 못하고 만다.

〈경영〉과 〈맥〉이 중요한 또 하나의 이유는 우리 소설사의 한 흐름을 이루고 있는 '계몽'의 정신이 이 작품에 와서 비로소 새롭게 빛을 발한다는 점에 있다. 이인직에서 시작해 이광수의 〈무정〉, 그리고 이태준의 장편소설 〈불멸의 함성〉 등과 같은 작품을 거쳐 김남천의 〈경영〉과 〈맥〉에 이르는 한 흐름을 생각할 수 있다. 일단 이들만을 고려한다면, 이인직과 이광수의 계몽의 환상이 일단 이태준에게서 좌절을 맛보고, 그리고 새로운 계몽과 새로운 근대적 주체가 김남천에 와서 출현한다고 하겠다. 김남천의 최무경이 근대적 주체이며, 또한 계몽적 주체인 이유는 그가 말하는 바, "너를 따르고, 너를 넘는다"는 모토, 그리고 "내 삶은 내가 경영한다"는 모토에 있다. 수많은 환상과 부정을 거치고 나서 비로소 출발점에 다시 서는 계몽적 주체가 바로 최무경이다. 그에게는 명료하게 부정되어야 할 것이 있지만, 그렇다고 환상에 빠지지도 않는다.

이 연작은 또한 어쩌면 유일한 전향소설일지도 모른다. 전향소설이 전향의 결과가 아니라 전향의 과정과 논리를 그리고 있는 소설이라면, 〈경영〉과 〈맥〉은 그 점에서 전향소설이라고 할 수 있다. 오시형을 중심으로 놓고 보았을 때, 오시형의 전향이란 대단히 복잡한 것이다. 이제까지 버려두었던 가족을 다시 찾는 일이기도 하고, 전환의 시대를 맞아 새로운 시대상을 그리는 일이기도 하다. 그리고 이 새로운 시대상을 맞는 일이 가족을 되찾는 일과 맞물리고 있다는 점에서, 다시 말하자면 서로가 서로에 대한 근거가 되면서 전향이 이루어지고 있는 것이다. 이렇게 본다면 사실 오시형의 전향 논리란 결국은 개인적인 이유를 그럴듯하게 포장한 것에 지나지 않을 수도 있다. 그리고 그 점에서 현실을 호도하는 논리라고도 말할 수 있다. 그러나 김남천은 이를 그냥 비판하지 않는다. 개인의 배신을 이념으로 호도하는 모습을 보임으로써, 그 전향이라는 것이 하잘 것 없으며, 결국은 개인의 이익에 덧칠한 이데올로기에 불과하다는 사실을 한편으로 보여줌과 동시에, 다른 한편으로는 그 이데올로기 자체에 대해 탐구하고 있기 때문이다. 다시 말하자면 여기서 제국주의의 논리는 한편으로는 현실적 효과 때문에, 다른 한편으로는 이론적 논박 때문에 이중으로 부정되고 있다.

최무경과 김남천이 도달한 지점은 사실 여기까지이다. 이 지점을 넘어서는 것이 중요하겠지만, 이 지점까지 도달하는 것도 사실은 쉽지 않은 일이다. 특히 1940년을 전후한 시기, 이미 많은 문학인들이 적극적인 친일의 길로 들어섰을 때, 그 마음이 어디로 향해 있던 전환의 논리를 마련하고자 했던 김남천과 그가 내세운 최무경이라는 주인공은, 이미 비논리의 세계로 들어선 이들에 대한 반성의 거울일 수 있었기 때문이다. 물론 실질적으로 거울이 될 수 있었는지는 모른다. 그러나 쉽게 믿지 않고, 쉽게 따르지 않는다는 것은 대단히 중요하다. 그 결과가 비록 〈등불〉과 같은 작품이더라도 말이다.

이처럼 해방 전 김남천의 문학의 과정은 자신에 대한 부정에서 출발하여 자신과는 다른 새로운 근대적 주체의 형성을 모색하는 것으로 마감하고 있다. 이 과정 속에서 김남천은 많은 타자를 만난다. 이 타자는 자신의 힘으로 어쩔 수 없는 세계이기도 하고, 혹은 자신 속에 존재하는 계급적 한계이기도 하다. 김남천은 이러한 타자 앞에서 자신의 동일성이 파괴될지도 모른다는 위험을 느낀다. 김남천이 이러한 타자에 대하여 선택한 전략은 여러 가지였다. 비평에서 취한 전략이란 자신의 존재를 부정함으로써 보편적 주체의 입장에 서는 것이었고, 그렇게 함으로써 김남천은 현실 속에서 위협된 자기동일성을 확보하고자 하였다. 이 보편적 주체가 현실의 김남천을 부정하는 것이 김남천의 자기동일성을 위협하는 것은 아니다. 근대적 주체가 자기동일적인 주체라고 하는 것은 모든 것을 자기화하는 것이 아니라, 근대적 이성의 확립을 뜻하는 것이며, 또한 자율적 존재의 확립을 의미하는 것이다. 이렇게 볼 때, 김남천이 도달한 보편적 주체란 실상 주체의 의식과 객관적 대상과의 동일성을 확보하는 최선의 방법이라고 할 수 있다. 비평에서 나타난 보편성으로서의 주체는 소설에서는 〈맥〉 연작에서 최무경이라는 존재로 형상화된다. 기존의 모든 근대적 지식인 상을 부정하면서 새로운 근대적 주체로 서고자 하는 최무경의 존재야말로, 식민지 근대화의 과정에 의해서 강요된 것이기는 하지만, 또한 그러한 외적인 강요에 의해서임에도 불구하고 필연적으로 형성될 수밖에 없는 근대적 주체이기도 한 것이다.

김남천이 이처럼 형성한 근대적 주체는 물론 아직 내용을 갖추고 있지 못한 존재이다. 그는 다만 자신의 삶을 자신이 꾸려나간다는 의미에서 형식적인 자립성만을 가지고 있는 주체이다. 그의 내용은 단지 오시형도 아니고 이관형도 아니라는 점에만 존재한다. 이렇게 부정으로서만 구성되는 내용은 제한적일 수밖에 없다. 고발문학론이 그러하였고, 관찰문학론이 그러하였듯이 이 부정에 의해서만 규정되는 근대가 내용을 갖추기에는 시대적 제한이 지나치게 컸다고 할 수 있다. 최무경이 형성하고자 하는 주체의 내용은 오시형과 이관형을 부정하는 데서 성립하는 것이지 현실과의 관련 속에서, 현실 속에서의 행위에 의해서 채워지지는 않는 것이었다. 이 가능성은 오직 역사에 의해서만 현실화될 수 있는 것이었다. 그러나 그 가능성이 현실화되었는가는 알 수 없다. 왜냐하면 아주 잠깐의 해방의 공간에서 곧바로 또 다른 조건, 이전에는 한 번도 경험하지 못하였던 조건, '분단'을 맞기 때문이다.

역사 속의 한 사람을 만나는 일은 쉽지 않다. 그에게 주어진 모든 조건을 우리가 모두 경험할 수 없기 때문이다. 그러므로 역사 속의 한 사람에 대한 이야기란 어디까지나 다시 구성된 것에 지나지 않는다. 드러난 것만을 알 수 있을 때, 그 나머지 부분들은 채워져야 하고 해석되어야 한다. 이 점에서 본다면, 우리에게는 너무나도 많은 과제가 남아 있는 셈이다. 그러나 그것은 역사가와 문학연구자가 할 일. 그들의 사상이 아니라, 그들의 고뇌의 한 부분만이라도 이해하는 것이 그들의 후손, 우리 모두의 일일 것이다.

작가 연보

1911년 본명 김효식金孝植. 평안남도 성천군에서 중농이며 공무원이었던 김영전의 장남으로 태어남.
1926년 평양고보에서 수학하는 도중, 한재덕 등과 《월역月城》이라는 동인잡지를 냄. 이 시기에 많은 동·서양의 많은 작가들의 작품을 읽으면서 한편으로 〈단오〉〈명절〉〈늦은 봄〉〈약자행〉〈어머니의 아해〉 등 열 편이 넘는 작품을 썼다고 함. 나중에 발표된 소설 〈단오〉〈어머니〉 등과 같은 작품의 원형이 여기에 있다고 보이나 확인할 수는 없음.
1928년 동인들과 함께 평양 숭실 전문 교수로 있던 양주동을 찾아감. 훗날 그다지 좋은 인상은 받지 못했다고 말함.
1929년 평양고보를 졸업하고 동경으로 건너가 호세이(法政) 대학 예과에 입학. 한재덕의 소개로 안막을 만나 카프 동경 지부 소속 극단의 조선 공연에 동행할 것을 권유받음. 여름 방학을 맞아 안막, 한재덕 등과 귀국하였을 때, 임화를 만남. 카프 동경지부가 발행한 기관지 《무산자》에 안막, 이북만, 임화 등과 함께 참가. 프로소설로 〈산업예비군〉이라는 소설을 썼으나 동료들의 혹평으로 불살라 버림.
1930년 봄에 임화, 안막 등과 함께 귀국, 카프 개혁과 신간회 해소 주장. 6월에 본명으로 첫 평론인 〈영화운동의 출발점 재음미〉를 《중앙일보》에 발표함. 여름 방학 때 귀향 성천 청년동맹을 조직하고 집행위원이 됨. 평양 고무공장 노동자 총파업에 관여하여 격문 등을 작성. 일본으로 돌아간 후, 평양고무공장 총파업의 경험을 바탕으로 소설 〈공제생산조합〉과 희곡 〈조정안〉을 씀.
1931년 김남천이라는 필명을 만듦. 호세이 대학에서 독서회 및 적색 스포츠단, 무산자사 신문 법정반, 무산청년 법정반, 전기법정반 등에 가입하였다가 3월 제적됨. 귀국하여 제2차 방향전환에 참여. 좌익극단인 청복극장에서 연극 운동. 10월 카프 제1차 검거 때, '조선공산주의자협의회' 사건에 연루되어 검거됨.
1933년 예심이 종결되고 고경흠 등과 같이 본심에 회부됨. 카프 맹원으로서 본심에 회부된 경우는 김남천이 유일함. 병보석으로 출옥 후 낙향. 6월에 옥중 체험을 바탕으로 한 〈물〉 발표. 이를 계기로 임화와 작가와 창작

	사이의 관계, 리얼리즘에 대한 논쟁을 벌임. 12월 부인이 해산 후더침으로 사망.
1934년	카프 제2차 검거 때 재검거 되어 전주로 이송되었으나 과거 투옥 경력을 이유로 제외됨. 조사과정을 취재 보도.
1935년	5월 임화, 김기진과 협의하여 카프 해산계를 경기도 경찰국에 제출. 《조선중앙일보》 기자로 일함.
1936년	9월《조선중앙일보》의 폐간으로 기자생활을 그만 둠.
1937년	〈남매〉로 소설 창작 재개. 고발문학론, 모랄론 등의 창작방법론을 제창하면서 다른 한편으로 이를 실천하는 〈처를 때리고〉와 같은 작품을 창작.
1939년	《조선일보》에 장편 〈사랑의 수족관〉 연재. 인문사의 전작장편소설 첫 기획작품으로 《대하》 간행. 창작집 《소년행》 간행.
1940년	전향문학의 백미라고 할 수 있는 〈경영〉〈낭비〉〈맥〉 연작 발표. 이후 작품 활동이 급격히 줄어듦.
1943년	친일잡지 《국민문학》에 일본어 소설 〈惑る朝〉 발표.
1945년	해방이 되자 임화와 함께 조선문학건설본부 설립.
1946년	희곡 〈3·1운동〉 발표. 조선문학건설본부와 조선프롤레타리아문학동맹을 통합한 조선문학가동맹의 중앙집행위 서기국 서기장이 됨.
1947년	공산주의자에 대한 탄압이 거세지자 임화 등 남로당 계열 문인과 함께 월북. 해주 제일인쇄소를 근거지로 삼음.
1948년	남조선인민대표자회의에서 최고인민대표위원으로 피선됨.
1950년	한국전쟁 때 서울로 내려옴. 낙동강 전선으로 종군 취재.
1951년	숙청의 빌미가 되는 작품 〈꿀〉을 발표.
1953년	남로당이 숙청당할 때 임화, 이원조 등과 함께 숙청됨. 이 때 죽었는지 아니면 그 후에 죽었는지는 확인되지 않음.

작품 연보

소설
〈공장신문〉,《조선일보》, 1931.7.5~15.
〈공우회〉,《조선지광》, 1932.2.
〈나란구羅蘭溝〉,《조선일보》, 1933.3.2(미완).
〈남편 그의 동지(긴 수기의 일절)〉,《신여성》, 1933.4.
〈물〉,《대중》, 1933.6.
〈생의 고민〉,《조선중앙일보》, 1933.11.1(미완).
〈문예구락부〉,《조선중앙일보》, 1934.1.25~2.2.
〈남매〉,《조선문학》, 1937.3.
〈처를 때리고〉,《조선문학》, 1937.6.
〈소년행少年行〉,《조광》, 1937.7.
〈춤추는 남편〉,《여성》, 1937.10.
〈제퇴선祭退膳〉,《조광》, 1937.10.
〈요지경瑤池鏡〉,《조광》, 1938.2.
〈세기世紀의 화문花紋〉,《여성》, 1938.3~10.
〈가애자可愛者〉,《광업조선》, 1938.3.
〈생일 전날〉,《삼천리문학》, 1938.4.
〈미담美談〉,《비판》, 1938.6.
〈누나의 사건〉,《청색지》, 1938.6.
〈무자리〉,《조광》, 1938.9.
〈철령鐵嶺까지〉,《조광》, 1938.10.
〈포화泡花〉,《광업조선》, 1938.11.
〈대하〉,《인문사》, 1939.
〈녹성당〉,《문장》, 1939.3.
〈주말여행〉,《야담》, 1939.3.
〈이런 안해(혹은 이런 남편)〉,《농업조선》, 1939.4.
〈5월〉,《광업조선》, 1939.5.
〈바다로 간다〉,《조선일보》, 1939.5.2~6.15.
〈항민港民〉,《조선문학》, 1939.6(〈5월〉의 2부)

〈이리〉,《조광》, 1939. 6.
〈장날〉,《문장》, 1939. 6.
〈길 우에서〉,《문장》, 1939. 7.
〈사랑의 수족관〉,《조선일보》, 1939. 8. 1~1940. 3. 3.
〈어머니〉,《농업조선》, 1939. 9.
〈단오〉,《광업조선》, 1939. 10.
〈T일보사〉,《인문평론》, 1939. 11
〈속요俗謠〉,《광업조선》, 1940. 1~5
〈낭비〉,《인문평론》, 1940. 2-1941. 2(미완).
〈노고지리 우지진다〉,《문장》 1940. 6~7.
〈경영〉,《문장》, 1940. 10.
〈어머니 삼제三題〉,《조광》, 1940. 11.
〈기행紀行〉, 1941. 1(발표지 미확인).
〈맥麥〉,《춘추》, 1941. 2.
〈그림〉,《문장》, 1941. 2.
〈오디(桑實)〉,《문장》, 1941. 4.
〈개화풍경〉,《조광》, 1941. 5.
〈등불〉,《국민문학》, 1942. 3.
〈구름이 말하기를〉,《조광》, 1942. 6~11.
〈惑る朝〉,《국민문학》, 1943. 1.
〈신의에 대하여〉,《조광》, 1943. 9.
〈목화〉,《한성시보》, 1945. 10.
〈8·15〉,《자유신문》, 1945. 10. 15~1946. 5.
〈3·1운동〉,《신천지》, 1946. 3. ~ 5.
〈동맥〉,《신문예》, 1946. 7-10 ; 신조선, 1946. 10-1947. 5.
〈원뢰遠雷〉,《인민평론》, 1946. 7.
〈꿀〉,《문학예술》, 1951. 4.

평론
〈영화운동의 출발점 재음미〉,《중외일보》, 1930. 6.
〈반 '카프' 음모 사건의 계급적 의의〉,《시대공론》, 1931. 9.
〈문학시평 : 문화적 공작에 관한 약간의 시감時感〉,《신계단》, 1933. 5.
〈잡지 문제를 위한 각서〉,《신계단》, 1933. 6.

〈임화에 관하여〉,《조선일보》, 1933.7.22~25.
〈임화적 창작평과 자기비판〉,《조선일보》, 1933.7.29~8.4.
〈문학적 치기를 웃노라 : 박승극의 잡문을 반박함〉,《조선일보》, 1933.10.10~12.
〈당면과제의 인식 : 창작의 태도와 실제〉,《조선일보》, 1934.1.9.
〈창작방법에 있어서의 전환의 문제 : 추백의 제의를 중심으로〉, 형상, 1934.3.
〈창작과정에 관한 감상〉,《조선일보》, 1935.5.16~20.
〈지식계급의 전형 창조와 「고향」 주인공에 대한 감상 : 이기영《고향》의 일면적 비평〉,《조선중앙일보》, 1935.6.28~7.4.
〈미네르바의 소총小銃〉,《조선중앙일보》, 1935.7.2.
〈최근의 창작〉,《조선중앙일보》, 1935.7.21~24
〈「문예시감」 문예가 협회에 대하여 : 왜곡된 보고와 치기에 찬 제창설〉,《조선중앙일보》1935.8.21~9.4.
〈「문예시감」 이광수 전집 간행의 사회적 의의〉,《조선중앙일보》, 1935.9.5~7.
〈「문예시감」 바르뷔스를 추도〉,《조선중앙일보》, 1935.9.8~10.
〈공식과 문화사〉,《조선중앙일보》, 1935.10.4.
〈조선은 과연 누가 천대하는가 : 안재홍 씨에 답함〉,《조선중앙일보》, 1935.10.18~27.
〈건전한 사실주의의 길 : 작가여 나파륜의 칼을 들라〉,《조선문단》. 1936.1.
〈고리끼에 대한 단상〉,《조선중앙일보》, 1936.3.13~17.
〈춘원 이광수 씨를 말함 : 주로 정치와 문학과의 관계에 기표하여〉,《조선중앙일보》, 1936.5.6~8.
〈고리끼를 곡哭함〉,《조선중앙일보》, 1936.6.22~24.
〈비판하는 것과 합리화하는 것과 : 박영희의 「문장」을 독함〉,《조선중앙일보》, 19 36.7.26~8.
〈문학의 본질〉,《조선중앙일보》, 1936.9.1~4.
〈「취향」 독후감 : 타락된 창작 풍조에 반성〉,《조선문학》, 1937.4.
〈단상 :「문장」·허구·기타〉,《조선문학》, 1937.4.
〈4월 창작평〉,《조선일보》, 1937.4.7~11.
〈사상·작품 ·「문장」: 이기영 검토〉,《풍림》, 1937.5.
〈「인간수업」 독후감〉,《조선일보》, 1937.5.25.
〈고리끼의 사후 1주년〉,《조광》, 1937.6.
〈고발의 정신과 작가 : 신창작이론의 구체화를 위하여〉,《조선일보》, 1937.6.1~5.
〈창작방법의 신국면 : 고발의 문학에 대한 재론〉,《조선일보》, 1937.7.10~15.

〈비평의 기준〉,《조선일보》, 1937.7.23.
〈문학적 분위기〉,《조선일보》, 1937.7.25.
〈湯淺 씨의「대추」〉,《조선일보》, 1937.7.28.
〈현대에 대한 작가의 매력 : 지식인의 자기분열과 불요불굴의 정신〉,《조선일보》, 1937.8.14.
〈고전에의 귀환〉,《조광》, 1937.9.
〈최근 평단에서 느낀 바 몇 가지 : 9월 창작평〉,《조선일보》, 1937.9.11~16.
〈잡담은 잡담〉,《동아일보》, 1937.9.18.
〈동인지의 임무와 그 동향〉,《동아일보》, 1937.9.26~10.1.
〈인간과 문학〉,《조선일보》, 1937.10.9.
〈조선적 장편소설의 일 고찰 : 현대 저널리즘과 문예와의 교섭〉,《동아일보》, 1937.10.19~23.
〈파우스트와 혼란〉,《조선일보》, 1937.10.20.
〈11월의 창작평〉,《조선일보》, 1937.11.2~7.
〈유다적인 것과 문학 : 소시민 출신 작가의 최초 모랄〉,《조선일보》, 1937.12.14~18
〈자기분열의 초극 : 문학에 있어서의 주체와 객체〉,《조선일보》, 1938.1.26~2.2.
〈소설의 세계〉,《조선일보》, 1938.2.15.
〈생산력과 예술〉,《조선일보》, 1938.2.17.
〈좌담회 시비〉,《조선일보》, 1938.2.19.
〈비평 초점의 시정是正 : 엄흥섭 군에게 항변함〉,《조선일보》, 1938.2.22~23.
〈낭만주의론〉,《조선일보》, 1938.2.23.
〈도덕의 문학적 파악 : 과학·문학과 모랄 개념〉,《조선일보》, 1938.3.8~12.
〈일신상 진리와 모랄 : '자기'의 성찰과 '개념'의 주체화〉,《조선일보》, 1938.4.17~24.
〈세태·풍속 묘사·기타 : 채만식「탁류」와 안회남의 단편〉,《비판》, 1938.5.
〈5월 창작 일인 일평 : 소재와 주제와 작가정신〉,《조선일보》, 1938.5.4.
〈조선문학의 성격 : 모랄의 확립〉,《동아일보》, 1938.6.1.
〈자작 안내〉,《사해공론》, 1938.7.
〈비평 정신은 건재 : 최재서 평론집 독후감〉,《조선일보》, 1938.7.12.
〈장편소설에 대한 나의 이상〉,《청색지》, 1938.8.
〈논단 시감〉,《동아일보》, 1938.9.10~18.
〈현대 조선 소설의 이념 : 로만 개조에 대한 일 작가의 각서〉,《조선일보》, 1938.9.10~18

〈세태와 풍속 : 장편소설 개조론에 기$_{寄}$함〉, 《동아일보》, 1938. 10. 14~25.
〈11월 창작평〉, 《조선일보》, 1938. 11. 9~13.
〈희귀한 흥분 : 「신인단편집」 독후감, 《조선일보》, 1938. 11. 17.
〈작금의 신문소설 : 통속소설론을 위한 감상〉, 《비판》, 1938. 12.
〈작가의 생활 : 직업적 조직을 가져야 한다〉, 《청색지》, 1938. 12.
〈이 해에 마지막 쓰는 결산 논문〉, 《동아일보》, 1938. 12. 27~8.
〈문학정신의 건립 : 문예발전책〉, 《조광》, 1939. 1
〈작가의 정조 : 비평가의 생리를 살펴보자〉, 《조선문학》, 1939. 1.
〈1월 창작평〉, 《조선일보》, 1939. 1. 26~31.
〈창작 여묵$_{創作餘墨}$〉, 《동아일보》, 1939. 2. 2.
〈청년 숄로호프 : 내가 영향 받은 외국 작가〉, 《조광》, 1939. 3.
〈장편소설계〉, 《문예연감》, 1939. 3.
〈절게·막서리·기타〉, 《조선문학》, 1939. 3.
〈문학과 모랄〉, 《조선일보》, 1939. 4. 27
〈시대와 문학의 정신 : 발자크적인 것에의 정열〉, 《동아일보》, 1939. 4. 29~5. 7.
〈「비판」과 나의 십 년〉, 《비판》, 1939. 5.
〈사실의 재구성〉, 《동아일보》, 1939. 5. 17.
〈민속의 문학적 개념〉, 《동아일보》, 1939. 5. 19.
〈작품의 제작 과정 : 나의 창작 노트〉, 《조광》, 1939. 6.
〈여류문학저조의 문제〉, 《여성》, 1939. 6.
〈소설의 당면 과제〉, 《조선일보》, 1939. 6. 23~25.
〈권위에의 아첨〉, 《동아일보》, 1939. 6. 24.
〈자부심 유감〉, 《동아일보》, 1939. 6. 25.
〈양도류$_{兩刀類}$의 도량$_{道場}$: 내 작품을 해부함〉, 《조광》, 1939. 7.
〈동시대인의 거리감 : 9월 창작평〉, 《문장》, 1939. 10.
〈「고리오 옹」과 부성애·기타 : 발자크 연구 노트 1〉, 《인문평론》, 1939. 10.
〈이효석 저 《화분의 성 모랄》〉, 《동아일보》, 1939. 11. 30.
〈산문문학의 일년간〉, 《인문평론》, 1939. 12.
〈성격과 편집광의 문제 : 발자크 연구 노트 2〉, 《인문평론》, 1939. 12.
〈토픽 중심으로 본 기묘년의 산문문학〉, 《동아일보》, 1939. 12. 12~22.
〈송년호 작품의 인상 : 12월 창작평〉, 《인문평론》, 1940. 1.
〈연재소설의 새 경지 : 채만식 저 「탁류」의 매력〉, 《조선일보》, 1940. 1. 15.
〈신진 소설가의 작품 세계〉, 《인문평론》, 1940. 2.

〈소화昭和 10년도 개관 : 창작계〉,《문예연감》, 1940.3.
〈문예시평〉,《조선일보》, 1940.3.20~23.
〈관찰문학 소론 : 발자크 연구 노트 3〉,《인문평론》, 1940.4.
〈체험적인 것과 관찰적인 것—속・관찰문학소론 : 발자크 연구 노트 4〉,《인문평론》, 1940.5.
〈영화인에게 보내는 글〉,《문장》, 1940.6.
〈전형 창조의 이론과 실제〉,《조선일보》, 1940.6.11.
〈아메리칸 리얼리즘의 교훈〉,《조선일보》, 1940.7.27~31.
〈원리와 시무時務의 말 : 평론계 상반기 소묘〉,《조광》, 1940.8.
〈소설 문학의 현상 : 절망론에 대한 약간의 검토〉,《조광》, 1940.9.
〈신문과 문단 : 민간지의 2년간〉,《조광》, 1940.10.
〈작중인물지 : 직업과 연령〉,《조광》, 1940.11.
〈추수기의 작단 : 10월 창작평〉,《문장》, 1940.11.
〈소설의 운명〉,《인문평론》, 1940.11.
〈동태와 업적 : 창작계〉,《조광》, 1940.12.
〈산문문학의 1년간〉,《인문평론》, 1941.1.
〈전환기와 작가 : 문단과 신체제〉,《조광》, 1941.1.
〈소설의 장래와 인간성 문제〉,《춘추》, 1941.3.
〈두 의사의 소설 :「아니・린」「의사 기온」독후감〉,《매일신보》, 1942.10.16~20.
〈건국과 문화 건설 : 해방과 문화 건설〉,《중앙신문》, 1945.11.2~5.
〈문학의 교육적 의무〉,《문화전선》, 1945.11.15.
〈본격소설의 완성 : 내외면 분열 초극〉,《조선일보》, 1945.11.25~26.
〈적군赤軍을 환영함〉,《신문예》, 1945.12.
〈문학자의 성실성 문제〉,《서울신문》, 1946.1.1.
〈현하의 정세와 나의 견해〉,《중앙신문》, 1946.1.15.
〈문학자 대회의 의의〉,《서울신문》, 1946.2.9.
〈새로운 창작 방법에 관하여〉,《중앙신문》, 1946.2.13~16.
〈간관과 문화 정책 : 정부 수립과 문인의 소리〉,《현대일보》, 1946.4.2.
〈조선문학의 재건〉,《민성》, 1946.4.23.
〈백남운 씨「조선민족의 진로」비판〉,《조선인민보》, 1946.5.10~14.
〈논쟁 유감〉,《현대일보》, 1946.6.3.
〈고리끼의 세계문화적 지위〉,《현대일보》, 1946.6.18.
〈순수문학의 제태〉,《서울신문》, 1946.6.30.

〈창조적 사업의 전진을 위하여〉,《문학》, 1946.7.
〈민족문화 건설의 태도 정비〉,《신천지》, 1946.8.
〈문학의 대중화 : 자유 제언〉,《자유신문》, 1946.9.16.
〈변혁하는 철학 : 박치우 저「사상과 현실」,《독립신보》, 1946.12.10.
〈신단계에 처한 문화운동〉,《자유신문》, 1947.1.4~16.
〈종합예술제를 앞두고〉,《독립신보》, 1947.1.7.
〈문화정책의 동향 : 흥행문제에 관한 고시를 보고〉,《민보》, 1947.2.15~22.
〈남조선의 현정세와 문화예술의 위기〉,《문학평론》, 1947.4.
〈대중 투쟁과 창조적 실천의 문제〉,《문학》, 1947.4.
〈기만欺瞞·기변機變·원칙〉,《문화일보》, 1947.5.30.
〈기회주의 삼태三態〉,《문화일보》, 1947.5.31.
〈종파와 기회주의〉,《문화일보》, 1947.6.1.
〈입법의원의 행정〉,《문화일보》, 1947.6.3.
〈비율 문제의 소재〉,《문화일보》, 1947.6.4.
〈민족 대서사시의 영웅적 주인공 박헌영 선생〉,《문화일보》, 1947.6.30.
〈공위 성공을 위한 투쟁 : 문학 운동의 당면 임무〉,《문학》, 1947.7.
〈문화 정책 답신안 해설〉,《인민평론》, 1947.7.
〈제1차 문화 공작단 지방 파견 의의〉,《노력인민》, 1947.7.2.

수필

〈어린 두 딸에게〉,《우리들》, 1934.
〈얼마나 자랐을까 내 고향의 라일락〉,《조선일보》, 1935.6.17.
〈버스〉,《조선중앙일보》, 1935.7.10.
〈귀로歸路 : 내 마음의 가을〉,《조선중앙일보》, 1935.9.23.
〈그 뒤의 어린 두 딸〉,《중앙》, 1936.6.
〈봄과 나〉,《조선문학》, 1937.4.
〈부덕이〉,《조선문학독본》, 1938.
〈교육, 아이〉,《여성》, 1938.2.
〈몽상의 순결성〉,《조광》, 1938.4.
〈가로街路〉,《조선일보》, 1938.5.10.
〈뒷골목 : 평양 잡기첩〉,《조선일보》, 1938.5.28~6.4.
〈일반문화〉,《비판》, 1938.6.
〈여행 가자는 편지〉,《여성》, 1938.7.

〈산이 깨뜨린 로맨스〉,《조광》, 1948.7.
〈양덕쇄기梁德瑣記 : 성천서 온천까지〉,《조선일보》, 1938.7.23~28.
〈당대 조선 여성의 기질〉,《사해공론》, 1938.8.
〈나는 파리입니다〉,《조광》, 1938.8.
〈독서〉,《박문》, 1938.9.
〈어느 해 가을의 회상〉,《사해공론》, 1938.10.
〈안雁〉,《조광》, 1938.11.
〈내가 정보부鄭寶富다 : 자작 여주인공 몽중 회담기〉,《동아일보》, 1939.1.10~11.
〈활빙당滑氷黨〉,《조선일보》, 1939.1.12.
〈사랑방 없는 고을〉,《청색지》, 1939.2.
〈가정 봉사家庭奉仕〉,《비판》, 1934.4.
〈풍속시평風俗時評〉,《조선일보》, 1939.7.6~11.
〈도피행〉,《조광》, 1939.8.
〈조선문학과 연애 문제〉,《신세기》, 1939.8.
〈살인 작가〉,《박문》, 1938.8.
〈스승 무용기無用記〉,《조광》, 1939.10.
〈십 년 전〉,《박문》, 1939.10.
〈양덕 온천의 회상〉,《조광》, 1939.12.
〈현대 여성미〉,《인문평론》, 1940.1.
〈무전여행〉,《박문》, 1940.2.
〈황률黃栗·연초·잠견蠶繭 : 망향 수필〉,《농업조선》, 1940.2.
〈연애 시집 한 권쯤〉,《인문평론》, 1940.3.
〈풍속수감風俗隨感〉,《조선일보》, 1940.5.28~30.
〈영화인에게 보내는 글〉,《문장》, 1940.6.
〈순직殉職 : 일지사변日支事變 3주년 기념〉,《인문평론》, 1940.7.
〈귀성〉,《농업조선》, 1940.7.
〈가배珈琲〉,《박문》, 1940.7.
〈여성의 직업 문제 : 여성 시평〉,《여성》, 1940.12.
〈대리석〉,《문장》, 1941.4.
〈한화수제閑話數題〉, 매일신보, 1941.4.17~23.
〈강원도 동해안의 바다와 산과 들〉,《半島の光》, 1941.8.
〈효석孝石과 나〉,《춘추》, 1942.6.
〈회남공! : 산업 전사에게 부치는 말〉,《조광》, 1944.11.

〈여성 해방의 관건〉,《조선일보》, 1945.11.24~25.
〈여운형〉,《신천지》, 1946.1.
〈하와이 사투리 : 풍속시감〉,《합동》, 1946.8.

좌담
〈명일의 조선문학〉,《동아일보》, 1938.1.1.
〈신협新協「춘향전」 좌담회〉,《비판》, 1938.12.
〈문학 건설 좌담회〉,《조선일보》, 1939.1.1.
〈신극은 어디로 갔나? 영화 조선의 새출발〉,《조선일보》, 1940.1.4.
〈벽호 홍명희 선생을 둘러싼 문학 담의談議〉,《대조》, 1946.1.
〈조선문학의 지향〉,《예술》, 1946.1.
〈문학자의 자기비판〉,《인민문학》, 1946.2.
〈해방 후의 조선문학〉,《민성》, 1947.4.23.
〈창작합평회〉,《신문학》, 1946.6.
〈강용흘 씨를 맞이한 좌담회〉,《민성》, 1946.9.

연구 논문

김윤식, 《한국근대문학사상사》, 한길사, 1984
현길언, 〈닫힌 시대와 역사에 대한 소설적 전망 : 김남천론〉, 《세계의 문학》, 1988. 가을.
권영민, 〈소설 창작의 이론가 김남천〉, 《월간경향》, 1989.2.
신상성, 〈한국가족사소설의 형성과 리얼리즘 연구〉, 국어국문학, 1989.5.
김윤식, 〈신분 상승의 문학사적 성격〉, 《동서문학》, 1989.6.
오양호, 〈김남천의 「대하」론〉, 《동서문학》, 1990.5.
이동하, 〈일제말 지식인의 고뇌와 갈등〉, 《동서문학》, 1990.5.
김윤식, 〈해방공간 문화운동의 갈래와 그 전망 : 임화, 김남천의 내면 풍경 분석을 중심으로〉, 《한국학보》, 1990.
김동환, 〈1930년대 후반기 장편소설에 나타난 '풍속'의 의미〉, 관악어문연구, 1990.
이덕화, 〈김남천 연구〉, 연세대 박사논문, 1991.
김재남, 〈김남천 문학 연구〉, 세종대 박사논문, 1991.
신동욱, 〈김남천의 소설에 나타난 지식인의 자아 확립과 전향자의 적응 문제〉, 단국대동양학, 1992.
김주일, 〈1930년대 리얼리즘론 연구 : 임화·김남천의 문예론을 중심으로〉, 연세대 박사논문, 1993.
하웅백, 〈김남천 문학 연구〉, 경희대 박사논문, 1993.
이상갑, 〈1930년대 후반기 창작방법론 연구〉, 고려대 박사논문, 1994.
김동환, 〈1930년대 후반기 소설의 대체 현실 추구구와 의사 낭만성〉, 한성어문학, 1994.5.
김외곤, 〈김남천 문학에 나타난 주체 개념의 변모 과정〉, 서울대 박사논문, 1995.
이 훈, 〈김남천론 : 해방 전 리얼리즘(론)의 탐구를 중심으로〉, 목포대학교논문집, 1995.12.
이현식, 〈1930년대 후반 한국 문예비평이론 연구 : 특히 주체 문제와 관련하여〉, 연세대 박사논문, 1996.
서경석, 〈1930년대 문학 비평에 나타난 '탈근대성' 연구 : 임화·김남천의 '사상' 모색을 중심으로〉, 《한국학보》, 1996.9.

김효정, 〈1930년대 전향소설의 의식 변모 양상 연구 : 이기영, 한설야, 김남천을 중심으로〉, 대구효성가톨릭대 박사논문 1998.
이건제, 〈김남천의 소설을 통해 본 일제말 '전향'과 '근대성'의 문제〉, 어문논집, 1998.2.
이수형, 〈김남천 문학에서의 이데올로기와 실천의 관계〉,《한국학보》, 1998.9.
김재용, 〈월북 이후 김남천의 문학 활동과 「꿀」 논쟁〉,《작가연구》, 1998.10.
채호석, 〈김남천 문학 연구〉, 서울대 박사논문, 1999.
이화진, 〈1930년대 후반기 소설 연구 : 현실 인식과 주체의 대응 논리에 관하여〉, 성균관대 박사논문, 1999.
곽승미, 〈김남천 문학 연구 : 인식적, 미학적 원리로서의 근대성〉, 이화여대 박사논문, 2001.
김 철, 〈'근대의 초극', 「낭비」 그리고 베네치아 : 김남천과 근대초극론〉, 민족문학사연구, 2001.6.
정명중, 〈김남천 문학 비평 연구〉, 전남대 박사논문, 2002.
서영인, 〈김남천 문학 연구 : 리얼리즘의 주체적 재구성 과정을 중심으로〉, 경북대 박사논문, 2003.
정여울, 〈'풍속'의 재발견을 통한 '계몽'의 재인식 : 김남천의《대하》론〉, 한국현대문학연구, 2003.12.
이상화, 〈일제말 한국 가족사소설 연구〉, 상명대 박사논문, 2004.

✽ **책임편집**

채호석
서울대학교 국어국문학과 동 대학원 국어국문학과 졸업.
문학박사. 한국외국어대학교 사범대학 한국어교육과 교수 역임.
저서로 《한국 근대문학과 계몽의 서사》 외 다수의 논저가 있음.

입력 교정 :
염형운 – 한국외국어대학교 대학원 박사과정 수료.
원동선 – 한국외국어대학교 대학원 박사과정.

김남천 작품집

발행일 | 2023년 4월 15일 초판 1쇄 발행

지은이 | 김남천　　　　　**책임편집** | 채호석
펴낸이 | 윤형두 · 윤재민　　**펴낸곳** | 종합출판 범우(주)
편집기획 | 임헌영 · 오창은　**인쇄처** | 태원인쇄

등록번호 | 제406-2004-000012호 (2004년 1월 6일)
　　　　　 (10881) 경기도 파주시 광인사길 9-13 (문발동)
대표전화 | 031-955-6900　　**팩 스** | 031-955-6905
홈페이지 | www.bumwoosa.co.kr　**이메일** | bumwoosa1966@naver.com

ISBN　978-89-6365-497-3　03810

* 책값은 뒤표지에 있습니다.
* 잘못된 책은 바꾸어드립니다.